SILVER

Livre troisième

Photos de couverture : © IStock / olgaecat et © IStock / lightkey
Suivi éditorial : Juliette Antoine
Mise en pages : Pascale Darrigrand
Correction : Claire Debout

Titre original : *Silber, Das dritte Buch der Träume*

1, rond-point du Général-Eisenhower, 31100 Toulouse

Loi 49-956 du 16 juillet 1949
sur les publications destinées à la jeunesse

ISBN : 978-2-7459-6825-8

editionsmilan.com

KERSTIN GIER

SILVER

Livre troisième

Traduit de l'allemand
par Nelly Lemaire

MILAN

Pour les rêveuses et les rêveurs là-bas

« *All that we see or seem*
is but a dream within a dream »

EDGAR ALLAN POE

– Parlons de votre démon. Avez-vous entendu sa voix cette semaine ?

Il se pencha en arrière, croisa les mains sur son ventre et la fixa attentivement. Elle répondit à son regard de ses merveilleux yeux turquoise qui l'avaient fasciné dès le début. Comme tout en elle, en fait. Anabel Scott était la patiente la plus séduisante qu'il ait jamais traitée, mais ce n'était pas ce qui le fascinait tant. C'était plutôt qu'après un aussi grand nombre de séances de thérapie il n'arrivait toujours pas à la percer à jour. Elle réussissait encore à le surprendre, à lui faire perdre pied, et il détestait ça. Il s'énervait chaque fois qu'elle parvenait à lui donner l'impression de lui être inférieur, alors que c'était lui le spécialiste diplômé et qu'elle n'était qu'une fille de dix-huit ans grandement perturbée.

Mais aujourd'hui, tout allait bien. Aujourd'hui, c'était lui qui avait le contrôle.

– Ce n'est pas *mon* démon, répondit-elle en baissant ses yeux ombrés de longs cils. Et non, je n'ai rien entendu. Ni rien senti.

– Alors, cela ferait… laissez-moi vite compter… seize semaines pendant lesquelles vous n'avez ni entendu, ni vu, ni senti la présence du démon, c'est ça ?

Il avait pris un ton supérieur, sachant bien qu'il la provoquait ainsi.

– Oui, dit-elle.

Son embarras lui plut. Il s'autorisa un petit sourire.

– Et comment vous expliquez-vous la disparition de vos hallucinations ?

– C'est peut-être…

Elle se mordit la lèvre.

– Oui ? Parlez plus fort !

Elle soupira en écartant de son front une boucle de ses cheveux dorés.

– C'est peut-être dû aux comprimés, concéda-t-elle.

– Très bien vu.

Il se pencha en avant pour prendre des notes, *c.n., ds., Pat., Fr.,* quelques abréviations inventées sur le moment. Parce qu'il savait qu'elle lisait par-dessus son épaule en se demandant ce que cela pouvait signifier. Il retint un sourire de triomphe. Oui, elle avait à coup sûr éveillé en lui une fibre sadique et il avait cessé depuis longtemps de se comporter en professionnel. Mais peu importait. Anabel n'était pas une patiente comme les autres. Il tenait à ce qu'elle reconnaisse enfin sa compétence. Il était tout de même le docteur Otto Anderson, futur médecin-chef de la clinique psychiatrique. L'institution où elle passerait sans doute le reste de sa vie.

– Les comprimés sont indispensables dans le traitement d'une schizophrénie psychotique polymorphe comme la vôtre, poursuivit-il, tout en reprenant ses aises et en se repaissant de la réaction qu'il lut sur son visage. Toutefois, nous avons encore bien plus avancé en matière de thérapie. Nous avons mis au jour vos traumas d'enfance et analysé les causes de votre paramnésie.

C'était fort exagéré. Le père de la jeune fille lui avait appris qu'elle avait passé ses trois premières années dans une secte douteuse où l'on pratiquait des rituels de magie noire, mais Anabel elle-même ne se souvenait de rien. Les tentatives d'introspection par hypnose – méthode qu'il avait employée sans autorisation – n'avaient abouti à aucun résultat. En fait, ils en étaient toujours au même point qu'au début de la thérapie. Il n'était même pas sûr que les troubles psychotiques d'Anabel remontent vraiment à son enfance, il n'était sûr de rien en ce qui la concernait. Mais peu importait, le principal étant qu'elle reconnaisse en lui le médecin expérimenté qui pouvait voir en elle et auquel elle devait toutes ses découvertes sur sa maladie.

– Vous êtes enfin prête à accepter que votre démon n'ait existé que dans votre imagination, conclut-il.

– Ne l'appelez pas toujours ainsi, protesta-t-elle en repoussant sa chaise pour se lever.

– Anabel ! dit-il sévèrement alors que tout s'était si bien déroulé jusqu'alors. Notre séance n'est pas terminée.

– Mais si, mon petit docteur, répliqua-t-elle. Mon réveil ne va pas tarder à sonner. J'ai un rendez-vous avec une conseillère d'orientation et je ne dois absolument pas le louper. Vous allez rire, mais j'envisage des études de médecine pour me spécialiser plus tard en psychiatrie juridique.

– Ne dites pas de sottises, Anabel !

Il se sentit soudain pris d'une étrange sensation. Quelque chose n'allait pas. Avec elle. Avec lui. Avec cette pièce. Et pourquoi sentait-il soudain le parfum de muguet de sa mère ? Il prit nerveusement son stylo. Une conseillère d'orientation... quelle idiotie ! Ils se trouvaient dans le pavillon d'isolement de la clinique. Et Anabel ne pouvait aller nulle part sans son autorisation, pas même dans le parc.

– Rasseyez-vous tout de suite. Vous connaissez les règles. C'est moi qui mets fin aux séances et personne d'autre.

Anabel eut un sourire de pitié.

– Mon pauvre. Vous n'avez donc pas encore compris que vos règles ici ne sont rien d'autre que... comment appelez-vous ça ?... de la *paramnésie* ?

Il se sentit suffoquer. Il y avait là quelque chose, une pensée, un souvenir, tout au fond de lui, une information dont il savait qu'il devait la ramener d'urgence à la surface. Parce qu'elle était importante. D'une importance capitale. Mais il ne parvenait pas à la cerner.

– Bon, ne prenez pas cet air choqué ! dit Anabel, déjà à la porte, avec un léger sourire. Je dois vraiment partir, mais je reviendrai vous voir la semaine prochaine. Promis. D'ici là, faites de beaux rêves.

Il n'eut pas le temps de répondre qu'elle avait déjà refermé la porte derrière elle, et il entendit ses pas s'éloigner dans le couloir. Cette petite garce savait bien qu'il ne pouvait pas se laisser aller à lui courir après, montrant ainsi à tous qu'il ne contrôlait pas sa patiente. Mais c'était la dernière fois qu'elle le menait par le bout du nez, elle ne terminerait plus une séance contre sa volonté. La prochaine fois, il demanderait le soutien des infirmiers, il la ferait peut-être aussi immobiliser... Il lui restait quelques possibilités qu'il n'avait pas encore exploitées.

En refermant le dossier d'Anabel et en le replaçant dans le tiroir, il sentait toujours le léger parfum de muguet qui lui rappelait sa mère. Un court instant, il crut même entendre celle-ci sangloter son nom.

Mais tout cela disparut de nouveau et tout fut comme toujours.

Chapitre I

Il y avait du flan de tapioca en dessert mais, de toute façon, j'avais l'appétit coupé. À cause de Rasmus.

– Tu ne le manges pas, Liv ? s'étonna Grayson en montrant l'espèce de crème pâle visqueuse qui tremblotait dans ma coupe.

Il avait déjà englouti sa part avec de la compote d'ananas. Je glissai la mienne vers lui.

– Non, tu peux le prendre. Encore un aspect de cette tradition britannique dont le charme m'échappe.

– Quelle inculte ! dit Grayson, la bouche pleine.

Henry rit.

C'était un mardi, début mars, le soleil passait par les fenêtres hautes et sales de la cafétéria. Il dessinait de tendres motifs rayés sur les murs et les visages, en nimbant tout d'une chaude lumière. Il me semblait même percevoir un parfum printanier dans l'air, mais c'était peut-être juste dû au gros bouquet de narcisses sur la table des enseignants, à laquelle ma prof de français, Mrs Lawrence, venait de prendre place. Elle donnait l'impression d'avoir encore plus mal dormi que moi.

Il y avait donc du printemps dans l'air. Grayson, Henry et moi avions réussi à nous installer à notre table préférée, celle du coin près de la sortie, baignée de soleil. Je venais d'apprendre que le contrôle d'histoire prévu pour le lendemain était remis à plus tard. Bref, tout aurait pu être super cool si cette histoire de Rasmus ne m'était pas restée sur l'estomac.

– Les flans de tapioca peuvent aussi être délicieux, remarqua Henry qui s'était sagement dispensé de dessert.

Il me sourit, et je lui souris en retour, oubliant nos problèmes quelques secondes. Tout finirait peut-être par s'arranger. Que disait donc toujours Lottie, « il n'y a pas de problèmes, il n'y a que des défis » ?

Tout juste. Comme la vie serait ennuyeuse sans défis à relever ! Cela dit, il n'était pas vraiment nécessaire d'en rajouter à tous ceux que je devais déjà me coltiner. Hélas, c'était pourtant bien ce que j'avais fait.

Pas plus tard qu'avant-hier soir (et je ne savais toujours pas comment me sortir de ce pétrin...), Henry et Grayson avaient révisé chez nous leur contrôle de maths et, à la fin, Henry était passé par ma chambre pour me souhaiter une bonne nuit. Il était tard, la maison était depuis longtemps plongée dans le silence, Grayson lui-même pensait qu'Henry était reparti.

Je fus doublement surprise de voir Henry, d'abord à cause de l'heure tardive mais aussi parce que nous n'étions pas encore arrivés à redéfinir notre statut relationnel et à transformer officiellement le « malheureusement séparés » en « heureusement réconciliés ». Ces dernières semaines, nous avions tacitement réussi à nous tenir par la main et même à nous embrasser une ou deux fois, ce qui pouvait bien donner l'impression que tout était comme avant ou du moins en bonne voie de l'être... mais ce n'était pas le cas. Les événements des derniers mois et ce que Grayson m'avait raconté sur les amours d'Henry avant mon arrivée avaient laissé des traces sous la forme d'un tenace complexe d'infériorité concernant mon inexpérience sexuelle (ou, comme le disait ma mère, mon « retard » sur ce point).

Si je ne m'étais pas réjouie de notre rapprochement, je me serais peut-être donné la peine d'analyser plus à fond ces sentiments latents sous le bonheur et l'amourette, et tout ce cirque avec Rasmus ne serait sans doute pas arrivé.

Mais là, je me mis moi-même dans de beaux draps.

Quand Henry passa la tête dans l'embrasure de la porte, j'étais en train de mettre en place mon nouveau rail dentaire. Le dentiste, alias Charles Spencer, avait constaté que je grinçais des dents en dormant, et cet appareil devait m'empêcher d'user l'émail dentaire nuit après nuit. Je n'étais pas si sûre qu'il soit efficace, il semblait hélas surtout favoriser la production de salive.

À la vue d'Henry, je m'empressai de faire disparaître la chose entre le matelas et la tête de lit. C'était déjà bien assez que le haut de mon pyjama n'aille pas avec le bas et ne soit de toute façon guère à mon avantage, même si Henry prétendit me trouver follement sexy. Ce qui m'avait amenée à l'embrasser, pour ainsi dire en dédommagement de son gentil compliment, et ce baiser avait amené le suivant, qui dura un peu plus longtemps, et pour finir – j'avais perdu toute notion du temps et de l'espace –, nous étions allongés sur mon lit à nous chuchoter des choses proches de celles de chansons kitsch, mais qui alors ne me paraissaient plus du tout aussi kitsch.

Notre statut relationnel tendait donc nettement vers le « heureux en amour » et j'étais prête à croire Henry qui me chuchotait à l'oreille que ma flanelle était follement sexy.

Mais il s'arrêta soudain, écarta une mèche de mon front et me dit de ne pas avoir peur.

– Peur de quoi ? demandai-je, encore étourdie par ses baisers.

Je mis quelques secondes à comprendre que tout cela se passait dans la vie réelle et non pas comme d'habitude en rêve, où personne ne pouvait nous déranger. Voilà pourquoi ça me semblait aussi plus intense que d'ordinaire.

Henry s'appuya sur son coude.

– Tu sais bien. Peur que ça aille trop vite. Que je t'en demande trop. Ou que je te pousse à faire quelque chose pour quoi tu n'es pas encore prête. Nous avons vraiment tout notre temps pour ta première fois.

Et c'est là que tout arriva. À présent, dans la claire lumière printanière de la cafétéria, je ne parvenais plus à me l'expliquer, quoique... je pouvais bien l'expliquer, mais cela ne changeait malheureusement rien à l'affaire. En tout cas, les mots choisis par Henry avaient tout déclenché. Ces deux mots maudits : *première fois*.

Aussitôt, mon complexe d'infériorité se mit en branle et, tout de suite après, ma fierté blessée. C'était clair : mon inexpérience faisait pitié à Henry. En tout cas, de la pitié se lisait parfois dans ses yeux.

Comme maintenant, par exemple.

– Oh, tu penses que je n'ai encore jamais... couché avec un garçon ? dis-je en me redressant et en resserrant la couette autour de moi. Ah bon, je comprends !

Je poussai un petit rire avant de poursuivre :

– Tu as vraiment pris au sérieux cette histoire de virginité dans votre jeu démoniaque ?

– Hmm... Oui, dit Henry en se redressant aussi.

– Mais j'ai juste dit ça pour pouvoir jouer avec vous.

Ma fierté blessée me faisait dire des choses qui m'étonneraient plus tard autant qu'Henry. Mais là, mon gros complexe applaudit des deux mains.

Le trouble qui se dessina sur le visage d'Henry et sa façon de lever un sourcil me plurent terriblement. Plus aucune trace de pitié.

– Nous n'en avons jamais vraiment parlé, continuai-je à babiller en oubliant presque que je mentais, tant ma voix était convaincante. Bien sûr, je n'ai pas eu autant de copains que toi de copines, mais bon, il y a eu… ce garçon avec qui je suis sortie. À Pretoria.

Comme Henry se contentait de me dévisager avec curiosité au lieu de réagir, je poursuivis :

– Ce n'était pas le grand amour, loin de là, et nous n'avons passé que trois mois ensemble, mais le sexe avec lui, c'était…

À cet endroit, ma fierté blessée (cette idiote) m'abandonna et je me retrouvai livrée à moi-même.

Je me détestai aussitôt. Pourquoi avais-je dit ça ? Au lieu de saisir l'occasion d'une franche conversation, je ne faisais qu'empirer les choses. Incapable de terminer ma phrase, je sentis le rouge me monter aux joues en voyant Henry me regarder dans les yeux.

– C'était si… intense… murmurai-je de mes dernières forces.

– Intense, répéta lentement Henry. Et comment… il s'appelait... ce type ?

Oui, comment s'appelait-il, espèce de fierté débile ? C'est le genre de chose à laquelle il faut d'abord réfléchir ! Plus on hésite avant de mentir, plus on ment mal, n'importe quel enfant le sait.

– Rasmus, glissai-je aussitôt.

C'était toujours le premier nom qui me venait à l'esprit quand je pensais à l'Afrique du Sud. Et j'étais malgré tout une bonne menteuse. Rasmus était le nom du chow-chow asthmatique de nos voisins, que j'avais parfois gardé. Pour cent rands de l'heure, j'avais aussi promené un carlin du nom de Sir-Barks-Alot avec notre chienne Buttercup.

– Rasmus… répéta Henry.

J'opinai, soulagée.

Cela sonnait bien. On pouvait trouver pire. Sir-Barks-Alot, par exemple.

De façon surprenante, Henry changea de sujet alors que je m'attendais à un interrogatoire en règle. Plus précisément, il se remit à m'embrasser. Comme pour me prouver qu'il le faisait bien mieux que Rasmus. Mais aucun Rasmus de ce monde ne pouvait mieux embrasser qu'Henry, j'étais prête à le parier.

Cela s'était passé deux jours auparavant, et depuis, nous n'avions plus évoqué mon ex-copain fictif. Mon complexe avait bien eu ce tout petit moment de triomphe, mais le mensonge tissé autour de Rasmus n'était pas une bonne thérapie. De sorte que, ce mardi midi, je devais lutter contre un mal d'estomac, même sans flan au tapioca et malgré le sourire d'Henry.

Maintenant, Grayson avait englouti ma part et cherchait des yeux une bonne fée qui viendrait nous servir une autre coupe de flan.

Au lieu d'une bonne fée, ce fut Emily qui passa près de nous en jetant au passage à Grayson un regard pour lequel il lui aurait vraiment fallu une autorisation de port d'arme. Elle faillit même renverser le pauvre Mr Vanhagen, qui eut la présence d'esprit de faire un écart vers la table des profs, tandis qu'Emily poursuivait son chemin vers le self, où Florence, la sœur de Grayson, l'attendait.

Depuis quelques semaines, Emily était l'ex-petite amie de Grayson et elle avait du mal à encaisser le « ex ». J'admirais le calme stoïque de Grayson quand ils se rencontraient. Là encore, il ne fit que lâcher dans un sourire :

– Je pensais avoir reçu au cours d'anglais ma dose de regards méprisants pour aujourd'hui.

– Je crois qu'elle a augmenté la dose, remarqua Henry en se penchant en avant pour mieux voir Florence et Emily. Bien sûr, je ne suis pas un professionnel en lecture labiale, mais je suis quasi sûr qu'elle vient de raconter à ta sœur ton rêve de la nuit dernière. Attends voir... un lapinou ? Vraiment.

Comme je prenais toujours plaisir à charrier Grayson, d'autant que cela me détournait de mes problèmes, j'enchaînai aussitôt :

– Oh, ce rêve de lapinou duveteux ? Qu'est-ce qu'il peut bien révéler sur toi à Emily ?

Grayson posa la cuillère dans la coupe et me fit un doux sourire.

– Combien de fois devrai-je vous expliquer que vous vous trompez ? Emily ignore tout du couloir des rêves. Sans compter qu'elle n'irait jamais espionner les rêves de personne. Elle est bien trop raisonnable et réaliste pour ça.

« Sans imagination » convenait mieux, mais je n'eus pas le temps de le faire remarquer que Grayson continuait déjà :

– Je ne comprends pas pourquoi vous remettez toujours ça. Depuis des semaines, il ne s'est pourtant rien passé. Tout ça est bel et bien terminé.

Comme à chaque fois qu'il disait cela – plutôt souvent, probablement pour se persuader lui-même –, une partie de moi (la naïve, soucieuse d'harmonie) souhaitait qu'il ait raison. Et c'était vrai aussi : depuis des semaines, le calme et la paix régnaient dans les couloirs.

– Arthur a appris sa leçon. Il va nous laisser tranquilles, insista Grayson.

Les voix crédules et soucieuses d'harmonie en moi soufflèrent aussitôt au diapason : *Exact ! Il ne faut pas toujours imaginer le pire ! Et les gens changent. Il y a un bon fond en chacun. Même chez Arthur.*

– C'est ça, Grayson, se moqua Henry. Et cette bonne âme d'Arthur t'a certainement pardonné d'être entré chez lui par effraction et de l'avoir boxé pendant son sommeil.

Arthur ne se trouvait pas loin de nous, juste derrière la table des profs, où Mr Vanhagen était en pleine conversation avec la Cook tandis que Mrs Lawrence, qui avait passé une nuit blanche, n'allait sans doute pas tarder à piquer du nez dans son assiette de soupe. Arthur riait justement comme un bossu à propos d'une remarque de Gabriel. On ne voyait plus rien des blessures que Grayson lui avait infligées, il avait retrouvé son beau visage angélique. Il semblait tout à fait à l'aise et sûr de lui. Je regrettai aussitôt de l'avoir regardé. Le voir me rendait chaque fois furieuse. Et aussi songer que les autres ignoraient avec qui ils se trouvaient assis là.

– Il se peut qu'il m'en veuille encore, concéda Grayson en empilant énergiquement les assiettes et les coupes sales qu'il avait éparpillées partout, mais il est assez intelligent pour savoir quand il faut laisser tomber. Personne n'irait non plus se poser de questions si vous vouliez enfin cesser de franchir des portes oniriques qui ne devraient à vrai dire pas exister.

Visiblement, le doute qu'il lut sur nos visages l'agaça, car il détourna les yeux en ajoutant, le menton pointé en avant :

– Tout va pour le mieux.

Les naïves voix soucieuses d'harmonie se turent définitivement en moi.

– C'est clair, tout va pour le mieux, dis-je en le fusillant du regard. À part quelques petits détails, comme le fait qu'Arthur ait juré une vengeance éternelle après avoir échoué dans sa tentative de tuer ma petite sœur. Ou que la sanguinaire Anabel ait plongé son psychiatre dans un affreux sommeil permanent et qu'elle circule de nouveau librement. Ou que ta fabuleuse ex-copine si rationnelle, si morale et au-dessus de tout soupçon, s'introduise la nuit dans tes rêves. Mais comme je disais, ce ne sont là que des détails. Tout va pour le mieux.

– Tout cela est faux.

Ma liste ne rendait compte que d'une infime partie de nos problèmes, mais Grayson n'en retint que le mot « ex-copine », pourtant relativement anodin.

– Même dans le cas improbable où c'est Emily que vous avez vue dans le couloir des rêves, poursuivit-il en lâchant sa cuillère sale sur le plateau, et sans parler du fait qu'à coup sûr mes rêves ne l'intéressent pas, elle ne pourrait plus venir à bout de mes nouveaux dispositifs de sécurité. Vous non plus, d'ailleurs, ajouta-t-il sur un ton furibond.

– Waouh, l'Effroyable Freddy fait-il maintenant épeler à l'envers *flan de tapioca* ? voulus-je dire, mais je n'arrivai que jusqu'à « Freddy », car à cet instant Mrs Lawrence se leva d'un bond et grimpa sur la table des profs.

Et nous comprîmes soudain que nous nous étions tout le temps trouvés comme des personnes pique-niquant tranquillement au bord d'un volcan. Sachant que le volcan peut entrer en éruption à tout instant, elles parlent et discutent de ce danger terrible, en ne mesurant la gravité de la situation que lorsque la terre se met à trembler sous leurs pieds, que la lave est éjectée du cratère... et qu'il est trop tard pour se sauver.

En renversant plusieurs verres, Mrs Lawrence s'attira aussitôt l'attention générale. Quelques profs bondirent de leur chaise, du jus de fruits ou de l'eau dégoulinant sur leurs vêtements. Mrs Cook, notre directrice, eut la présence d'esprit de mettre en sécurité le vase de narcisses, et les élèves autour de nous commencèrent à faire des messes basses.

Mrs Lawrence avait la quarantaine. Avec son visage étroit, ses cheveux noirs et son long cou fin, elle me rappelait toujours cette actrice française à la frange hyper longue, Sophie Quelquechose. Elle portait de préférence des chemisiers clairs, des tailleurs Chanel et des chaussures à talons hauts sur lesquels elle arrivait à marcher super vite. Ses cheveux étaient toujours coiffés avec élégance et elle savait prendre un air ultra sévère quand on n'avait pas fait ses devoirs. Dans l'ensemble, elle correspondait assez bien à tous les clichés que l'on pouvait avoir en matière de prof de français. Nous avions d'ailleurs l'impression que la Cook l'avait recrutée sur un plateau de tournage.

Mais là, son image en prenait un sacré coup. Absolument insensible à l'agitation autour d'elle, elle se dressait sur la table des profs parmi les assiettes sales et les verres renversés, écartant les bras dans un geste théâtral.

Je pensai qu'elle allait nous faire un discours à la manière du *Cercle des poètes disparus* et nous citer un poème de Whitman, ce qui aurait été déjà assez singulier en soi, vu la matière qu'elle enseignait, mais je m'étais hélas trompée.

– Comme vous le savez peut-être, parce qu'on a pu le lire sur le blog de Secrecy, cette peste anonyme, Giles Vanhagen ici présent et moi avons eu une aventure durant ces deux dernières années scolaires, déclara-t-elle de sa voix claire qui, en temps normal, ne faisait pas trembler que les petits élèves de cinquième.

Mr Vanhagen, qui tentait d'éponger avec une serviette le contenu des verres renversés, se figea et blêmit.

On n'entendait plus une mouche voler.

– *Aventure*, répéta Mrs Lawrence avec une moue de mépris. Je n'aime pas du tout ce mot. Il rend tout si minable, si petit et si méprisable alors que cela me paraît si pur, si merveilleux, si doux. J'étais si amoureuse, si heureuse et si sûre que nous étions faits l'un pour l'autre.

Après coup, je trouvai singulier que dans un espace plein d'ados pubères pas vraiment réputés pour leur délicatesse, personne n'ait ricané, ni ri, ni même sorti son téléphone portable pour immortaliser cet instant mémorable. Tous les visages étaient choqués et sidérés. Et personne ne bougeait. Dans la vénérable institution de la Frognal Academy, on n'avait certainement jamais vu un professeur sur une table. S'il arrivait que quelqu'un disjoncte, c'était de façon plus correcte, derrière des portes fermées.

– Je l'ai cru quand il me jurait qu'il quitterait sa femme, poursuivit Mrs Lawrence en pointant un doigt tremblant sur Mr Vanhagen qui se demandait sans doute s'il ne ferait pas mieux de se réfugier sous une table ou de piquer un sprint vers la sortie.

– Pourtant j'aurais dû le savoir ! dit Mrs Lawrence en pivotant sur ses talons, ce qui causa la chute d'un autre verre. Il ne faut jamais faire confiance aux hommes. Vous entendez, les filles ? Ils ne cherchent qu'à vous voler votre cœur pour le piétiner ensuite ! Voulez-vous que je vous le prouve ? Voulez-vous que je vous montre ce qu'il a fait de mon cœur ?

Une question tout à fait rhétorique qui n'attendait pas de réponse ; cela dit, un *non* franc ou un projectile bien visé en direction de sa tête aurait peut-être pu empêcher la catastrophe qui suivit. Mais pour cela, nous étions tous trop sonnés.

Lentement, très lentement, Mrs Lawrence déboutonna sa veste Chanel, la fit glisser de ses épaules et tomber dans la salade de Mr Daniels. Puis elle défit les boutons de son chemisier, l'un après l'autre.

– Regardez bien, cria-t-elle. Vous allez voir où il m'a arraché le cœur.

Je retins mon souffle. Comme tous les autres. Plus que deux boutons et nous verrions la couleur de son soutien-gorge.

La Cook fut la seule à trouver la force de bouger. Elle posa doucement le vase par terre et tendit la main.

– Christabel, ma chère ! Je vous en prie, descendez de cette table.

Mrs Lawrence jeta un regard étonné à la directrice.

– Mon cœur, murmura-t-elle. Il faut que je vous le montre.

– Oui, je sais ! dit notre directrice d'une voix légèrement tremblante. Venez ! Allons dans mon bureau.

– Où ça ?...

Mrs Lawrence abaissa lentement le bras et se regarda de haut en bas. Le talon de sa chaussure gauche se trouvait dans l'assiette de Mr Vanhagen, et de la soupe de pois s'égoutta quand elle l'en retira.

– Que s'est-il passé ? Comment suis-je... ? Pourquoi... ?

Un pur effroi se lisait maintenant sur son visage et elle se mit à tanguer légèrement. Comme quelqu'un que l'on a brutalement sorti de son sommeil et qui ne sait plus où il est.

– Tout va bien, Christabel, lui assura notre directrice. Descendez simplement de cette table. Andrew, pourriez-vous lui tendre la main ?

– Pourquoi... ? Qui... ? dit Mrs Lawrence en scrutant la salle d'un air paniqué, son regard errant sur nos visages.

Exactement comme Mia après ses crises de somnambulisme, pensai-je soudain. Je compris alors avec une légère aigreur d'estomac que Mrs Lawrence n'avait pas disjoncté sans raison mais que tout ce théâtre avait été spécialement mis en scène pour nous. Quelqu'un s'était servi de Mrs Lawrence comme d'une marionnette dans le seul but de nous prouver quelque chose.

À savoir qu'il nous dépassait de plusieurs têtes. Et qu'il nous devançait de plus d'un pas.

– C'est un rêve, n'est-ce pas ? s'écria Mrs Lawrence. Ce ne peut être qu'un rêve.

– Hélas non, chuchota une fille derrière moi.

J'étais sûre que, comme elle et moi, tous ici prenaient en pitié cette femme bégayante et chancelante.

Tous. Sauf un.

Mr Daniels et Mr Vanhagen (qui n'avait toujours pas retrouvé ses couleurs) aidèrent Mrs Lawrence à descendre de la table et Mrs Cook passa un bras autour d'elle pour la faire sortir de la cafétéria. Je tournai alors lentement la tête vers Arthur. Il semblait n'avoir attendu que cela car, contrairement à son habitude, il soutint mon regard de ses yeux bleus. Jusqu'à ce que Henry et Grayson le fixent. Ils en étaient sans doute arrivés à la même conclusion que moi.

Arthur sourit. Non pas d'un air triomphant mais avec un contentement des plus révoltants. Alors que les élèves tout autour sortaient de leur état de choc et commençaient à quitter en masse la cafétéria, il nous adressa une légère révérence.

– Et ce n'était que le commencement, mes amis, nous glissa-t-il quelques secondes plus tard en se faufilant près de nous dans la cohue. Essayez d'en faire autant, si vous pouvez.

Chapitre 2

Henry fut le premier à se ressaisir.

– Voilà donc pour Arthur et son âme pure ! lança-t-il.

– Merde ! dit Grayson en se prenant la tête dans les mains.

Toute la cafétéria bourdonna soudain tel un essaim d'abeilles.

– Comment s'y est-il pris ? demandai-je d'une voix horrifiée qui amplifia encore ma peur. Comment a-t-il pu manipuler Mrs Lawrence en rêve au point de la faire grimper sur une table en plein milieu de la journée et de ruiner ainsi sa vie ?

Hébétée, je fixai l'agitation régnant autour de la table des profs.

Henry haussa les épaules.

– Une sorte d'hypnose particulièrement perfide, je suppose. Il n'a eu besoin que d'un objet personnel et de trouver sa porte.

– Oui, ça semble super simple, ironisa Grayson.

– Mais pourquoi cette pauvre Mrs Lawrence ? Qu'est-ce…

Je m'arrêtai brusquement : Sam, le frère d'Emily, passait près de notre table en direction de la sortie. Depuis l'affaire de Mr Snuggles, il ne manquait jamais de me glisser au passage : « Honte à toi ! » (dernièrement il le disait aussi à

Grayson), mais là, il semblait être trop chamboulé pour y penser. J'attendis qu'il soit hors d'écoute pour demander à nouveau :

– Pourquoi Mrs Lawrence ? Qu'a-t-elle fait à Arthur ?

– Rien que je sache, répondit Grayson, aussi perplexe que moi. Arthur a abandonné le français depuis deux ans.

– Ce n'était pas personnel, je suppose, dit Henry qui, contrairement à Grayson, ne me parut pas abattu mais étrangement remonté. Il a dû choisir Mrs Lawrence au hasard, à des fins démonstratives. Pour nous. Allez, Grayson, ajouta-t-il en jetant un œil à sa montre, nous devons discuter avec Mrs Zabrinski du cubo-futurisme de l'avant-garde russe.

Grayson prit sa veste avec un profond soupir.

– Mince ! J'en ai encore la chair de poule. Jamais je n'aurais pensé avoir aussi peur d'Arthur. J'ai l'impression que, comparés à lui, tous les malfaiteurs du monde sont encore en culottes courtes.

– Essaie de positiver, dit Henry en lui donnant une tape amicale sur l'épaule. Au moins, nous comprenons maintenant son silence radio de ces dernières semaines. Il a développé une méthode pour dominer le monde.

C'était bien sûr une plaisanterie, mais ni Grayson ni moi ne parvînmes à en rire.

– Si Arthur manipule ainsi des personnes dans leur sommeil pour les amener à faire dans la vie réelle ce qu'il désire, il n'est pas si loin de dominer le monde, murmurai-je. Et on ne pourrait même pas prévenir les gens… on se retrouverait hospitalisé en psychiatrie sans même avoir le temps de dire *porte des rêves*.

– Ouais, acquiesça Henry avec un sourire en coin. Trop bête qu'on soit les seuls à pouvoir l'arrêter.

– Mais sans savoir comment, ajoutai-je doucement.

– Nous… devons pourtant faire quelque chose, dit Grayson d'un air résolu. Voyons-nous demain soir chez nous, après l'entraînement. Il nous faut un plan.

Il enfilait sa veste, lorsque son air décidé fit place à une pure déception.

– Ce salaud ! Il a vraiment choisi une période de merde ! Comment allons-nous sauver le monde tout en passant nos examens de fin d'études ?

Henry rit doucement.

– En tout cas, il a le même problème. Je ne crois pas qu'Arthur ratera ses examens pour le contrôle du monde.

J'espérais qu'il avait raison. Même si on n'a pas forcément besoin d'une mention pour conquérir le monde.

Dans les deux cours suivants, il n'y eut pas d'autre sujet que la crise de nerfs de Mrs Lawrence et son début de strip-tease. La directrice l'avait soi-disant conduite tout droit dans une clinique et nous ne la reverrions apparemment pas de sitôt. Le cours de Mr Vanhagen avait également été supprimé. Lui aussi avait peut-être fait une dépression, comme mon amie Persephone le supposait. Ou bien il était reparti chez sa femme et se cherchait un nouveau job. On ne savait pas qui l'on devait prendre le plus en pitié.

Quand, à la fin de la journée, je repris le chemin de la maison avec ma petite sœur, l'histoire était depuis longtemps arrivée aux oreilles des élèves du cycle moyen.

Naturellement, Mia voulait tout savoir.

– C’est vrai qu’elle s’est roulée dans la soupe de pois et a laissé des traces vertes partout ? demanda-t-elle à peine avions-nous quitté la cour.

Je m’apprêtais à lui répondre quand quelqu’un me prit la taille par derrière. Je levai les poings par réflexe.

– S’il te plaît, pas de kung-fu ! C’est juste moi ! dit Henry en me lâchant.

Puis il se plaça nonchalamment à côté de nous, montrant une bonne humeur déplacée. Mais c’était peut-être une mauvaise interprétation de ma part.

– Salut, Mia ! lança-t-il. Jolie coiffure !

– C’est ce que Lottie appelle un « nid de Sissi », expliqua Mia en portant la main à la couronne tressée sur le haut de sa tête. Pour Liv et moi, ce serait plutôt un « tas de compost de Sissi ».

– Très pratique quand on ne sait pas où mettre l’œuf du petit déjeuner, blagua Henry.

Puis, me prenant par la main, il ajouta :

– Je vais faire un petit bout de chemin avec vous, ça vous va ? Pourquoi vous ne prenez pas le bus ?

– Il fait trop bon au soleil pour ça, répondit Mia.

Elle fixa nos mains enchevêtrées et fronça les sourcils. Sans lui laisser le temps de poser une question embarrassante (« Vous êtes de nouveau ensemble ? Si non, pourquoi vous tenez-vous par la main ? »), je m’empressai d’ajouter :

– Et puis, dans le bus, il y a toujours un mec de la classe de Mia qui l’appelle sa *princesse aux cheveux d’or*. Gil Walker. Il lui écrit des lettres d’amour. Avec des poèmes de son cru.

– Quelle horreur ! s’esclaffa Henry.

Je m'efforçai de ne pas regarder les fossettes au coin de ses lèvres en pensant à ce que l'on pouvait ressentir quand on les embrassait.

– Tu l'as dit ! lança Mia, un instant distraite. Enfin quelqu'un qui ne trouve pas ça délicieux et touchant ! Lottie, Mum et Liv ont tenté de me persuader d'employer des mots délicats pour ne pas blesser ce pauvre garçon.

– Elle lui a donc déclaré avec une grande délicatesse qu'il n'avait qu'à se chercher une autre princesse à aduler, expliquai-je.

– En ajoutant que sinon je lui collerais ses poèmes là où le soleil ne brille pas, précisa Mia en donnant un coup de pied dans un caillou. Loin de l'effrayer, ça lui a donné envie d'écrire un autre poème.

De fait, je devais avouer que le trajet en bus n'avait rien d'agréable quand on avait derrière soi quelqu'un qui cherchait à voix haute des rimes valables à *cher trésor pervenche* et *rail dentaire scintillant*.

– Mia et moi nous avons réfléchi à composer un anti-poème, dis-je, et à l'intituler *Walker, le harceleur*.

Les fossettes d'Henry étaient toujours là.

– Ah, l'amour ! s'exclama-t-il théâtralement. Ça vous fait faire des choses singulières. À propos, Mia, te rappelles-tu encore l'Afrique du Sud et un certain Rasmus ?

L'envie de rire me passa d'un coup.

– Rasmus ? répéta ma sœur.

Oh, mon Dieu ! Non, s'il te plaît. J'étais figée. Les mensonges finissent toujours par vous trahir. Henry allait comprendre que mon ex-petit ami n'était qu'une invention, que Rasmus était le nom d'un chien. Et la pitié que je lirais dans son regard serait tout à fait justifiée.

– Rasmus ? Tu veux dire le Rasmus des Wakefield ? demanda Mia.

Comme enracinée sur le trottoir, j'essayai d'utiliser la télépathie pour lui demander de se taire. Sans succès, hélas.

Mia et Henry m'observèrent, un peu troublés.

– Hmm... oui, le Rasmus des Wakefield. Rasmus Wakefield, répondis-je en m'empressant de montrer un petit jardin. Ah, regardez ces superbes jonquilles !

Ma minable tentative de diversion resta sans effet. Mia et Henry se retournèrent et poursuivirent leur chemin. Désemparée, je les vis s'éloigner. J'entendis alors Henry demander à ma sœur :

– Et comment était ce Rasmus ?

– Pourquoi tu me demandes ça ? s'étonna Mia.

– Oh, juste comme ça. Tu l'aimais bien ?

Je parvins enfin à me remettre en mouvement.

– Rasmus ? Oui, bien sûr, dit Mia. Il était très mignon. Un peu collant, peut-être. Accaparant. Les Wakefield le gâtaient trop.

Oh, non ! Pas ça ! Elle allait bientôt parler de sa langue bleue.

– Collant et accaparant, ah bon ?

Henry pivota vers moi et leva un sourcil.

– Attendez-moi donc ! dis-je en me glissant entre eux.

– Liv l'appelait toujours *petit baveux*, pas vrai, Livvy ? Aïe !

Mon coup de coude arrivait une seconde trop tard. Je les pris tous les deux par le bras avec un sourire forcé.

– Même pas vrai. Est-ce qu'un de vous deux aurait un bonbon à la menthe ?

Question inutile. Mia était plongée dans ses souvenirs et Henry… eh bien, comme souvent… il était difficile de lire sur son visage.

– Mais si, Livvy. Tu lui avais trouvé une foule de petits noms débiles, tu ne t'en souviens plus ? Butter était toujours super jalouse. Elle lui mordait les jambes quand tu lui grattais le ventre…

Là, c'en était assez !

– On ne pourrait pas parler d'autre chose, s'il vous plaît ? m'écriai-je, un peu trop fort peut-être.

J'ajoutai plus bas :

– Tu ne veux donc plus savoir ce qui s'est passé avec Mrs Lawrence, Mia ? Henry et moi avons vécu ça en live.

Cette fois, bingo ! J'avais enfin obtenu l'attention de ma sœur et évacué le problème ex-petit ami ou ex-chien. Même si je craignais qu'Henry ne le remette sur le tapis à la prochaine occasion.

Mia apprit, fascinée, que Mrs Lawrence avait grimpé sur une table pour y apostropher les élèves. Et qu'elle nous avait montré l'endroit précis où Mr Vanhagen lui avait arraché le cœur. Henry et moi lui racontions tout cela à tour de rôle, tandis que Mia soupirait de compassion.

– C'est effrayant qu'un chagrin d'amour puisse vous faire devenir fou, dit-elle après avoir entendu la façon dont notre Cook avait fait quitter la salle à une Mrs Lawrence complètement brisée. Une crise de nerfs devant tant de personnes… on ne peut pas se remettre d'un truc pareil.

– Ce n'était pas une crise de nerfs, dit Henry. Elle n'a pas perdu la tête à cause d'un chagrin d'amour et elle n'était pas non plus droguée. Elle était dans un état tout à fait comparable au tien quand tu étais somnambule et que tu voulais sauter par la fenêtre.

Je le regardai, effrayée. Il n'allait tout de même pas déballer ici, en pleine rue, la vérité sur Arthur et les rêves ?

– Tu ne devrais pas tourner ici ? demandai-je sèchement.

Depuis des semaines, nous nous querellions à ce propos : Henry pensait qu'il fallait initier Mia au secret, ne serait-ce que pour qu'elle puisse se protéger elle-même ; Grayson et moi étions contre. Elle n'avait que treize ans et cette histoire était terminée. Son inconscient avait depuis pris suffisamment de mesures de sécurité (la porte de ses rêves était sécurisée comme Fort Knox), et Arthur avait désormais d'autres desseins en tête. Apprendre qu'Arthur s'était introduit dans ses rêves et qu'il l'avait poussée à faire en somnambule des choses qui avaient failli lui coûter la vie l'angoisserait et la troublerait inutilement.

– Comment ça ? s'étonna Mia en fixant Henry.

Ce dernier me regarda à son tour et soupira devant mon visage pétrifié.

– Demande-le à ta sœur. Je dois vraiment tourner ici. Mais c'était très sympa de discuter avec vous.

Il me fit un petit baiser sur la joue.

– À ce soir, me dit-il.

– Pense-t-il vraiment que Mrs Lawrence a agi en somnambule ? demanda Mia tandis que je suivais Henry des yeux.

Il avait comme toujours les cheveux en bataille. Autrefois, j'avais cru qu'il se les stylait le matin avec ses dix doigts devant le miroir jusqu'à les avoir aussi cool, mais maintenant je savais que quatorze épis lui facilitaient le travail. J'avais découvert chacun de ces épis, je les avais caressés et…

– Vraiment grave, ce que l'amour peut vous faire, observa Mia.

– Oui. La pauvre Mrs Lawrence, m'empressai-je d'acquiescer.

– Je ne parle pas de Mrs Lawrence…

Mia sauta sur le bord d'un mur et avança en équilibriste.

– Vous en êtes où, Henry et toi ? Vous êtes de nouveau ensemble ou pas ?

– Oui… en quelque sorte, murmurai-je, soulagée de ce changement de sujet. Je veux dire, nous n'en avons pas parlé explicitement. Il reste encore quelques petites choses à éclaircir. Et puis, j'ai bêtement… euh…

Mia soupira en sautant de nouveau sur le trottoir.

– Tu as… ?

– … inventé un ex-petit ami. Avec qui j'ai couché.

Ma petite sœur me fusilla du regard.

– Pourquoi ça ?

– Pour qu'Henry n'aille pas croire qu'il est le premier.

Dit de cette manière, ça paraissait encore plus terrible que je ne l'avais pensé.

– Pourquoi ? insista Mia.

– Parce que… parce que… Je ne le sais pas moi-même. Ça s'est juste passé comme ça. Comme si une perfide voix de ventriloque parlait à ma place. Et maintenant, Henry croit que j'avais un petit ami en Afrique du Sud. Et que j'ai couché avec lui.

– Je ne voudrais pas toujours demander *pourquoi* mais je ne peux pas faire autrement.

– C'est… Il a toujours montré tant de pitié…. Et puis, il y avait cette… Ah, tu ne peux pas comprendre.

– C'est vrai. S'il te plaît, mon Dieu, fais que je ne tombe jamais amoureuse et que je ne commette pas des choses dont je ne saurais même pas pourquoi je les commets, pria Mia. Eh bien, au moins, vous ne vous ennuyez pas, Henry et toi. J'ai hâte de voir comment tu vas te sortir de cette pétaudière.

Oui. Moi aussi.

– Encore une chose, dis-je, si Henry remet ça avec Rasmus, ne dis pas qu'il haletait bizarrement ou ce genre de truc...

Mia s'arrêta.

– Oh, je comprends maintenant. Voilà pourquoi Henry s'intéressait tant au gros cabot des Wakefield. Tu as baptisé ton ex du nom de Rasmus, pouffa-t-elle.

– C'est le premier nom qui m'est passé par la tête.

Tout cela commençait à m'amuser aussi.

– Bon sang, Livvy, il n'y a que toi pour faire ça ! s'écria Mia. Rasmus Wakefield ! Encore heureux que je n'aie pas dit qu'il arrosait tous les lampadaires !

– Ni qu'il puait grave chaque fois qu'il avait plu.

– Qu'il hurlait à la mort quand tu jouais de la guitare.

– Qu'il est resté un jour coincé dans la chatière.

En arrivant à la maison, nous étions tellement hilares que nous faillîmes renverser un jeune type mal rasé qui portait à bout de bras deux cartons de déménagement, un lampadaire et un saxophone.

– Vous emménagez ici ? demanda Mia en montrant la maison voisine.

Le type acquiesça, ce qui n'était pas une mince affaire car, entre le carton du haut et son menton, il avait coincé deux livres qui se mirent à glisser.

– Oh, bien, dit Mia en lui souriant joyeusement. Les gens qui habitaient ici étaient terriblement ennuyeux. La femme balayait l'entrée tous les jours en pestant contre les merles.

– Ma mère a la phobie des merles, soupira le type.

Les livres lui échappèrent.

– Oups, fit Mia.

Je rattrapai les bouquins au vol. Il s'agissait d'un gros pavé intitulé *Droit processuel* et d'une édition de poche fatiguée de *L'Hôtel New Hampshire* de John Irving. Apparemment, un étudiant en droit assez littéraire.

– Tiens donc, le retour de l'enfant prodigue ! s'écria Florence en arrêtant son vélo près de nous.

Comme toujours, elle était parfaite, pas le moins du monde marquée par sa longue journée au lycée. Elle avait noué ses boucles brunes en une queue-de-cheval dont une mèche brillante retombait joliment sur son visage. À voir son sourire enchanteur, ses yeux rayonnants et ses gracieuses fossettes, on avait du mal à la croire capable de dire ou de faire quoi que ce soit d'inamical. Mais l'apparence était trompeuse. Ces derniers temps, elle était même particulièrement mal lunée.

– Il paraît que ta copine t'a mis à la porte, dit-elle au type mal rasé. Ta mère pense qu'elle est la pire garce que la Terre ait jamais connue. Toi aussi ?

– La seconde après Poison Ivy, répondit le type en souriant de toutes ses belles dents et sans même remarquer que je lui tendais ses livres. Salut, Flo, tu as bien grandi.

Florence replaça la mèche derrière son oreille.

– Eh oui, le temps passe, Matti. En automne, je vais commencer mes études de droit. Fais bien attention à ce que je ne les termine pas avant toi. J'ai entendu dire que tu as foiré quelques examens. Ta mère prétend que c'est à cause du chagrin d'amour causé par cette garce.

– Ex-garce…

Tout autre se serait sans doute senti mal à l'aise, mais Matti ne paraissait pas le moins du monde gêné. Le lampadaire sous le bras, il avait l'air plutôt bien dans sa peau au moment de se réinstaller chez sa maman.

– Sois heureux d'en être débarrassé, Matti, dit Florence en lui tapotant le bras dans un geste théâtral qui fit vaciller le lampadaire. Elle ne fait que colporter des mensonges partout. Elle raconte que vous vous êtes séparés parce que tu sortais avec sa meilleure amie. Et avec la sœur de cette meilleure amie. Et que tu préfères passer ton temps dans des boîtes de nuit plutôt que te consacrer à tes études. Et aussi que, ces quatre derniers mois, tu n'as pas versé ta part du loyer à cause de tes dettes pour une ancienne voiture hyper chère, au capot quatre fois plus long que le coffre. À peu près comme… non, *exactement* comme celle-là.

Elle montra une voiture rouge garée près du trottoir, en effet dotée d'un capot assez long.

– Ce n'est pas une voiture ancienne mais une Morgan Plus 8, modèle 2012, rectifia joyeusement Matti. Le père d'un pote la vendait à un prix tellement bas qu'il aurait fallu être idiot pour ne pas sauter sur l'occasion. Pour ma punition, je dois maintenant vivre de nouveau quelques mois chez mes parents et les laisser me cuisiner chaque jour mes plats préférés. Mais j'y survivrai. Avec un voisinage aussi sympa… ajouta-t-il en faisant un clin d'œil à Florence. Ma mère a dû garder les lettres d'amour que tu m'as écrites. Nous devrions peut-être les relire ensemble.

Florence eut un peu de peine à conserver son sourire de pitié.

– J'avais douze ans, dit-elle en poussant son vélo.

Matti la regarda partir en souriant.

– J'ai l'impression que c'était hier, dit-il tandis que Florence et son vélo disparaissaient dans notre entrée.

Puis, se tournant vers Mia et moi, il demanda :

– Et vous êtes qui, vous ?

Deux filles qui avaient tout suivi bouche bée.

– Les futures belles-sœurs de Florence, s'empressa de répondre ma cadette. Je suis Mia et voici Liv. Elle aussi a déjà porté un appareil dentaire.

– Ravi de vous connaître, Mia et Liv. Moi, c'est Matt. Le type qui dans ces prochains mois va balayer devant l'entrée et chasser les merles.

– C'est bon à savoir, dis-je.

Je posai le *Droit processuel* sur le carton du haut et Matt coinça le livre sous son menton avant de se diriger vers la maison.

– Merci. Nous nous reverrons certainement bientôt, glissa-t-il par-dessus son épaule.

Je m'étonnai de le voir réussir à tenir aussi longtemps les cartons et le lampadaire, sans oublier le saxophone qui penchait dangereusement.

Soudain Mia lui lança :

– Ta mère a-t-elle vraiment conservé les lettres de Florence ? Et si oui, tu pourrais me les vendre ?

Matt rit.

– Pourquoi pas ? Tout penny est bon à prendre.

– Ne prends pas cet air réprobateur, dit Mia quand nous tournâmes enfin dans l'allée d'accès à la maison des Spencer. Je ne les veux qu'en cas de besoin.

– Pour ta carrière de maître chanteur ?

– Plutôt maître chanteur que voleuse. Je t'ai vue lui piquer son livre. Pourquoi d'ailleurs ?

– Oups.

Je sortis le livre de mon blazer et le regardai d'un air faussement étonné.

– Ah oui, en effet. *L'Hôtel New Hampshire*. Je voulais sans doute juste le relire.

C'était faux... Nous avions ce titre dans notre bibliothèque, un exemplaire signé, dédicacé à Mum. En fait, j'avais pensé tout à coup que ça pourrait me servir de posséder un objet personnel de Matt. Peut-être me serait-il utile un jour ? Et quoi de plus personnel qu'un livre manifestement favori que l'on a lu et relu ?

Blog
à potins

Ici, le blog à potins de la Frognal Academy, avec les derniers ragots, les plus folles rumeurs et les scandales chauds bouillants de notre école.

Qui suis-je ? Je m'appelle **Secrecy**, je suis parmi vous et je connais tous vos secrets.

UPDATE ACTIVITY

3 mars

J'ai tremblé
Tu as tremblé
Il/elle a tremblé
Nous avons tremblé
Vous avez tremblé
Ils/elles ont tremblé.

Oh oui, c'est vrai qu'il nous est arrivé à tous de trembler pendant le cours de Mrs Lawrence quand elle nous faisait conjuguer des verbes français. Et malheur à celui ou celle qui se pointait en retard. La première année, j'ai cru que son sévère « L'exactitude est la politesse des rois » signifiait « stricte comme une policière[1] ! » et que cela s'appliquait aussi bien au retard qu'à l'uniforme scolaire. (En réalité cela veut dire en allemand : « *Pünktlichkeit ist die Höflichkeit der Könige.* » Je le précise pour les hispanisants susceptibles de se plaindre que mon blog est encore une fois trop compliqué pour eux.) Mais passons. Il se pourrait bien que plus personne n'ait dorénavant à suer pendant le cours de français de Mrs Lawrence. La dernière leçon qu'elle nous a donnée était sans doute : « Ne t'engage pas avec un homme marié. » Très utile. Peut-être même plus utile que la conjugaison des verbes du premier groupe. Bien que personne d'entre nous ne puisse s'imaginer commencer quelque chose avec un homme comme Mr Vanhagen... même pas marié. N'est-ce pas ?

Toujours est-il que ce qui s'est passé aujourd'hui à la cafétéria est si terrible que je ne pourrais même pas mettre une photo ici, si j'en avais une. Je le dois à Mrs Lawrence même si elle m'a traitée un jour de « peste anonyme ». La « peste anonyme » vous dit maintenant quelque chose, Mrs Lawrence : Vous étiez trop bien pour Mr Vanhagen. Et vous allez vous en sortir, il paraît que les psychotropes accomplissent de purs miracles. Et qui sait ? Peut-être reviendrez-vous un jour à la Frognal ? Ou bien vous rencontrerez l'amour de votre vie à la clinique et serez heureuse. Je pense que vous l'avez mérité. « Chaque chose en son temps », comme disent les Français. (Ouvrez un dictionnaire, ceux qui ne connaissent pas le français, je ne suis pas votre interprète, mais juste la peste anonyme du lycée !)

À propos de peste du lycée : évidemment, face au drame d'aujourd'hui à la cafèt', les autres nouvelles

---

1 En allemand, *Exakt* signifie « précis », « rigoureux », « strict », et « Politesse », formé sur *Polizist* et *Hostess*, signifie « auxiliaire de police » (N.d.T.).

pâlissent. Mais voici tout de même la plus intéressante : en ce moment précis, Jasper Grant se trouve sur le bac entre Calais et Douvres. Il devait pourtant rester dans son bled français jusqu'à la fin du trimestre, mais son père a dû aller le rechercher. On l'a en effet éjecté en raison de diverses violations flagrantes du règlement scolaire, et sa famille d'accueil voulait s'en débarrasser au plus vite. Qu'a-t-il pu faire de si grave ? Nous pourrons le lui demander dès demain.

Pour ma part, je m'en réjouis... Jasper m'a sincèrement manqué.

À bientôt

Secrecy

Chapitre 3

– Juin ? Cette année ? Mais nous n'aurons pas le temps.

Mrs Spencer senior, alias la grand-mère de Grayson et Florence, alias la Bête en rouille, alias la femme qui prenait systématiquement deux places de parking pour garer sa Bentley, ou plus simplement «la Brouille», fixait Mum avec stupéfaction.

– Il nous reste encore trois mois et demi d'ici le mariage…

Mum était assise dans la cuisine à côté d'une montagne de copies à corriger mais avant l'arrivée de la Brouille, elle avait posé les jambes sur la table et tendu son visage au soleil de l'après-midi. Elle rit, de bonne humeur.

– Nous y arriverons sans problème.

– Nous ? reprit Florence en fronçant le nez. Je tiens à m'exclure de ce « nous ».

Elle trouvait officiellement superflue la présence de Lottie dans cette maison, mais traînait tous les après-midi dans la cuisine pour se jeter sur ses pâtisseries. En mordant dans un tout petit muffin pomme-cannelle délicieusement parfumé, elle ne put éviter un sourire de bonheur. Mais, remarquant que Lottie et moi l'observions, elle s'empressa de dire sur un ton affligé :

– Grayson et moi ne pouvons vraiment pas soutenir vos projets, nous avons assez à faire avec nos examens. Et le bal de fin d'études a lieu aussi en juin. Peut-être devriez-vous penser à repousser la date. En automne. Ou au printemps prochain.

– C'est ça, pourquoi pas en 2046 ? Comme ça, vous pourriez fêter en même temps vos quatre-vingts ans, suggéra Mia.

Puis elle prit trois muffins et les observa un moment comme pour se demander s'ils rentreraient tous les trois en même temps dans sa bouche. Ce qu'ils firent.

– Pas de souci, il n'y a rien à préparer à l'avance, dit Mum en nous adressant à tous un sourire serein. Simplement nous improviserons. Ce sont toujours les plus belles fêtes.

– Mais, commença la Brouille, sur le point de suffoquer. Il s'agit d'une noce, pas d'un anniversaire d'enfants ! Il faut un peu plus que quelques ballons de baudruche. Rien que la liste des invités. Les gens normaux ont déjà programmé leur été depuis longtemps.

– Oui, grand-tante Gertrude aussi, j'espère, murmura Mia.

– Peu importe. Ceux qui auront le temps viendront, et les autres non, dit Mum. On ne va pas en faire toute une affaire, juste une petite fête sympa, sans complication.

– Mais Lottie pourra mettre son *dirndl*, sa robe bavaroise des jours de fête, ajouta Mia avec un sourire en coin.

– En tout cas, je ferai un gâteau, répondit Lottie, toute rayonnante. À trois étages.

– Ce sera super, s'enthousiasma Mum.

La Brouille soupira.

– Les salles à louer sont réservées depuis longtemps pour juin. Pour finir, vous allez devoir fêter ça dans le jardin.

Elle émit un petit rire dont l'ironie échappa à Mum.

– C'est une bonne idée, dit celle-ci, reconnaissante.

– C'est une catastrophe, répliqua la Brouille.

– Pas si nous empêchons que grand-mère, grand-tante Gertrude et grand-tante Virginia se mettent à jouer les Supremes, remarquai-je.

La Brouille se mit à pâlir. Il ne lui était encore jamais venu à l'idée que nous avions en plus une famille.

– Oh, comme je me réjouis de faire leur connaissance, dit Florence en levant les yeux au ciel.

Elle était bien la jumelle de Grayson mais, question gentillesse, c'était le portrait craché de sa grand-mère.

Une veine menaçait d'éclater sur le front de celle-ci.

– Une petite garden-party ! C'est peut-être possible d'organiser ce genre de chose quand on épouse un moins-que-rien. Sans famille et sans obligations, dit-elle en se mettant nerveusement à faire les cent pas dans la cuisine. Mais, contrairement à toi, mon fils ne peut pas faire fi des traditions et des principes dus à sa position sociale. Il semble que tu n'en aies pas la moindre idée.

– Et toi, la fumée te sort par les oreilles, dit joyeusement Mum.

– Sottises, répliqua la Brouille.

Mais Mum avait raison : on voyait nettement de petits nuages de fumée blanche sortir de ses oreilles, accompagnés par des bruits de locomotive à vapeur. Et c'est là que je compris tout à coup que j'étais en train de rêver. Toutefois, cette conversation avait vraiment eu lieu cet après-midi dans la cuisine. Sauf que les oreilles de la Brouille ne s'étaient pas mises à fumer et que, dans le mur de la cuisine, à côté du réfrigérateur, il n'y avait pas de porte verte. Porte que je remarquai alors seulement.

La Brouille avait suivi mon regard.

– Je n'ai jamais trop apprécié l'artisanat d'art, beaucoup trop tarabiscoté. Et cette poignée-lézard kitsch est le comble du mauvais goût… Ah, mon Dieu !

La poignée avait bougé. Ses fines écailles noires luisaient à la lumière tandis que le lézard s'étirait, déroulait sa queue et ouvrait les yeux.

– Tu n'as rien de kitsch, lui dis-je, comme toujours fascinée par sa beauté.

Quand la porte de mes rêves m'était apparue pour la première fois, le lézard était encore en laiton et beaucoup plus petit. Hormis un clin d'œil complice de temps à autre, il n'avait jamais bougé, alors qu'à présent il grimpait et descendait sur la porte, ne consentant à actionner la poignée que quand je voulais vraiment sortir. Contrairement à ceux de son frère de l'autre côté de la porte, ses yeux luisant d'un bleu turquoise lui donnaient un air amical. Je lui cherchais encore un nom adéquat : mystique, ronflant et pourtant agréablement familier. Après tout, il était une création de mon subconscient et donc une partie de moi-même. Tout comme son pendant aux dents pointues, qui sifflait de l'autre côté de la porte.

– Beaucoup trop coloré, dit la Brouille. Et complètement irréaliste. Les proportions ne vont pas.

D'un geste de la main, je la chassai de mon rêve. C'était déjà bien assez qu'elle passe souvent chez nous dans la vie réelle, de préférence quand Ernest était en voyage d'affaires et que Mum n'avait pas de cours dans l'après-midi. Mia et moi considérions cela comme une pure chicane mais Mum et Lottie, avec leur foi tenace en la bonté humaine, pensaient que cette pauvre vieille dame voulait simplement prendre part à la vie familiale et se rendre utile.

Tu parles !

Je passai un bout de doigt prudent sur les écailles lisses du lézard. À ma grande joie, il se mit à ronronner comme Spot, notre chat. De façon irréelle mais tout de même merveilleuse.

– Appelle-le Margouilli, me proposa Mia.

Avec Lottie et Mum, elle s'était plantée près de moi pour contempler le lézard. Florence avait disparu avec la Brouille.

– Ou peut-être Salmandri, dit Lottie.

– Barceloni lui irait bien, dit Mum.

Devant nos regards étonnés, elle ajouta :

– Vous savez, à cause du fameux lézard de Gaudí, qui... ah, laissez tomber, vous manquez de culture.

Comme si souvent en rêve, je fus un peu effrayée parce que mon subconscient sortait des tréfonds de mon cerveau des informations que je croyais n'avoir encore jamais entendues. Dès demain, j'entrerais « Gaudi » et « Barcelone » sur un moteur de recherche. Et j'espérais ne pas y trouver de lézard.

On frappa à la porte.

Le lézard se lova bravement en poignée tandis que son pendant de l'autre côté glissait la tête dans la fente de la boîte aux lettres et sifflait :

– C'est Henry.

– Voilà un mouchard innovant ! déclara Mum d'un ton admiratif.

– Tu pourrais l'appeler Mata Hari, dit Lottie.

Je me courbai.

– Que sentait la chambre de Grayson aujourd'hui ? demandai-je par la fente de la boîte aux lettres.

– La bouteille de Vétiver que Grayson a laissée tomber et qui sentira désormais toujours son grand-père, répondit Henry de l'autre côté. Je parie qu'il rêvera de lui cette nuit.

J'ouvris la porte. Henry, appuyé d'une main sur le chambranle, me sourit.

– Salut, ma fromagère. Puis-je entrer ?

– Je ne sais pas. Nous sommes au beau milieu de la nuit, répondis-je avec une feinte coquetterie. Ma mère ne me le permettrait jamais.

– Sornettes, dit Mum derrière moi.

Henry passa la tête dans la cuisine.

– Ah, un rêve familial sympathique. Et ça sent si bon la pâtisserie toute fraîche et la cannelle. Tes rêves sont superbement parfumés ces derniers temps.

C'était tellement incroyable qu'il puisse sentir ce que je rêvais, si fou que j'évitai d'y réfléchir plus longtemps. Finalement, peut-être n'y avait-il aucune explication logique et scientifique à toute cette histoire de rêves ? Ce qui signifierait alors…

– Qu'est-ce que c'est que ça ? s'exclama Henry, interrompant mes ruminations.

De sous la table de la cuisine venait de surgir un chow-chow plutôt gras qui nous regardait, la tête penchée de côté. Rasmus, tel qu'il était autrefois.

– Il a toujours ces yeux quand il veut des sucreries, dit Mia en riant. Oui, où est-il donc, le petit Ra… ?

– Aïe ! fit Henry en se frottant le bras.

Je l'avais poussé dans le couloir, m'étais glissée derrière lui et avais rapidement fermé la porte. En rêve, je pouvais bouger plus vite que Superman s'il le fallait.

– Le petit ragondin. Faisons un tour de contrôle, dis-je en m'accrochant au bras d'Henry. Nous pourrions par exemple vérifier que la porte de Grayson est, comme il le dit, infranchissable.

– Mais c'était si sympa à l'intérieur, regretta Henry. Alors que sévissent ici des espions invisibles et des psychopathes.

Oui, et aussi des démons. On ne pouvait être sûr de rien. Le couloir, avec ses portes de différentes couleurs et sa douce lumière, aurait pu être joyeux et paisible. Mais le silence avait quelque chose d'angoissant et on ignorait d'où venait la lumière : il n'y avait ni fenêtres, ni plafond d'où des lampes auraient pu pendre. Quelques mètres au-dessus des murs commençait un néant diffus tout au plus comparable au ciel gris clair qui pesait certains jours sur Londres. Les nombreux couloirs ramifiés semblaient sans fin et se perdaient dans l'ombre. Pourtant, j'aimais cet endroit et l'idée que derrière chaque porte rêvait une autre âme et que toutes les personnes du monde étaient liées les unes aux autres par ce labyrinthe. C'était un endroit magique, mystérieux et dangereux, un mélange que je trouvais irrésistible.

Je me collai un peu plus à Henry et pris une grande inspiration.

– Nous pourrons avoir tant de rêves sympas pour le reste de notre vie. Quand nous aurons délivré le monde d'Arthur.

Henry m'enlaça.

– C'est pourquoi je t'aime tellement, Liv Silver, murmura-t-il à mon oreille. Parce que tu es toujours prête pour l'aventure.

Je pensais la même chose de lui. En silence, nous nous transformâmes tous les deux en jaguars et trottâmes côte à côte. Je me sentais toujours plus sûre de moi sous une autre forme et je maîtrisais maintenant si bien le jaguar que je n'avais pas trop à me concentrer pour maintenir cette métamorphose. Contrairement aux formes difficiles comme des insectes volants, des objets inertes ou – summum de la discipline – le courant d'air, je pouvais garder pendant des heures la forme d'un félin. Parfois, en m'éveillant le matin de mon intense nuit de jaguar, j'étais encore tellement dans mon rôle que je devais réprimer le besoin de me lécher la patte. J'avais même un jour rugi après Florence qui me barrait le chemin de la cuisine.

À propos de Florence, l'élégante porte vert roseau qui se trouvait aujourd'hui à côté de celle de Grayson était certainement la sienne. Sauf si les initiales F.C.E.S., qui ressortaient sur le bois en lettres d'argent, signifiaient autre chose que Florence Cecilia Elizabeth Spencer, ce qui était plutôt improbable.

Nous n'avions toujours pas compris les règles concernant la disposition des portes ni pourquoi elles changeaient de temps en temps de place. La seule chose sûre était que les portes des gens proches de nous (dans le sens positif aussi bien que négatif) ne se situaient jamais trop loin de la nôtre. De l'extérieur, on reconnaissait les propriétaires de nombreuses portes. Celle de Grayson était, par exemple, une copie exacte de notre porte d'entrée, et celle de Mum affichait même son nom : *Au clair de lune – Des livres pour la vie – Librairie d'occasion Matthews. Ouverte de minuit jusqu'à l'aube.* D'autres portes n'étaient pas aussi faciles à identifier, mais je savais maintenant avec certitude que la simple porte d'un beau gris qui jouxtait celle de la *Librairie d'occasion Matthews* de Mum était celle d'Ernest. Où que se déplaçât la porte de Mum, elle était toujours accompagnée par la porte grise. Et celle laquée de rouge brillant, au heurtoir doré prétentieux, correspondait parfaitement au caractère de Persephone d'autant plus qu'elle se rapprochait toujours de la mienne chaque fois que nous avions passé un moment ensemble dans la journée.

Non pas que j'aie jamais ressenti le besoin de jeter un coup d'œil derrière l'une de ces portes, mais j'étais rassurée de savoir à qui les attribuer. Quand on passait tant de temps à circuler dans les couloirs, comme Henry et moi, les portes à côté des nôtres nous étaient familières, même si elles changeaient de place ou d'apparence. Pendant la moitié de la journée, je m'étais demandé comment Arthur avait bien pu réussir à trouver la porte des rêves de Mrs Lawrence. Tant d'autres ici lui auraient convenu, et d'un autre côté, il manquait un véritable indice, que sais-je : une tour Eiffel gravée ou un paillasson *Bienvenue*. Ou du moins une poignée Chanel. Mais Arthur avait certainement procédé de façon pragmatique. Après s'être approprié un objet personnel de Mrs Lawrence, il avait sans doute secoué toutes les portes possibles jusqu'à en trouver une disposée à s'ouvrir. Cela avait dû lui prendre un certain temps mais montrait une fois de plus à quel point il suivait ses sombres plans. Et si le subconscient de Mrs Lawrence n'avait pas installé d'obstacles, il avait pu facilement entrer. Pour faire là ce qu'il avait voulu.

À cette idée, je sentis les poils de ma nuque se hérisser. Et pas seulement pour cette raison : Henry et moi avions maintenant bifurqué dans un couloir où se trouvaient aussi bien la porte d'Arthur que celle d'Anabel.

Pour le cas où Arthur nous observerait, nous avions décidé de passer toujours par ici d'un pas sûr et tranquille quelle que soit la forme que nous avions prise. Il ne fallait surtout pas lui donner à penser que nous avions peur de lui. Je me contentai donc de jeter un court regard de jaguar, le plus méprisant possible, sur l'inscription *Carpe noctem*, martelée sur la surface métallique de sa porte, avant de scruter les environs. Le sobre bouton de sonnette argenté à la porte d'en face était neuf. Alors que je l'examinais, il se déforma, fondit et s'écoula le long du mur en un flot d'argent brillant jusqu'au sol, où il se reforma, prit de la hauteur et se métamorphosa en une fille aux longs cheveux ondulés, montrant une ressemblance étonnante avec la Vénus de Botticelli. Sauf qu'elle était beaucoup, beaucoup plus belle et portait un jean et un T-shirt au lieu d'être nue dans une coquille. C'était Anabel Scott, sans doute la psychopathe la plus belle de l'histoire.

– Tiens donc, la patrouille des minous ! dit-elle.

Anabel avait un sourire séduisant qui ne me faisait toutefois plus d'effet depuis qu'elle avait essayé de me trancher la gorge.

Pour Henry, je n'en étais pas si sûre. Il avait repris sa vraie forme et lui souriait de façon tout aussi charmante.

– Anabel, quelle joie de te revoir ! dit-il. Est-ce là ta porte ? Juste en face de celle de mon ancien copain. Cela en dirait long. Ou bien n'es-tu là qu'en tant que sonnette pour l'espionner un peu ?

– Tu aimerais bien savoir où est ma porte, pas vrai ? Pour pouvoir me surveiller, rit Anabel.

Puis elle soupira :

– Mais espionner n'est plus aussi simple depuis que tout le monde possède l'art de se transformer. Je n'aurais jamais dû montrer ça à Arthur.

Certes. Une seule psychopathe géniale aurait suffi. Et Anabel était géniale, sans conteste. Elle avait réussi à attirer son psychiatre dans ces corridors et tandis que, tel un enfant laissé seul dans un magasin de jouets, il avait vécu à fond ses fantaisies mégalomanes en croyant tout contrôler,

Anabel avait trouvé le moyen de l'enfermer dans son propre rêve. Non sans lui avoir fait précédemment signer son attestation de libération. Désormais, le docteur Anderson, alias le Senator Tod, nom qu'il s'était donné ici, se trouvait – avec une sonde stomacale – dans une clinique quelque part dans le Surrey et dormait. Les médecins n'avaient pas posé de diagnostic concluant pour son état. Anabel nous avait assuré qu'il allait merveilleusement bien : il continuait simplement à rêver sa vie sans plus la distinguer de la vie réelle. Pourtant, et bien qu'il ne se fût pas vraiment montré sympathique, le Senator Tod me faisait de la peine quand je pensais à lui. J'ignorais comment elle avait réussi à l'enfermer dans son rêve mais on pouvait peut-être l'en délivrer en ouvrant sa porte de l'extérieur. Toujours est-il qu'il fallait d'abord la repérer, et Anabel était seule à connaître son emplacement. Elle avait raison : le pouvoir de se rendre invisible compliquait énormément toute tentative d'espionnage.

Je grognai doucement.

– Je crains qu'Arthur sache désormais faire des choses que tu ne maîtrises pas toi-même, dit Henry.

Il garda pour lui que nous savions maintenant au moins situer la porte d'Anabel. Auparavant, elle se dressait juste en face de celle d'Arthur mais le portail m'as-tu-vu, à deux battants et ferrures d'or, avait disparu depuis l'effondrement d'Anabel au dernier automne. Ce qui signifiait que son entrée s'était sans doute entièrement transformée car Anabel continuait bien à hanter les couloirs. Après des semaines à la chercher jusque dans les moindres recoins, Henry l'avait enfin dénichée. Grâce, disait-il, à son flair de détective et à de sournoises tactiques de filature. Plus tard, il avoua qu'il s'était agi d'un pur hasard. Il passait de manière invisible dans les couloirs quand une porte d'un rose brillant, ornée d'un poster géant de *Hello Kitty*, s'était ouverte et Anabel était sortie sur la pointe des pieds dans le corridor. En tant que courant d'air ou toute autre forme invisible, il était difficile, voire impossible de faire bouger des objets ou d'effectuer de simples choses comme abaisser une poignée, et je fus rassurée de savoir qu'Anabel rencontrait apparemment les mêmes difficultés. Une seconde plus tard, elle s'était de nouveau rendue invisible, mais l'instant avait suffi à Henry. Il avait attendu son retour pour s'assurer que ce n'était pas plutôt la porte de quelqu'un qu'Anabel était allée voir dans son rêve. Cette porte *Hello Kitty*, nous l'avions évidemment déjà vue une centaine de fois, elle était de loin la plus kitsch de toutes et nous n'aurions jamais supposé que ce pût être celle d'Anabel. Il fallait bien avouer que son camouflage était parfait et suivait la devise : plus on se montre, moins on est soupçonné. Cela dit, je me demandais comment elle s'y était prise, persuadée que j'étais que l'on n'avait aucune influence sur l'aspect de sa propre porte. Celle-ci semblait s'adapter sans notre intervention à l'état d'âme de son propriétaire. Mais Anabel avait peut-être mis en œuvre un truc particulier. Ce ne serait certainement pas la première fois qu'elle fût capable de quelque chose dont nous n'avions pas la moindre idée. Juste là, par exemple, elle paraissait même pouvoir lire les pensées d'Henry.

– Tu penses à cette histoire de Mrs Lawrence. J'ai lu ce qui lui était arrivé dans le blog de Secrecy, dit Anabel en balayant le couloir du regard. Arthur lui a rendu visite plusieurs fois en rêve, de sorte que j'ai tout de suite compris qu'il devait être dans le coup. Je me demandais d'ailleurs ce qu'il pouvait bien aller faire chez elle alors qu'il avait abandonné le français.

– Nous pensons qu'il l'a choisie au hasard, pour ainsi dire comme cobaye pour une nouvelle méthode permettant d'hypnotiser des personnes dans leur rêve de sorte que, de jour, elles fassent tout ce qu'il veut.

Anabel se mordilla la lèvre.

– Mais pourquoi voulait-il que Mrs Lawrence monte sur une table à la cafétéria et se ridiculise ainsi que Mr Vanhagen ?

Bonne question. Je levai ma tête de jaguar vers Henry, qui haussa les épaules.

– Juste comme ça. Pour prouver qu'il peut ruiner des vies.

– Oui, oui, peut-être, murmura Anabel tandis que ses yeux devenaient légèrement vitreux. Ça correspondrait bien à Arthur. Du moins à cet Arthur qu'il est devenu.

J'avais du mal à m'imaginer un Arthur plein de scrupules moraux et de quelque chose comme une conscience, mais Henry et Grayson, eux aussi, ne manquaient jamais de m'assurer que leur ex-meilleur ami avait été autrefois un type tout ce qu'il y a de plus sympa. Avant de tomber éperdument amoureux d'Anabel, puis de saisir qu'il avait été utilisé, manipulé et abusé pour les desseins qu'elle poursuivait. Ma pitié avait cependant des limites. Où irions-nous si tous ceux qui éprouvent une amère déception se transformaient systématiquement en meurtriers ? J'avais là un peu plus de compréhension pour Anabel. Finalement, elle non plus n'était pas psychopathe délirante de naissance. Sa tendre enfance passée avec une mère psychiquement malade dans une secte où l'on adorait les démons et pratiquait des rituels déviants avait fait d'elle le monstre qui avait voulu me trancher la gorge. Et maintenant, ce monstre en avait créé un autre, plus mauvais et plus dangereux qu'Anabel elle-même.

Il était évident que c'était risqué et aucun de nous ne se sentait bien à cette pensée, mais pour rivaliser avec Arthur, autant avoir Anabel comme alliée. Mieux valait l'avoir à nos côtés plutôt que la voir se liguer avec lui.

Henri s'éclaircit la gorge :

– Nul ne sait ce qu'Arthur envisage de faire, mais de telles compétences lui ouvrent toutes les possibilités. La chose doit fonctionner à peu près comme ce que tu as fait avec le Senator Tod pour qu'il te signe tes papiers de sortie. Il faut nous dire comment tu t'y es prise, Anabel.

– Pour que vous puissiez aussi fourrer votre nez là-dedans, répondit Anabel avec un sourire indulgent. Je m'imagine bien ce que tu essayerais alors de faire, Henry Harper. Non, merci ! C'est déjà bien assez qu'Arthur puisse contrer mes plans.

– Quels plans ? demanda Henry avec un profond soupir.

– Vous les connaissez depuis longtemps.

La lumière changea soudain. Comme si une ombre se posait sur les sources invisibles de clarté. Anabel fit un large geste de la main :

– Vous savez à qui nous devons tout ici et ce que nous lui devons encore.

Il faisait nettement plus froid autour de nous. J'étais très heureuse d'être encore un jaguar. Je pouvais ainsi fixer Anabel sans bouger ni qu'elle remarque mon trouble.

– Cette histoire de démon n'appartient-elle pas depuis longtemps au passé ? demanda doucement Henry. Je pensais qu'à la clinique tu avais compris qu'il n'est en fait qu'une partie de ta maladie.

– Oui, répondit Anabel. C'est ce qu'on a tenté de me faire entrer dans la tête. Cela dit, je suis peut-être folle, mais certainement pas stupide. J'envisage parfaitement la possibilité que le Seigneur des ombres et des ténèbres n'ait pu exister que dans mon imagination malade. Mais si ce n'était pas le cas ? Il vaudrait mieux vous en assurer, non ?

Non, nous ne le voulions pas. Dieu sait que nous avions bien d'autres problèmes.

– Tu prends encore tes comprimés ? demanda Henry en fronçant les sourcils.

– Toujours aussi direct ! répondit Anabel en retrouvant son sourire. En fait, j'ai arrêté. Histoire de voir ce qui allait se passer. Et s'il allait seulement se passer quelque chose. Attendons de voir.

Soudain, elle rejeta vivement ses cheveux en arrière et conclut avec empressement :

– C'était comme toujours sympa de vous revoir.

Sans attendre notre réponse, elle s'éloigna. Ses contours s'estompèrent peu à peu jusqu'à disparaître dans l'obscurité. Elle avait emporté le froid avec elle.

Chapitre 4

– A-t-il vraiment dit Perpetua ? demandai-je sans doute pour la centième fois de la journée. On peut avoir mal entendu. Et tu connais bien Jasper. Tu sais qu'il m'appelle toujours Liz.

– Pour toi, c'est autre chose.

La lèvre inférieure de Persephone se mit à trembler et je m'empressai de la pousser dans le couloir vers la sortie du lycée.

Jasper ne lui avait lancé ce matin qu'un simple « Salut, Perpetua » et elle en était encore toute retournée. Elle avait toujours eu un petit faible pour lui mais depuis qu'il avait passé du temps en France, elle en était tombée – allez savoir pourquoi – éperdument amoureuse. Jasper, quant à lui, avait manifestement oublié son existence, en tout cas si l'on interprétait son « Salut, Perpetua » avec moins de bienveillance. Ce que je m'abstins de faire car Persephone était déjà au trente-sixième dessous et elle n'avait vraiment pas besoin d'être ramenée à la réalité. Pendant la récré, elle avait usé deux gros paquets de mouchoirs et sali mon blazer (ce qui nous avait d'ailleurs permis de constater que son rimmel ne résistait pas tant que ça à l'eau) et ma tentative d'inventer pour Jasper une maladie portant le nom de « dyslexie propre aux visages et aux prénoms » était également restée vaine.

Du moins, nos cours étaient terminés pour la semaine : nous étions vendredi, le soleil brillait et le week-end commençait. Depuis des heures, je n'avais qu'une envie : retrouver le calme de ma chambre et être enfin libérée des jérémiades de Persephone pour clarifier mes idées. Avec un peu de chance, je pourrais même m'octroyer une petite sieste relaxante avant mon entraînement de kung-fu – il me manquait beaucoup d'heures de sommeil et je réfléchirais mieux en étant moins fatiguée.

Depuis qu'Henry et moi avions rencontré Anabel en rêve s'étaient passées deux nuits au cours desquelles nous avions erré dans les couloirs, surveillé les portes de nos proches et guetté soit Anabel soit Arthur dans l'espoir d'obtenir un nouvel indice. En vain. Il régnait un calme parfait, plutôt suspect à mon goût alors qu'Henry le pensait rassurant. Si rassurant que, la nuit dernière, il avait même commencé au beau milieu du couloir à parler de Rasmus.

Apparemment, il avait trouvé un Rasmus Wakefield sur Facebook, et il voulait savoir s'il s'agissait de « mon » Rasmus Wakefield. Ce que, du moins, je pouvais nier en toute bonne conscience et lui assurer que « mon » Rasmus n'était pas un fan des médias sociaux. Suite à quoi, Henry avait voulu en savoir plus sur ses hobbies.

– Il aimait jouer avec des balles, l'informai-je vaguement.

Et pour ne pas devoir en dire plus sur mon ex-ami sud-africain, j'entrepris (sans me soucier de possibles observateurs) d'embrasser Henry, manœuvre de diversion qui fonctionnait toujours. Mais cette fois – au bout d'un moment où, moi du moins, j'oubliai tout : Rasmus, espions invisibles et démons dangereux –, Henry ne manqua pas de me demander si Rasmus embrassait bien.

C'était fou. Je n'arrivais pas à me débarrasser de ce maudit type fictif.

– Je finirais presque par croire que tu es un peu jaloux, répondis-je laconiquement.

Henry hocha la tête.

– Possible, répliqua-t-il en caressant mes joues et mon cou du bout des doigts. En fait, je voudrais juste savoir qui t'a appris à si bien embrasser.

Bon, en tout cas, pas Rasmus.

– Qui te dit que c'est lui qui m'a appris à embrasser et pas l'inverse ? murmurai-je. Je suis peut-être naturellement douée.

En tout cas, une piètre menteuse. Je ne tiendrais plus longtemps. Mais je me demandais comment lui dire la vérité sans rentrer sous terre de honte.

– Mais ce n'était pas seulement ça, se remit à gémir Persephone. Jasper ne m'a pas vraiment regard...

– Oh, que se passe-t-il là-bas ? m'écriai-je en pointant le doigt vers la sortie principale où un attroupement s'était constitué.

Parfois, la diversion était le seul salut possible.

Persephone releva le nez, lissa sa mine soucieuse et se hâta vers le cercle d'élèves qui, avides de sensations, ne perdaient pas une miette de la scène devant eux. Je la suivis d'un pas plus lent mais quand je discernai qui se trouvait au centre du cercle, j'imitai Persephone et me hissai sur la pointe des pieds pour mieux voir.

Alors qu'il ne quittait pratiquement plus mes pensées, je n'avais plus recroisé Arthur dans la journée depuis la crise de Mrs Lawrence. Nous semblions même nous rater toujours à la cafétéria et je ne pouvais pas dire qu'il me manquait. En revanche, je me surprenais sans cesse à guetter si quelqu'un n'allait pas se lever pour faire quelque chose de fou ou d'affreux. Henry et Grayson affirmaient qu'il en allait exactement de même pour eux, même pendant leur entraînement de basket.

Notre stress ne faisait qu'augmenter. Quelle serait la prochaine victime d'Arthur ? Et que lui ferait-il ?

Mon attitude prenait peu à peu des aspects paranoïaques. Le soir, je demandais à Mia avec le plus de détachement possible s'il ne s'était rien passé d'étrange et je n'allais me coucher que lorsqu'elle m'avait assuré que rien ne manquait dans ses affaires. Je réfléchissais beaucoup pour savoir quand un objet pouvait être qualifié de personnel. Un stylo récemment acheté comptait-il ? Ou devait-on l'avoir longtemps mâchouillé pour lui donner une touche personnelle ? Et combien de temps en durait l'effet ? Un objet emprunté ne finissait-il pas par faire partie de vos propres possessions, perdant ainsi son effet premier ? La dernière fois, c'était un gant qui avait permis à Arthur de s'introduire dans les rêves de Mia et je préférais mourir plutôt que revivre ça. Je me moquais bien que ma sœur commençât à trouver mes questions suspectes. J'aurais préféré dire à *tout le monde* de bien surveiller ses affaires, surtout quand Arthur était dans les parages. Mais naturellement ce n'était pas possible. Et sans doute s'était-il déjà procuré tout ce qu'il lui fallait. Je l'imaginais dans sa chambre rassemblant les pièces de son butin, leur collant consciencieusement une étiquette avec le nom du propriétaire et décidant chaque soir qui il irait hanter dans ses rêves. Afin de ne pas être lui-même encore une fois surpris dans son sommeil, il avait évidemment supprimé la cachette secrète de la clé grâce à laquelle Grayson était entré chez lui en janvier et lui avait repris le gant de Mia ; et le chemin vers la propriété, que les garçons connaissaient bien et empruntaient depuis leur enfance, était depuis peu sécurisé par une clôture, comme Grayson l'avait découvert. Le sommeil d'Arthur ainsi que son butin étaient ainsi intouchables. La maison de ses parents était habituellement fréquentée par toutes sortes de gens influents et célèbres : musiciens, personnalités politiques, industriels, impossible d'imaginer lesquels d'entre eux Arthur avait déjà pu voler et espionner là.

Pour le moment, en tout cas, il ne fréquentait pas de gens influents mais l'objet de haine numéro un de la Frognal Academy – qui répondait au nom de Theodore Ellis.

Theo Ellis n'était pas un fayot chétif et intrigant ni un méchant gros cogneur ou quelqu'un de désagréable… non, c'était juste un basketteur super bon, un énorme talent, un marqueur de points, un pur joyau pour n'importe quelle équipe. De plus, il était aimable, élégant et beau garçon. Son seul problème était qu'il ne fréquentait pas la Frognal Academy mais la Roslyn High. Autrement dit, il jouait dans la mauvaise équipe. Raison suffisante pour le haïr à fond.

Certes, il ne lui serait jamais venu à l'idée de se rendre en terrain ennemi mais il avait choisi par malheur l'hébreu pour l'examen et, vu le peu d'élèves intéressés par cette matière, la Frognal Academy et la Roslyn High avaient groupé leur cours. Ici, chez nous.

Les huées qui l'accueillaient à l'école et dans les couloirs quand il venait en cours le vendredi n'en étaient que la variante la plus anodine. Les T-shirts portant l'inscription *Theo, je ne veux pas d'enfant de toi* (dans les couleurs de notre uniforme) s'étaient vendus comme des petits pains et, si les rumeurs disaient vrai, notre professeur d'hébreu, Mrs Ritzel, annonçait toujours un contrôle et des devoirs spéciaux à la maison, à l'approche d'un match important. Mrs Ritzel était une grande supportrice des Flames.

Ces dernières semaines, la situation avait empiré. Il semblait en effet que l'équipe de Theo allait gagner le championnat tandis que les Flames, distancés, oscillaient autour de la quatrième place. Comme il est bien connu que les fans sont encore de plus mauvais perdants que leur équipe, il y avait même sur Internet un forum *Nous haïssons Theo Ellis* où étaient primés des slogans originaux mi-parlés, mi-chantés comme *Theo le puant bouffe son déodorant* ou *Theodore Ellis, et hop dans le précipice* !

Theo regrettait âprement de ne pas avoir choisi l'espagnol. À tout dire, j'admirais la façon dont il traversait nos couloirs sans baisser la tête et affrontait stoïquement l'hostilité marquée de tous.

Comme aujourd'hui.

En tout cas, s'il se sentait mal à l'aise, il ne le montrait pas. Planté devant Arthur, jambes écartées et bras croisés, il faisait penser à une armoire de chêne massif. Arthur, avec son 1,85 m de muscles, semblait presque fluet devant lui. Ce qui ne l'empêchait pas d'agresser Theo. De façon moins primitive et moins directe que les fans des Frognal Flames, mais à sa manière bien particulière : perfide.

– Il ne faudrait pas que tes examens en souffrent, disait-il justement d'une voix molle. Ta mère espère bien qu'au moins l'un de vous fasse quelque chose dans la vie. Mais ton frère doit sortir bientôt en libération conditionnelle, j'ai entendu dire.

Un murmure d'approbation parcourut le public. Je m'étonnai de voir les cheveux brillants d'Emily parmi les autres têtes. Elle ne s'intéressait pas au basket quand elle sortait avec Grayson. Pourtant, elle suivait attentivement la discussion. À côté d'elle, Sam-Honte-à-toi filmait la scène avec son téléphone portable.

– Tu en entends dire des choses, Boucle d'or, répliqua Theo. Sans doute chez le coiffeur quand on te passe le fer à friser.

Arthur le gratifia d'un sourire indulgent.

– Ça doit être dur d'être le seul de la famille à savoir lire et écrire. Quelle pression pour toi ! Tout ça pour finir comme son vieux dans une équipe de nettoyage, poursuivit-il en reniflant Theo. Remarque, on a toujours besoin de bons balayeurs.

Quelques rires surgirent et un idiot du cycle inférieur scanda doucement :

– Theo, Theo, il te faut un bon déo.

Theo poussa un soupir d'ennui.

– Je sais bien que tu as toujours été un sale snob, Boucle d'or, répliqua-t-il, mais tu étais tout de même plus sympa autrefois. Avant que tes coéquipiers t'aient retiré ton titre de capitaine. Au fait, pourquoi ?

Je commençais à vraiment bien aimer Theo.

Arthur conserva son air supérieur mais on voyait bien qu'il était en colère. Theo avait atteint un point sensible. Cette fois, plus un seul ricanement, tout le monde attendait la réponse d'Arthur. À part nous, personne ne connaissait les raisons de la brouille survenue l'automne dernier entre Arthur et ses anciens amis Grayson, Jasper et Henry. Même Secrecy n'avait pu offrir que de vagues supputations.

Tandis qu'Arthur cherchait ses mots, Theo épaula son cartable.

– Eh bien, tout le monde ne peut pas être aimé, dit-il. Ne le prends pas mal, Boucle d'or, au moins tes parents sont riches. Bon, là, je dois aller m'entraîner avec mes potes, ajouta-t-il en se frayant un passage parmi les élèves. La semaine dernière d'ailleurs, ils m'ont réélu capitaine à l'unanimité.

D'un pas lent, il franchit la porte vitrée et je ne pus réprimer un petit sourire de joie maligne. Theo avait gagné.

– Je dois dire que je trouve Theo assez sexy, déclarai-je à la fille qui se tenait à côté de moi avec un T-shirt portant l'inscription *Theo, je ne veux pas d'enfant de toi.*

– Moi aussi, m'avoua-t-elle. Mais je le déteste tout de même.

Le groupe des badauds se défit dans un murmure de mécontentement et je m'apprêtais à entraîner Persephone plus loin quand je croisai le regard d'Arthur. Bien qu'il ne fît que m'effleurer, j'y lus tant de froideur que je tentai spontanément de me transformer en jaguar.

– Cet idiot de Theo est seulement jaloux. Arthur a des cheveux formidables, dit Persephone, toute rêveuse en le suivant des yeux. Sais-tu comme c'est difficile de discipliner des boucles naturelles pour leur donner un look viril et cool ?

Je regardai Persephone en secouant la tête. Elle était un cas désespéré.

– Partons d'ici, sinon nous allons rater le bus, dis-je en l'entraînant vers la porte.

Il nous fallut malheureusement passer devant Emily. Qui m'ignora comme toujours mais salua Persephone avec une joie excessive, sans doute dans l'espoir que je me sente ainsi doublement ignorée. Normalement, Persephone se serait sentie flattée mais Emily fit alors une fatale erreur tactique.

– Tu es enrhumée, ma pauvre ? dit-elle avec pitié. Ton visage me paraît affreusement gonflé. Veux-tu que je te prescrive le médicament qui a si bien aidé mon frère ?

– Non, merci, répondit Persephone, vexée, en relevant le nez. Ai-je vraiment l'air si gonflée ? me demanda-t-elle ensuite en continuant à marcher.

– Non, ça va.

En tout cas, ça allait plutôt bien, vu la quantité de larmes qu'elle avait versées depuis le matin. Je craignais qu'elle ne remette ça avec Jasper, mais ses pensées étaient toujours auprès d'Arthur.

– En fait, Arthur me fait de la peine, me dit-elle à l'arrêt de bus. Sans ses amis, je ne sais pas. Henry, Grayson, Jasper et Arthur étaient comme les quatre mousquetaires, c'est drôle qu'ils ne se supportent plus. Je crois toujours que c'est en rapport avec Anabel. Cet automne, il a dû se passer quelque chose qu'elle ne peut simplement pas lui pardonner. Je suis sûre que tu le sais, mais tu ne veux pas me le dire.

Elle avait bien raison.

– Persephone, les meilleures amitiés se rompent quand on évolue dans des directions différentes, dis-je en sachant que je parlais comme Lottie au plus beau de ses envolées pédagogiques. Comme Theo Ellis l'a si bien remarqué : Arthur est un snob à la con. Qui voudrait être ami avec lui ?

Persephone me donna l'impression de se faire violence pour ne pas s'écrier : « Moi ! »

– Hmm, maugréa-t-elle. Toi et moi, nous sommes aussi complètement différentes et pourtant les meilleures amies.

– Oui, c'est vrai, riai-je.

Au début, j'avais pris Persephone pour une abominable casse-pieds superficielle, ce qu'elle était sans doute aussi. Je n'aurais jamais cru possible de pouvoir autant m'attacher à elle. Il aurait manqué à coup sûr quelque chose à ma vie si elle n'était pas là.

Alors que le bus ouvrait ses portes en chuintant, j'entourai Persephone de mon bras et la serrai contre moi.

– S'il te plaît, fais bien attention à tes affaires, hein ? Surtout aux petites choses comme les porte-clés, les bijoux, les élastiques pour cheveux, les gants.

– Ces derniers temps, tu n'arrêtes pas de répéter ça. Comme si j'étais une écervelée de première, remarqua Persephone en poussant de côté, d'un geste habituel, un petit cinquième et en nous ouvrant le passage vers l'étage. Ou plus grave encore, comme si tu étais ma grand-mère et que tu supposais partout des voleurs. Elle dépose même ses sacs-poubelles à la dernière minute de peur qu'on puisse les lui faucher avant le passage des éboueurs.

Elle se jeta sur une place libre et se remit aussitôt à pleurer. J'ignorais pourquoi, mais à l'évidence les sacs-poubelles lui avaient remis Jasper en mémoire.

– Perpetua ! sanglota-t-elle. Je préférais encore Aphrodite !

– Cela dit, c'était au moins la bonne initiale, soupirai-je.

Oui, vraiment : sans Persephone, il aurait manqué quelque chose à ma vie. Je fus tout de même heureuse de les voir descendre, elle et ses larmes, à leur arrêt.

Hélas, triple hélas, je m'étais réjouie trop vite. Au lieu de pouvoir me détendre dans un calme divin comme j'en avais eu l'intention, je dus rejoindre Mum et Mia dans la cuisine pour un entretien de crise. Plus question de penser à se détendre. Je voulais juste me fourrer sous les draps avec

Bert, le nounours préféré de mon enfance, et pleurer dans sa douce peluche odorante. Mais j'avais depuis longtemps passé l'âge des nounours et je m'étais bêtement débarrassée de Bert à Utrecht. Bon, je pouvais encore pleurer dans mes oreillers. Mais ce n'était pas pareil. Je voulais Bert. Je voulais de nouveau avoir l'âge des animaux en peluche. Quatre ans ou quelque chose comme ça.

Grayson l'ignorait naturellement en entrant en trombe dans ma chambre sans frapper. Après les cours, il n'était pas rentré à la maison et il avait aussi manqué le dîner. Si je n'avais pas été autant à côté de mes pompes, vu les nouvelles récentes, je me serais sûrement fait du souci car Grayson ne manquait jamais un repas.

Il semblait transpirer et il n'avait même pas pris le temps d'enlever sa veste. Je poussai de côté l'oreiller trempé de larmes et, troublée, je fixai ce qu'il me tendait. Était-ce une... ?

Oui. C'était bien ça. Grayson me collait vraiment une chaussette noire sous le nez, aussi solennellement que s'il s'agissait d'une rose.

– Tiens, dit-il. Le premier point de ma *to do list* est maintenant réglé. Fais-y bien attention !

– À une *chaussette* ?

Grayson avait l'air on ne peut plus énervé. Et que signifiait cette chaussette ? S'agissait-il encore d'une coutume anglaise que j'ignorais ? Ou Buttercup lui avait-elle fauché la chaussette qui allait avec et voulait-il des dommages et intérêts ? J'examinai la chose d'un peu plus près.

– Beurk. Serait-ce... ?

– Naturellement. Fraîchement cueillie sur pied, répondit Grayson.

Il me rappelait un peu Butter quand elle rapportait une grosse branche au lieu d'un petit bâton et voulait en être félicitée.

– Sinon, ce ne serait pas un objet personnel, ajouta-t-il. Allez, prends-la !

Je demeurai sceptique.

– Elle sent le fromage, protestai-je.

– Liv, ce n'est pas n'importe quelle chaussette ! s'écria Grayson, ahuri par ma lenteur d'esprit. C'est celle du Senator Tod, alias Dr. Otto Anderson, le psychiatre d'Anabel. Pour nous permettre d'ouvrir sa porte. Tu sais bien : phase un !

Ah oui ! Phase un ! Les événements de l'après-midi me l'avaient fait complètement oublier.

Le plan en trois phases était l'invention personnelle de Grayson. Il l'avait écrit noir sur blanc à la suite de l'humiliation de Mrs Lawrence à la cafétéria : un plan pour mettre le monde à l'abri d'Arthur. Malheureusement, malgré son titre ronflant, on ne pouvait pas dire qu'il soit bien au point. À vrai dire, il s'agissait plutôt d'une sorte de déclaration d'intention. La phase un se comprenait encore : mettre en place le plus possible de dispositifs de protection et de contrôle et rassembler des informations, des faits et des idées. Mais, dès la phase deux, ça devenait plus vaseux. Il s'agissait de *développer un plan concret pour empêcher Arthur de faire ce qu'il est en train de faire.* Grayson ne nous avait pas donné lecture de la phase trois (sans doute parce que nous pouffions de rire) mais nous pouvions l'imaginer : *liquider Arthur comme prévu.*

Si nous savions comment. Et s'il ne nous avait pas liquidés avant.

– Dis-moi, tu as pleuré, là ? demanda Grayson.

Il se laissa tomber sur ma chaise de bureau et me regarda, vexé.

– À vrai dire, je m'attendais à un peu plus de gratitude. Et à des félicitations, me reprocha-t-il en croisant les bras. Ce n'est pas tout le monde qui ferait le voyage jusqu'au Surrey pour une chaussette.

Il avait raison. Se procurer un objet personnel du Senator Tod faisait bien partie de notre plan mais y arriver était une autre paire de manches. Henry et moi avions tout de même déjà trouvé dans quelle clinique on l'avait transporté. Un jeu d'enfant : quelques clics sur Internet plus deux coups de fil. Dans les environs de Reigate, il n'y avait pas beaucoup d'établissements de soins accueillant des patients en coma de longue durée. Et par bonheur, là-bas, on n'avait pas trop pris au pied de la lettre les consignes de protection de données.

– Tu as pu entrer dans la clinique sans difficultés ? demandai-je.

Grayson leva les yeux au ciel.

– Aucun problème. Je voulais me faire passer pour son neveu mais personne ne m'a posé de questions.

Il semblait presque déçu ; il s'était certainement concocté un autre plan en trois phases pour s'introduire dans la chambre de la clinique.

– Pauvre type, dit-il. Allongé là à dormir. Vingt-quatre heures sur vingt-quatre, depuis plus d'un mois. Tu savais qu'on peut poser des sondes stomacales directement par la paroi abdominale au lieu de faire ça par l'œsophage ? On appelle ça de la gastrotomie endoscopique percutanée, et c'est recommandé pour les malades de longue durée. Apparemment, ils ont peu d'espoir qu'il se réveille.

Il se frotta le nez. Tout cela l'avait visiblement bouleversé.

– Je ne connais pas ce type, reprit-il, mais même s'il n'était pas bon et qu'Anabel avait ses raisons, personne ne mérite un tel sort, non ?

Non. Pas même Arthur. Même si Henry pensait que la méthode d'Anabel était peut-être la seule valable pour stopper Arthur sans le tuer.

– Nous devons l'aider, affirma Grayson en jetant un regard mélancolique sur la chaussette du Senator Tod. Une infirmière m'a raconté que sa mère vient tous les jours pour le vêtir correctement. Au cas où il se réveillerait. La pauvre femme va sûrement se demander où est passée l'autre chaussette.

Je me mordis la lèvre. Grayson avait raison, il fallait au moins essayer d'aider le psychiatre. Ne serait-ce qu'à cause de sa mère. Un peu plus, et j'allais me remettre à pleurer.

– Il n'y avait pas d'autres affaires personnelles ? m'empressai-je de demander en clignant des yeux pour chasser mes larmes. Peut-être un peu moins dégoûtantes ?

Grayson parut mal à l'aise. Il avait sans doute trouvé un tas d'autres objets mais n'avait pas eu le cœur d'en voler un.

– Ne sois pas si ingrate, Liv. Cette chaussette est idéale. Tu pourras la porter toutes les nuits, comme ça tu seras prête si jamais nous trouvons la porte. Ou si Anabel nous la montre spontanément. Et toi d'ailleurs, où en es-tu dans ta liste de choses à faire ?

Bon. Hors de question d'avouer que je ne possédais pas une telle liste et n'avais pas non plus contribué au plan en trois phases pour mettre le monde à l'abri d'Arthur. Ma journée avait été suffisamment minable et Grayson n'en savait encore rien.

– Oublie les listes, soupirai-je en glissant vers le bord de mon lit. Il s'est passé quelque chose de grave.

Et je voudrais récupérer mon bon vieux nounours.

– Granny a-t-elle enfin réussi à imposer sa volonté face à Dad et engagé l'organisateur de mariage ? demanda Grayson avec un brin de pitié. C'est pour ça que tu pleurais ?

Ah oui, j'avais oublié cet organisateur ! La Brouille avait, paraît-il, engagé le meilleur dans son domaine. Il comptait faire de la petite fête sans façons de Mum un énorme évènement. Mais c'était la raison pour laquelle notre séance de crise n'avait pas marché cet après-midi, hélas. Je secouai la tête.

– Lottie nous a appris aujourd'hui qu'elle allait nous quitter après le mariage, dis-je en sentant les larmes revenir.

– Oh, vraiment ? fit Grayson, sincèrement touché. Je pensais qu'il n'en était plus question.

– Moi aussi.

C'était faux. En mon for intérieur, je savais que ce jour finirait bien par arriver. Mia et moi étions déjà trop âgées pour avoir une nounou et maintenant que Mum n'était plus à proprement parler une personne élevant seule ses enfants et que nous avions un véritable chez-nous, notre Mary Poppins devait s'envoler ailleurs. Nous le comprenions bien. Mais impossible d'imaginer notre vie sans Lottie. Elle était ce qui nous était arrivé de meilleur. Et je n'étais pas sûre que l'inverse fût vrai. À la fin de son année au pair, il y avait de cela presque treize ans, elle avait d'abord voulu faire des études à Munich, et elle aurait pu enseigner si elle n'avait pas à la place parcouru le monde avec nous. Elle se serait probablement mariée et aurait des enfants. Mais là, elle venait d'avoir trente-deux ans et était sans formation.

– Que veut-elle donc… euh, je veux dire… de quoi va-t-elle… euh ?

Apparemment, Grayson ne savait pas très bien comment formuler sa question avec tact.

– L'un de ses cousins lui a proposé un job dans son hôtel à Oberstdorf, répondis-je. Pour le 1er juillet.

Grayson parut sincèrement choqué.

– En Allemagne ? Et oncle Charles ? Je croyais que Lottie et lui, c'était du sérieux.

Je haussai les épaules.

– Non, je crains que ça ne marche pas entre eux. Ton oncle est si indécis. Et le béguin de Lottie semble s'être quelque peu refroidi. Cela fait longtemps qu'elle ne s'emmêle plus dans les mots quand Charles est dans la pièce.

– Nous devrions intervenir, dit Grayson avec conviction. Si ça marchait entre eux, elle resterait à Londres. Et pour Charles aussi, ce serait le mieux.

– Note ça sur ta liste de choses à faire, dis-je.

Je m'étais efforcée de prendre un ton moqueur pour qu'il ne remarque pas mon émotion. Ni que j'aurais aimé lui sauter au cou en le voyant se faire du souci pour Lottie. Et peut-être aussi un peu pour Mia et moi.

– C'est du moins une mission qu'on peut réussir, répondit-il en souriant. Tu verras, je ne suis pas seulement un audacieux voleur de chaussettes, je joue aussi super bien les entremetteurs.

Je répondis à son sourire et me sentis soudain beaucoup plus confiante. Bon, nous n'avions pas de plan, mais nous étions ensemble. Arthur, lui, était seul.

Mais nous restait-il assez de temps pour nous armer ? Je songeai de nouveau aux objets personnels. Les choses jetées par leur propriétaire en faisaient-elles partie ? Et pendant combien de temps, par exemple, une chaussette noire ordinaire gardait-elle sa note personnelle ?

Grayson n'avait pas plus de réponse que moi.

– Du moins un moment, dis-je à voix haute. Les T-shirts que tu m'as donnés et que j'utilise comme haut de pyjama sont toujours efficaces.

Grayson prit une grande inspiration.

– Primo, ce n'est pas moi qui t'ai donné ces T-shirts, c'est toi qui t'es servie dans le panier de linge propre...

– Oui, mais après que tu les avais laissés là pendant des semaines.

– Et deuzio, j'aimerais que tu cesses de vouloir t'introduire dans mes rêves.

– Mais c'est juste pour faire des tests, protestai-je en ignorant son front plissé. Tu sais bien : Phase 1, contrôle de sécurité, etc. Je vérifie simplement si la porte s'ouvre au cas où je voudrais entrer. Ce que je ne fais naturellement pas. Bien que je le pourrais.

– C'est exclu, dit Grayson d'un ton catégorique.

– Hélas non, déclarai-je en sentant un grand sourire gagner mon visage. Tu dois encore améliorer tes dispositifs de sécurité, Grayson. Pour Arthur, c'est certainement un jeu d'enfant de répondre à la question de Freddy. Si j'y ai réussi moi-même.

Grayson éclata d'un rire incrédule.

– Ah, arrête ! Ce n'est pas vrai. Depuis quand serais-tu devenue un génie du calcul mental ?

– Ce n'était vraiment pas sorcier.

En réalité, il m'avait fallu trois nuits pour déjà pouvoir me rappeler l'énoncé de cet exercice stupide et pour le rentrer dans ma calculette.

– Qu'obtient-on en multipliant la racine de soixante-trois mille un par cent quatre-vingt-six ? dis-je en m'efforçant de prendre la voix de tamia de Freddy. Et en soustrayant ensuite le produit de mille trois cent cinquante-trois par six, puis en retirant du résultat encore une fois la racine de soixante-trois mille un et en retournant le tout ?

– Si tu sais ça par cœur, c'est que tu as dû l'écouter souvent, ironisa Grayson, toujours aussi satisfait de lui.

– Trente-huit mille trois cent dix-sept, dis-je.

– Bien calculé, mais malheureusement faux, se réjouit Grayson tout en se sentant à la fois soulagé. Les mathématiques ne sont pas tout.

– Je sais. Mais en retournant trente-huit mille trois cent dix-sept, on obtient… LIEBE.

Je devais avoir pris l'air de Butter quand elle veut qu'on la félicite. Mais j'étais toujours aussi fière d'avoir compris si vite, après tous ces calculs pénibles, que « retournement » du résultat signifiait simplement retourner la calculette et lire le chiffre à l'envers sur l'écran. Le 7 devenait alors un L, le 1 un I, le 3 un E, le 8 un B, etc. Un truc que finalement chaque enfant connaissait.

– Liebe, Love, Amour : un mot de passe très romantique, je trouve, et merci de l'avoir pensé en allemand, ajoutai-je.

En fait, je n'avais pas vérifié si cela fonctionnait vraiment. Quand je m'étais trouvée devant la porte de Grayson et que Freddy m'avait regardée plein d'attente, j'avais soudain songé que donner le mot de passe serait trop dangereux dans ce couloir où on ne savait jamais si l'on était seul. Même si je ne faisais que le chuchoter à l'oreille de Freddy, quelqu'un pourrait l'entendre et l'utiliser, quelqu'un qui pouvait certes se rendre invisible mais qui n'avait pas encore eu l'idée de retourner la calculette.

– Mince, dit doucement Grayson, me permettant de conclure que « LIEBE » était la bonne réponse. Il ne me reste plus qu'à imaginer autre chose pour cette nuit… Bien que je sois plutôt sûr qu'Arthur n'est pas aussi futé que toi.

– C'est vrai. Mais il compense son manque d'intelligence par la méchanceté.

Je revis la scène avec Theo Ellis au lycée mais une autre idée me vint à l'esprit et je me levai pour sortir quelque chose de ma poche.

– Tiens. C'est pour toi, de la part d'Henry. Tu dois porter ça cette nuit.

Grayson fixa l'objet, aussi troublé que moi auparavant devant la chaussette.

– Des lunettes avec un seul verre ? Pour quoi faire ? À qui sont-elles ?

– Il ne l'a pas dit. Mais si je devais deviner…

Je soulevai le foulard violet à motif fleuri qu'Henry avait prévu pour moi et je le reniflai.

– Une femme, née avant 1950, avec une préférence pour les plats de choux et le parfum de lavande. J'espère qu'il me suffira de nouer ce truc autour de ma jambe… En tout cas, je ne me mettrai pas ça autour du cou.

Grayson tourna et retourna les lunettes puis il se leva d'un air grognon.

– Eh bien, super ! Encore une fois, pas moyen de dormir tranquille.

Puis, se traînant vers la porte, il ajouta en bâillant :

– Ce qui est sûr, je n'irai pas me coucher le ventre vide. Tu crois qu'il reste quelque chose du dîner ?

J'acquiesçai.

– Dans le frigo. Et Lottie a mis à l'abri de Mia tes boulettes de viande. Elles sont dans le saladier vert sur l'appui de fenêtre de la terrasse.

Le visage de Grayson s'éclaira aussitôt.

– J'aime Lottie. Je ne sais vraiment pas comment je pourrais vivre sans elle et ses délicieuses boulettes.

Avant de refermer la porte, il me sourit encore.

– Alors, à tout à l'heure. Dans ce maudit couloir.

Chapitre 5

– Nous y voilà, dit Henry en posant sa main sur une grosse poignée de bronze. Entrez donc, mes amis !

Grayson contempla la porte d'un air sceptique.

– Quelqu'un pourrait-il m'expliquer pourquoi nous devons absolument nous glisser dans un rêve à trois bons kilomètres de nos propres portes, juste pour discuter ? demanda-t-il en promenant son regard dans le couloir. Sans parler du fait qu'à coup sûr je ne retrouverai plus mon chemin, Ana… euh… quelqu'un d'invisible pourrait nous avoir suivis.

– C'est vrai, répondit Henry. Mais si l'on ignore à qui est cette porte, on ne peut piquer aucun objet personnel à son propriétaire ni en franchir le seuil.

Il donna une petite tape amicale à la porte.

– Ici, reprit-il, personne ne nous dérangera. Et nous avons toujours un lieu de repli… en cas… en cas de besoin.

Grayson restait perplexe. Je n'étais pas non plus tout à fait convaincue.

– Attends ! dis-je. Et pour la porte d'Amy ? Là non plus, je n'avais pas d'objet personnel.

Amy était la petite sœur d'Henry et, c'est dans l'un de ses rêves sucrés de ballons en baudruche et de bulles de savon bleu clair qu'Henry m'avait déclaré pour la première fois qu'il m'aimait. Il n'aurait pas pu choisir un décor plus romantique. Bon, les poneys arc-en-ciel étaient peut-être un peu trop.

– Tu n'as pu te glisser dans le rêve d'Amy que parce que je t'ai ouvert sa porte et t'ai fait entrer avec moi, m'expliqua Henry, un brin impatient. Et parce que tu portais aussi un objet m'appartenant. Allez, venez maintenant !

Je restai méfiante.

– Ana... euh... on pourrait tout simplement se faufiler en douce avec nous, en étant invisible. Comme je t'ai suivi dernièrement dans le rêve de B. en tant que courant d'air. Tu ne te rappelles plus ?

Henry soupira. Peut-être d'impatience, peut-être pour éviter d'avoir à se souvenir de l'épisode.

– En ce cas, on aurait d'abord besoin d'un objet personnel m'appartenant, et ensuite de détruire tous les champs d'énergie que j'ai érigés derrière nous en venant ici.

Il montra un mur d'air tremblant qu'il venait de faire naître d'un geste nonchalant à une vingtaine de mètres.

– Certes, ils ne tiennent que le temps d'un contact visuel, concéda-t-il, mais ça suffit pour écarter d'éventuels poursuivants.

– Des champs d'énergie qui arrêtent des personnes invisibles, murmura Grayson. C'est si débile que je quitterais la salle s'il s'agissait d'un film.

En effet.

– Un film sur des gens si puissants en rêve qu'ils peuvent même se rendre invisibles, avant d'être arrêtés par des champs d'énergie rêvés par d'autres personnes, complétai-je. Ça ne risque pas d'obtenir un Oscar.

Sans parler du fait que ce serait diablement difficile de jouer des acteurs invisibles.

– Oh, j'ai déjà vu pire. Et maintenant venez, dit Henry.

Il nous poussa l'un après l'autre pour franchir le seuil de la porte qu'il tenait ouverte.

– Et n'ayez pas peur du dogue, il ne vous fera rien, glissa-t-il pour nous rassurer.

En entendant le mot « dogue », je voulus faire machine arrière mais Henry ferma vite la porte derrière nous et s'y adossa. Je jetai un regard circulaire dans la pièce. Pas de dogue en vue, heureusement. Nous nous trouvions dans un salon encombré de meubles et de toutes sortes de choses. Question style, la pièce s'accordait parfaitement au foulard qu'Henry m'avait donné (et que j'avais noué en ceinture autour de ma taille avant d'aller dormir). Les tissus fleuris sur les canapés, les fauteuils et les lampadaires rivalisaient avec les coussins brodés, les tapis persans joyeusement colorés et les traditionnelles tapisseries victoriennes. Des reproductions de peintures étaient collées aux murs, on y voyait des ballerines en robes bleues et roses et, à chaque endroit libre, sur la banquette de fenêtre, le piano et les lourdes armoires et commodes de bois sombre, trônaient des pots de cyclamens aux fleurs d'un beau rouge magenta. Dans une grande cage dorée à côté du piano, un perroquet se grattait le poitrail en nous fixant d'un œil intrigué.

– Quel cauchemar, dit Grayson, effondré.

– Cauchemar toi-même, connard, croassa le perroquet.

– Corky ! Un oiseau bien élevé ne se comporte pas ainsi !

Assise près de la cheminée dans un fauteuil à oreilles à motif floral, la vieille dame qui avait pris la parole tricotait quelque chose de coloré. Petite et mince, avec des cheveux légèrement violets et une robe à fleurs, elle se confondait si bien avec le motif du fauteuil que je ne l'avais pas remarquée.

Elle glissa ses lunettes sur le bout du nez pour nous examiner par-dessus.

– La couverture n'est pas encore finie, protesta-t-elle.

– Ça ne fait rien, Mrs Honeycutt, dit doucement Henry. Ne vous dérangez pas pour nous, continuez à tricoter.

– Vous ne m'ennuyez pas, rétorqua la vieille dame en faisant cliqueter ses aiguilles. C'est que je n'aime pas être bousculée. Cela prendra le temps qu'il faudra.

– Absolument, dit Henry en nous poussant lentement près de Mrs Honeycutt et du perroquet vers un groupe de chaises rembourrées autour d'une petite table ronde. Nous allons juste nous asseoir un petit moment ici. Vous allez même oublier notre présence. Continuez à tricoter, sans stress et avec plaisir.

Sa voix avait quelque chose d'incantatoire, comme un hypnotiseur de foire dans un vieux film. Cela semblait efficace.

– Je suis toujours détendue et heureuse quand je tricote, répliqua Mrs Honeycutt en s'adressant plus à elle-même qu'à Henry. C'est merveilleux. Je dis toujours que si tous les gens tricotaient, le monde serait un meilleur endroit à vivre.

– Asseyez-vous, nous dit Henry.

Il retourna une chaise, s'y assit à califourchon et posa sur nous un regard satisfait.

– Où est le dogue ? chuchotai-je.

– Ah, Mrs Honeycutt ne rêve pas toujours de lui. Ses songes sont le plus souvent anodins, identiques à ses journées : elle tricote dans son salon. Ce qui correspond exactement à ce qu'elle fait dans la journée.

– Mais c'est affreux, chuchota Grayson sans qu'on sache bien s'il voulait parler de l'ambiance ou de ce que les rêves de Mrs Honeycutt n'étaient qu'une réplique exacte de son ennuyeux quotidien.

– Tu peux parler plus fort, en rêve aussi elle est sourde, dit Henry. Elle habite presque en face de chez nous et nourrit notre chat quand nous sommes en vacances. En échange, nous arrosons ses fleurs quand elle va voir son frère à Bath. Il m'a fallu un bon moment pour trouver sa porte, mais plus je lui rends visite, plus sa porte se rapproche de la mienne et donc aussi des vôtres.

Il promena de nouveau son regard dans la pièce :

– Le parfait QG, vous ne trouvez pas ?

Grayson lui renvoya un regard noir :

– Oui, c'est un sentiment formidable de harceler ainsi une pauvre vieille lady. Je ne vois pas en quoi passer toutes nos nuits dans ces couloirs va nous aider à résoudre nos problèmes.

Il soupira :

– Demain matin, je vais être encore complètement crevé.

– Je sais que tu détestes tout ça, dit Henry du même ton douceâtre et incantatoire qu'il venait d'utiliser pour Mrs Honeycutt. Mais tu as bien vu ce qui arrive quand tu te tiens à l'écart. Arthur et Anabel ont pu affiner leurs compétences pendant des mois. Nous devons nous exercer et expérimenter pour arriver à faire jeu égal avec eux…

– Moi ! Pas nous, l'interrompit Grayson si brutalement que nous le fixâmes, effrayés. Ah, allez, c'est vrai, quoi ! Arthur et Anabel ne sont pas les seuls à avoir perfectionné leurs compétences, vous aussi. Et sincèrement, ce que vous savez faire, je ne l'apprendrai jamais.

– *Never ever*, grinça le perroquet.

Je craignais qu'il n'eût raison. Grayson manquait nettement d'imagination et c'était ce dont on avait le plus besoin ici.

Henry parut un court moment absent, comme s'il écoutait sa voix intérieure.

– Tout est une question d'entraînement, lança-t-il.

Et… oups, il disparut aussitôt. Comme ça, sans crier gare, sans un courant d'air, sans le moindre bruit.

– Au moins, un petit « plop » de bulle de savon serait bien, marmonnai-je.

– Très drôle, dit Grayson en tendant la main pour tâter l'air au-dessus de la chaise d'Henry. Oui, merci pour la démonstration, Henry, c'était bien ce que je voulais dire. Je ne saurai jamais faire ça. Et maintenant, tu peux revenir.

– Grayson, je crois qu'il ne s'est pas rendu invisible mais qu'il s'est juste réveillé, dis-je.

Je jetai un œil vers Mrs Honeycutt, qui tricotait tranquillement en nous tournant le dos. Le cliquetis des aiguilles avait quelque chose d'apaisant.

– Attendons qu'Henry se rendorme, proposai-je. Mais on l'a sans doute réveillé, ça risque de prendre un peu de temps.

Le week-end, la mère d'Henry avait l'habitude de sortir et de le laisser seul à la maison avec son frère et sa sœur. Ces nuits étaient en général animées, parce que Amy était souvent malade, avait soif ou ne trouvait plus sa peluche. Parfois, Henry était aussi tiré de son sommeil par son frère Milo, qui croyait avoir entendu des voleurs ou faisait un cauchemar. Et quand Amy, Milo ou le chat ne mettaient pas Henry sous pression, c'était sa mère qui rentrait soûle, les talons claquant sur le sol comme des coups de fusil. Si elle avait le malheur de trébucher sur des jouets traînant dans le couloir, elle se mettait à jurer pour fondre enfin en larmes. Je savais tout cela parce que Henry me l'avait raconté. En outre, ces bruits et ces voix se mêlaient parfois à mes rêves, je les entendais aussi avant qu'Henry se réveille et disparaisse.

– Allons-y ! dit Grayson en se levant d'un bond. Car si jamais tu te réveilles aussi, je vais devoir retrouver mon chemin tout seul. Et je me perdrai à coup sûr…

– Perdrai, perdu, caqueta le perroquet.

Puis d'une voix horriblement humaine, très basse :

– Foutu !

– Eh bien, bravo ! Tu m'as fichu la chair de poule, stupide oiseau ! grogna Grayson. Tu viens, Liv ?

C'était sans doute inutile d'attendre plus longtemps Henry.

Je saisis la main que Grayson me tendait avec impatience et le laissai me relever.

– C'est la première chose que tu dois apprendre, Grayson, dis-je : te réveiller quand le rêve te déplaît ou devient trop dangereux. C'est bien plus important que tous les trucs pour changer de forme !

L'horloge murale en face sonna douze coups. Dans le rêve de Mrs Honeycutt, c'était l'heure des fantômes mais en réalité il devait déjà être plus de deux heures. Je m'étais endormie longtemps après minuit parce que Mia s'était encore glissée dans mon lit et que nous avions essayé de nous consoler en nous persuadant que ce serait mieux pour Lottie de se bâtir une nouvelle vie. Sans nous.

Alors que les coups résonnaient encore dans la pièce, une porte s'ouvrit dans la tapisserie à côté de l'horloge dans un léger grincement, et un homme blême, maigre et d'âge moyen apparut. Il portait des lunettes cerclées de nickel, avait un visage rond et pâteux et une raie de côté trop bien tracée. Avec un gros coussin fleuri coincé sous son bras, il n'avait vraiment pas l'air effrayant mais, à sa vue, Mrs Honeycutt laissa tomber son tricot. Grayson aussi avait sursauté de peur, m'avait lâchée et, dans son élan, avait renversé un pot de cyclamen. Ni le nouvel arrivant ni Mrs Honeycutt ne semblèrent le remarquer.

– Alfred, haleta Mrs Honeycutt.

– Oui, c'est moi, dit Alfred en riant.

Ce n'était pas un rire amical, pas celui qui convenait à un petit homme inoffensif portant des lunettes de nickel et un coussin fleuri mais bien plutôt un rire genre *serial killer*. Idem pour sa voix.

– Tu as tout fermé à clé et tout contrôlé trois fois, n'est-ce pas, Becky ? Mais tu as juste oublié cette porte.

– Oh, mon Dieu, je connais bien ce genre de rêve, chuchota Grayson.

Alfred ne se laissa pas troubler. Sans plus de détours, il leva le coussin et se dirigea vers Mrs Honeycutt.

– Non, je t'en prie, dit celle-ci comme si l'air lui manquait déjà. S'il te plaît, non, Alfred.

Comme elle me tournait le dos, je ne pouvais pas discerner son visage, mais je voyais Alfred d'autant mieux. Ses yeux avaient un éclat meurtrier.

– Inutile de supplier, madame je-sais-tout, dit-il en se rapprochant d'elle. Tu vas bientôt rendre ton dernier soupir. Je vais savourer le tressautement de tes membres sous mes mains…

Grayson se racla la gorge.

– Je ne voudrais pas déranger. Mais ne préféreriez-vous pas la tuer à un moment plus propice, sans témoins ? Hein, Coussin fleuri ? Vous m'entendez, là ? dit-il en faisant claquer ses doigts.

Alfred plissa le front mais ne bougea plus et Mrs Honeycutt se tourna vers nous.

– Oh ! fit-elle, étonnée, comme si elle nous voyait pour la première fois.

Je lui adressai un sourire amical.

– Que venez-vous faire ici, sales racailles ? demanda Alfred.

– Nous allions partir, dis-je en me glissant entre les fauteuils vers la porte. Viens, Grayson !

– Tu ne parles pas sérieusement, là ! se fâcha Grayson. En aucun cas je ne laisserai cette pauvre vieille dame seule avec un meurtrier !

– C'est un rêve, Grayson ! Mrs Honeycutt ne se souviendra de rien demain matin.

– Je m'en fiche, dit Grayson. Ça ne se fait pas !

Je soupirai.

– Bon. Comme ça, tu vas avoir une merveilleuse occasion de t'exercer ! ironisai-je en m'adossant à la porte et en croisant les bras. Vas-y… le meurtrier t'appartient.

Un peu hésitant, Grayson tendit le bras vers Alfred.

– Allez-vous-en, dit-il. Sinon… sinon, j'appelle la police.

Je levai les yeux au ciel.

Alfred ne fit pas mine de partir, au contraire. Sous l'index tendu de Grayson, il se mit à grandir et à prendre du muscle. Ses grosses mains manucurées qui serraient le coussin fleuri se transformèrent en pattes puissantes dont on pouvait bien s'imaginer qu'elles sauraient à elles seules étouffer quelqu'un.

– Bien, grogna Alfred, qui ne ressemblait plus du tout à Alfred, en se débarrassant du coussin. Alors, je vais commencer par toi, mon garçon !

– Ah, mais c'est… dit Grayson.

Il recula d'un pas et faillit se retrouver sur les genoux de Mrs Honeycutt.

– Voilà ce qui arrive si tu laisses tes peurs prendre le dessus, remarquai-je d'un ton docte.

– Tu pourrais m'aider, Liv, dit Grayson qui tentait de ne pas montrer sa panique. Tu pratiques le kung-fu, n'est-ce pas ? Vous entendez, Alfred ? Mon amie là-bas pratique le kung-fu !

Alfred ne parut pas impressionné. Il ne me prêtait aucune attention mais tendait ses énormes pattes d'étrangleur vers Grayson. Celui-ci saisit un chandelier sur la table et le brandit d'un air menaçant.

– Je vous préviens ! dit-il. Un pas de plus et je frappe !

Je soupirai.

– Arrête de te comporter comme si nous nous trouvions dans la réalité, Grayson. Ici, tu peux éliminer Alfred les doigts dans le nez. Tu peux – je ne sais pas, moi – être Spiderman et le ligoter en une seconde avec des toiles d'araignée. Ou le téléporter sur la lune avec un rayon laser intergalactique. Tu peux le transformer en cochon d'Inde ou en sucette à la fraise. Tu peux le gonfler comme un ballon de baudruche et le faire éclater ou bien…

– Ça va, j'ai compris, m'arrêta-t-il, fâché, sans quitter des yeux Alfred qui semblait encore grandir. Mais c'est plus facile à dire qu'à faire.

Mrs Honeycutt le tira par la manche.

– Vous permettez, jeune homme ?

Elle ramassa son tricot, se leva et poussa de côté Grayson avec son chandelier brandi. Et puis, sans crier gare, elle planta ses aiguilles dans la poitrine d'Alfred. Celui-ci tituba dans un râle vers la porte de la tapisserie.

– Tiens ! Prends ça, sale monstre ! criait Mrs Honeycutt. Et encore ça !

Tandis qu'elle cherchait à s'emparer d'une lampe à pied de marbre pour l'asséner dans un cri de triomphe sur la raie de côté d'Alfred, j'en profitai pour entraîner vers la porte un Grayson complètement abasourdi.

– Tu vois, Mrs Honeycutt a pigé, dis-je, quelque peu essoufflée, quand nous nous retrouvâmes dans le couloir et que j'eus refermé la porte derrière nous. Mais contrairement à toi, elle l'a mis parfaitement en exécution.

Puis, après un petit rire, j'ajoutai :

– Qui l'eût cru ?

Grayson se contenta de fixer d'un air malheureux le chandelier qu'il tenait toujours à la main.

– Je suis vraiment nul ! J'ai non seulement transformé un type minable se prenant pour un meurtrier en un dangereux étrangleur, mais j'ai aussi fait en sorte qu'une pauvre vieille dame inoffensive devienne une brutale meurtrière.

Il s'apprêtait à rouvrir la porte, je l'en empêchai.

– Pas question de remettre les pieds là-dedans ! Ou tu veux aider Mrs Honeycutt à se débarrasser du cadavre ?

– Juste remettre le chandelier en place, dit-il d'un air penaud.

C'était vraiment un cas désespéré. Mais je ne voulais pas encore plus le décourager. Je fis disparaître le chandelier d'un claquement de doigts, puis je pris Grayson par le bras.

– Tu as juste besoin de t'exercer un peu, dis-je avec le plus d'optimisme possible. Et d'un peu plus de confiance en toi.

Et d'un résultat positif. De toute urgence.

Chapitre 6

Nous mîmes beaucoup plus de temps au retour qu'à l'aller. La curieuse porte château de la Belle au bois dormant qui me servait de repère avait dû changer de place entretemps. Ce que je n'entrevis malheureusement qu'après que nous nous fûmes deux fois trompés de direction.

Au lieu de me maudire, Grayson hocha la tête en signe d'acquiescement quand je lui appris qu'il nous fallait une fois de plus faire demi-tour.

– Ça me console de savoir que toi aussi tu n'es pas infaillible, dit-il. Même si ça devrait plutôt m'inquiéter.

Puis, jetant un énième coup d'œil derrière lui, il ajouta :

– C'est si calme ici.

– Le calme est bon signe, lui assurai-je, comme Henry le faisait avec moi.

Apparemment, nous étions seuls. J'avais cru percevoir une ombre juste avant, mais, à deuxième vue, elle avait disparu.

Tout à coup, je m'arrêtai si brutalement que Grayson se heurta à moi.

– La porte de Matt ! m'écriai-je, réjouie, le doigt pointé sur ma découverte d'un rouge brillant. Nous ne l'aurions jamais trouvée si nous avions pris le bon chemin.

– Quel Matt ? dit Grayson, intrigué.

– Le Matt d'à côté. Je ne sais même pas son nom de famille. Le fils de la femme aux merles. Il est de retour chez ses parents… Florence ne t'en a pas parlé ? Cette porte est la sienne.

– Comment en es-tu si sûre ? dit Grayson en secouant la tête. Et surtout, pourquoi t'en réjouir ?

Je lui montrai les mots peints en noir au-dessus de la fente de la boîte aux lettres.

– *Keep passing the open windows*. C'est la devise de la famille Berry dans *L'Hôtel New Hampshire* et il se trouve que c'est le livre préféré de Matt. Et si ça ne suffit pas comme preuve : la couleur rouge correspond pile-poil à celle de sa Morgan Plus Minus quelque chose.

– Morgan Plus 8, rectifia Grayson machinalement avant d'ajouter : Ne me dis pas que tu trouves ça super !

– Ah, les voitures, je m'en fiche complètement.

Marchant toujours, je scrutais les rangées de portes pour ne pas rater l'embranchement à prendre. Là, après celle à la vitre opale, nous devions tourner à gauche, si je ne me trompais pas.

– Je ne parlais pas non plus des voitures, dit Grayson. Pourquoi t'intéresses-tu tant à la porte de Matt ?

Je ne répondis pas.

– Voilà, c'est par là. Et tout de suite après à gauche, on devrait se retrouver sur le bon chemin.

– Liv ? reprit Grayson en me perçant du regard. Que comptes-tu faire avec Matt ?

– Rien du tout, répondis-je.

En tout cas, rien de concret. À part quelques vagues idées que je ne voulais communiquer à personne. Surtout pas à Grayson.

– Ça m'a fait plaisir de voir sa porte, voilà tout, précisai-je en regrettant d'avoir attiré l'attention de Grayson.

Ses yeux continuaient à me percer de façon déplaisante.

– Je me demande ce qu'il peut bien avoir pour que toutes les filles en pincent pour lui. Florence en a été amoureuse pendant des années. Malheureuse comme les pierres parce que Matt n'a toujours vu en elle que la petite fille de la maison voisine.

– Oui, c'est bien là le problème avec les garçons, me fâchai-je. Quand on manque d'expérience, ils vous cataloguent comme petite fille et vous considèrent avec pitié. Mais quand ils apprennent qu'on a déjà eu un copain avant eux, alors…

– Alors quoi ? lâcha Grayson.

– Alors ils veulent qu'on se comporte en conséquence. Comme quelqu'un ayant déjà eu des expériences. Seulement… lire quelque part ce que c'est d'avoir eu des expériences, c'est une chose, mais c'est en une autre de les vivre !

Plus je parlais et plus j'étais en rage. J'avais accéléré l'allure. Grayson allongea le pas sans me quitter des yeux.

– Et c'est là le problème, m'énervai-je. Quand on doit se comporter comme quelqu'un qui s'y connaît, on n'a pas d'autre choix que de faire des expériences avant ! Et alors les choses se compliquent. C'est comme pour le pilotage. Admettons que j'ai dit que j'étais pilote et c'était un mensonge. Je l'ai dit parce qu'il n'y a pas de quoi se vanter d'être pilote, et qu'on peut s'épargner ce sourire de pitié adressé à ceux qui ne sont pas pilotes. Mais maintenant, voilà que je dois piloter un Boeing 747 et naturellement j'ignore comment ça marche. Comment le saurais-je ? Tu comprends le problème ? Je ne peux pas continuer à faire comme si je savais piloter, alors que je n'arriverai même pas à décoller. De quoi ai-je donc besoin alors ? Eh oui ! D'expérience ! D'heures de vol. Et c'est le moment où le simulateur de vol entre en jeu. Et…

Je m'arrêtai brusquement. Oups. C'était dit. Mais Grayson, qui n'avait de toute façon pas réussi à me suivre, semblait juste troublé. Très troublé.

Dieu merci.

– Pauvre Florence, glissai-je encore rapidement. Et stupides pilotes.

– Tout juste. Bande de prétentieux, dit Grayson en souriant pour la première fois de la nuit.

Sans avoir la moindre idée de ce qu'il trouvait si amusant, je préférai en rester là. En silence, nous tournâmes près d'une lourde porte en chêne et aboutîmes dans notre couloir. Même pour Grayson, c'était un terrain familier. À en juger par son soupir de soulagement, il n'avait sans doute pas cru que je nous ramènerais à bon port.

Mais il tressaillit et moi aussi je faillis crier. Plus loin, juste devant sa porte, se tenait quelqu'un. J'entraînai vite Grayson dans l'ombre d'une porte bleu marine, dont j'avais toujours pensé qu'elle pourrait être celle de la Cook, notre directrice. Elle était dans les couleurs de notre uniforme scolaire et arborait au centre le blason de la Frognal Academy. Sur chacun de ses côtés, on avait disposé des bacs de buis imposants en forme de pyramides, derrière lesquels nous nous mîmes à couvert. (La présence de la porte de Mrs Cook si près des nôtres posait bien sûr question. Pour ma part, je n'étais pas en relation étroite avec elle et j'espérais que l'inverse était vrai.)

Grayson avait blêmi. Car la personne là-bas, qui cherchait apparemment à entrer dans ses rêves, n'était autre qu'Emily.

– Je n'en crois pas mes yeux, chuchota-t-il.

– Désolée, chuchotai-je à mon tour.

– Qu'obtient-on en multipliant la racine de soixante-trois mille un par cent quatre-vingt-six ? entendîmes-nous pépier l'Effroyable Freddy. Et en soustrayant ensuite le produit de mille trois cent cinquante-trois par six, puis en retirant du résultat encore une fois la racine de soixante-trois mille un et en retournant le tout ?

– Je croyais que tu devais changer ça, dis-je à Grayson en lui décochant un coup de coude réprobateur dans les côtes.

– Je n'en ai pas eu le temps, répondit-il à voix basse.

– Soixante et onze mille trois cent quatre-vingt-trois, annonça solennellement Emily en replaçant une mèche de ses cheveux bruns brillants derrière l'oreille.

– Le mot de passe est malheureusement faux, l'informa poliment Freddy.

– Pas du tout ! s'énerva Emily. Le résultat est trente-huit mille trois cent dix-sept. En retournant la suite des chiffres, on a soixante et onze mille trois cent quatre-vingt-trois. Et maintenant, laisse-moi entrer, vautour débile.

– Le mot de passe est malheureusement faux, répéta Freddy, qui n'était pas un vautour mais un hybride d'aigle et de lion et qui, malgré son surpoids et sa voix de tamia, était très majestueux.

Emily tapa du pied.

– J'ai recalculé ça dix fois. Ce n'est pas faux, rugit-elle en secouant la porte. Je ne me suis pas crevée cinq nuits à essayer de mémoriser cet exercice stupide pour que tu me rejettes de nouveau. Soixante et onze mille trois cent quatre-vingt-trois ! Que peut-il bien vouloir dire avec son retournement ? Moins trente-huit mille trois cent dix-sept ?

– Maintenant, ça suffit, dit Grayson en se redressant.

Il sortit de notre cachette avant que je puisse l'en empêcher. Emily ne le remarqua que lorsqu'il fut tout près d'elle, trop occupée qu'elle était à injurier Freddy. Je ne pus hélas pas voir le visage de Grayson, mais celui d'Emily était tout ce qu'il a de plus effrayé. Elle avait les yeux grands ouverts et la mâchoire pendante. Et tandis que sa bouche se refermait lentement, son teint vira au rouge foncé. Cette seule vue valait la peine que Grayson se soit montré.

– Eh, Emily, dit-il nonchalamment. Exercices de calcul ? C'est admirable de n'avoir rien d'autre en tête que le lycée, la nuit.

Emily émit un rire nerveux.

– Je ne fais que rêver tout ça, dit-elle.

– Hmm, acquiesça Grayson. En principe, oui.

– En réalité, tu n'es même pas ici, dit Emily d'une voix plus aiguë que d'ordinaire, limite hystérique. Je rêve juste que tu me parles.

– On ne peut plus exact ! Ce serait vraiment bête pour toi si je t'avais en réalité surprise en train de vouloir t'introduire dans ma sphère privée, répondit Grayson en s'adossant au mur et en enfonçant les mains dans ses poches. Bon sang, j'aimerais bien t'en coller une maintenant !

Emily le fixa.

– Le vrai Grayson ne ferait jamais ça, dit-elle tandis que son visage retrouvait peu à peu sa teinte normale.

– Et comment le sais-tu ? Tu as analysé mes rêves ? demanda Grayson d'un ton méprisant.

– À ma place, tout le monde l'aurait fait, protesta Emily. Je veux dire… j'ai senti que tu t'éloignais de plus en plus de moi et puis ces rêves étranges ont commencé… et quand tu as finalement rompu, j'ai… Ah, qu'est-ce que je raconte là, tout cela n'est pas réel. En tout cas, ça ne me donne pas mauvaise conscience.

– Apparemment pas, répondit Grayson en secouant la tête.

– En guerre et en amour, tous les coups sont permis, déclara Emily en se rapprochant de lui.

À la grande surprise de Grayson (et à la mienne aussi), elle ferma les yeux et leva le menton :

– Embrasse-moi !

Un court instant, je crus qu'il allait céder à sa demande, mais il ne fit que répondre doucement :

– Ce n'est pas cette sorte de rêve, Emily. Et tu ne comprends absolument rien à l'amour.

Emily rouvrit les yeux et enlaça le cou de Grayson.

– C'est mon rêve. Et je voudrais que tu m'embrasses. Maintenant.

– Et moi, je voudrais que tu partes, dit Grayson en la repoussant. Maintenant !

Emily recula de quelques mètres comme si le plancher s'était soudain transformé en patinoire.

Elle le fixa d'un air horrifié.

– Que fais-tu là ?

– Je viens de te dire que ce n'est pas cette sorte de rêve, dit Grayson, la main levée.

Comme tirée par des fils invisibles, Emily glissait dans le couloir.

– Ta porte se trouve bien quelque part là-bas, non ? dit Grayson. C'est celle avec les fers à cheval et l'horrible heurtoir en forme de tête de canasson, n'est-ce pas ?

Emily, occupée à garder l'équilibre alors qu'elle dérapait de plus en plus vite, garda le silence. Elle passa en trombe devant moi et commença à gémir de peur. Quand Grayson abaissa finalement sa main, elle émit un sanglot, lui lança un regard stupéfait et tourna aussitôt les talons. Comme poursuivie par des furies, elle s'engouffra dans l'embranchement suivant et l'on entendit une porte claquer et quelque chose de métallique – un fer à cheval ? – tomber par terre.

– Fais de beaux rêves, conclut Grayson.

Sortant de derrière le buis de Mrs Cook, je dus me forcer pour ne pas lui sauter au cou. Très fière de lui, je me contins pourtant.

– Pas mal, dis-je seulement.

– Pas mal ? Pas mal ? s'énerva Grayson en me mettant ses mains sous le nez. Voyons, c'était sensationnel ! Je l'ai poussée sur une moitié de couloir, avec de l'énergie pure. Wouahh ! Je crois que j'ai compris le principe maintenant. Mais hélas, avec moi ça ne fonctionne que quand je suis super furieux.

– Tu as été formidable ! dis-je en lorgnant vers la porte d'Henry qui n'avait, hélas, pas vu ça. Je ne regrette que deux choses : primo, je n'avais rien pour filmer l'air ahuri d'Emily et, deuzio, elle pense malheureusement avoir rêvé tout ça.

– Possible aussi qu'elle ait juste simulé son air ahuri, objecta Grayson.

Je secouai la tête.

– Elle n'a pas fait semblant, elle ne sait vraiment rien de rien. Arthur lui a peut-être montré le chemin de ce couloir mais sans lui laisser le mode d'emploi. Sans doute n'est-il pas apparu lui-même, il l'a seulement lâchée ici pour s'amuser. Pratiquement remise dans la nature.

– Ouais… mais cette histoire de baiser était tout de même un peu atypique, objecta Grayson. D'habitude, elle est plutôt… euh… du genre réticent.

Je le crus aussitôt.

– En rêve, nous découvrons la véritable personnalité. Reste à décider si nous allons confronter Emily à la réalité, ou juste l'ignorer quand elle croisera notre chemin ici et lui laisser croire qu'elle ne fait que rêver ?

– Oh, bon sang, dit Grayson qui me parut tout à coup très fatigué. On pourrait en parler demain ? Il me semble avoir eu plus que ma dose cette nuit.

– Oui, nous devrions encore dormir un peu, concédai-je en jetant un dernier regard en face à la porte noire avec ses trois trous de serrure. Il ne semble pas qu'Henry veuille revenir. Bon, alors à demain matin pour se bousculer devant la machine à café.

Grayson se pencha pour chuchoter le mot de passe à l'oreille de Freddy.

– Bonne nuit, dit-il.

Puis, souriant, il ajouta :

– Ah… Liv ? Quel que soit ce que tu voulais dire… Je suis sûr que tu saurais piloter un Boeing 747. Même sans heures de vol. Aie confiance en toi.

Blog
à potins

Ici, le blog à potins de la Frognal Academy, avec les derniers ragots, les plus folles rumeurs et les scandales chauds bouillants de notre école.

Qui suis-je ? Je m'appelle ***Secrecy***,
je suis parmi vous et je connais tous vos secrets.

UPDATE **ACTIVITY**

7 mars

Ah, mes amis ! On veut pour UNE fois faire la grasse matinée et voilà ce qui se passe ! Ce n'est pas juste. Vous savez que je me décarcasse pour vous servir tous les scandales et toutes les histoires le plus vite possible. J'assiste à toutes les fêtes même sans y être invitée et je passe la moitié de mes nuits avec Instagram et autres réseaux sociaux pour être sûre de ne rien manquer. À deux heures du matin, je révise encore vos mails et vos commentaires dans l'espoir d'y trouver quelque chose d'intéressant. (Oui, tes commentaires aussi, Hazel ! Petit tuyau : Si tu veux rester anonyme, déconnecte-toi avant de Facebook...) Donc, soyez un peu prévenants avec moi : le week-end, attendez au moins jusqu'à 10 heures avant de commettre une folie.

Ne faites pas comme Theo Ellis qui a braqué ce matin à 7 heures une bijouterie de la West End Lane et a été arrêté alors qu'il vidait les vitrines.

Oui, vous lisez bien : Le garçon modèle Theo-je-ne-veux-pas-d'enfant-de-toi-Ellis, séduisant, ambitieux, doué, sympa, aimable, a défoncé au petit matin, à coups de marteau, la vitrine en verre Securit du magasin. Je n'arrive toujours pas à le croire mais le communiqué de la police le confirme : « L'homme, âgé de 18 ans, apparemment perturbé, sans condamnation antérieure, a été soumis à des tests de dépistage d'alcool et de drogue qui se sont révélés négatifs. » Il s'agit de Theo Ellis. (Excusez le style, mais les policiers ne sont pas des pros du blog.) « Les forces d'intervention examinent sur place la raison pour laquelle la grille de protection n'a pas été comme d'habitude tirée à la fermeture du magasin. » Bon. Je pense qu'il y aurait encore quelques petites choses à éclaircir.

Par exemple, pourquoi Théo a-t-il agi ainsi ? Et pourquoi ne s'est-il pas arrêté quand l'alarme s'est mise en route dès les premiers coups de marteau et que les riverains ont non seulement appelé la police mais qu'ils sont aussi sortis de chez eux pour l'observer en train d'opérer ? Quelqu'un a pris des vidéos avec son téléphone portable (cherchez voir « Le Garçon fou au marteau » sur YouTube), et tous les témoins confirment que rien ne dérangeait Theo. La vitrine a mis un bon bout de temps à se briser et quand Theo a pu enfin s'introduire dans la boutique, les sirènes de la police retentissaient déjà dans la rue. Au lieu de filer, il s'est mis à vider tranquillement les vitrines et à empocher soigneusement les bijoux. Puis il n'a opposé aucune résistance, au contraire, il paraît qu'il a joyeusement souri aux policiers et qu'il leur a demandé si des alliances de platine ou d'or blanc avec des diamants les intéresseraient, comme s'il avait déjà là quelques belles pièces à leur proposer.

Pensez-vous que cela corresponde à des tests de drogue et d'alcool négatifs ? Ils devraient peut-être contrôler leurs appareils. Je n'arrive pas à m'imaginer que Theo se soit réveillé ce matin complètement à jeun en pensant : « Eh, je vais prendre un marteau et aller braquer une bijouterie. » Espérons qu'il pourra aussi passer son examen en prison.

À bientôt (mais demain, SVP, pas avant 10 heures !),

Secrecy encore toute stupéfaite.

PS : Je viens d'entendre que les premiers T-shirts avec l'inscription « Theo Ellis, je veux une bague de toi » vont être imprimés. Quel mauvais goût, mes amis, quel mauvais goût ! (Mais je vais m'en précommander un tout de suite. Taille S.)

Chapitre 7

Trop tard.

Quelqu'un venait juste de sortir la dernière barquette de myrtilles du rayon. Une fille aux longs cheveux blonds que j'avais la nette impression d'avoir déjà vus. Je m'arrêtai si brusquement que Mia me rentra le chariot dans les talons.

– Eh ! râla-t-elle.

La fille aux myrtilles se retourna.

Et, de fait, c'était Anabel. Contrairement à moi, elle ne parut pas vraiment étonnée de me voir là. Elle sourit tandis que la chair de poule me gagnait et que mon cœur s'affolait.

– Ah, mince ! dit Mia.

Elle ne pensait pas à Anabel mais aux dernières myrtilles qui venaient de nous passer sous le nez.

Pour je ne sais quelle raison, je ne m'attendais pas à rencontrer Anabel ailleurs qu'en rêve, où je me sentais toujours plus forte et pleine d'assurance. Pourtant, j'aurais dû comprendre que la probabilité de la croiser un jour était non négligeable. Nous habitions le même quartier et nous avions un tas de connaissances en commun. Si je m'étais préparée à cette rencontre, j'aurais pu à présent sourire avec autant de décontraction qu'elle et je n'aurais pas dû lutter contre l'angoisse irrationnelle qui commençait à me glacer le corps.

Quoique... Ma peur n'était peut-être pas aussi irrationnelle que ça. La dernière fois que j'avais rencontré Anabel dans la vie réelle, elle m'avait fait un trou dans le crâne avec un support de torche en fer et j'avais eu droit à quatre points de suture. Et c'était presque la chose la moins grave qui s'était passée ce soir-là.

Tandis que je m'efforçais au calme, Anabel déposa tranquillement les myrtilles dans son chariot et m'observa de haut en bas.

– Chic look, Liv Silver, dit-elle de sa voix suave qui me refilait la chair de poule. Le look paysanne romantique. Avec même de la terre sous les ongles.

Puis, glissant les yeux vers Mia, elle ajouta :

– Délicieux de vous voir toutes les deux dans la même tenue.

Là, je regrettai que nous nous soyons tant pressées pour quitter la maison. Mais les bottes en caoutchouc étaient encore ce que nous avions de plus stylé comparées à la crasse sous les ongles – et si je ressemblais à Mia, je devais en avoir aussi dans les cheveux et sur mes lunettes.

Nous avions laissé derrière nous un samedi matin décevant et la faute en était aux... montbrétias. De la famille des Iridacées.

Mia et moi rêvions toujours d'un jardin (depuis notre arrivée à Londres, nous tenions à jardiner, ne serait-ce que pour porter ces jolies bottes fleuries que Lottie nous avait commandées sur Internet).

Cette envie avait un petit peu souffert quand, en janvier, nous avions voulu donner une leçon à la Brouille pour la punir de sa méchanceté tenace et que nous nous en étions prises à son cher Mr Snuggles, un buis en forme de paon connu dans toute l'Angleterre et primé plusieurs fois. Nos tentatives de taille pour lui donner une autre forme avaient lamentablement échoué. De fait, nous n'avions pas la main aussi verte que nous le pensions. (À l'endroit où se dressait autrefois Mr Snuggles se trouvait maintenant une plaque commémorative.)

Mais notre vision romantique du jardinage persista. Il fallait juste ne pas commencer par l'art topiaire, la discipline reine des jardiniers. C'est ce que nous avait dit Ernest, lui-même jardinier passionné. Il y avait tant d'autres tâches à accomplir et jamais assez de mains pour aider. Et ce matin, c'était arrivé : avec une gravité solennelle, Ernest nous avait invitées dans le jardin et tendu deux outils flambant neufs, spécialement achetés pour nous : des bêches pour dames avec une lame forgée main et un manche ergonomique en bois de frêne. Presque aussi jolies que nos bottes en caoutchouc. Nous nous étions aussitôt mises au travail avec ardeur.

Hélas, aurions-nous pu prévoir que notre futur beau-père – d'ordinaire, la personne la plus patiente et la plus tolérante qui soit – allait se transformer dans son jardin sacré en un rabat-joie maniaque ? Il avait sans doute hérité cela de la Brouille – sans la méchanceté. Au contraire, son humeur était particulièrement joyeuse, mais tout ce que nous faisions était prétexte à remarques. De sorte que notre ravissement premier fondit comme neige au soleil à chaque fois qu'il trouvait quelque chose à redire (de manière amicale, polie, anglaise) à chacun de nos faits et gestes. Les bordures de pelouse devaient être taillées à exactement un demi-centimètre plus en avant, le feuillage réparti d'est en ouest et non pas n'importe comment, et les montbrétias orange ne devaient absolument pas se trouver à proximité des phlox roses. Apparemment, les montbrétias ignoraient qu'ils poussaient de préférence là où leur couleur ne convenait pas. Ernest les traitait de « méchants terroristes » et nous demandait de les déterrer et de les détruire. En tout cas, jusqu'à ce qu'il s'aperçoive que nous étions incapables de distinguer les méchants montbrétias des prétendument charmants iris. Comment l'aurions-nous pu ? Ni les uns ni les autres n'étaient en fleurs mais présentaient des feuilles très semblables ! Du coup, je ressentais de la haine envers ces montbrétias terroristes dont j'avais jusqu'alors ignoré l'existence. Ils s'étaient montrés non seulement méchants mais super raffinés dans leur manière de nous faire déterrer les innocents iris à leur place.

– Tu as un mouchoir sur toi ? Je crois qu'il va se mettre à pleurer, me glissa Mia tandis qu'Ernest inspectait les plantes arrachées et leur parlait pour les apaiser.

Il s'agissait de précieuses raretés répondant aux noms de « Bonnie Babe » ou « Mallow Dramatic ».

– Est-ce très grave ? risquai-je timidement.

– Non, non, pas d'inquiétude, dit Ernest en s'efforçant de ne pas paraître trop désespéré. Cela… hmm… arrive parfois. Et je peux certainement sauver quelques rhizomes.

Puis, se retournant vers les plantes, il retomba dans son marmonnement :

– Avec beaucoup de chance, vous allez repousser, n'est-ce pas ?

– Tu te souviens de grand-tante Virginia et de sa pièce aux animaux en verre soufflé ? me chuchota Mia.

– Oui, tout à fait effroyable, confirmai-je en regardant avec envie Grayson qui passait le karcher sur les surfaces pavées pour les démousser.

Même s'il avait l'air fâché (il pensait sans doute à Emily), son travail paraissait agréable et j'aurais bien échangé avec lui. En soupirant, je m'appuyai sur le manche de bêche ergonomique et observai un papillon qui passait par là. C'était une fort belle journée, on pouvait même rester sans veste au soleil. Florence était assise au premier étage près de la fenêtre grande ouverte de sa chambre, plongée dans son livre de chimie. Du moins, en apparence… En réalité, cet endroit lui offrait une vue parfaite sur le jardin des voisins, où Matt était en train d'effectuer la première tonte du printemps.

Buttercup, qui redoutait le karcher, était restée dans la cuisine avec Lottie. Depuis que celle-ci avait annoncé son retour en Allemagne pour l'été, Butter la suivait comme son ombre. Qu'on aille dire que les chiens ne comprennent pas la langue des humains ! Nous autres faisions comme si cette annonce n'avait jamais eu lieu, ne sachant comment en parler sans fondre en larmes. Nous nous consolions un chouïa en pensant que Papa venait d'être muté de Zurich à Stuttgart, ce qui, à en croire Mum, n'était qu'à un saut de puce d'Oberstdorf, de sorte qu'il serait possible de rendre visite à Lottie pendant les vacances.

Cette dernière avait d'abord voulu aider au jardin. Mais elle venait de mettre en route une pâte à pain exigeant de la surveillance. À présent, elle se frottait sans doute les mains de l'avoir échappé belle. Mum, qui corrigeait des copies dans la cuisine, avait été assez futée pour affirmer qu'elle n'avait pas la main verte.

Elle ouvrit la porte de la terrasse.

– Quelque chose ne va pas ? demanda-t-elle dans le bruit de la tondeuse et du karcher.

– Nous avons tué des iris, l'informa Mia. Et Ernest est en train de voir s'il peut les ranimer.

– Bon, dit Mum en jetant à Ernest un regard prudent. Vous devriez peut-être vous arrêter là. Il fait si beau. Pourquoi ne pas lire dans la chaise-longue ?...

– Pour dire ce genre de chose, il ne faut pas avoir le cœur d'un jardinier, remarqua Ernest.

Il posa un bras sur l'épaule de Mia, l'autre sur la mienne et sourit courageusement à Mum.

– Les filles n'y peuvent rien si elles ont grandi sans jardin. Mais avec des indications précises et un peu de persévérance, elles vont acquérir les connaissances élémentaires. D'ici là, je vais les avoir un peu plus à l'œil.

À l'évidence, il voulait rattraper au plus vite notre manque d'éducation en matière de jardinage.

– On s'amuse tellement qu'on n'a pas besoin de chaise-longue, conclut-il, pas vrai, les filles ?

– Oui, la dernière fois que je me suis autant éclatée, c'était quand j'ai dû aider grand-tante Virginia à faire la poussière de ses bestioles en verre, répondit Mia.

Elle ajouta à mi-voix :

– Ou peut-être quand mon élastique à cheveux est tombé dans le lavabo et que j'ai dû démonter le siphon. Il y avait là tout un tas de cheveux à moitié pourris... super drôle.

Par chance, Mum et Ernest ne l'entendaient pas, trop occupés qu'ils étaient à se regarder amoureusement dans les yeux.

– Tu es un homme tellement, tellement magique, dit Mum en lui posant un baiser sur sa calvitie. Et si britannique, quand il s'agit de ton jardin. Mais je pense que mes petites puces feraient mieux de se rendre utiles ailleurs. Là où elles pourraient causer moins de dégâts.

Elle nous fit un clin d'œil :

– D'ailleurs, j'ai besoin d'elles. Lottie prévoit demain une tarte pour le petit déjeuner de la préparation du mariage et il lui faut des myrtilles. Et du mascarpone.

Nous avions aussitôt troqué nos pelles contre le panier à provisions et nous étions parties, un peu crasseuses mais soulagées, avant qu'Ernest cesse de sourire à Mum d'un air béat et ne comprenne qu'une seule personne aurait suffi pour ces petites courses.

Nous ne nous attendions pas à rencontrer Anabel au rayon des fruits vingt minutes plus tard.

En l'observant de près, je constatai qu'elle non plus n'était pas parfaitement stylée. Dans la vie réelle aussi, c'était une très jolie fille, si mince cependant que son jean lui flottait autour des jambes. Ses cheveux qui, dans le couloir des rêves, ondulaient en brillant sur ses épaules, paraissaient presque ternes dans la lumière artificielle du supermarché. Ses merveilleux yeux turquoise étaient soulignés de cernes sombres et ses ongles étaient certes propres, mais manifestement rongés.

Sa voix était toutefois la même.

– Tu es donc la petite sœur de Liv, dit-elle en observant Mia, la tête penchée de côté.

Toutes les alarmes se mirent à sonner en moi.

– C'est exactement ainsi que je t'imaginais, ajouta Anabel.

– Ah, ah, fit Mia.

L'année dernière, Secrecy avait raconté dans son blog beaucoup de choses sur Anabel et, grâce aux photos, Mia savait sans doute à qui elle avait affaire. Toutefois, elle ignorait mes expériences personnelles avec Anabel en matière de conjuration de démons en général et de tranchement de gorge en particulier. Sinon, elle n'aurait pas souri aussi amicalement.

– J'aime bien ta porte, poursuivit Anabel. Ce bleu myosotis a quelque chose d'optimiste, d'assuré, de joyeux et de profond à la fois, tu ne trouves pas, Liv ? N'est-ce pas stupéfiant de voir tout ce que les portes peuvent révéler sur leurs propriétaires ?

L'évocation de la porte des rêves de Mia représentait-elle une menace cachée (du genre : Je sais où tu habites) ou Anabel voulait-elle juste tâter le terrain pour voir si Mia savait quelque chose sur les rêves ?

– Mia, c'est Anabel Scott, m'empressai-je de dire. L'ex-copine d'Arthur, tu sais bien, Secrecy en a parlé l'automne dernier quand on l'a internée en clinique psychiatrique. Pour troubles psychotiques.

Voilà pourquoi elle raconte n'importe quoi sur des portes et leurs propriétaires. Malheureusement, elle ne prend plus ses comprimés. Et si tu savais qu'elle a empoisonné son chien, tu cesserais d'avoir l'air aussi confiant.

Anabel soupira.

– Le bleu est ma couleur préférée, dit Mia, affichant toujours le même sourire innocent. Et les myrtilles sont mes fruits favoris.

Le regard navré qu'elle jeta sur la barquette dans le caddie d'Anabel la fit paraître un moment plus jeune et plus mignonne que ses treize ans.

– Dommage, c'étaient les dernières, Lottie va être déçue. Elle n'aura bientôt plus l'occasion de nous faire des tartes aux myrtilles.

Anabel poussa un nouveau soupir.

– Ah, tu sais, je peux aussi bien prendre des surgelées, dit-elle en tendant ses myrtilles à Mia.

– Oh, c'est gentil ! s'écria ma sœur, toute rayonnante. Merci, merci beaucoup. Tu es vraiment très sympa.

Oui, c'est sûr. Quand il n'y a pas de couteau à proximité.

– Il n'y a pas de quoi, dit Anabel en se retournant vers moi. On se voit ce soir ?

– Tu es invitée à la fête de bienvenue de Jasper ? m'étonnai-je.

Anabel prit un air amusé.

– Je pensais plutôt à après. Il y a quelque chose que je voudrais te montrer.

Oh, oui… quelques petites choses… La porte du Senator Tod, par exemple. Et comment elle avait réussi à l'enfermer dans son propre rêve. Mais Anabel savait apparemment où elle voulait en venir. En poussant son chariot, elle inclina la tête et me chuchota au passage :

– Il est revenu !

La chair de poule me revint aussitôt.

Anabel émit un gloussement satisfait.

– Au revoir, Mia, susurra-t-elle par-dessus son épaule. Sympa de t'avoir rencontrée.

– Oui, de même, susurra Mia mielleusement en retour. Et merci, merci beaucoup pour les myrtilles !

Elle attendit qu'Anabel ait disparu vers le rayon des surgelés, puis me sourit :

– Folle dingue, la pauvre ! Tu ne trouves pas étonnant qu'on l'ait laissée quitter la clinique ? Mais elle est sans doute tout à fait inoffensive.

Hélas non. Comparés à Anabel, les plus sournois des montbrétias étaient de parfaits anges.

Chapitre 8

La maison de ville victorienne des parents de Jasper était si petite qu'elle aurait déjà été bien trop étroite pour les trente personnes invitées officiellement. Mais lorsque Grayson, Henry et moi y fîmes notre apparition à neuf heures et quart, il y en avait au moins le double et nous eûmes du mal à franchir le seuil. Nous dûmes passer devant Emily qui, appuyée sur la rampe d'escalier, dans une jupe beaucoup trop étroite et trop courte, attendait manifestement Grayson. Elle jouait rêveusement avec la chaîne à son cou et fit semblant de ne pas nous voir. Pas de problème, nous pouvions faire pareil.

Ouais… sauf Grayson.

Nous avions presque réussi à atteindre la cuisine quand il se retourna.

– Je sais que je devrais l'ignorer, dit-il. Mais cette vipère porte encore la chaîne que je lui ai offerte… c'est insupportable. Il faut que je lui parle !

– Bon, amuse-toi bien alors, rit Henry.

– Appelle-moi si tu as besoin de quelqu'un qui pratique le kung-fu, ajoutai-je.

– Pas d'inquiétude, grogna Grayson.

J'aurais préféré le suivre pour ne rien rater, mais Henry m'entraîna plus loin. Au passage, j'entendis tout le monde parler de Theo Ellis. Son braquage en dilettante était le scoop du jour. Dans l'après-midi, j'avais regardé la vidéo mise sur Internet. Le comportement de Theo me rappelait le coup de folie de Mrs Lawrence dans la cafétéria. Pour moi, Arthur devait y être pour quelque chose. Il n'avait pas pardonné à Theo sa petite victoire dans le foyer du lycée. Je trouvais effrayant qu'il n'ait eu besoin que d'une nuit pour mettre sa vengeance en œuvre. Il était vraiment fort. Diablement fort.

Je m'énervai de ne pouvoir m'empêcher de penser à lui au lieu d'être simplement là, pour quelques heures, comme une fille tout à fait normale à une fête tout à fait normale.

– Ambiance d'enfer, hein ? Il n'y avait déjà plus de bière à huit heures et demie, nous cria Jasper.

Nous l'avions découvert dans la cuisine où, coincé par la moitié de l'équipe de basket, il ouvrait des bouteilles. Il nous accorda une chaleureuse accolade.

Extérieurement du moins, la France ne l'avait pas changé. Il ressemblait toujours à une version en chair et en os du Ken-rasage de Barbie avec ses épais cheveux blonds, ses yeux bleus, sa barbe de trois jours et son vague sourire qui ne ramollissait pas seulement les genoux de Persephone. Je devais avouer qu'il m'avait un peu manqué. Même si jusqu'alors Jasper n'avait guère eu de chance avec les filles et qu'il était en fait meilleur et moins macho que tout le monde (lui compris) ne le pensait, il cultivait soigneusement sa réputation de coureur de jupons et de briseur de cœurs et, du moins chez les plus jeunes filles, cela marchait super bien. Tous croyaient qu'en France il avait fait des choses tout à fait scandaleuses au lycée, de sorte qu'on l'avait exclu des cours et renvoyé chez lui plus tôt que prévu. Les ragots allaient bon train et on entendait tout et n'importe quoi, depuis « il avait une liaison avec la prof d'anglais mariée » jusqu'à « il a mis enceinte la fille du proviseur ».

– Rien de tout cela n'est vrai, m'expliqua-t-il en débouchant une bouteille de vin qu'il avait remontée de la cave avec une flopée d'autres bouteilles de son père pour compenser le manque de bières. Hélas !

Henry essuyait du bout des doigts la poussière des étiquettes avec la même délicatesse qu'il avait parfois pour me caresser. Comme si j'étais quelque chose de précieux, de fragile. En le voyant faire, je me sentis l'estomac en compote.

– Tu es sûr que ton père n'a rien contre le fait qu'on vide sa cave ? demanda-t-il à Jasper.

– Affirmatif ! répondit celui-ci. Sinon, il l'aurait fermée à clé. C'est en tout cas ce qu'il a fait avec l'armoire à fusils. Et la chambre. Après la dernière soirée de mon frère, ma mère a exigé d'autres matelas, on peut dire que c'était une sacrée fête !

Il soupira avant d'ajouter :

– Les Français, en revanche… je vous le dis, ils ne sont pas aussi libres et aussi drôles que dans leurs films.

– Les filles non plus ?

– Surtout pas les filles, répliqua Jasper.

C'étaient là de bonnes nouvelles pour Persephone.

Jasper versa gaiement le vin dans un verre. J'avais cherché s'il y avait des boissons non alcoolisées mais, comme la bière, elles semblaient avoir déjà été toutes liquidées. À en juger par les plats sur le plan de travail, il y avait même eu des choses à manger. Maintenant, il ne restait qu'un petit carré de fromage et quelques branches de persil.

Jasper remua son verre.

– Tu veux savoir la vérité ?

Bien sûr !

En réalité, Jasper s'était ennuyé mortellement dans sa famille d'accueil et il avait supplié ses parents de venir le rechercher plus tôt. Au lieu de fêtes débridées et du cool « savoir-vivre » à la française, il ne s'était passé rien de rien dans cette petite ville de province. La cuisine française n'avait pas non plus été époustouflante.

– Complètement surfaite ! dit Jasper en prenant une grande gorgée de vin pour aussitôt esquisser une grimace de dégoût. Beurk ! Ils ne savent même pas fabriquer du bon vin, ces Français. Mais le principal, c'est qu'il fasse effet.

Henry lui avait pris la bouteille de la main pour étudier l'étiquette.

– Tu sais que cette bouteille date de 1972 ? S'enfiler ça parce qu'il n'y a plus de bière me paraît presque un sacrilège.

Il se plaça en rempart entre le vin et ses coéquipiers apparemment assoiffés.

– Ah, mais non ! cria Jasper. Nous allons vider ça aujourd'hui. On ferme les yeux et... hop, on avale ce vieux machin ! Je veux fêter mon retour parmi mes potes. Vous ne pouvez pas savoir combien je me suis senti seul dans ce trou perdu français.

Il me tendit un verre mais je secouai la tête.

– Pour ne pas mourir d'ennui, j'ai même commencé à lire un bouquin. Moi ! Et je l'ai même relu ! Quand ma mère a appris ça, elle a compris que c'était grave.

– Mon pauvre, tout ça me paraît vraiment effroyable, dis-je.

Henry avait renoncé à protéger les bouteilles de l'assaut des autres invités et, de tous les côtés, le vin glougloutait maintenant dans les verres. Henry s'en assura aussi un.

Jasper plissa le front en rides inhabituelles, quasi philosophiques.

– Ouais, c'était atroce. Mais cette expérience m'a quand même énormément apporté. J'ai pour ainsi dire intérieurement mûri. Je sais maintenant ce qui est vraiment important dans la vie.

– Mais tout le monde sait ça, intervint Persephone.

Alors que je cherchais à comprendre comment elle avait réussi à surgir comme par magie près de nous (sans parler du fait qu'elle n'était pas invitée), elle passa le bras devant nous et se versa du rouge dans un verre à eau – il n'y avait plus de verres à vin.

– La seule chose importante dans la vie, c'est l'amour ! conclut-elle.

Jasper la regarda, un peu déboussolé, sans perdre le fil pour autant.

– Ah bon ? J'aurais dit « les amis » ! Mais dans le fond, amis ou amour, c'est du pareil au même.

Les rides philosophiques de Jasper avaient de nouveau cédé place à son radieux sourire de Ken-rasage.

– Tu es venue avec ta sœur, Penelope ?

Persephone porta le verre à ses lèvres, le reposa à moitié vide et déclara :

– Non. Avec mon copain. Gabriel.

– Oh, je viens d'envoyer Gabriel avec Dave nous dénicher encore quelques boissons, dit Jasper en les cherchant des yeux.

– Je sais, fit Persephone avant de vider son verre d'un trait. Du reste, Gabriel embrasse super bien.

Mais Jasper ne l'entendait plus : Grayson tentait de se faufiler dans la cuisine et il bondit pour lui donner une accolade. Ils partirent ensuite tous les deux vers le salon. Dommage, j'aurais bien aimé demander à Grayson comment s'était passée sa discussion avec Emily. Mais je devais d'abord m'occuper de Persephone qui se reversait déjà du vin alors qu'elle ne supportait pas l'alcool. À part la petite moustache rouge que le vin avait laissée sur sa lèvre, elle était jolie à voir, plus aucune trace d'yeux rougis ni de paupières gonflées.

– Je croyais que la langue de Gabriel faisait penser à une limace ? lui chuchotai-je tandis qu'Henry était occupé avec son smartphone.

– Oui ! répondit Persephone avec un grand sourire. Mais Jasper n'a pas besoin de le savoir. Je veux le rendre jaloux, pas compatissant.

J'allais lui répondre que c'était débile, mais hélas, ce genre d'argumentation vaseuse ne m'était pas tout à fait inconnue. Au moins, contrairement à Rasmus, Gabriel existait vraiment.

– Comment trouves-tu la robe ? Pandora se l'est achetée aujourd'hui. Elle va me tuer si elle voit que je la porte, rit Persephone. Mais elle fait du baby-sitting chez nos voisins et elle ne se pointera pas ici avant minuit…

– Ah, bon sang de merde, dit Henry qui fixait toujours son portable.

– Qu'y a-t-il ? m'inquiétai-je.

J'espérais qu'il n'était rien arrivé à sa famille. La nuit dernière, quand il avait disparu si soudainement du rêve de Mrs Honeycutt, sa mère – en essayant de se faire une omelette – s'était brûlée au second degré à la main et au bras. Réveillé par ses cris de douleur, il avait tenu à la conduire aux urgences. Il ne me l'avait pas vraiment dit, mais quelqu'un qui se préparait une omelette à trois heures du matin et se comportait de façon aussi maladroite ne devait pas être à jeun. Pas étonnant qu'Henry se tienne toujours sur le qui-vive.

Mais là, il s'agissait d'autre chose.

– Le Château Margaux 1972 que tout le monde s'enfile ici se négocie à plus de 400 livres sterling la bouteille sur Internet.

– Je l'ai senti tout de suite, dit Persephone en faisant tourner le vin dans son verre à eau et en le mâchant comme une pro. Un excellent cru. Velouté et élégant en bouche…

Henry sourit avant d'ajouter :

– Sans oublier la légère note de mûre.

– C'est vrai, approuva Persephone.

– Le père de Jasper va le tuer, dis-je en comptant les bouteilles déjà ouvertes. 2 000 livres sterling, anéanties en quelques secondes ! Par des gens qui, en fait, préfèrent la bière…

– Eh, y a encore du rab de bière ? demanda un type en posant son verre de vin à moitié plein sur le plateau à l'unique dé de fromage. Ce truc-là sent la pisse de cheval.

Henry se coinça les deux dernières bouteilles non débouchées sous le bras.

– Je ferais mieux d'aller les mettre en sécurité, dit-il.

– Attends, je viens avec toi, lança Persephone.

Elle attrapa le tire-bouchon et suivit Henry dans la cohue. La fermeture Éclair de sa robe était ouverte dans son dos et les deux pans de la robe, rabattus à gauche et à droite à partir de la taille, flottaient joyeusement à chacun de ses pas.

Je m'empressai de la suivre, mais le temps que je me faufile jusqu'au salon, ils avaient tous deux disparu.

Il y avait beaucoup moins de monde ici, en revanche la musique était si forte que les vitres tremblaient. Parmi les danseurs, Jasper tenait une bouteille de vin dans une main et son verre à moitié plein dans l'autre... dangereusement proche d'un canapé blanc crème. Restait à espérer que ce meuble n'avait pas coûté aussi cher que le vin... les parents de Jasper commençaient à me faire de la peine.

Adossé à la bibliothèque, Grayson me sourit d'un air épuisé quand je passai près de lui.

– Alors, qu'est-ce qu'a dit Emily ? demandai-je.

Grayson me fit comprendre par signes qu'il ne m'avait pas comprise. Je hurlai de nouveau ma question et il hurla en retour :

– J'ai récuré cette fondue de veine.

– Quoi ?

– Chai inculpé ces foutus gènes !

– Vraiment ? m'étonnai-je.

Grayson hochait la tête, très en colère.

– Érénité, tu parles ! Bave à bec bois !

Il désigna du menton l'autre bout de la pièce où Emily, près de la sono, marquait du pied la cadence. Une activité inhabituelle pour elle. Ce n'était pas vraiment son genre.

– Salouroise! cria Grayson.

Il était clair qu'en continuant ainsi nous n'arriverions pas à nous entendre, acoustiquement parlant. Je filai en danseuse vers la sono, puis, ignorant de mon mieux Emily-la-cadence, je baissai un peu le son. Comme personne ne protesta, je le baissai un peu plus. C'était déjà beaucoup mieux. Toujours assez fort mais les vitres ne tremblaient plus et la pression sur les oreilles s'était sensiblement relâchée. Je saisis même très bien Emily quand elle se pencha en avant et lâcha avec dédain :

– Ne sois donc pas si coincée, Liv ! C'est une fête, les gens veulent danser, non parler.

Étrange d'entendre prononcer cette phrase par quelqu'un dont le deuxième prénom était « Trouble-fête ». Voulait-elle me faire croire qu'en enfilant cette minijupe ultra indécente elle s'était transformée de pédante en fêtarde ? Il lui faudrait au moins abandonner ce sourire pincé.

En m'apercevant qu'elle ne portait plus la chaîne avec laquelle elle jouait coquettement auparavant, je compris tout à coup que Grayson n'avait pas dit « Chai inculpé ces foutus gènes ! » mais : « J'ai récupéré cette foutue chaîne ». Ah ! Ah !

– Que dis-tu ? criai-je. On ne s'entend pas ici ! La musique est trop forte ! Érénité et bave à bec bois ! Salouroise !

– Triple idiote, dit Emily de son ton habituel.

– Merci. Idiote toi-même !

En m'éloignant d'un pas dansant, je lui adressai mon sourire le plus radieux.

Près de la bibliothèque, j'aperçus enfin, à côté de Grayson, Henry avec Persephone. Jasper s'arrêta de danser, posa son verre de vin rouge sur le piano blanc et étreignit encore une fois ses deux amis pour leur dire combien il les aimait. Ainsi, son père conserverait au moins un souvenir de son bon vin sous forme de ronds rouges sur la laque de l'instrument.

Un moment, il sembla que Jasper, dans son élan, allait aussi embrasser Persephone qui s'était adroitement glissée près de lui, mais à cet instant, plus exactement à la seconde même où « Sympathie of the devil » des Rolling Stones retentit, Arthur pénétra dans le salon. Avec ses trois packs de six canettes sous le bras, il ressemblait à un ange sorti tout droit d'une pub pour la bière, et tout le monde se réjouit.

Grayson, Henry et moi nous rapprochâmes instinctivement et, me prenant la main, Henry usa d'un ton réprobateur :

– Ne me dis pas que tu l'as invité, Jasper !

Jasper écarta les bras.

– Eh, les amis ! Qu'est-ce que je m'évertue sans arrêt à vous expliquer ? À propos de l'amitié et de ce que j'en ai appris en France ? Les amis sont plus que tout ! Je trouve que vous êtes restés fâchés trop longtemps !

– Tu as perdu aussi la mémoire en France et oublié ce qu'Arthur a fait ?

Grayson regardait sombrement Arthur distribuer sa bière en bon père Noël et se rapprocher peu à peu. Mick Jagger chantait : *Pleased to meet you, hope you guess my name. But what puzzling you, is the nature of my game.*

– Ah, allez, faites un petit effort ! dit Jasper. Laissez tomber ces enfantillages ! Oubliez ces stupides démons et ces conneries de rêves et devenez enfin adultes ! Arthur est notre meilleur pote depuis le CP. Bon, il a commis quelques erreurs, mais tout le monde en fait, et ce qui s'est passé est sorti en grande partie de la caboche d'Anabel.

– C'est vrai ? demanda Persephone, les yeux écarquillés. Je savais bien qu'elle avait quelque chose à voir là-dedans. Mais quoi exactement ?

Sa voix devenait un peu pâteuse. Je saisis l'occasion pour remonter la fermeture Éclair de sa robe, ce qui m'obligea, hélas, à lâcher la main d'Henry. Persephone me remercia avec un léger « hic ».

– Ça ne sert à rien de remettre toujours les mêmes choses sur le tapis, dit Jasper en ignorant le regard irrité d'Henry. Il faut faire l'effort de repartir de zéro. L'amitié véritable dure éternellement. Et nous sommes les meilleurs amis du monde. Pas vrai, Arthur ?

– C'est vrai. Vous étiez les quatre mouchabières ! dit Persephone d'une voix de plus en plus pâteuse. Et tu n'es certes pas le plus gentil mais le plus beau mouchabière de tous, Arthur. Ça vient de tes cheveux. Et de ta si belle peau. Aussi fine que de la porcelaine.

– Merci, Persephone.

Arthur se tenait maintenant devant nous. Il s'était débarrassé de toute sa bière et nous souriait presque timidement.

– Eh !

Jasper fut le seul à lui rendre son sourire. Nous autres ne fîmes que fixer Arthur en silence : Persephone avec une vive curiosité, et nous en montrant la plus grande indifférence. Il ne fallait surtout pas faire croire à Arthur que nous avions peur de lui.

Même si c'était hélas vrai – en tout cas, en ce qui me concernait. Je repensai au pauvre Theo Ellis et à la punition qu'Arthur lui avait infligée parce qu'il avait osé l'affronter.

Just call me Lucifer, 'cause I'm in need of some restraint, chantait Mick Jagger, et Henry leva un sourcil et dit :

– Ta bande-son, Arthur.

Jasper lui envoya un coup de coude réprobateur, fit un pas vers Arthur et lui posa de manière ostentatoire un bras sur l'épaule.

– C'est bien que tu sois là, mon vieux. Grayson et Henry sont contents eux aussi, c'est juste qu'ils ne savent pas le montrer. Mais au fond d'eux-mêmes, ils savent qu'une amitié comme la nôtre peut encaisser quelques divergences d'opinion. Bon sang, les amis, faites un effort !

– Laisse-leur un peu de temps, dit Arthur. Parfois, c'est seulement en cas de détresse qu'on s'aperçoit à quel point on a besoin de ses anciens potes. Ce qui d'ailleurs devrait arriver plus vite que vous ne le pensez.

Il se pencha légèrement en avant ; son faux sourire timide avait cédé la place à son assurance habituelle.

– Je vous dis seulement cycle Saros, ajouta-t-il.

Nous en restâmes à notre tactique de simples regards indifférents. De toute façon, je n'aurais rien trouvé d'autre à dire que « quoi ? ». « Cycle Saros » ne me disait rien. Et puis, j'avais aussi la tête ailleurs parce que Persephone venait de nous laisser. Je la suivis des yeux alors qu'elle s'empressait de quitter le salon. L'alcool l'avait-il rendue malade ? Ou sa sœur était-elle arrivée plus vite que prévu et mon amie devait-elle se cacher à cause de sa robe ?

Arthur interpréta correctement notre silence.

– Oh, Anabel ne vous a pas encore révélé son plan et proféré des menaces de mort ? Elle ne vous a pas dit que vous ne survivrez sans doute pas à l'éclipse de soleil ?

Non, elle n'en avait rien fait. Mais ça pouvait encore venir.

– Depuis quelque temps, elle doit sans doute lui reparler, poursuivit Arthur tandis que cette bonne vieille chair de poule gagnait de nouveau mes bras. Au démon, je veux dire. Au Seigneur des ténèbres. Ou vice versa. En tout cas, à en croire Anabel, nous ne sommes pas dans ses petits papiers.

– Mais toi, il devrait t'avoir pris dans son cœur, remarqua Grayson alors que je cherchais la main d'Henry parce que je venais de réaliser qu'il y aurait bien une éclipse de soleil dans deux semaines.

Nous allions observer l'événement depuis la cour du lycée, avec des lunettes de protection et divers instruments de mesure en carton que nous bricolions en cours de physique.

Arthur eut un faible sourire.

– Sérieusement… ce serait peut-être plus sage de nous rappeler le bon vieux temps et de nous serrer de nouveau les coudes. La situation pourrait empirer plus vite que prévu.

– Ce que tu… commença Henry, mais il n'alla pas plus loin et retint son souffle.

Tout le monde avait cessé brusquement de parler, les danseurs s'étaient figés dans les positions les plus singulières. Si la musique n'avait pas continué à gronder, un silence de mort aurait régné. Pourtant, ce n'était que Persephone qui refaisait son entrée à la porte du salon.

Ma Persephone, la fille qui s'intéressait exclusivement aux jolis garçons, à la mode, au maquillage et pouvait discourir pendant des heures sur les couleurs de rouge à lèvres et la différence entre « framboise rouge foncé » et « mauve nacré ». L'objet qu'elle présenta sur le seuil lui allait si peu que je le fixai au moins cinq secondes avant de conclure que je n'avais pas la berlue. Persephone se trouvait vraiment là… avec un fusil à la main. Un fusil sacrément grand et d'apparence diablement authentique.

Et elle me donna l'impression de savoir manier ce flingue quand je la vis le lever et pointer le canon vers nous. Je mis quelques secondes à ressentir moi aussi cette peur qui avait fait se figer tous ceux qui se trouvaient là.

Ce qui m'effrayait le plus n'était pas l'arme en soi mais le regard vitreux et rêveur de Persephone. Le même air vague que celui de Mrs Lawrence l'autre jour.

Arthur rit doucement.

– Plus vite que vous ne le pensez, répéta-t-il.

Chapitre 9

Emily fut la seule à bouger en coupant la musique. Nous autres, incapables du moindre geste, nous ne pouvions que fixer Persephone.

Qui nous fixait elle aussi.

Le silence régnait maintenant dans la pièce, mais des rires et des bribes de mots nous parvenaient encore de la cuisine. À l'évidence, on ignorait là-bas ce qui se déroulait ici.

Il y a peu, on nous avait distribué au lycée des fiches sur l'attitude à adopter en cas d'attentat. En trois mots : s'enfuir, se cacher, attendre. Nous nous bornions à attendre. Peut-être espérions-nous que tout cela se révèle être une stupide plaisanterie.

J'avais perdu toute notion du temps, sans doute ne s'était-il passé que quelques secondes depuis l'entrée de Persephone. Cela me paraissait déjà une petite éternité.

La main d'Henry était glacée dans la mienne.

Jasper parvint enfin à rompre le silence.

– C'est… c'est un fusil de chasse de mon père ? demanda-t-il d'une voix fêlée.

– Oui, répondit Persephone le plus naturellement du monde. Ton père garde toujours la clé de l'armoire à fusils sous un vieux pot de fleurs, dans la buanderie. Sur la deuxième étagère du haut.

Vieux pot de fleurs. Buanderie. Mon cerveau s'accrocha à ces mots sans pouvoir leur trouver un rapport.

Que se passait-il ici ?

Grayson s'avança d'un pas, ce que Persephone enregistra avec un léger mouvement de son arme. Derrière moi, une fille émit un petit cri étouffé, et Grayson se figea.

– Tu ferais mieux de déposer ce flingue, Penelope, dit Jasper en esquissant un rictus. Il n'est pas chargé mais tout de même…

– Persephone, le corrigea Persephone d'une voix neutre. Je m'appelle Persephone. Et on recharge un fusil à répétition en ramenant la culasse en arrière, ce qui entraîne l'éjection de la douille de cartouche. Si le magasin est vide, on ouvre le boîtier de culasse, on fait glisser de nouvelles cartouches dans la chambre et on verrouille. C'est vraiment super simple.

Elle fit quelques pas dans la pièce et leva le fusil en s'y agrippant des deux mains.

– Il ne reste plus qu'à mettre en joue. Et à respirer calmement.

Cela lui réussit nettement mieux qu'à nous qui retenions notre souffle ou haletions d'effroi. Le canon était braqué sur nous.

Plus précisément sur moi.

– La crosse doit être correctement épaulée. Le bras détendu, mais le poignet ferme. Le cran de sûreté est enlevé, la cible en vue, l'index tendu, poursuivit Persephone.

À l'entendre, on aurait pu croire qu'elle citait le discours du 75ᵉ anniversaire du club des Amis de la chasse aux canards.

– Persephone ! voulus-je m'écrier.

Toutefois, seul un chuchotement éraillé se fit entendre. Et je ne trouvai rien d'autre à dire. Je savais qu'il fallait intervenir mais je me sentais comme dans l'un de ces cauchemars où l'on ne peut se mouvoir qu'au ralenti parce que le sol se dérobe sous vos pieds et que l'air ressemble à du sirop visqueux. Mon cerveau lui-même n'était sans doute plus qu'une masse sirupeuse. Ou simplement, tout cela se passait beaucoup plus vite que mes neurones ne pouvaient l'assimiler.

De toute façon, Persephone ne s'intéressait pas à moi, trop occupée qu'elle était à viser ma poitrine. Grayson, le plus proche d'elle, paraissait évaluer désespérément le temps qu'il mettrait à la rejoindre mais, de toute façon, une balle serait plus rapide.

– Le bout du doigt se pose sur la queue de détente. Commencer alors lentement à plier l'index... dit Persephone.

À présent, j'étais certaine que tout cela se passait en un ralenti bizarre. Car enfin, on ne mettait pas autant de temps pour plier un doigt.

Mon visage avait sans doute perdu ses couleurs. Il me semblait en tout cas que mon sang s'était réfugié dans mes jambes.

– Persephone, stop ! cria Henry près de moi.

Il m'avait lâché la main et se glissa devant moi pour me protéger.

– Arrête ça, bon sang ! ordonna-t-il à Persephone.

Je l'admirai d'être capable de bouger et de parler. Moi, je ne pouvais plus remuer un cil ni faire rien de sensé.

Mais à quoi bon de toute façon ? Persephone ne semblait plus nous percevoir. Elle continuait sur sa lancée.

– Maintenir l'index tendu. Continuer à respirer calmement, ne pas cligner des yeux, l'entendis-je poursuivre. Sinon, on rate la cible.

C'était clairement le moment de crier mais je ne parvins même pas à ouvrir la bouche. À tout instant, le coup partirait et atteindrait Henry…

Arthur (dont j'avais pour de bon oublié la présence) se racla la gorge. Puis il dit d'une voix douce mais ferme :

– Persephone Prudence Porter-Peregrin ! Pose tout de suite ce fusil par terre !

Je ne parvenais pas à voir Persephone, étant donné qu'Henry faisait bloc devant moi. Mais à la réaction des autres, je déduisis que les mots d'Arthur avaient produit leur effet.

Tous s'étaient remis à respirer. L'air n'avait plus rien de sirupeux. Je pouvais de nouveau me mouvoir.

Autour de moi, ce fut le tumulte. Les invités se mirent à parler et à rire comme des hystériques, une fille éclata en sanglots et, le réflexe de survie aidant, ils se ruèrent sur la terrasse à toute vitesse pour regagner le jardin.

Et Persephone ? Oh, mon Dieu, Persephone ! Je poussai Henry de côté et je fonçai vers elle aussi vite que mes jambes en coton me le permettaient. Elle s'était effondrée avec le fusil et restait par terre sans bouger, les yeux exorbités.

– Quoi… ? Pourquoi… ? balbutiait-elle, comme l'avait fait Mrs Lawrence. La phase de visée ne doit pas durer plus de cinq minutes sinon les yeux se mettent à pleurer… Pourquoi ils nous observent tous comme ça ?

Je m'agenouillai près d'elle et posai un bras sur ses épaules.

– Tout va bien, dis-je en me détestant de ne pas trouver mieux.

Et parce que ce n'était pas vrai non plus.

Rien n'allait bien. Rien du tout. Je jetai un œil vers Arthur qui était entouré de gens lui tapant sur l'épaule. Ce héros radieux qui avait persuadé Persephone de déposer son arme.

– Que faisons-nous ici par terre ? s'étonna Persephone. Tu as de nouveau perdu tes lentilles de contact ?

Son regard tomba sur le fusil et elle tressaillit.

– Qu'est-ce que c'est ? Il est chargé ?

– Je crains que oui, répondit Arthur en ramassant prudemment l'arme.

Puis il la tendit à Jasper, qui remit le cran de sûreté d'une main tremblante.

– Il s'en est fallu de peu ! dit-il en regardant Persephone. Bon sang, comment as-tu pu avoir une idée aussi dingue ? Et comment savais-tu l'endroit où mon père cache la clé de l'armoire à fusils ?

– Je ne sais pas, balbutia Persephone. Enlève ça ! J'ai les armes en horreur.

– Il faudrait vraiment mettre ce truc en sécurité, Jas, intervint Henry en montrant le fusil du menton. Décharge-le d'abord. Et puis…

Il balaya du regard la pièce où de petits groupes s'étaient formés et s'affairaient à discuter à voix basse.

– Il faudrait sortir une histoire crédible à la police au cas où quelqu'un l'aurait appelée au tout dernier instant, poursuivit-il. Du style que Persephone était soûle et voulait faire une blague mais que, bien sûr, le fusil n'était pas chargé.

Jasper acquiesça chaleureusement, soulagé que quelqu'un ait pris l'affaire en mains.

– Oui, tu as raison, répéta-t-il plusieurs fois.

Puis, le fusil coincé sous le bras, il s'empressa de quitter la pièce.

– Qu'ai-je donc fait ? Je ne me rappelle pas… dit Persephone en portant ses mains à ses joues brûlantes. J'ai comme un trou de mémoire. Ai-je vraiment autant bu ? Et comment se fait-il que… Qu'est-ce que je faisais là avec ce flingue ? Je n'y comprends rien.

Elle se mit à pleurer.

– Tu sais bien que tu ne supportes pas l'alcool, dis-je.

– C'est vrai, répondit-elle en reniflant. Même pas dans l'eau de toilette.

– Nous allons te ramener chez toi, et tu verras, demain matin…

Je m'arrêtai là. Demain matin, quoi ? Tout irait bien ? Mais non. Et nous ne ririons très certainement pas non plus de cet épisode.

– … il fera jour, terminai-je mollement, ce qui ne consola pas non plus Persephone, qui sanglota de plus belle.

– Ton deuxième prénom est-il vraiment Prudence ? demandai-je, histoire de la distraire.

– Hein ? fit-elle, d'un air révolté. Prudence ? Mais qui donc s'appelle Prudence ? Je n'ai pas de second prénom, mon nom composé me suffit amplement.

Elle laissa Henry l'aider à se relever, se servit du mouchoir qu'il lui tendait. Mais fondit de nouveau en larmes.

– Qu'est-ce que j'ai fait ? Ils sont tous là à me dévisager comme si j'étais un monstre.

– Ce n'est pas vrai, m'empressai-je de répondre. S'ils te regardent, c'est plutôt par compassion.

D'accord, à voir la plupart des invités se faire des messes basses et passer en revue les détails, c'était un mensonge mais

Persephone était trop épuisée pour s'en apercevoir. Arthur était fêté comme le héros de la soirée tandis que Grayson, qui n'avait pas bougé d'un pouce, le fixait d'un air furibond.

– Il doit l'avoir télécommandée. Peut-être avec ce qu'il a dit, remarquai-je en écartant légèrement Henry de Persephone.

– Un mot ou une phrase comme déclencheur ? approuva Henry en plissant le front. Ça m'est déjà passé par la tête. Persephone est partie chercher le fusil quand il a parlé d'Anabel, non ?

C'était exactement le cas.

– Et elle a cessé de nous viser dès qu'il l'a appelée par son deuxième prénom. Qu'elle n'a même pas. « Prudence » était donc le mot avec lequel il l'avait programmée pour qu'elle cesse.

– Et le mot qui servait de déclencheur pourrait être Cycl... commença Henry.

Je lui coupai aussitôt la parole.

– Ne le prononce surtout pas !

Mais Persephone reniflait trop fort dans son mouchoir pour nous entendre.

– Nous devrions sans doute le remercier de l'avoir stoppée juste à temps, murmurai-je en regardant de nouveau Arthur.

– Certainement pas ! grogna Henry.

Autour de nous les chuchotements se transformaient peu à peu en un fond sonore de fête. C'était fou, mais de minute en minute l'ambiance semblait revenir à la normale, presque comme si rien ne s'était passé. Ou comme si tout le monde s'était tacitement entendu sur le compte-rendu que nous avions en fait prévu pour la police. C'était peut-être même mieux ainsi, pour Persephone aussi... De toute façon, personne ne croirait la vérité.

Quelqu'un – Emily ? – avait même remis la musique. Toutefois pas aussi fort qu'avant, de sorte que nous pouvions percevoir le rire d'Arthur. Il semblait de très bonne humeur. Ainsi que tous ceux qui l'entouraient.

Hormis Grayson, bien entendu. Il serrait les poings comme s'il n'allait pas tarder à laisser éclater sa fureur. Celle d'un taureau fixant un tissu rouge.

– Tu ferais mieux de l'éloigner d'ici, glissai-je à Henry. Avant qu'il ne casse encore le nez d'Arthur. Je crois que ce n'est pas prévu dans son plan en trois phases.

– Laisse-le donc, dit Henry.

– Non ! Arthur va de nouveau tourner ça à son avantage. S'il te plaît, occupe-toi de Grayson, hein ? dis-je en tentant vainement de sourire. Je vais raccompagner Persephone. Nous nous verrons plus tard chez Mrs Honey... Chez notre vieille amie, OK ?

Puis, prenant le bras de Persephone, j'ajoutai :

– Et... Henry ?

– Hmm ?

Me trompais-je ou son sourire était-il encore légèrement tremblant ?

– Merci de t'être placé devant moi, dis-je. C'était vraiment très... chevaleresque de ta part. Et sacrément inconscient.

– Ouais... répondit Henry avec un grand sourire. Ça a été plus fort que moi. Simple question d'instinct.

Chapitre 10

L'arbre souhaite le repos, mais le vent ne s'arrête pas. Pourquoi pensai-je justement à ce dicton de Mr Wu, mon prof californien de kung-fu ? Car là, peu après minuit, c'était le calme plat dans ce paisible quartier résidentiel de Londres.

Et je n'étais pas un arbre.

Toutefois, j'aspirais au calme. Encore. Mais chaque jour apportait son lot de problèmes à régler. Plus question pour moi de les considérer comme des défis à relever, car trop c'était trop. Et je n'avais pour ainsi dire pas de solutions à leur offrir. Tout semblait voué à l'échec. Et il semblait impossible de stopper Arthur, c'était un vrai tsunami ! Nous ne pouvions rien faire contre lui, même pas mettre nos amis à l'abri.

J'avais déposé Persephone chez elle et fait en sorte qu'elle atteigne sa chambre sans que ses parents aperçoivent son visage boursouflé par les larmes. Heureusement, ils étaient allés se coucher tôt et dormaient à poings fermés.

– Au moins, je me serai soûlée pour ma première et dernière fois avec un Château Machinchouette 1972 à 400 livres sterling la bouteille, marmonna mon amie tandis que je l'aidais à se démaquiller, à enfiler son pyjama et à ranger la robe dans l'armoire de sa sœur. N'est-ce pas bizarre de se rappeler seulement le vin et rien de ce qui s'est passé ensuite ?

Certes. Mais comment lui expliquer tout ça sans lui retirer pour toujours l'envie de s'endormir ?

Le sommeil est nécessaire à la vie, et toute cette affaire était si complexe que même une personne à jeun en aurait eu mal au crâne.

Par bonheur, Persephone était trop épuisée pour insister. De sorte qu'elle s'était affalée sur son lit où j'espérais qu'elle dormirait comme une souche. Son réveil le lendemain serait suffisamment pénible. Je connaissais ça : ce petit instant fou où l'on se sent tout à fait normale, à l'abri sous la chaleur de la couette. Mais aussitôt après, on se rend compte que ce que l'on prenait pour un rêve absurde s'est vraiment passé et on ne désire plus que mourir.

J'avais bordé mon amie, descendu l'escalier sur la pointe des pieds dans le noir et refermé la porte prudemment derrière moi, soulagée de n'avoir rencontré personne en pyjama qui aurait pu me prendre pour un cambrioleur.

Quand je quittai la maison de Persephone, le bus venait juste de démarrer, mais je préférais de toute façon rentrer à pied. L'air frais de la nuit me donnerait peut-être des idées claires. Les cloches sonnaient minuit quelque part, mais je n'avais pas peur. J'avais déjà connu des endroits beaucoup plus dangereux et Hampstead était tout ce qu'il y avait de plus paisible la nuit. De plus, la pleine lune procurait un éclairage sympathique. Et puis, au cas improbable d'un criminel à l'affût dans un des jardins bien soignés, je pratiquais le kung-fu. Même si cela ne m'avait pas vraiment servi lors de la prestation de Persephone.

Durant les dix minutes que prit mon retour à la maison, je donnai des coups de pied dans chaque caillou rencontré, pourtant, à l'entrée de notre rue, j'étais encore furieuse. Non pas envers Arthur, qui avait causé tout ce désastre, mais envers moi. Loin d'avoir réagi, je m'étais contentée de rester là, impuissante. Toute la semaine j'avais su que quelque chose de grave allait se passer sans pouvoir l'empêcher.

Devant notre maison, les magnolias commençaient à fleurir et brillaient au loin. Je cessai de shooter dans les cailloux et allongeai le pas. Grayson était peut-être déjà rentré, il pourrait me dire si la police était venue et si les agents avaient cru à notre histoire.

En voyant de la lumière chez Lottie, j'eus envie de monter la voir pour me faire consoler par elle. Comme au bon vieux temps où je faisais de mauvais rêves et me glissais sous sa couette en tremblant. Il y avait là un léger parfum de cannelle et de vanille et Lottie me caressait les cheveux en me disant de ne pas avoir peur. C'était magique ! Quand Lottie m'assurait que tout allait bien, tout allait bien et tout était simple alors. Avec sa jolie voix d'alto, elle me chantait de douces berceuses allemandes et mes soucis s'envolaient.

Cela faisait un bail que je n'avais plus entendu ces chansons. Et si Lottie partait en Allemagne en juillet, je ne les écouterais sans doute plus jamais. Je clignai vite des yeux pour chasser mes larmes. Pourquoi tout ne pouvait-il rester comme toujours ? Pourquoi la vie devait-elle se compliquer de plus en plus au fil des ans ? Une vie sans Lottie me paraissait désespérante.

Je n'avais jamais pu avoir de secrets pour elle, en tout cas pas longtemps, elle s'apercevait toujours tout de suite que quelque chose me tracassait. C'était encore le cas aujourd'hui, mais il y avait des secrets que je ne pouvais même pas lui confier. Et des soucis que rien ne pouvait effacer. Oui, à vrai dire, je n'étais même pas sûre que Dieu veille vraiment sur nous.

De sorte que je n'avais sans doute plus le droit de grimper dans le lit de Lottie et de me faire chouchouter.

Comme je n'avais cessé de fixer les fenêtres éclairées en marchant, j'avais failli ne pas voir que quelqu'un était appuyé sur le pilier du mur séparant notre entrée de celle de nos voisins.

Quand il sortit de l'ombre, ses cheveux blonds brillèrent comme de l'or à la lumière de la lune. Arthur.

– Ah, ce n'est que toi, dit-il, déçu.

Apparemment, il attendait Grayson ; ce dernier n'était donc pas encore rentré.

Je m'étais arrêtée et j'avais instinctivement levé les poings. Là, je les fis retomber. Il s'était passé trop de choses ces dernières heures pour faire encore grimper mon taux d'adrénaline.

– Alors, pas assez de vies ruinées pour ce soir ? demandai-je en constatant que ma fureur s'était évanouie.

– Je crois que j'ai plutôt sauvé la tienne, répliqua-t-il.

– Intéressante, cette façon de voir les choses, rétorquai-je.

Il faisait trop sombre pour distinguer son visage. Cela dit, il ne semblait pas que Grayson lui eût abîmé le portrait, pas de coquard ni de lèvres en sang. Dommage.

– Je n'aurais jamais permis que Persephone tire sur Henry, dit Arthur d'une voix si douce et si grave que je mis quelques secondes à saisir ce qu'il voulait me dire.

Même cela ne ranima pas ma colère. J'étais seulement fatiguée. Et triste. Ce jour avait été très, très long.

– C'est-à-dire que si Henry ne s'était pas placé devant moi, je serais morte à présent et que Persephone serait une meurtrière ?

Au clair de lune, les dents d'Arthur étincelèrent un instant.

– Je voulais juste vous faire comprendre quelque chose. C'est tout.

– Que tu es d'une méchanceté crasse et que tu n'as aucun scrupule ? lâchai-je avec mépris. Pardon, mais nous le savions déjà. C'est juste étonnant de voir que tu peux toujours te surpasser.

– Ah, Liv. Tu es encore une petite fille. Une petite fille qui sépare le monde naïvement en bien et en mal. Tu ne comprends pas la puissance incroyable de cet instrument qu'on nous a mis en main, dit-il en accélérant son débit comme s'il craignait que je ne le laisse pas terminer. Pour toi, tout ça n'est qu'un jeu. Tu ne vois pas qu'en réalité nous tenons la clé pour changer le monde, le modeler selon nos désirs et en faire un endroit meilleur.

– C'est ça que tu veux faire : améliorer le monde ?

Mon ton que j'espérais moqueur ne fut que désespéré. Arthur semblait sincère. Je pris une grande inspiration :

– Jusqu'à présent, je vois juste que tu fais du mal aux gens. Mrs Lawrence et Persephone ne t'ont jamais rien fait. Et Theo Ellis a juste osé répondre à tes offenses. Pourquoi es-tu aussi incroyablement méchant ?

À peine la question prononcée, j'eus envie de la reprendre. Parce qu'elle était par trop naïve. Comme le Petit Chaperon rouge avec le méchant loup. Grand-mère, pourquoi as-tu de si grandes dents ?

Arthur rit doucement.

– Ah, pourquoi je discute ici avec toi ? Je voulais juste un peu secouer Grayson et Henry. Pour qu'ils comprennent que nous ne devons pas nous combattre. En nous rappelant notre amitié, tout nous sera possible ensemble.

– Tu ne crois tout de même pas qu'après tout ce que tu as fait, ils puissent de nouveau te faire confiance ?

– Si ! répondit Arthur. Tu n'imagines pas la profondeur de notre amitié. Nous nous connaissons depuis le CP. Et nous avons vécu une foule de choses ensemble. Tout ça crée des liens.

Il me semblait presque entendre Jasper. Celui-ci avait peut-être reçu d'Arthur ses maximes sentimentales au sujet de l'amitié pour la vie. C'était même assez probable.

– Je ne pourrais jamais faire de mal à mes amis, poursuivit-il.

Il y avait tant de conviction dans sa voix que je faillis éclater de rire. Mais je songeai tout de même que, jusqu'alors, il n'avait jamais attaqué directement Grayson et Henry. Il en avait plutôt d'autres dans sa ligne de mire : ma sœur et moi par exemple.

– Je ne crois pas que tu aies compris le principe de l'amitié, remarquai-je. En blessant les personnes que Grayson et Henry aiment, c'est eux que tu blesses.

Les dents d'Arthur brillèrent à nouveau et son rire se fit moqueur.

– Oh, tu veux parler de toi, ma petite Liv ? Ça doit être bien de se sentir aimée par deux garçons à la fois. Tu te crois certainement très importante, hein ? Mais il y a encore six mois, Grayson et Henry ne se doutaient même pas de ton existence. Et crois-moi, ils t'auraient vite oubliée. On parie ? dit-il en me tendant la main.

J'avais envie de cracher dedans. Ma rage était revenue et je l'accueillis avec bonheur. C'était tellement mieux d'être furieuse que triste.

– J'aimerais toper avec toi, dis-je le plus calmement possible. Mais ça ne me servirait à rien car si je gagne, c'est bête, je ne pourrai même pas le savoir.

– Quelle importance, répliqua Arthur. En fait, je veux seulement me le prouver à moi. Aujourd'hui, je t'ai épargnée mais je commence à le regretter.

Ma colère s'amplifia. Il m'avait certes « épargnée » mais Persephone devrait subir les médisances de tout le lycée pendant des semaines.

Sans parler de ce pauvre Theo Ellis. Personne ne croirait qu'il ignorait pourquoi il avait braqué cette bijouterie et il douterait naturellement de sa raison. Au mieux, il relèverait de la psychiatrie. Il ne s'en remettrait peut-être jamais.

– Sérieusement, qu'est-ce qui m'empêcherait de t'éliminer ? demanda Arthur. Par n'importe qui et de n'importe quelle manière. À tout instant et partout…

Là, ça suffisait !

– Et qu'est-ce qui m'empêcherait de te casser encore la mâchoire ? Maintenant et ici ? demandai-je à mon tour en m'avançant vers lui.

À ma grande satisfaction, Arthur recula. En fait, je ne savais pas ce que j'aurais fait sinon. À cet instant, une voiture de sport arriva à grand bruit et s'arrêta dans un crissement de pneus, juste à côté de nous, au bord du trottoir.

Matt avait un style de conduite très particulier et il ne perdait vraiment pas de temps à se garer. Il laissait toujours son véhicule légèrement de travers en bordure de rue et c'était un miracle que personne n'ait encore jamais arraché son rétroviseur extérieur.

Hélas, dans sa manœuvre il n'avait pas atteint Arthur, qui profita de l'occasion pour s'éclipser. Il trouvait sans doute trop dangereux d'attendre Grayson ici.

Matt m'aperçut en descendant de voiture et, même si je ne pus m'en assurer dans le noir, j'étais sûre qu'il souriait.

– Oups ! dit-il en dégageant un parfum de bière et d'eau de toilette. J'espère ne pas vous avoir dérangés en plein flirt ?

– Pas vraiment, répondis-je.

– Apparemment, j'ai fait fuir ce pauvre gars. Tu ne veux pas le rattraper ?

– J'y renonce. Mais si tu veux me faire plaisir, écrase-le avec ta voiture. Au moins, quelques-uns de mes problèmes seraient réglés.

Matt rit.

– C'est grave à ce point ?

– Oui, à ce point.

Arthur ne s'éloignait pas si vite que ça mais je conclus à sa démarche qu'il était lui aussi furieux. Ah, c'était déjà ça ! Même si cela signifiait sans doute qu'il allait passer la nuit à forger des plans sadiques autour de ma mort. À quoi bon protéger la porte de mes rêves comme le palais de Buckingham, si Arthur pouvait à tout moment lancer quelqu'un à mes trousses ? Quelqu'un qui ne saurait même pas ce qu'il faisait en me poussant devant un bus ou je ne sais quoi d'autre. Dorénavant, je devrais en permanence vérifier mes arrières.

– Tu as quel âge, en fait, Liv ? C'est bien ton prénom, n'est-ce pas ?

Matt me dévisageait avec curiosité. Je m'en aperçus même dans le noir.

– Oui, c'est bien mon prénom. Et j'ai seize ans, répondis-je.

– Oh, malheureusement trop jeune pour moi, regretta-t-il.

– Oui, sans doute. Cela dit, je ne suis pas certaine de faire de vieux os, dis-je en lui souriant. Je crois que je vais rentrer maintenant et rédiger mon testament. Bonne nuit, Matt.

– Bonne nuit, Liv. Évite les fenêtres ouvertes.

Certes. Ça au moins, je pouvais le faire.

Chapitre 11

– Bienvenue dans notre cours de pilotage pour débutants, miss Silver !

Le commandant de bord plaça ma main sur un levier au centre d'une console pleine de boutons de commande et de petits voyants qui clignotaient.

– Nous n'avons pas de temps à perdre, n'est-ce pas ? Demain, vous pilotez un Boeing 747.

– Peut-être pas demain mais bientôt, rectifiai-je, gênée.

– Bon, alors, allons-y ! Là, c'est le manche à balai et, avec ça, on actionne les volets d'atterrissage. Pour le démarrage…

– Attendez, l'arrêtai-je en rougissant un peu. Vous savez bien que cette histoire de pilotage n'était qu'une métaphore, n'est-ce pas ? En fait, je dois, euh… apprendre autre chose.

– C'est tout à fait clair pour moi, dit Matt. (Car c'était bien sa tête qui se trouvait sous la casquette de commandant.) Mais le pilotage et le sexe sont pratiquement la même chose. Il s'agit de trouver un équilibre entre impulsion, poussée, attraction terrestre et résistance de l'air… C'est là tout le secret. Et il faut surmonter sa peur, naturellement.

Il appuya sur un bouton vert et une hôtesse de l'air apparut.

– Puis-je faire quelque chose pour vous, commandant ?

– Oui, répondit Matt en souriant. Débarrassez-moi du copilote pour la prochaine demi-heure. De plus, nous aimerions du café pour nous tenir éveillés, un petit morceau de gâteau pour après et oui, pourriez-vous, s'il vous plaît, prêter votre soutien-gorge à Liv ? Celui qu'elle porte m'indispose vraiment.

Je me jetai un regard horrifié, et je m'aperçus soudain que j'étais assise en sous-vêtements, et pas dans mes plus seyants. Ce n'étaient même pas les miens. Le slip m'arrivait à la taille et, comme le soutien-gorge, était taillé dans un tissu chair à saucisse pareil à celui que Mum utilisait pour bander sa main contre le syndrome du canal carpien. C'était exactement le genre de lingerie qu'aurait pu porter ma grand-tante Gertrude.

– Oui, il est vraiment moche, confirma l'hôtesse avec un brin de compassion. Le mien est de Victoria's Secret, il va vous plaire.

Elle s'empressa de retirer son uniforme bleu et jaune qui jurait sur le vert de la porte du cockpit. Son soutien-gorge était en simple dentelle noire.

– Stop ! m'écriai-je.

Matt et l'hôtesse me dévisagèrent d'un air étonné.

Il y avait de quoi ! Moi, dans les sous-vêtements de tante Gertrude, à côté de Matt et d'une hôtesse strip-teaseuse dans le cockpit d'un avion… Un non-sens total.

Mon attention retourna à la porte verte en arrière-plan. Ce n'était pas seulement la couleur qui ne cadrait pas dans le tableau d'ensemble. Ce genre de portes en bois tarabiscotées n'existait pas dans les avions, surtout avec une poignée en forme de lézard clignant des yeux.

– Un rêve ! dis-je, soulagée. Un rêve des plus débiles !

– Tu peux toujours t'en aller si ça ne te plaît pas ici, répliqua Matt, vexé. Nous nous amuserons aussi sans toi. Au moins, je n'ai plus rien à apprendre à Patricia ici présente.

L'hôtesse émit un petit rire coquet.

– Bon, alors bon vol ! dis-je en la chassant de la main.

Dans le même geste, j'évacuai Matt et tout le cockpit.

Pour changer, j'imaginai une prairie au soleil. Comme chaque fois que je commençais un rêve lucide, je n'avais pas la moindre idée de l'heure. Après ma rencontre avec Arthur, je m'étais vite endormie et je n'avais plus capté quand (ni même si...) Grayson était rentré à la maison, mais parfois mon corps s'accordait plus de sommeil profond que d'ordinaire, comme s'il savait qu'il ne pourrait pas se régénérer plus tard dans la phase de sommeil paradoxal. C'était plutôt rare, mais il m'arrivait de ne commencer à rêver qu'aux premières heures du matin et, une fois la porte enfin découverte, il ne me restait alors plus beaucoup de temps jusqu'au réveil.

Barcelona – le lézard sur la face intérieure de la porte – ronronna quand je caressai sa tête écailleuse. C'était un être magique, si merveilleux, immobile, qu'on aurait pu le confondre avec un bijou d'onyx et de grenat finement ciselé. Son frère, encore anonyme, de l'autre côté me tira sa langue affreusement fourchue quand je passai devant lui pour accéder au couloir. Avec ses dents pointues de vampire et ses pattes collantes et griffues, aptes à se déplacer à toute vitesse sur la porte, il était effrayant et dissuasif à souhait.

– Mais tu peux être gentil avec moi, dis-je en fermant la porte derrière moi.

À cet instant, je m'aperçus que je portais toujours mes sous-vêtements blindés de cauchemar. Le lézard siffla méchamment tandis que je me donnai un look décent tout en inspectant le couloir et plus particulièrement la porte laquée de noir d'Henry.

Le calme régnait. Avec un peu de chance, personne ne m'avait vue dans mes affreux dessous. J'espérais que Grayson et Henry m'attendaient dans le rêve de Mrs Honeycutt.

L'Effroyable Freddy hocha majestueusement la tête quand je lui lançai un bonjour au passage. Je m'arrêtai un court instant devant la porte de Lottie. Sous l'écriteau *Au puits d'amour - Pâtisserie de Lottie -- Accès fournisseurs par la porte arrière* pendait un tableau d'ardoise où était écrit à la craie : *Fermé aujourd'hui pour cause de chagrin d'amour*. Pauvre Lottie. Apparemment, cette histoire avec Charles la touchait encore, même si elle prétendait qu'ils étaient restés les meilleurs amis du monde et que c'était bien comme ça, car au fond il n'était pas son type. À d'autres ! Ce stupide dentiste chauve lui avait brisé le cœur avec son indécision. C'était peut-être juste à cause de lui qu'elle voulait quitter Londres. Je caressai avec compassion la poignée-bretzel. Il devait bien y avoir quelque chose à faire pour adoucir la peine de Lottie.

Un léger grincement de porte se fit entendre dans le couloir. Je me tapis aussitôt et me transformai en jaguar. Le courant d'air aurait été plus raisonnable, parce que invisible, mais je n'y réussissais qu'en étant à la fois super décontractée et super concentrée. Et dans les couloirs, en ce moment, il n'était pas question de décontraction. Le bruit le plus anodin suffisait à faire battre mon cœur deux fois plus vite. Le « Il est revenu ! » d'Anabel résonnait encore dans ma tête.

Je jetai un coup d'œil prudent par-dessus mon épaule, d'abord à gauche, puis à droite. Personne. Je me glissai quelques portes plus loin en rasant les murs et lorgnai dans le couloir adjacent suivant.

La silhouette se trouvait juste devant la première porte.

En tendant la patte, j'aurais pu la toucher. Inconsciemment, je m'étais tellement attendue à Arthur (« Je peux te faire disparaître à tout instant ») ou à Anabel (« Ça ne fait que commencer ») que, de soulagement, je m'assis sur mon arrière-train de jaguar.

Ce n'était qu'Emily.

Elle se tenait là devant sa propre porte dans un pyjama fleuri et semblait quelque peu indécise. À la voir, aussi troublée, se mordre la lèvre, elle me fit presque pitié. Mais qu'était-elle en train de faire ? Se pinçait-elle le bras ? Là, elle me fit vraiment de la peine.

– Bien sûr, ça me fait mal, mais demain matin je n'aurai pas de bleus, marmonnait-elle. Et si je rêve, tout cela n'est pas réel. Mais pourquoi est-ce que c'est douloureux ?

Oh, mince ! Elle avait besoin qu'on lui explique quelques petites choses fondamentales, ne serait-ce que pour qu'elle verrouille sa porte et ne mette plus jamais les pieds dans le couloir. Mais en me voyant tourner le coin, loin de se réjouir, elle ouvrit de grands yeux et me fixa comme si j'étais un dangereux prédateur. Ce que – oups ! – j'étais aussi dans le fond. Pour gagner sa confiance, il aurait mieux valu que je me transforme en cheval. D'un autre côté, ma vue eut plus d'effet qu'une longue discussion : elle chercha derrière elle et abaissa la poignée de sa porte.

– Je déteste cet endroit, dit-elle d'un ton catégorique.

Elle passa le seuil à reculons, claqua la porte et ferma plusieurs verrous de l'intérieur. Si je n'avais pas été un félin, j'aurais éclaté de rire.

Nettement revigorée, je trottai plus loin. Si les jaguars ne rient pas, ils peuvent en tout cas sourire. Je me réjouissais déjà d'en parler à Grayson et Henry.

En chemin vers la porte de Mrs Honeycutt, je pris à gauche après une porte en verre dépoli qui me servait de point de repère, et la lumière changea soudain. Comme par un jour ensoleillé quand un nuage se glisse tout à coup devant le soleil. Il fit aussitôt plus froid.

Rien de rassurant.

J'aurais mieux fait de ne pas évoquer la comparaison avec le soleil : je repensai aussitôt à Arthur quand il avait parlé d'Anabel, du démon… et de l'éclipse de soleil.

Mon cœur s'affola, mon poil se hérissa dans ma nuque.

J'étais presque arrivée, mais il me sembla plus avisé de rebrousser chemin et de me mettre à l'abri derrière ma propre porte. C'était certes plus loin mais je serais en terrain connu avec des portes derrière lesquelles je pourrais me réfugier en cas de besoin.

Je fis demi-tour.

Pas une bonne idée non plus.

Car derrière moi, les portes plongées dans une ombre profonde étaient indiscernables. L'air vibrait d'électricité comme juste avant un orage. Et à présent, il me semblait que les ombres s'épaississaient, se mêlaient et formaient peu à peu un mur noir impénétrable qui me barrait le chemin du retour.

Je me sentais mal, la tête me tournait, et j'eus l'impression que la température alentour chutait subitement.

Hypnotisée, je fixai l'obscurité. J'ignorais pourquoi elle me paniquait autant, je pressentais que je ne devais absolument pas entrer en contact avec elle.

Sortant enfin de ma léthargie, je courus dans la direction opposée. Mes griffes s'accrochaient à chaque pas dans le sol et ma queue fouettait derrière moi. Le froid semblait s'intensifier ; l'obscurité me suivait, collait à mes talons, mais j'avais trop peur pour me retourner. Des bribes de pensée traversaient mon crâne comme si la raison en moi luttait contre la panique.

Il n'y a pas de démon. Quelqu'un – Arthur ou Anabel – fait un show grandiose ici. Rien n'est réel.

Inutile. Mon épouvante grandissait à chacun de mes bonds en avant et à chaque dixième de seconde qui passait sans que la porte de Mrs Honeycutt apparaisse dans mon champ de vision. Même les portes autour de moi semblaient se transformer et se tourner vers moi. Des rires moqueurs retentissaient à mon encontre, des dents aiguisées jetaient des éclairs ; du coin des yeux, je croyais apercevoir des masques surgir des ombres, mais je courais trop vite pour les discerner.

Peut-être, murmura la voix raisonnable en moi, *peut-être ne s'agit-il même que de tes propres angoisses qui se manifestent ici. D'un cauchemar produit par ton subconscient et qui s'aggrave avec ta peur.*

Quelque chose parut m'effleurer par derrière, mais je ne me serais retournée à aucun prix. Bon sang, où se trouvait cette porte ?

J'accélérai encore – je volais presque. Cette fois, les murs du couloir devant moi parurent aussi noircir ; je ne distinguais pratiquement plus rien, c'était comme si les ténèbres voulaient m'encercler pour m'engloutir ensuite.

Là, devant ! La porte de Mrs Honeycutt ! D'un énorme bond, je me jetai dessus, plantai mes griffes dans la poignée et ouvris la porte en plein vol. J'atterris à quatre pattes dans l'entrée, puis, de tout mon poids, je repoussai la porte.

Ouf ! Peu élégant, mais enfin en sécurité. J'émis un feulement de triomphe.

C'est alors que je m'aperçus que Mrs Honeycutt me fixait depuis son fauteuil fleuri et avait laissé tomber son tricot de frayeur. Le perroquet, le bec ouvert, menaçait de basculer de son perchoir. Derrière, Grayson me regardait tout aussi horrifié. Il était assis avec Henry à la petite table à thé de la dernière fois.

Henry était le seul à me sourire.

Je repris le plus vite possible ma forme humaine.

Henry se leva et se pencha pour ramasser le tricot de Mrs Honeycutt.

Elle porta la main à son cou.

– Là… Là, il y avait… un léopard ! balbutia-t-elle.

– À vrai dire, c'était un jaguar, mais un très gentil, Mrs Honeycutt, dit Henry de son ton rassurant et hypnotique. Et voyez-vous, maintenant, il n'y a plus là qu'une jeune fille. Une sympathique jeune fille, dont vous n'avez pas besoin d'avoir peur. Tout va pour le mieux, vous feriez bien d'oublier notre présence et de terminer tranquillement cette superbe couverture.

– C'est une écharpe, rectifia Mrs Honeycutt. Mais elle est vraiment superbe, merci beaucoup.

En soupirant, elle entreprit de trier ses aiguilles :

– Dieu merci, rien n'est emmêlé. Ce motif de feuille en oblique demande vraiment une grande concentration.

– Nous ne vous dérangerons pas, dit Henry en me souriant. Vous faites ça à merveille. C'est vraiment du grand art.

Je me glissai vers Grayson sur la pointe des pieds en passant devant la cage et je m'affalai sur une chaise.

Le perroquet, manifestement rétabli, croassa :

– Qui passe la porte est bienvenu.

– C'est fou comme tout ici ressemble exactement à la dernière fois, chuchotai-je. Comment peut-elle rêver exactement des mêmes motifs, des mêmes fleurs et de tout le reste ?

Grayson me fixa d'un œil sombre.

– C'est très simple, répondit Henry. C'est la copie conforme de son salon… Son subconscient a dû s'en imprégner pendant la centaine d'années qu'elle y a passé à tricoter.

Il me donna un baiser avant de se rasseoir et d'ajouter :

– Enfin te voilà ! Cela fait une éternité que l'on t'attend, n'est-ce pas, Grayson ?

– C'est pour ça qu'il a l'air si fâché ? m'enquis-je.

– Non, il a cet air-là parce qu'un jaguar feulant a sauté par la porte et l'a effrayé à mort, répondit Grayson, vexé.

– Ah bon, dis-je en étendant mes jambes, heureuse qu'elles ne tremblent plus. Ou presque. Eh bien, au moins, réjouis-toi de ne pas avoir été dehors dans le couloir. En tout cas, moi, je n'y remettrai plus les pieds aujourd'hui.

– Oh, malheur ! dit Grayson en baissant la tête vers la table. Ne me dis pas qu'Arthur attend là-dehors !

Était-ce le cas ? Dans le fond, je n'avais aucune idée de ce qui s'était passé là-bas. Avec le recul, je ne comprenais plus qu'à moitié ma réaction. Il avait juste fait… très, très sombre. J'aurais peut-être simplement dû y opposer de la lumière.

Cela dit, ça m'avait paru très dangereux et il faut toujours se fier à son instinct. Mr Wu appelait ça « écouter le tigre intérieur ».

– Je ne sais pas, dis-je franchement. C'était ou bien Arthur ou bien cette folle d'Anabel. Peut-être aussi le démon qui veut nous voir morts lors de l'éclipse de soleil.

J'avais voulu paraître drôle mais je n'avais toujours pas récupéré le contrôle de ma voix.

Grayson gémit.

– Ou c'était un monstre de mon subconscient, me hâtai-je de compléter. En tout cas, c'était affreusement sombre et inquiétant et… je crois que ce truc m'a suivie.

– Jusqu'ici ? À quoi ça ressemblait ? C'est encore dans le couloir ? demanda Henry en faisant mine de se relever.

Je le retins fermement.

– La porte reste fermée, OK ?

– OK, dit Henry, esquissant un rictus moqueur avant de comprendre que je parlais sérieusement.

– Et comment allons-nous revenir dans nos propres rêves ? implora Grayson. Je crains toujours de vous voir vous réveiller tous les deux en même temps, de devoir rester seul ici et de voir ressurgir le meurtrier au coussin fleuri….

Il s'arrêta, se rendant sans doute compte de ses jérémiades. Une autre nuit, je l'aurais un peu asticoté mais là, je le comprenais. La prestation de Persephone, les menaces de mort d'Arthur, la chose là-dehors dans le couloir… ça suffisait amplement pour une seule nuit.

– Quand es-tu rentré à la maison ? demandai-je.

– Henry et moi nous avons encore aidé Jasper à ranger un peu. Tout en tentant de lui faire comprendre que le coup de folie de Persephone, ainsi que ceux de Theo Ellis et de

Mrs Lawrence, sont à porter au compte d'Arthur... Mais il n'a pas trop voulu le croire.

– Comment va Persephone ? s'informa Henry. Ah, question stupide. Oublie ça !

– Arthur attendait Grayson chez nous devant la porte mais c'est moi qu'il a vue. Nous avons discuté gentiment... dis-je en tortillant rêveusement le cyclamen devant moi sur la table. Il a dit que, si je mourais, vous auriez oublié mon existence au bout de six mois. Et qu'il était prêt à le prouver.

Henry et Grayson gardèrent d'abord le silence. Puis Grayson leva la tête :

– Oubliez tout ce que j'ai raconté à son sujet. Désormais, je me moque bien qu'il passe la moitié de sa vie dans le coma... Il faut l'arrêter d'une manière ou d'une autre.

– Oui, mais nous avons besoin d'Anabel, remarqua Henry en se mettant lui aussi à tortiller le cyclamen, effleurant ainsi, comme par hasard, le bout de mes doigts. Et pour l'instant, elle est très occupée avec son démon. Sur ce point, du moins, Arthur n'a pas menti. Anabel m'a raconté aussi qu'il est revenu. Et que nos noms sont écrits dans le sang. Et que celui-ci va couler lors de l'éclipse de soleil... Et d'autres trucs aussi fous. Ce n'était pas une bonne idée d'arrêter les comprimés.

– Peut-être que le sang d'Arthur coulera d'abord, murmurai-je, pleine d'espoir. Du coup, je deviendrais même fan d'Anabel. Ou de son démon, c'est selon.

Grayson frappa du poing sur la table, si fort que les pots de fleurs cliquetèrent et que Mrs Honeycutt leva instinctivement sa tête mauve bouclée.

– Nous nous y prenons mal. Si Anabel est la seule à pouvoir nous aider à stopper Arthur, il faut lui parler.

– J'ai bien essayé, dit Henry.

Puis, glissant un œil vers Mrs Honeycutt, il ajouta à voix basse :

– Plus d'une fois. Mais une conversation raisonnable avec Anabel est hélas impossible. Elle discourt, en latin, de sang et de mort avec une étrange voix de cathédrale, tandis que des plumes noires volètent tout autour d'elle. En outre, elle ne cesse de se rendre invisible.

– Ici non plus, on ne peut pas avoir de conversation sensée, s'emporta Grayson.

Un peu trop violemment pour Mrs Honeycutt. Elle se tourna vers nous.

– Cette fois, je me suis trompée dans mes mailles, se plaignit-elle. Et que faites-vous là avec mon cyclamen persicum ? J'espère que vous n'en arrachez pas les feuilles ?

Puis elle plissa les yeux :

– Tu es bien le grand garçon Harper. Tu ne devais pas nettoyer ma gouttière ?

– Le problème est réglé depuis longtemps, Mrs Honeycutt, répondit Henry de son susurrement hypnotique. Tout va bien. Continuez à tricoter. Il faut finir cette belle couverture.

– Écharpe ! marmonna Mrs Honeycutt en se détournant. Vous feriez bien aussi de tricoter au lieu de jouer aux cartes !

Nous échangeâmes de brefs regards étonnés. Ce n'est pas parce que nous étions tous assis autour d'une table que nous jouions aux cartes. Apparemment, Mrs Honeycutt s'en moquait bien.

– Cela ne mène à rien de bon, on le voit bien avec Alfred, poursuivit-elle. Ma sœur, la bonne âme, l'a toujours pris sous son aile. Comment l'a-t-il remerciée ? Misé son argent sur les tables de jeu, voilà ce qu'il a fait. Et versé des larmes de crocodile quand il l'a trouvée morte dans son lit. De l'asthme, tu parles ! Je sais ce qu'il a fait, mais personne n'a voulu me croire.

Son grommellement se perdit dans le cliquetis des aiguilles et nous en fûmes tous soulagés.

– Je pense que ça ne sert à rien de parler en rêve avec Anabel, chuchota Grayson. Il faut plutôt le faire là où il n'y a pas de démon et pas de possibilité de se rendre invisible. Dans la réalité ! Là où je ne me sens pas comme le dernier des idiots ! Où la raison finit toujours par triompher.

– Chez Anabel ? risquai-je d'une voix hésitante. Même le psychiatre n'a pas réussi là-bas. Cela dit, il était lui-même plutôt dérangé.

– Moi, je peux le faire ! s'écria Grayson, tout à coup emballé. Je connaissais déjà Anabel avant qu'elle soit folle... je veux dire... avant qu'elle tombe malade. Elle était d'une intelligence supérieure, douée d'une remarquable pensée logique. Et elle l'est encore aujourd'hui. Vous voyez ce que je veux dire ? Ce démon comme explication pour tout ce qui se passe ici est tout à fait cohérent. Je veux dire... en soi.

– Absolument logique... confirmai-je. Si les démons existaient.

– Tout juste, dit Grayson, ravi d'avoir été compris. Il ne s'agit donc pas de prouver à Anabel qu'elle est folle mais que son démon n'existe pas.

Ouais. Facile à dire. Et bien entendu, cela présupposait que les démons étaient vraiment des chimères.

– Ça vaut la peine d'essayer, dit Henry en haussant les épaules.

– En tout cas, je ne sers à rien dans ces couloirs, déclara Grayson en croisant les bras.

– Je t'ai déjà dit cent fois… commença Henry.

Grayson termina sa phrase :

– ... que tout ça n'est qu'une question d'entraînement, oui, je sais. Mais je crains qu'Arthur n'attende pas la fin de mon entraînement avant de nous achever.

Un léger bruit se fit percevoir et je levai des yeux hagards vers la porte d'en face.

– Vous avez entendu ça ?

– Juste Mrs Honeycutt qui se grattait la tête avec l'une de ses aiguilles, ironisa Henry.

– Tu dis n'importe quoi. En tout cas, moi je ne repasserai plus jamais cette porte, affirma Grayson en redressant son dos et en s'étirant. Ah, mince ! Comment peut-on dormir et être aussi fatigué en même temps ?

Moi aussi, je m'étais souvent posé cette question. En réalité, nous étions tous dans nos lits en ce moment et nous dormions à poings fermés dans un accoutrement bizarre. Par exemple, aujourd'hui, j'avais un foulard fleuri à la taille, toutes sortes de pinces dans les cheveux, deux bracelets au poignet et un mouchoir fripé sous ma veste de pyjama. Ce que porte toute dame du monde quand elle hante des rêves dans la nuit. (J'avais donné la chaussette du Senator Tod à Henry, n'ayant pas le cœur à l'enfiler.)

– Tu peux te réveiller quand tu veux, dit Henry à Grayson. Il suffit de le vouloir.

– Le truc, c'est de s'imaginer en détail la façon de se réveiller. Avec le plus d'intensité possible, ajoutai-je.

J'avais mis assez de temps pour apprendre à sortir du sommeil. C'était plus facile de quitter son propre rêve et beaucoup plus malaisé quand on se trouvait dans le couloir ou dans des rêves étrangers. Et encore moins évident sous le stress.

– Pour bien faire, tu n'as qu'à fermer les yeux, poursuivis-je, il te suffira de les rouvrir pour rejoindre ton lit. Essaye de t'imaginer dans ta chambre, de sentir la couverture, d'imaginer la lumière de la lune passer par la fenêtre ou bien…

– Ça ne marche pas ! se plaignit Grayson qui avait fermé les yeux et les avait aussitôt rouverts. J'ai peur que vous ne disparaissiez dès l'instant où j'abaisse les paupières.

– Nous ne ferions jamais ça, dit Henry en souriant. Allez, essaie encore ! On se revoit demain à midi pour réviser notre chimie.

– Merde, s'écria Grayson en se frottant le front. J'avais complètement oublié le contrôle de lundi.

– Nous y arriverons, affirma gaiement Henry. Nous mettrons l'accent sur les carbonates aromatiques… J'ai comme l'impression que ça pourrait tomber comme sujet.

Grayson le regarda d'un air méfiant.

– Ne me dis pas que tu as…

– Non, protesta Henry. Il y a des rêves que j'évite et ceux de Mr Fourley en font partie. Et maintenant réveille-toi enfin ! Avant que nous ne le fassions.

Grayson baissa les paupières à contrecœur.

– Et maintenant ?

– Tu es dans ton lit, tu sens l'oreiller sous ta tête… lui soufflai-je. Ah, encore une chose, que voulaient donc dire bave avec bois et salouroise ?

Henry soupira, et Grayson fit :

– Hein ?

– Garde les yeux fermés. Tu es dans ton lit, la couverture sur toi… Représente-toi bien ça. Quand nous avons parlé d'Emily et de la chaîne à la fête de Jasper, tu as prononcé le mot salouroise. Tu voulais dire quoi ?

– Aucune idée, marmonna Grayson.

– S'il s'agissait d'Emily, c'était peut-être sale sournoise, proposa Henry en me faisant un clin d'œil.

– Oui, c'est ça. Sale sournoise. Éternité, tu parles ! Pas avec moi, dit Grayson, fâché. J'ai récupéré cette foutue chaîne.

Je le savais bien.

L'horloge de Mrs Honeycutt se mit à sonner.

– Garde les yeux fermés et respire à fond, Grayson, commandai-je.

J'eus moi-même besoin de prendre un peu d'air parce que, sans prévenir, une porte jusqu'alors inexistante s'ouvrit, dans un autre mur que la dernière fois. Et pire encore : le petit gros Alfred ne passa pas lentement le seuil, mais, tel un diable hors de sa boîte, il jaillit dans un grand cri, son oreiller sous le bras, juste à l'instant où Grayson, alarmé, rouvrait les yeux.

Et puis… Grayson disparut.

Chapitre 12

– Là, ça a fonctionné, se réjouit Henry.

– Oui, à l'évidence.

– Alfred, croassa Mrs Honeycutt.

– Becky ! dit Alfred en agitant l'oreiller. Ta dernière heure est venue !

– On ferait mieux de se réveiller, glissai-je à Henry. Avant que Mrs Honeycutt ne soit étouffée et que le rêve ne s'effondre.

– Non, non ! dit-il en me prenant la main. Je suis si heureux d'être pour une fois seul avec toi. Avec tous ces problèmes, nous n'avons jamais de temps pour nous...

– Bon, on ne peut pas dire non plus que nous soyons vraiment seuls ici…

– S'il te plaît, supplia Mrs Honeycutt. Ne me fais rien, Alfred. Tu as eu ce que tu voulais.

Alfred émit son rire de *serial killer*.

– Becky ! Becky ! Qu'est-ce qui m'empêcherait d'encaisser en plus ton assurance vie ?

Énervé, Henry leva les yeux au ciel et se dressa.

– Excusez-moi, dit-il en se dirigeant vers Alfred sans me lâcher la main, me forçant ainsi à le suivre. Mrs Honeycutt n'a pas de temps pour vous, mon petit gros. Elle doit tricoter. Il faut bien qu'elle finisse cette écharpe !

Alors qu'il parlait, Alfred se ratatina jusqu'à prendre la taille de mon petit doigt : un homme minuscule avec un coussin fleuri encore plus minuscule encore sous le bras. Il ouvrit et ferma la bouche sans qu'un seul son en sorte.

– Oh, fis-je, impressionnée.

– Où est-il ? Où est Alfred ? chuchota Mrs Honeycutt. Il est venu m'étouffer. Comme il l'a fait avec ma sœur. Sournoisement, pendant son sommeil.

– Alfred reviendra une autre fois. À un moment plus propice, répondit Henry.

Il se pencha, saisit avec précaution le minuscule Alfred entre le pouce et l'index et le déposa près de la fenêtre sous une cloche en verre où se tenait déjà un tout petit pot avec une bouture de cyclamen. Tout cela sans me lâcher la main.

– D'ici là, il pourra jouer au nain de jardin ici. Et vous pourrez terminer votre écharpe sans rien craindre. Tout va bien.

La tête penchée, Mrs Honeycutt considéra la forme ratatinée d'Alfred (en version miniature, il avait presque l'air mignon. Sans parler du coussin !) sous la cloche.

– Vous ne m'avez jamais crue, dit-elle. Parce qu'il avait l'air si inoffensif. Et parce qu'il a pleuré de façon si bouleversante à l'enterrement de Muriel.

– Tricotez, Mrs Honeycutt, susurra Henry tout en faisant disparaître d'un claquement de doigts la porte restée ouverte dans la tapisserie. Ça vous fera penser à autre chose.

– Tricoter jusqu'au matin chasse peine et chagrin, croassa le perroquet.

Mrs Honeycutt approuva et reprit son ouvrage.

– Muriel et moi tricotions déjà étant enfants, reprit-elle en faisant cliqueter ses aiguilles. Muriel aimait tricoter quelque chose de seyant pour tout et tout le monde. Elle appelait ça « embellir ». Notre cochon d'Inde, nos rouleaux de papier toilette, nos téléphones, les poignées de portes, Alfred, rien n'y échappait. Un jour – elle avait déjà trente-cinq ans –, elle a même fait un pull-over pour son aspirateur.

– Formidable, murmura Henry en m'entraînant vers la table à thé. Vraiment formidable, Mrs Honeycutt. Pensez donc à cette merveilleuse écharpe et combien elle sera belle, une fois finie.

– Formidable ! répéta Mrs Honeycutt, dans un bruit d'aiguilles.

Alfred lui était sorti de l'esprit. Il se volatilisa tout à coup avec son coussin.

– Pas mal, chuchotai-je.

– Merci. Où en étions-nous ? dit Henry en m'attirant à lui pour m'embrasser sans prévenir.

Un baiser assez long pour donner à mes genoux le temps de se transformer en pudding mais trop court pour oublier la présence de notre hôtesse. Celle-ci se racla la gorge d'un air réprobateur quand, cherchant à ne pas perdre l'équilibre, je m'appuyai sur la petite table, plissant ainsi la nappe sur laquelle était posé le cyclamen.

– Il s'agissait de… manque de sphère privée, je crois, répondis-je, un peu essoufflée, en m'empressant de bien remettre tout en place.

– Exact.

Henry ne me quittait pas des yeux. Il leva la main pour écarter une mèche de mon visage. Un très léger frôlement qui m'envoya pourtant une décharge électrique dans tout le corps.

– Nous sommes trop rarement seuls, dit-il. Mais à ce propos, j'ai une bonne nouvelle.

– Mmm, fis-je d'un ton le plus neutre possible.

Ce manque d'instants à deux ne me déplaisait pas tant que ça, du moins tant que je n'aurais pas réglé cette histoire de Rasmus. D'un autre côté, vu la façon dont Henry embrassait (et il remettait déjà ça), ce problème devait être abordé au plus vite. Car ce qui se passait ici était trop bon. Sans pouvoir m'en défendre, je passai mes bras autour de son cou et l'attirai plus près de moi. C'était si bien d'être si près de lui et, pour un moment, tous les ex-amis imaginaires du monde furent le cadet de mes soucis. Je me concentrai uniquement sur les tendres lèvres d'Henry et sur ses mains. L'une d'elles, dans mon dos, me tenait comme s'il ne voulait plus me lâcher et, du bout des doigts de l'autre, il caressait ma nuque. Je soupirai.

Beau rêve. Très beau rêve.

Henry mit un peu de temps à se détacher de moi, à contrecœur. Son visage luisait. Le mien aussi sans doute, du moins j'en eus l'impression. Comme une sorte de fièvre.

– Revenons-en à la nouvelle, dit-il d'une voix rauque.

Ses cheveux étaient encore plus ébouriffés qu'avant. Il recula d'un pas, comme pour mettre un peu de distance entre nous.

– Bon, alors, voilà. Pour les vacances de printemps, ma mère va partir avec Milo et Amy chez des amis à Ibiza. Et elle ne veut pas m'avoir avec elle pour pouvoir tranquillement s'envoyer du vin blanc le soir, au bord de la piscine.

Il parlait à la légère, avec sa moue moqueuse habituelle, mais il y avait dans son regard autre chose qui faillit me briser le cœur.

– Autrement dit, je vais avoir la maison pour moi seul pendant deux super-semaines. Personne ne va me poursuivre pour me réclamer pour la centième fois de lui lire une histoire, personne ne va se brûler en pleine nuit en faisant une omelette ou piquer une crise en trébuchant sur une pièce de Lego, personne ne me demandera de lui expliquer en cinq minutes les maths du mois dernier et personne ne se précipitera dans ma chambre pour vomir sur le tapis. Sauf le chat, peut-être, ajouta-t-il en riant. Pourquoi fronces-tu les sourcils ?

Parce que les aperçus de sa vie familiale me faisaient l'effet d'une douche froide. Littéralement. Il pouvait bien emballer ça comme il voulait, ça me donnait toujours un nœud dans la gorge. Mais comme il détestait la pitié, je m'efforçai de montrer au plus vite un peu moins de scepticisme.

– Ça ne te fait pas plaisir ? s'étonna-t-il, vraiment déçu.

– De te voir passer les vacances ailleurs qu'à la plage ?

Naturellement, je savais que l'alcoolisme est une maladie mais la mère d'Henry m'inspirait une profonde aversion. Sans l'avoir jamais rencontrée, je la trouvais très antipathique.

– Nous allons avoir enfin un endroit à nous pendant les vacances, un endroit où personne ne nous dérangera.

Oh, mon Dieu ! Je saisis soudain où il voulait en venir.

– C'est quand déjà les vacances ? lançai-je, plutôt paniquée.

– Le 28 mars.

Déjà ? C'était tout au plus dans trois semaines. Trois semaines durant lesquelles je devais ou bien apprendre à piloter… ou sortir la vérité. De préférence, cette dernière alternative et cela ici et sans plus attendre. Il fallait procéder comme pour retirer un sparadrap. Vite et sans hésiter.

– Henry… commençai-je.

Ma bouche se fit toute sèche. Je me mis à faire les cent pas, risquant ainsi d'effrayer Mrs Honeycutt. Mais impossible de m'arrêter. Si près d'Henry, j'étais incapable d'avoir les idées claires… comme si mon cerveau se mettait en mode veille et ne s'intéressait plus qu'à son odeur et aux muscles de son torse sous son T-shirt et à…

Stop ! Ça ne pouvait pas durer comme ça ! Il fallait que je me reprenne d'urgence… Moi et tout mon courage.

– Henry, tu sais, au sujet de…

– Je sais, m'interrompit aussitôt Henry en levant des yeux gênés. Et tu as raison. C'est étrange que tu ne sois encore jamais venue chez moi et que tu n'y viennes que maintenant parce que la maison sera vide et que nous aurons un endroit où dormir ensemble sans être dérangés. Pour que cela ne te paraisse pas aussi… bizarre, je voudrais t'inviter dimanche prochain.

Il prit une grande inspiration avant d'ajouter :

– Pour que tu fasses officiellement la connaissance de ma famille. Et vice versa.

Sidérée, je le fixai. Les mains dans les poches de son jean, l'air un brin coupable, il m'apparut soudain encore plus nerveux que moi.

– C'est vrai que jusqu'alors j'ai tout fait pour que tu ne la rencontres pas et j'ai été plutôt… maladroit. Cette histoire avec B. et mon père et la façon dont je me suis ensuite comporté…

Il fit un pas vers moi.

– Maintenant que nous nous sommes remis ensemble, pas question que j'agisse de nouveau ainsi, dit-il encore.

Un autre pas en avant.

Il tendit les mains.

– Car, tu sais, Liv…

Cette fois, il était près de moi. Il me contempla, comme si j'étais une énigme à résoudre et quelque chose en moi se dérégla. Sans doute mon cœur.

– Liv, je ne veux plus te perdre.

Des larmes me chatouillèrent le nez et je posai vite ma tête sur sa poitrine. Il ne fallait pas qu'il voie mes yeux briller.

– Mais, eh ! chuchota-t-il à mon oreille dans un léger rire, si quelqu'un peut encaisser une rencontre avec cette famille, c'est bien toi.

– C'est sûr, j'ai des nerfs d'acier, approuvai-je d'une voix tremblante, heureuse qu'il m'ait donné l'occasion de me reprendre. Ne te fais pas de souci. Ta famille n'est pas aussi étrange que tu veux bien le prétendre. Je connais déjà Amy et Milo.

– C'est vrai, ironisa Henry en plissant un peu les yeux. Ce jour-là, tu as aussi fait directement la connaissance de mon père et de sa maîtresse et tu as pu les voir enguirlander mon frère. Quel après-midi sympa !

Je lui donnai un rapide baiser. Le terrain sarcastique m'était plus familier.

– Tout juste, dis-je. Et j'en ai profité pour embarquer cette jolie tabatière…

Grâce à laquelle j'avais pu ensuite m'introduire dans les rêves du père d'Henry et le persuader de modifier ses projets sans scrupules. J'en étais encore pas peu fière.

– La lui as-tu rendue, en fait ? demandai-je.

Henry nia de la tête.

– Je me la garde, dit-il. Pour des jours difficiles.

Ses yeux gris m'examinèrent avec attention.

– Me raconteras-tu un jour comment tu as fait ça, Livvy ?

À mon tour, je secouai la tête.

– Je garde ça pour moi. En prévision des jours difficiles, répondis-je. Le jour où nous n'aurons plus rien à nous dire, je te raconterai.

– Ouais. De toute façon, parler est souvent surestimé.

Henry sourit, posa ses mains sur ma taille, m'attira à lui et recommença à m'embrasser, et cette fois j'oubliai que nous ne faisions que rêver, que Mrs Honeycutt pouvait nous observer… j'oubliai tout.

Il n'y avait plus qu'Henry et moi et… ce maudit perroquet.

– Cherchez-vous une chambre ! croassa-t-il quelque part à côté de nous.

Nous éclatâmes de rire.

– C'est bien d'avoir mis les choses au clair, dit Henry en se laissant tomber sur une chaise et en m'attirant sur ses genoux. Donc, dimanche prochain à trois heures chez nous pour le thé. Et pour… pour les vacances, il nous reste encore un peu de temps pour discuter de diverses choses.

– Hmm.

Je fixai la courbe de ses lèvres en me demandant quel effet cela ferait d'y promener son doigt.

– De quoi, par exemple ? demandai-je distraitement.

– Par exemple, d'une méthode de contraception.

Je me redressai d'un bond, prise d'une quinte de toux.

– Quoi ?

– Eh bien, nous devrions réfléchir un peu avant, tu ne trouves pas ?

Henry n'avait pas du tout l'air gêné.

– Euh, oui… balbutiai-je.

Mince ! C'était comment déjà, cette histoire de vérité qu'il vaut mieux dire avant qu'il ne soit trop tard ? Peut-être devais-je risquer une deuxième tentative ?

– Comment avez-vous fait, toi et Rasmus ?

Je me sentis rougir et simulai une autre quinte de toux jusqu'à pouvoir de nouveau me contrôler. Heureusement, ça marchait plus vite en rêve que dans la vie réelle.

– Livvy ? Ça te gêne d'en parler ?

En fait, oui.

– Non. Tu as raison. Nous devrions y réfléchir. Rasmus et moi... euh...

Rasmus et moi n'avons fait que nous promener. Parce que ce n'était qu'un chien. Dis-le. Dis-le simplement, Liv. Et puis tu te réveilleras et tu mordras ton oreiller.

– Préservatifs, dis-je.

Henry hocha lentement la tête.

– Oui, c'est le plus raisonnable. En tout cas, pour commencer.

Me trompai-je ou rougit-il aussi un peu ?

– Et il reste encore trois semaines... ajouta-t-il.

Il soupira. (À cet instant, son regard me rappela immanquablement Rasmus. Quand il voulait un morceau de saucisse.)

– Une éternité, pour tout dire, conclut-il.

Une éternité... pour lui, peut-être. D'un autre côté, il avait raison : d'ici là, il pouvait se passer beaucoup de choses. Qui savait si nous ferions encore partie des vivants ? Car enfin, Arthur aussi bien que le démon d'Anabel avaient émis de nettes intentions meurtrières.

– C'est quand déjà, cette éclipse de soleil ? demandai-je.

Mais Henry ne répondit pas.... Il avait disparu. Et ses genoux ayant eux aussi disparu, je tombai sur le bord de la chaise.

Le perroquet rit perfidement.

Blog
à potins

Ici, le blog à potins de la Frognal Academy, avec les derniers ragots, les plus folles rumeurs et les scandales chauds bouillants de notre école.

Qui suis-je ? Je m'appelle ***Secrecy***, je suis parmi vous et je connais tous vos secrets.

UPDATE ACTIVITY

8 mars

Vous rappelez-vous ces semaines de l'hiver dernier où RIEN ne se passait ? Vous savez bien, cette période ennuyeuse à mourir pendant laquelle il y a eu tellement peu de scandales à révéler que j'étais prête à en inventer. Une période de vaches maigres parmi d'autres, que vous pouvez facilement repérer quand je me mets à parler de Hazel-je-suis-en-fait-totalement-inintéressante-Pritchard ou que je rapporte des nouvelles réchauffées que tout le monde avait déjà oubliées. Oui, que dire ? En ce moment, je n'ai même plus de place en post-scriptum pour Hazel. Parce que vous autres faites tous les jours quelque nouvelle folie. Merci ! Vous êtes vraiment les meilleurs ! (Cela dit, il faudrait tout de même faire vérifier l'eau potable de Hampstead, quelque chose cloche ici...)

Voici en résumé la soirée *Welcome home* de Jasper pour tous ceux qui l'ont manquée.

19 h : Début de la soirée (une heure avant le début officiel).

20 h : Il n'y a plus de bière.

20 h 15 : Emily Clark porte une jupe si courte et un haut si moulant que Jasper flirte avec elle par mégarde. Jusqu'à ce qu'il regarde son visage (sans doute aussi par mégarde)... et la reconnaisse.

21 h : La deuxième tournée de bière voit aussi sa fin. On commence à piller la cave du père de Jasper.

21 h 20 : Persephone Porter-Peregrin apparaît dans la robe que sa sœur a acquise aux enchères l'après-midi chez Harvey Nichols. Comme on le voit sur la photo, elle a oublié de fermer la fermeture Éclair dans le dos.

Entre 21 h 30 et 21 h 45 : Les toilettes étant occupées non-stop, Ben Ryan pisse en douce dans le vestiaire. Sans penser à enlever les parapluies. Il ne se doute pas qu'il est observé par une personne qui s'est figée en statue de sel derrière les manteaux.

À peu près en même temps : Persephone passe de zéro à au moins deux degrés d'alcoolémie et disparaît dans la cave.

21 h 57 : Persephone surgit dans le salon avec le fusil de chasse du père de Jasper, décidée à tuer sa meilleure amie Liv-je-fais-semblant-d'être-un-serpent-à-lunettes-coincé-mais-je-me-pêche-les-types-les-plus-craquants-Silver. Persephone n'explique pas son attitude, mais ça semble être vraiment sérieux. Arthur Hamilton sauve la vie à Liv en persuadant Persephone de déposer le fusil. Il s'avère que ce dernier n'est pas chargé, mais trop tard pour Maisie Brown

qui, de peur, a déjà fait dans sa culotte. (Eh oui, Maisie, j'ai lu tes douze mails où tu écris que tu t'es juste assise dans de la limonade et que tu as des témoins... Mais ils s'accordent tous à dire que la limonade sentait autre chose que la limonade !)

22 h : La soirée commence seulement maintenant, sans Liv et Persephone qui se sont éclipsées (et sans Maisie repartie chez elle à cause des taches de « limonade »). Plutôt minable de la part de Liv de ne pas avoir remercié Arthur pour sa courageuse intervention, personne ne pouvait savoir que le fusil n'était pas chargé.

23 h 30 : Quelqu'un renverse le porte-parapluies dans le vestiaire et maintenant tout le couloir sent la limonade de Maisie. Jasper décide de mettre un terme à la soirée. C'était tout de même grandiose. Jasper, nous sommes tous heureux que tu sois de retour !

À bientôt. Continuez comme ça. Mais méfiez-vous de l'eau potable.

Saluts super épuisés,

Secrecy

Chapitre 13

L'organisateur de mariage, Pascal de Gobineau, était un bel homme soigné aux cheveux noirs. La frange en partie coiffée sur le côté lui tombait si souvent sur le front qu'au bout d'un moment je fus sûre que l'élégant geste de la main avec lequel il la remettait en place faisait partie de son style, tout comme l'accent français et le charmant sourire.

Ce dernier contrastait fort avec le pincement de lèvres dont m'avait gratifié la Brouille en me voyant apparaître à dix heures pile dans la salle à manger. Ce qui n'avait pas été aussi simple que ça : Florence avait occupé la salle de bains sans une once de pitié et, lorsqu'elle en était enfin sortie coiffée, maquillée et parfumée, il ne m'était plus resté que cinq minutes pour me doucher, m'habiller et dévaler l'escalier. J'avais renoncé à me maquiller, sinon j'aurais pu me retrouver dans le Guinness des records.

Comme tout le monde était déjà à table, je dus me contenter de la dernière chaise libre juste en face de la Brouille et à côté de Florence qui, malgré son parfait styling et l'énorme bol de café devant elle, paraissait fatiguée et de mauvais poil.

Moi aussi, j'avais mieux à faire que consacrer mon dimanche matin à une ennuyeuse discussion au sujet du mariage. Une initiative de la Brouille pour qu'ensuite « personne ne se plaigne de ne pas avoir eu l'occasion d'apporter ses idées », et elle avait tenu à ce que tous les membres de la famille soient présents, même Charles qui, à côté de la frange de l'organisateur de mariage, me parut encore plus chauve. Il n'avait vraiment pas l'air réveillé.

Mum et Ernest avaient tenté de nous présenter ça comme un petit déjeuner familial sympa au cours duquel on parlerait un peu du mariage, mais, par le simple choix de son vocabulaire, Ernest avait montré que ce ne serait pas aussi cool et bon enfant qu'on l'avait cru. Il retombait toujours dans une langue juridique raide et truffée de mots compliqués quand il était stressé, ce qu'il était la plupart du temps lorsqu'il était question de la Brouille : « Nous envisageons simplement de configurer quelques idées. Et nous réussirons peut-être conjointement à consolider des aversions que l'un ou l'autre ici peut éprouver envers les festivités en général ou les noces en particulier. »

– Nous n'avons d'aversion qu'envers les robes d'organza, lui avait assuré Mia.

(Quand elle avait cinq ans, on l'avait obligée un jour de mariage à porter la traîne rose de la mariée et elle en avait gardé un traumatisme. La mariée aussi d'ailleurs.)

Nous n'avions pas dit à Ernest que nous éprouvions aussi un rejet envers les mères des mariés qui s'approprient le commandement et disposent de notre temps à leur gré. Nous ne voulions pas leur gâcher, à lui et à Mum, le plaisir de cette histoire de noces, même si la Brouille, l'ampleur envisagée de la fête et tout le tintouin qui allait avec nous angoissaient un peu. Mum aussi très certainement, mais là elle ne mentionna pas une seule fois sa préférence pour de petites garden-parties improvisées. Au contraire. Elle approuva tout de suite Pascal quand il dit qu'il n'existait pas de plus bel endroit pour un repas de mariage qu'un classique manoir anglais. Au grand plaisir de celui-ci, car l'un des plus beaux manoirs, habituellement réservé des années à l'avance, était justement libre pour ce dernier week-end envisagé de juin. Un vrai miracle, tout comme le fait que Pascal s'était lui aussi trouvé tout de suite disponible, comme la Brouille n'arrêtait pas de le souligner. Car Pascal était lui aussi retenu des années à l'avance, beaucoup de couples connus lui devaient des fêtes inoubliables. Celui qui s'était récemment rétracté, libérant ainsi la place pour Ernest et Mum, était également célèbre mais Pascal ne voulut, hélas, pas nous dire de qui il s'agissait.

– Je dis seulement qu'il vaut mieux pour certaines personnes de réaliser avant le mariage qu'elles ne sont pas faites l'une pour l'autre, se contenta-t-il d'affirmer avant de se tourner vers sa célèbre check-list-de-noces-de-Gobineau.

À coup sûr, si cette check-list était vraiment célèbre ou tristement notoire, c'était tout au plus pour cause d'ennui mortel. L'intonation de Pascal, malgré son charmant sourire et son accent, était affreusement soporifique et il avait certainement décidé d'exposer tout ce qui se trouvait dans son classeur depuis les deux mille sortes de présentation de serviettes en tissu jusqu'à la hauteur optimale des tables mange-debout avec housses en passant par l'effet visuel de l'ail d'ornement dans des vases en verre rectangulaires. Comme je n'arrivais pas à montrer de l'enthousiasme pour les différences de qualité des enveloppes de lettres doublées, je fis comme en cours quand ça devenait ennuyeux : j'affichai un air intéressé et laissai voguer mes pensées. On ne pouvait certes pas rattraper un manque de sommeil ainsi, mais on atteignait un état de profonde décontraction qui était mieux que rien. Sans fâcher personne.

De temps à autre, quelques mots me parvenaient comme « impression en relief », « roses Floribunda », « plan de table » et « farce de mousse d'amande », mais je pouvais sans problème les intégrer dans mes pensées de demi-sommeil.

La farce de mousse d'amande, par exemple, s'était sans doute trouvée dans ma tête cette nuit au lieu de mon cerveau quand Henry m'avait laissée seule dans le rêve de Mrs Honeycutt et, qu'au lieu de me réveiller, j'avais décidé de me risquer encore dans le couloir. Car, si j'avais auparavant fortement redouté l'obscurité dévorante, il y avait maintenant quelque chose que je craignais encore plus : les vacances de printemps.

Normalement, Mia et moi allions toujours voir notre père pendant nos vacances, mais cette fois nous resterions chez nous, parce que Papa n'arrêtait pas de se déplacer pour ses affaires et que, jusqu'à son déménagement définitif de Zurich à Stuttgart, il ne logeait que dans des hôtels. (Toutefois, il voulait venir en mai passer quelques jours à Londres, soi-disant pour nous, sans doute aussi pour voir l'homme que Mum allait épouser.)

Le couloir s'étendait là paisiblement, seuls mes pas y résonnaient… Celui qui avait déclenché l'obscurité était peut-être déjà réveillé. Ou bien c'étaient seulement mes propres angoisses qui avaient pris vie. Mes pensées n'étaient plus sombres à présent, juste emmêlées, mais elles me menèrent droit dans un couloir particulier. Je parcourus les portes du regard et, comme attendu, elle se dessinait là : la porte rouge de Matt.

On devait être déjà au petit matin. Mon sommeil allait sans doute bientôt prendre fin, j'avais en effet un réveil tout à fait fiable : ma petite sœur. Même le week-end, Mia ne dormait pas longtemps et elle se glissait le dimanche matin dans mon lit. Tout en fixant la porte de Matt, je me persuadai que cela n'allait pas tarder.

Bien sûr, je savais que ce n'était pas une bonne idée… mais je n'en avais pas de meilleure. Les vacances de printemps commenceraient dans moins de trois semaines, et Matt... Matt devait maintenant me servir de simulateur de vol.

Je jetai un bref regard dans le couloir. Toujours personne en vue, rien à signaler. J'étais seule. Je pouvais encore faire demi-tour. Au lieu de ça, je pris une grande inspiration et je tournai la poignée pour ouvrir la porte de Matt.

– L'amour n'est pas ce qu'on s'attend à recevoir mais ce qu'on est prêt à donner, dit Pascal de but en blanc et je levai la tête pleine d'espoir. Avais-je manqué quelque chose d'important ? Peut-être avait-il fini ?

Non, ça n'en avait pas l'air, le classeur n'était même pas feuilleté à moitié.

Je jetai un regard inquisiteur à la ronde. Seules La Brouille, Mum et Lottie semblaient suivre avec un réel intérêt l'exposé de Pascal, les autres ayant l'air aussi absent que moi. Florence tripotait discrètement son iPhone sous la table, Ernest tenait la main de Mum, un vague sourire aux lèvres et le regard vide. Mia empilait sur son assiette une quantité incroyable de scones et Grayson compensait son ennui mortel en mangeant. Il avait déjà avalé une montagne d'œufs brouillés avec du pain grillé et à peu près la moitié de la tarte aux myrtilles de Lottie. Il ne répondit pas à mon sourire mais leva les yeux au ciel.

Charles avait les yeux mi-clos et piquait du nez mais à chaque fois qu'il commençait à sombrer vraiment dans le sommeil, sa tête basculait et il se rasseyait convenablement.

Lottie était particulièrement jolie dans sa veste moulante en tricot vert lierre qui s'accordait super bien à ses boucles brunes, qu'elle avait nouées sur la nuque. Je délirais peut-être, mais il me sembla que Pascal souriait souvent dans sa direction.

– Pour les corbeilles de fleurs des enfants, je travaille depuis des années avec une jardinière. Nous prendrons des têtes de fleurs cueillies le matin du mariage dans des tons parfaitement assortis, de qualité bio.

Sa voix monocorde avait quelque chose d'hypnotique. C'était peut-être pour ça que personne ne l'interrompait pour demander, par exemple, le prix de cette plaisanterie. Des têtes de fleurs bio ! Tu parles ! On pouvait faire ça avec du bon vieux riz. Et d'ailleurs, qui jetterait ces fleurs ? Mais inutile de le demander. J'avais envie d'en finir au plus vite.

Il me semblait avoir déjà passé des jours à cette table, mais il n'était que onze heures.

Persephone s'était-elle déjà réveillée ? Et Secrecy avait-elle parlé de son coup de folie dans son blog ? Certainement. Je l'appellerais dès que tout serait fini et j'espérais qu'elle se débrouillerait bien sans moi d'ici là. Elle devait sûrement désirer faire reculer le temps et effacer la soirée de la veille.

À propos de retour en arrière : mes pensées repartaient vers la porte rouge des rêves de Matt. Peut-être aurais-je fait marche arrière si cela n'avait pas été aussi facile. La plupart des gens protègent inconsciemment leur porte avec un obstacle, mais chez quelques-uns on peut s'introduire sans peine dans leur rêve. Comme chez Matt.

Une fois passé le seuil, je me retrouvai dans l'entrée d'un énorme bâtiment moderne avec beaucoup de verre et des structures d'acier gigantesques. À ma droite et à ma gauche, une foule de gens passaient près de moi sur de larges escalators et tout ce monde avait l'air préoccupé. J'étais super soulagée d'avoir atterri dans un rêve à peu près normal, on ne savait jamais à quoi rêvaient les gens, au petit matin c'était souvent assez fou, en tout cas chez moi. Je mis quelques secondes à apercevoir Matt. Comme la plupart des autres, il portait un costume bleu foncé et ne se distinguait pas de la foule. Il se trouvait devant les portiques de sécurité qui menaient aux ascenseurs et parlait avec une femme à l'accueil. Ces deux-là flirtaient ensemble, je m'en aperçus aussitôt à la manière dont Matt s'appuyait contre le comptoir en souriant. La femme rejeta coquettement ses cheveux dans la nuque et, en m'approchant, je vis que sa tenue de travail était plutôt déboutonnée et qu'elle se penchait exprès pour que Matt puisse lorgner dans son décolleté. Ce dont il ne se privait pas d'ailleurs.

OK. Voilà donc à quoi il rêvait. En tout cas, c'était juste l'ambiance propice à mon dessein. Bien mieux que si Matt avait fait un cauchemar dans lequel il était poursuivi par un *serial killer* dans un parking ou par des cannibales dans la jungle. Ou que s'il avait rêvé d'être encore un petit garçon se promenant avec sa grand-mère dans un parc. Non, ceci était parfait.

À présent, je n'avais plus qu'à me débarrasser de l'hôtesse d'accueil. Et de mes complexes.

Pour ces derniers, ce fut plus facile que je ne l'avais pensé. Je m'imaginai simplement être un agent secret chargé de la mission de séduire Matt. C'était comme un numéro d'improvisation, mais en beaucoup mieux, parce que les autres participants auraient tout oublié le lendemain.

L'agent secret Silver se créa un look le plus possible semblable à celui de l'hôtesse : un ensemble bleu moulant avec des hauts talons bleus sur lesquels, dans la vraie vie, je n'aurais pas pu faire deux pas sans trébucher. Quant à mes cheveux, je les laissai, comme cette femme, tomber librement sur mes épaules et je me passai le même rouge à lèvres qu'elle, quelque chose entre rose et rouge foncé dont Persephone aurait sûrement pu me donner le nom. Puis je mis mes lunettes (parce que Matt m'avait toujours vue avec elles et ne m'aurait pas reconnue sans) et, perchée sur mes hauts talons, je me dirigeai comme un mannequin vers le comptoir, une pile de dossiers dans les bras. Pile que je fis tomber par terre juste à côté de Matt en poussant un léger cri de frayeur quand l'un des dossiers atterrit sur sa chaussure.

– Excusez-moi, balbutiai-je, je suis vraiment désolée.

Et, tandis que Matt se penchait pour m'aider à tout ramasser (c'était vraiment sympa qu'il ait aussi en rêve de bonnes manières), je fis vite vieillir la femme au comptoir d'une vingtaine d'années, puis je la dotai de dents jaunes et d'une verrue sous l'œil gauche si écœurante que je l'enlevai aussitôt.

– Merci beaucoup, susurrai-je en souriant à Matt pardessus mes lunettes. C'est vraiment gentil de votre part.

– De rien, répondit-il.

Soudain surpris, il ajouta :

– Liv ? C'est toi ?

– Oui, dis-je en clignant des yeux. Oh, bonjour, Matt ! Je ne t'avais même pas reconnu avec ce costume. Que fais-tu ici ?

Matt se redressa et posa les dossiers sur le comptoir.

Après un regard intrigué vers son flirt soudainement vieilli, il se retourna vers moi et répondit :

– Je travaille ici. J'ai un bureau au trente-deuxième étage.

Ah, ah ! Dans ses rêves, il n'était donc pas un étudiant de droit raté revenu chez ses parents.

– Mr Davenport sera bientôt le partenaire de Strong et Jameson, compléta la femme. Le plus jeune partenaire dans l'histoire de l'entreprise.

Ha, ha, ha, mais on avait bien le droit de rêver.

– Oh, waouh ! m'écriai-je en m'efforçant de mettre le plus d'admiration possible dans ma voix. De là-haut, la vue doit être formidable – je travaille comme stagiaire au service de gestion…

Mon Dieu, faites qu'il y ait un service de gestion ici !

– … et je ne suis jamais allée plus haut que le douzième étage.

– Vraiment ? dit Matt avec un brin de pitié. Mais avec l'ascenseur, tu peux monter jusqu'en haut, comme les touristes…

Ah bon ? Mince !

– Hmm. Oui, bien sûr. Je le ferai dès que j'en aurai le temps, répliquai-je. Mais je ne suis là que depuis trois jours. Mon chef… euh… Mr Smith est malheureusement très strict. Il vient de me traiter d'idiote parce que le biscuit qu'il veut toujours avoir avec son café au lait était placé du mauvais côté de la soucoupe.

– Oh, là, là ! s'exclama Matt.

Le truc de la pitié semblait marcher. Je décidai d'en remettre une couche.

– Je crois qu'il m'en veut parce que je n'aime pas qu'il me donne une tape sur les fesses en m'appelant mon petit, dis-je en écartant une mèche de mon visage. Bien que je sois plus grande que lui. Je veux dire, ce type a au moins cent ans de plus que moi et en plus il pue de la bouche.

– Mais c'est dégoûtant, dit Matt en secouant la tête. Et c'est du harcèlement sexuel. Sans parler du fait que tu es encore mineure. Une enfant !

Mince ! « Enfant », ça ne collait pas du tout, je devais corriger ça au plus vite.

– J'ai 18 ans, mentis-je.

Si Matt, simple étudiant en droit, s'était promu partenaire d'un cabinet juridique, je pouvais bien me vieillir de deux ans, sa logique onirique avalerait ça sans problème.

– Mais, ajoutai-je, je n'apprécie tout de même pas de me faire palper par un type aussi répugnant… Je me représente ma première fois autrement.

Je retins mon souffle un instant, de peur de m'être trop vite avancée. D'un autre côté, nous nous trouvions dans un rêve et chaque seconde comptait. Comme Matt n'avait pas l'air choqué mais plutôt intéressé, je m'empressai d'ajouter :

– Oui, je sais ! Je sais bien aussi qu'on ne peut pas en rester là mais ce n'est pas si simple de trouver quelqu'un qui…

Je m'arrêtai là. Pas volontairement, mais parce que le talent d'improvisation de l'agent secret Liv Silver lui fit défaut juste à ce moment. Comme dans la vraie vie.

– Je n'arrive pas à le croire, dit Matt en m'examinant de la tête aux pieds. Tu n'es pourtant pas… si mal.

Pas si mal. Est-ce que, pour les garçons, cela ne signifiait pas le contraire de « divinement belle » ? Apparemment, je n'étais pas son type. Je lui fis tout de même un sourire radieux.

– Merci, mais les garçons que je rencontre n'aiment pas… euh… les filles sans expérience. Bon, à part Mr Smith. Mais il n'est pas du genre difficile.

Matt garda le silence.

Oh, mon Dieu. Ça ne marchait pas. Peut-être devrais-je changer de scénario. Mettre en scène un tremblement de terre. Ou une attaque d'aliens. Dans les films, ça rapprochait toujours les gens.

Peut-être devrais-je simplement abandonner.

Je jetai un coup d'œil discret vers la porte de Matt. Elle se trouvait tout à fait perdue au centre du hall d'entrée mais, à part moi, personne ne semblait la remarquer.

– Je… dois partir, murmurai-je. (L'agent secret Silver avait échoué.) Chez Mr Smith. Pour lui donner ma démission. Je ne supporterai pas ça un jour de plus. Contente de t'avoir rencontré.

Le hall disparut et le soleil m'aveugla. Loin sous mes pieds s'étendait une ville et je crus d'abord voler. Puis je compris que je dominais Londres depuis la fenêtre d'un très haut building. Des enfilades de maisons, des toits, des tours, la coupole de la cathédrale St Paul, le ruban scintillant de la Tamise avec ses ponts. Une main se posa sur mon épaule.

– Impressionnant, non ? dit la voix de Matt à mon oreille.

Je sentis qu'il caressait ma nuque.

– Oui, répondis-je en ravalant ma salive.

Franchement impressionnant de voir la vitesse à laquelle Matt avait changé le décor de son rêve et avec quelle agilité son subconscient avait escamoté une dispute gênante. J'étais à moitié soulagée d'être tout de même à son goût. Mais juste à moitié. Quand il me prit la taille à deux mains, et me retourna pour me serrer contre lui, je me sentis toute chose.

– En plus d'offrir la plus belle vue sur tout Londres, ce canapé là-bas est aussi très confortable, chuchota-t-il. Et je te promets que tu n'oublieras pas ta première fois.

Il commença à me bécoter partout dans le cou et je me sentis encore un peu plus bizarre. Alors que c'était exactement ce que j'avais voulu. Une séance d'entraînement en simulateur de vol. Tout à fait factice. Et personne n'en saurait jamais rien. Pourtant…

– Mais sans s'embrasser ! lâchai-je.

Matt desserra son étreinte.

– Comment ? Tu parles comme une jeune droguée qui se prostitue. Sans s'embrasser. Ça ne va pas, non ? Peut-être aussi sans se déshabiller et sans se toucher ?

– C'est possible ? demandai-je, pleine d'espoir.

Matt leva les yeux au ciel.

– Non, ce n'est pas possible. Mais qu'est-ce qui t'arrive ? Je pensais que tu voulais absolument…

Oui ? Que m'arrivait-il ? Voilà que j'étais presque arrivée à mes fins et pourtant sur le point de tout gâcher. Toute cette peine pour rien ?

– Excuse, dis-je, penaude.

– Bon, bon, marmonna Matt en glissant sa main sous mon blazer. Sans s'embrasser alors.

Je dus employer toute mon énergie pour ne pas le repousser. J'étais l'agent Silver, en mission secrète, et ceci n'était qu'un rêve. Juste… un… rêve. En fermant les yeux, je n'avais qu'à m'imaginer que c'était la main d'Henry. Mais non, ce n'était pas la main d'Henry. Je sentais bien une autre main. Qui n'avait absolument rien à faire sur ma peau nue.

Et qui s'arrêta soudain près de l'agrafe de mon soutien-gorge.

– Mais, qu'est-ce que c'est que ça ?

Oh non, pas de nouveau ! Mon subconscient m'avait mis les sous-vêtements couleur chair à saucisse de grand-tante Gertrude. Je ne maîtrisais pas la situation.

– Eh, mais c'est à moi, ça, dit Matt avec la voix de Mia.

Je sentis qu'on me tirait les cheveux et… je me réveillai.

Même si Mia m'avait arraché au moins une dizaine de cheveux pour récupérer la pince-grenouille que je lui avais fauchée… en cet instant je trouvai tout à fait formidable d'avoir un réveil dominical fiable en la personne de ma petite sœur.

Ce fut aussi Mia qui me sortit des tréfonds de mes souvenirs pénibles pour me ramener à la table du petit déjeuner et qui veilla à ce que Pascal interrompe son discours monocorde. Elle avait empilé sept scones l'un sur l'autre mais quand elle posa le huitième sur la tour ainsi formée, tout l'édifice s'écroula en renversant un verre.

– Oups, fit-elle, ce que la Brouille commenta aigrement par un « Il faut dire "pardon", ma petite ».

– Pardon, ma petite, répéta Mia.

Pascal – comme de bien entendu – sourit.

– De toute façon, j'allais passer au prochain point de ma check-list, dit-il.

– Sans doute le 3044e, murmura Grayson.

J'étais prête à me laisser de nouveau dériver vers le sommeil mais, contre toute attente, cela redevenait intéressant. Il s'agissait de la liste des invités. La Brouille avait déjà préparé le terrain et noté sur un papier les noms des quatre-vingt-quatre personnes qu'Ernest devait inviter à tout prix et des quatre-vingt-neuf autres qu'il devait en fait convier aussi à tout prix mais auxquelles on pouvait renoncer en cas de besoin.

De plus, « pour voir en gros à combien ça reviendrait », elle avait établi une liste pour les invités de Mum que celle-ci fixait maintenant d'un air plutôt consterné.

– Frère de la mariée et accompagnants, lut Mum à voix haute. Mais je n'ai ni frère ni sœur.

– Tant mieux, se réjouit la Brouille. J'espérais bien avoir calculé un peu large.

Mia se pencha avec curiosité vers Mum.

– Oh, super, Mum ! Tu as le droit d'inviter ta meilleure amie et ta deuxième meilleure amie. Qui sont-elles donc ? Papa ?

La Brouille tressaillit. « L'ex-mari de la mariée » n'avait sans doute pas trouvé place sur le papier.

– Ah, tu sais, chez moi, il n'y a pas de classement. J'aime tous mes amis de la même façon. Mais ça ne veut pas dire qu'ils doivent tous venir à mon mariage, dit Mum en jetant un regard de côté vers Ernest.

Elle avait vraiment des amis partout et beaucoup d'hommes en faisaient partie.

– D'autant plus qu'ils habitent tous si loin, ajouta-t-elle.

– Oui, c'est bien ce que j'ai pensé, dit la Brouille avec un sourire super satisfait. Pour chacun de tes invités qui ne voudra pas faire le long voyage depuis les États-Unis ou de je ne sais où, quelqu'un pourra avancer d'un cran sur la deuxième liste d'Ernest.

– Tout cela est bien vu, approuva Pascal.

– Puis-je voir ces listes ? demanda Ernest.

– Bien sûr.

La Brouille lui tendit plusieurs feuilles par-dessus le plat d'œufs brouillés vide et Ernest les étudia en plissant le front.

– Qui est Eleanor ? demanda-t-il.

– Eleanor ? répéta la Brouille en le toisant comme s'il avait perdu la raison. C'est bien sûr la fille de ma cousine Lucy que lord Borwick a épousée ! Tu as joué avec elle dans ton enfance.

– Oui. C'est possible. Mais je ne l'ai jamais revue depuis, remarqua Ernest.

– Ce que j'ai toujours regretté, commenta la Brouille. Pour un homme dans ta position, il est tout à fait utile d'avoir des contacts avec des membres de la Chambre des lords.

Ernest continua de survoler la liste, puis il abaissa la feuille et, épuisé, il retira ses lunettes.

– Mère, je ne vois là que des noms de personnes inconnues.

– Mais c'est la liste de secours. Et tu les connais, je t'assure ! Du moins, tu devrais les connaître, dit-elle en pinçant les lèvres. Mais bon, si vous ne voulez pas de mon aide, vous n'avez qu'à dresser vous-même votre propre liste d'ici demain avec les noms complets et les adresses. Pascal doit donner les invitations au plus tard en fin de semaine à l'imprimeur, n'est-ce pas, Pascal ?

L'intéressé acquiesça d'un signe de tête.

– Je travaille avec une petite imprimerie tout à fait exclusive à Highgate, qui fabrique aussi de merveilleux tampons. Bon, je crois que nous en avons presque fini pour aujourd'hui, remarqua-t-il ensuite en jetant un œil sur son classeur.

Grayson soupira.

– Je ne voudrais pas me montrer impoli, mais en quoi notre présence ici est-elle utile ?

– Il s'agit d'une affaire de famille, Grayson, répondit Florence alors que la question ne lui était pas destinée. Et je veux m'assurer qu'on ne nous fera pas porter les mêmes stupides robes à Liv, Mia et moi.

– Pas de souci ! Plutôt mourir ! dit Mia.

Grayson jeta un regard courroucé à sa sœur.

– Tu ne trouves pas que nous aurions des choses plus sensées à faire que de nous soucier de fringues ? Apprendre notre chimie, peut-être ?

– Tu crois que ça me fait plaisir ? s'emporta Florence.

La Brouille se racla la gorge mais Florence l'ignora, jeta un regard à l'horloge et poursuivit :

– Mais tu peux partir, Grayson. Emily va arriver à midi moins le quart pour réviser avec moi et elle n'a pas besoin de te voir.

– Pardon ? Vais-je devoir maintenant me cacher quand Emily te rend visite ? s'énerva Grayson.

– Oui, répliqua Florence. Si tu étais prévenant, tu lui épargnerais ta présence jusqu'à ce qu'elle ait tout digéré. Cela dit, si tu étais prévenant, tu n'aurais jamais rien commencé avec ma meilleure amie !

– Là, tu dérailles complètement ! Emily n'a qu'à rester chez elle si elle ne veut pas me rencontrer.

La Brouille s'éclaircit une nouvelle fois la gorge, cette fois comme un cheval malade.

– S'il vous plaît, ne pourriez-vous pas remettre à plus tard vos conversations privées ?! Le temps de Pascal est précieux.

– Le mien aussi, dit Grayson.

Il était particulièrement remonté aujourd'hui.

– Nous en aurons bientôt terminé, intervint Pascal d'un ton conciliant avant que l'ambiance ne vire définitivement au vinaigre.

Mum et Ernest se tenaient fermement par la main.

– Il ne reste plus que la question des témoins à régler, poursuivit Pascal.

– Oh, c'est simple, dit Mum, soulagée, en souriant à Ernest. Charles sera le témoin d'Ernest et le mien sera naturellement Lottie !

Charles fit un hochement de tête approbateur et Lottie rayonna.

– C'est si excitant ! dit-elle, tout heureuse.

– C'est sûr, marmonna la Brouille.

Je m'attendais à une remarque blessante mais on y échappa parce que quelqu'un sonna à la porte d'entrée et que la catastrophe suivante se déclencha.

Chapitre 14

– J'y vais ! crièrent ensemble Grayson et Florence en se levant d'un bond.

Buttercup, qui dormait paisiblement sur le canapé, leva la tête d'un air effrayé tandis que Grayson et Florence se fixaient par-dessus la table.

– C'est Emily, cria Florence, et tu ne lui ouvres pas, sinon elle va encore être à côté de ses pompes toute la journée.

– Quoi ? Maintenant, je ne peux même plus ouvrir la porte quand on sonne ? cria Grayson en retour. Et si c'était Henry ? Nous révisons notre chimie nous aussi.

Nous les regardions tour à tour comme on suit les échanges des joueurs de tennis. Zou ! Toutes les têtes se tournèrent de nouveau vers Florence quand elle lança :

– Oui, bien sûr ! Vous apprenez toujours au dernier moment, le principal étant de ne pas louper une fête.

– En colère parce que tu as raté celle de Jasper hier soir ?

On sonna de nouveau et Butter n'y tint plus. Elle sauta du canapé et aboya pour nous appeler. Sans lui prêter attention, Grayson et Florence haussèrent le ton.

– Ça m'étonnerait. Tu trouves peut-être passionnantes les beuveries infantiles de tes coéquipiers pubères attardés, mais moi je me préoccupe de mon diplôme de fin d'études, figure-toi !

– Moi, je peux participer aux fêtes *et* obtenir mon diplôme, figure-toi !

– Mais enfin, intervint Ernest, quel âge avez-vous donc ? Cinq ans ?

On sonna pour la troisième fois et la Brouille jeta dans le vide :

– J'ai honte !

Butter aboyait toujours. Elle détestait les disputes.

– J'y vais, dit Mia en se levant.

La chienne remua la queue et la suivit dans le couloir.

– Si c'est Emily, je sifflerai fort pour que Grayson puisse vite se cacher derrière le canapé, lança Mia par-dessus son épaule.

– Quelle magnifique famille pleine de tempérament. Vraiment, tout à fait merveilleuse ! dit Pascal en refermant son classeur avec un sourire. Séparés, nous sommes des mots, ensemble nous formons un poème, ajouta-t-il, ce qui dans sa langue particulière devait signifier quelque chose comme « terminé ! ».

– Amen, chuchota Lottie, tout émue.

Tous les autres s'étirèrent discrètement comme après un long voyage en train, même Mum et Ernest. La Brouille se massa les tempes.

– Fin d'alarme ! cria Mia depuis l'entrée. C'est juste le type d'à côté, celui dont Florence s'était entichée autrefois ! Et il… ah, *shit* !

– Il a du shit ? répéta Mum.

Spot, notre matou roux, arriva en coup de vent dans le salon, suivi de près par Mia, Butter et… Matt.

Shit !

Spot fila sur le canapé puis sauta sur le piano où il se tapit à côté du buste de Beethoven, d'où il nous considéra, les joues gonflées et l'œil mauvais.

– Qu'est-ce qu'il a dans la gueule ? s'enquit Florence tandis que je me faisais la plus discrète possible sur ma chaise pour éviter que Matt, au bout de la table, ne m'aperçoive.

– Un merle, dit-il en chassant d'un souffle une plume noire de la manche de son pull. *Sorry*, mais il l'a traîné jusque dans notre jardin d'hiver pour le laisser ensuite s'envoler. Ma mère a failli tomber dans les pommes. Heureusement que le chat a rattrapé l'oiseau. En tout cas, dans l'opération, il a renversé deux amphores où l'on avait planté je ne sais quel truc vert exotique. Donc je l'ai attrapé et…

– Et apporté ici pour qu'il laisse cet oiseau s'envoler dans la salle à manger ? Eh bien, merci beaucoup, dit Florence.

Elle s'approcha prudemment du piano.

– Pauvre petit Spot ! Le vilain Matt t'a-t-il fait mal ?

– Ce serait plutôt le contraire. Spot m'a griffé assez méchamment, déclara Matt. Sans parler de ce pauvre petit merle. Et des amphores… à ce propos, je dois vous demander si votre assurance couvre ce genre de sinistre. Elles avaient de la valeur.

– Alors, vous feriez peut-être mieux de fermer la porte de votre jardin d'hiver, répondit perfidement Florence.

– Oh là, tu me sembles bien mal lunée, dit Matt en secouant la tête. Tu étais si mignonne autrefois.

Elle le fusilla du regard.

– Ouais… Depuis, j'ai appris que, dans ce monde, on n'arrive à rien en étant mignonne.

– Mais en étant polie ! dit Ernest à Pascal en se levant. Je pense qu'il vaut mieux que je vous raccompagne avant que cette… comment l'avez-vous déjà qualifiée ?… cette famille pleine de tempérament ne devienne encore plus chaotique.

Pascal n'avait pas perdu son sourire. Je commençais à le trouver un peu inquiétant.

– Je dois partir aussi, dit la Brouille en se levant aussitôt. J'ai comme un début de migraine. Les animaux domestiques et les enfants mal élevés m'usent inutilement les nerfs.

Elle prit sa veste en laine rouille.

Pour une fois, son méchant regard ne s'adressait pas à ma sœur et à moi mais à ses « vrais » petits-enfants.

– Voulez-vous emporter une autre petite part de gâteau ? suggéra Lottie.

Mais la Brouille avait déjà disparu dans le couloir. Mum, Pascal et Ernest lui emboîtèrent le pas.

– Nous nous reparlerons plus tard, occupez-vous du chat, dit Ernest à notre adresse tandis que Pascal, toujours aussi souriant, nous saluait.

Je songeai soudain qu'il ne souriait pas de son plein gré mais devait souffrir d'une paralysie faciale. Peut-être était-ce là le secret de sa réussite ?

– Quel homme sympathique, dit Lottie avec un profond soupir. Il est si positif ! Sans doute parce qu'il passe ses journées à mettre en scène le grand amour de toute une vie.

– Ces manières et ces sourires ne sont qu'un truc commercial pour donner aux gens l'impression de pouvoir acheter le grand amour pour la vie, déclara Charles, soudain bien réveillé.

– Seul quelqu'un qui ne croit pas à l'amour peut parler ainsi, répliqua Lottie en se replaçant une mèche derrière l'oreille et en le défiant du regard. Quelqu'un qui ignore ce qu'est la passion.

– Ce n'est pas parce que je n'entoure pas tout avec des nœuds de tulle que je ne suis pas romantique, protesta Charles. Ou que je ne connais pas la passion.

– Non ? fit Lottie en haussant les épaules. Excuse-moi, ce n'est donc sans doute que mon impression personnelle.

Je leur jetai un regard incrédule. Voilà qu'ils s'y mettaient eux aussi ! Quelque chose dans l'air transformait tout le monde ici en gamins de maternelle.

– Et tu trouves romantique tout ce qu'on te refile avec un sourire, enchaîna Charles. À propos de sourire : moi, je ne sourirais pas avec autant d'assurance en ayant une affreuse gingivite.

– Il n'est pas plein d'assurance mais juste charmant, remarqua Lottie, et il n'avait pas de gingivite.

– Si, sur la canine en haut à gauche ! Tu n'as pas pu le voir parce que tu étais assise à sa droite.

Charles sembla enfin prendre conscience de sa conduite puérile.

– Puis-je encore avoir un peu de ce gâteau avant que l'oiseau ne s'échappe de nouveau pour le picorer ? demanda-t-il d'un ton conciliant.

– Je ne crois pas qu'il puisse encore voler, dit Matt.

Jusqu'alors, son regard n'avait fait que m'effleurer et je m'étais aussi un peu calmée face à lui. Très peu de personnes se rappellent leurs rêves au réveil et en général jamais bien longtemps. Même au cas improbable où Matt en aurait le souvenir, c'était toujours son rêve à lui, il ne se doutait pas que je m'y étais introduite et que j'avais un peu manipulé le tout. Si cette affaire pouvait gêner quelqu'un, c'était bien lui. Alors pourquoi avais-je tout de même envie de ramper sous la table et de me cacher jusqu'à ce qu'il parte ?

Spot grogna doucement.

– Ce pauvre chat est tout traumatisé, dit Florence en envoyant à Matt un regard mauvais. J'espère que vous êtes assurés pour ça.

– Cesse donc de déverser ta mauvaise humeur sur Matt, Florence. Si quelqu'un ici est traumatisé, c'est le merle, intervint Grayson en attrapant Spot pour le porter sur la terrasse.

Il s'imaginait peut-être que l'oiseau pourrait fienter sur ce qui restait de la tarte. Ce qui n'était pas si bête, comme il s'avéra que le merle était encore en pleine forme et sans doute capable de voler. Spot regrettait certainement d'avoir ouvert la gueule, mais, sous la douce secousse de Grayson, il n'avait pas pu faire autrement. Il observa d'un air fâché le merle s'envoler par-dessus la haie dans le jardin des parents de Matt (stupide volatile !), puis se laissa ramener sans problème à l'intérieur où, vexé, il se lova sur le canapé sans daigner nous considérer. Par solidarité, Butter se coucha près de lui en nous lançant un regard réprobateur.

– En voilà au moins deux qui ne se disputent pas, dit joyeusement Mia.

– Quelqu'un voudrait-il de la tarte aux myrtilles ? demanda Lottie.

– Je ne dis pas non, s'écria quelqu'un avec la voix d'Henry.

Je me retournai en sursaut.

Henry se trouvait à la porte de la salle à manger et, derrière lui, Emily passa la tête dans la pièce. Ils avaient dû entrer dans la maison alors que la Brouille et Pascal prenaient congé de Mum et Ernest… ce qu'ils étaient encore en train de faire à en juger par les voix qui nous parvenaient du couloir.

– Je prendrais bien aussi une part de tarte, dit Matt.

La salle à manger prenait peu à peu l'aspect d'une scène de théâtre où se tenaient beaucoup trop d'acteurs jouant une pièce des plus confuses.

– Pfff, pfff, dit Mia.

D'autres avaient un texte tout à fait singulier. Mia possédait à la perfection l'aparté de théâtre :

– Grayson, cache-toi ! Emily est là.

– Alors, je préfère reprendre de la tarte, grommela Grayson en se remettant à table.

Florence ne savait à qui s'en prendre le plus.

– Tu en as mangé presque la moitié, s'énerva-t-elle à juste titre. Je te resservirai quand tous les autres auront été servis. Emily, en voudrais-tu ?

L'intéressée entra nonchalamment derrière Henry et examina la table ratissée du petit déjeuner. Je n'eus pas l'impression qu'elle ne voulait pas voir Grayson, bien au contraire. Elle n'était certes pas vêtue aussi court que la veille à la soirée mais son jean était tout ce qu'il y a de plus moulant et son T-shirt offrait un profond décolleté. Elle s'était également maquillée.

– Non, merci, dit-elle. Tout cela me semble bourré de calories et de graisses saturées.

– Pourquoi savais-je qu'elle allait justement répondre ça ? murmura Henry.

Il se laissa tomber près de moi sur la place libérée par Florence et me posa un léger baiser sur la joue.

En même temps, Matt s'assit sur la chaise de la Brouille.

Et je me sentis un peu… encerclée.

Lottie leur tendit à chacun une part de tarte aux myrtilles en ignorant volontairement Charles.

– Viens, allons quelque part où ça ne sent pas la testostérone ! Dans ma chambre, dit Florence en attirant Emily hors de la scène, c'est-à-dire de la pièce.

Emily sembla chercher une phrase adaptée à sa sortie, apparemment en vain. En revanche, elle tortilla outrageusement des fesses dans son jean étroit. Cette pièce de théâtre était on ne peut plus mauvaise. Charles, par exemple, ne disait plus un mot depuis plusieurs minutes. Il avait plutôt l'air déconcerté.

– Voudriez-vous aussi de la tarte ? nous proposa Lottie à Mia et moi.

En fait, oui. Mais avec Matt et Henry à ma table, mon estomac s'était un peu rétréci.

– Plus tard, peut-être, dis-je.

Je devais d'abord appeler Persephone, qui était sans doute à bout de nerfs. Et il fallait que je sache ce que Secrecy avait écrit.

– Tu me prêtes ton iPad, Lottie ?

– Il est dans la cuisine, me répondit-elle.

Mia y fila aussitôt pour se l'accaparer.

– C'est la tarte la plus délicieuse que j'aie jamais mangée, observa Henry.

Matt approuva, la bouche pleine. Charles avait toujours son air tristounet.

Il était grand temps que je quitte la scène moi aussi. Il fallait que je fauche l'iPad à Mia.

Alors que je repoussais ma chaise pour me lever, Matt avala le morceau qu'il avait dans la bouche et dit d'un seul coup :

– J'ai rêvé de toi cette nuit, Liv !

Oh non !

Henry et Grayson levèrent les yeux vers moi. Je rabattis vite mes cheveux vers l'avant pour cacher au mieux mon visage qui rougissait sûrement. En tout cas, il me brûlait.

– J'espère que c'était un rêve sympa, dis-je avec le plus d'aisance possible.

Au moins, je réussis à contrôler ma voix.

– Eh bien... oui, en quelque sorte... répondit Matt en souriant. Un peu fou, mais oui... sympa. Nous étions tous les deux dans le Leadenhall Building.

– Suis-je censée le connaître ?

Je me demandai si quitter les lieux me rendrait suspecte. Henry m'examinait toujours attentivement. Avec mes cheveux dans les yeux, je discernais mal son expression.

– Le Leadenhall Building est un gratte-ciel dans la City, m'expliqua-t-il.

Puis, s'adressant à Matt :

– Parle-moi de ce rêve, ça m'intéresse vraiment.

– Moi aussi, dit Grayson en me décochant un de ses regards perçants.

– Ah, dit Matt.

L'espace d'un instant, il sembla gêné, assez longtemps pour me faire comprendre qu'il se rappelait très bien certains détails.

– Des trucs complètement fous, reprit-il. Du genre de ceux qu'on voit en rêve... Je... bon, il y avait des escalators. Et je... euh... je jouais du saxo sur l'un d'eux. Liv portait des classeurs super lourds et elle est passée près de moi, tout à fait affairée.

Il parlait avec de plus en plus d'aisance et avait repris son sourire supérieur. À l'évidence, il prenait plaisir à inventer toutes ces idioties.

– Et puis, poursuivit-il, il y avait aussi un clown qui jonglait devant nous sur l'escalator avec des tasses de café et des cookies et qui donnait sa carte de visite à tout le monde. Il en a tendu une aussi à Liv, mais elle n'avait pas les mains libres et elle pestait comme un beau diable parce qu'il lui bouchait le passage. Il lui a alors glissé sa carte dans la bouche. Voilà, je ne me rappelle pas autre chose. Ah si ! Le clown s'appelait Mr Smith. Vrai de vrai, c'était écrit sur sa carte de visite.

Rieur, Matt piqua un morceau de tarte avec sa fourchette. Il était fier de lui.

– C'est drôle, non ? ajouta-t-il. J'aimerais bien savoir ce que ça peut vouloir dire.

– Ah, dommage que je ne sache pas interpréter les rêves, se désola Henry. Mais comme je suis un assez bon psychologue amateur, je peux te dire que tu viens de l'inventer.

Matt perdit son sourire, et Henry se tourna vers moi.

– Qu'en penses-tu, Liv ?

– J'ai déjà rêvé des choses bien plus folles, affirma Matt, plutôt vexé.

Mais Henry et moi étions déjà bien trop occupés à nous regarder dans les yeux.

– Moi ? m'étonnai-je.

Au lieu de me sentir devinée, je me mis un peu en colère. Envers Henry et ses airs supérieurs de psychologue amateur et envers Grayson qui, de l'autre côté de la table, avait tout d'un inquisiteur espagnol lors de l'interrogatoire d'une sorcière.

– J'en pense que tu accordes beaucoup trop d'intérêt aux rêves de types que tu ne connais pas, dis-je d'un ton belliqueux.

– Seulement quand tu en fais partie, répliqua Henry.

J'écartai mes cheveux et je le fixai bien en face. J'espérais que mes joues avaient repris leur couleur normale.

– Ah oui ? Ou juste quand il s'agit des rêves de types séduisants ?

– De types séduisants qui jouent du saxo, précisa Henry en souriant, mais la méfiance brillait dans ses yeux.

– Oh, merci, dit Matt, qui avait retrouvé son assurance. Même si je joue mieux en rêve que dans la vie réelle. Sauf dans ce rêve où je suis sur la scène du Carnegie Hall et que je n'arrive pas à sortir un son… Mais c'est ce qu'il y a de bien dans les rêves : personne ne vous voit vous ridiculiser.

– C'est vrai, remarqua Grayson avec un brin de remords. Les rêves sont une affaire très intime et ne regardent en fait personne.

– Quelle belle conclusion ! dis-je en posant un petit baiser sur le front d'Henry et en souriant aux deux autres. Allez, je vous laisse réviser.

D'un pas décidé, je quittai la scène sans me retourner vers les autres acteurs.

Je regrettais juste la tarte.

Chapitre 15

– Pas de léopard aujourd'hui ?

Anabel était adossée à la porte bleu marine dont je croyais toujours que c'était celle de la Cook, notre directrice. Quand j'y avais jeté un œil une seconde avant, Miss-je-suis-possédée-par-un-démon-parce-que-je-ne-prends-pas-mes-comprimés n'était pas encore là. À vrai dire, elle était bien présente, mais elle ne s'était rendue visible que lorsque j'allais quitter les lieux. Elle s'amusait sans doute de me voir sursauter de frayeur. Ce que je fis, bien sûr.

– Jaguar, corrigeai-je par réflexe.

Anabel haussa les épaules.

– C'est pareil. Tu as rendez-vous avec Henry ? Il est passé ici, il y a un petit moment.

– Bon à savoir.

Je ne pus m'empêcher de la dévisager.

Dans la pénombre du couloir, ses yeux turquoise et ses cheveux dorés luisaient intensément, et son teint était si lisse qu'il semblait peint. Comme si elle avait caché quelque part un projecteur qui la plongeait – elle et rien qu'elle – dans une douce lumière de soleil couchant. Anabel était vraiment d'une beauté saisissante, comme un tableau qu'on ne se lassait pas de contempler, et je dus me faire violence pour me rappeler que, dans la vie réelle, elle ne jouissait pas de cette perfection supraterrestre. Toutefois, je ne pouvais m'empêcher de me demander si Henry ne l'avait pas regardée avec la même fascination que moi, s'il était bien passé par là. Une jalousie irrationnelle mêlée d'un peu de colère surgit en moi.

– Il paraît que tu as fait la connaissance de sa mère aujourd'hui, me dit-elle avec un léger sourire.

Je serrai les dents. Tenait-elle son information d'Henry ?

– Étonnant ! poursuivit Anabel, les ailes du nez frémissantes. Combien de temps a-t-il mis à t'inviter chez lui ? Six mois ?

Je tentai de la faire taire en fronçant un peu les sourcils. Mais elle en remit une couche.

– Sais-tu au moins maintenant pourquoi il voulait toujours te tenir à l'écart ? Ou bien s'agissait-il simplement d'une sorte de preuve de confiance pour t'amener enfin à coucher avec lui ?

Elle exprimait exactement ce que la voix égarée et solitaire en moi me chuchotait, la voix que j'attribuais à mon complexe d'infériorité. À ce même complexe que m'avait déjà rapporté l'histoire de Rasmus… et indirectement aussi Matt, dont j'avais particulièrement évité la porte des rêves, ces derniers jours. Même si Henry n'avait plus évoqué Matt, j'avais pour l'instant gelé mes projets de simulateur de vol.

Et ce n'était pas très intelligent, Liv, chuchotait à présent ma voix intérieure. Car les vacances de printemps seront bientôt là, et tu es toujours une pauvre ignorante qui suscite la pitié !

Anabel souriait comme si elle pouvait entendre chaque mot. Mais je ne voulais pas plus écouter mon complexe qu'Anabel. L'un comme l'autre étaient du poison pour mon âme.

– Les jaguars et les léopards, ce n'est pas du tout la même chose, répondis-je d'une voix ferme. Les jaguars ont un front plus large et une grande mâchoire, de plus les motifs de leur pelage sont différents. Le jaguar a des rosettes plus grandes et, chez le léopard, il n'y a pas de point clair dans la rosette ; d'autre part, les jaguars aiment nager, tandis que…

Anabel croisa les bras en me gratifiant d'un sourire compatissant.

– Je comprends bien que tu ne veuilles pas me parler de tes problèmes relationnels, m'interrompit-elle, bien que… je pourrais peut-être te donner un ou deux conseils. Je connais Henry vraiment bien. Je connais même sa façon d'embrasser.

Oh mon Dieu, je la détestais.

Elle ricana.

– T'inquiète ! C'était longtemps avant toi. Henry et moi, nous avons beaucoup de choses en commun. Par exemple, de sombres secrets de famille et une enfance qui… qui a laissé des cicatrices en nous… Ce genre de choses vous unit. Nous ne pouvons pas vraiment être fiers de nos mères non plus.

Son regard se perdit un instant et une onde de pitié m'envahit aussitôt. Pauvre Anabel… la vie dans cette secte avait dû engendrer des moments effroyables.

– Toutefois, reprit-elle, ma mère a été assez sympa pour se pendre avec la ceinture d'un peignoir après avoir ruiné mon enfance. De sorte qu'au moins je n'ai jamais dû la présenter à mes amis.

Aussitôt se déroula sous mes yeux un petit film d'horreur où une ancienne version d'Anabel aiguisait un couteau de rituel. Pauvre Ana… Stop ! Je dus me faire violence pour me rappeler qui j'avais devant moi, en fait, la plus grande manipulatrice du monde, réputée pour ses suggestions raffinées. Comparer l'enfance d'Henry à la sienne était une nouvelle ruse habile pour éveiller ma pitié.

Pourtant, la comparaison boitait terriblement. La mère d'Henry ne remporterait certes pas le prix de la meilleure mère de l'année mais, comparée à celle d'Anabel, elle était inoffensive. Loin d'être spectaculaire, notre rencontre s'était révélée plutôt ennuyeuse. Pourquoi m'étais-je imaginé toutes sortes de scénarios horrifiques pendant une semaine ? Il est vrai qu'Henry m'avait invitée de façon si officielle et si solennelle à prendre le café chez lui dans l'après-midi et qu'il avait pour l'occasion fait lui-même une tarte avec sa petite sœur. Et il s'était montré encore plus nerveux que moi.

Mais cela n'avait rien eu de super officiel ni de cérémonieux.

La mère d'Henry ne me portait aucun intérêt particulier. Voilà tout. Ni regards inquisiteurs ni questions pénibles comme je l'avais craint ; elle ne s'était pas non plus levée de sa chaise en balbutiant, un doigt accusateur pointé sur moi, que je voulais lui voler son fils aîné. Je n'avais pu déceler aucun signe d'alcoolisme et de pharmacodépendance. La mère d'Henry était grande, très soignée, elle avait un de ces visages que l'on croit avoir déjà vus cent fois. Étrange que cette femme ait eu trois enfants si incomparables. En fait, elle paraissait tout à fait normale sauf qu'elle ne vous regardait jamais dans les yeux. Son regard effleurait à peine comme si elle ne voulait l'attacher nulle part, pas même sur son téléphone portable qui n'arrêtait pas de s'éclairer et de la distraire. Elle ne participa presque pas à la conversation et ne resta à table avec nous qu'une demi-heure, pour cause de « rendez-vous ».

Au moment de se dire au revoir, elle me serra la main, embrassa ses enfants sur le front et dit qu'elle rentrerait certainement tard, qu'ils dînent sans elle. Tous trois acquiescèrent comme s'ils en avaient l'habitude. Peut-être ne mangeait-elle rien du tout pour ne pas nuire à sa silhouette de top model… En tout cas, elle n'avait pas touché à la tarte préparée par son fils et sa fille. Cela dit, elle était composée pour moitié de M&M's.

J'étais stupéfaite de la rapidité et surtout de l'aisance avec lesquelles l'après-midi s'était déroulé. Henry semblait lui aussi super soulagé quand il me raccompagna à la porte. En fait, nous avions voulu nous retirer dans sa chambre, mais sans succès. D'abord Milo, son petit frère, avait passé une demi-heure à me poser des tas de questions sur le kung-fu (passe-temps à conseiller si l'on veut impressionner les petits frères de son copain), ensuite Amy apporta ses trente-quatre peluches préférées dans la chambre pour que je puisse les saluer toutes par leur nom et leur serrer la patte.

Mais, même sans instant romantique en tête à tête, ç'avait été un super après-midi, sans moments pénibles, et je me sentais presque des ailes en partant. Après qu'Amy m'eut encore invitée solennellement à son anniversaire. En août.

À la porte, Henry eut du mal à m'embrasser parce qu'il avait sur les bras Amy, qui serrait elle-même Molly, l'âne, et Herby, le crocodile en peluche. Il y parvint tout de même. Amy poussa un petit rire ravi et voulut elle aussi avoir un bisou d'adieu.

– Même le chat ne s'est pas mal comporté, constata Henry avec un drôle de petit rire. Étrange, n'est-ce pas ? Ou un peu inquiétant.

– Ah, il se rattrapera sûrement la prochaine fois, le consolai-je. Quand tu t'imagineras être en sécurité.

Les yeux d'Henry scintillèrent mais Amy me demanda alors de faire une bise d'adieu à ses peluches. Le crocodile en voulait toujours plus et je dus finalement lui donner une petite tape sur sa longue gueule.

– Sans la langue, Herby ! dis-je sévèrement. Ce n'est pas correct. Nous venons juste de faire connaissance.

Amy s'esclaffa, et les yeux d'Henry brillèrent encore un peu plus.

– Eh bien, au moins, en voilà un qui ne se conduit pas comme il faut, remarquai-je.

– À tout à l'heure chez Mrs Hon… au quartier général, dit Henry. Peut-être y trouverons-nous un peu de… calme pour pouvoir mal nous conduire.

Oui… Un peu me conviendrait tout à fait.

Encore fallait-il arriver chez Mrs Honeycutt. Je n'avais même pas quitté mon couloir et Anabel semblait, hélas, avoir encore une foule de choses sur le cœur.

– Je ne saisis pas très bien pourquoi vous ne vous donnez pas rendez-vous dans vos propres rêves, dit-elle.

– Oui, tu aimerais bien le savoir, répliquai-je en tentant d'afficher un sourire aussi arrogant que le sien.

J'étais pourtant aussi dubitative. Certes, je comprenais qu'on ne pouvait pas nous suivre dans les rêves de Mrs Honeycutt tant qu'on ignorait à qui la porte appartenait et qu'on ne pouvait donc pas se procurer un objet personnel. Mais nos propres portes étaient bien protégées et beaucoup plus proches. Le risque de croiser Anabel, Arthur et l'obscurité dévorante en était nettement réduit.

D'un autre côté, le subconscient n'était nulle part aussi puissant que dans nos propres rêves et j'étais donc heureuse que nous n'ayons pas élu notre QG chez moi où un chow-chow du nom de Rasmus ferait sans doute irruption toutes les dix minutes.

Anabel pencha la tête de côté et m'examina avec curiosité.

– Mais cela est sans doute trop... intime pour vous, n'est-ce pas ? Ne laisser personne avoir un aperçu de son âme, c'est bien typique d'Henry. Reste à savoir si cela te dérange en secret ou si tu trouves ça sexy ?

Les deux, pour être honnête. Toutefois, ce n'était pas son affaire. Je me demandai si je devais encore essayer de lui expliquer la différence entre léopard et jaguar mais je décidai de ne pas tourner autour du pot.

– Veux-tu quelque chose de particulier ou cherches-tu juste à répandre un peu de poison ? lançai-je avant de jeter un regard affairé à la montre que je venais de faire apparaître à mon poignet pour des raisons purement dramaturgiques. Car je suis pressée, ajoutai-je.

Anabel reprit son sourire.

– Oui, n'est-ce pas ? C'est effrayant comme le temps passe vite.

C'était hélas vrai. Effrayant surtout de voir la vitesse à laquelle le temps passait quand on ne voulait pas qu'il passe. La semaine dernière avait littéralement défilé devant moi, tandis que Persephone avait dû la ressentir comme la plus longue de sa vie. Même si elle était en meilleure forme que je ne l'avais craint, ce qui dans le fond était à porter au crédit de Secrecy et de ses méchants commentaires à propos de la tache de limonade sur le pantalon de Maisie Brown.

– Quelle que soit la gravité de mes actes, et même si tout le monde me regarde en faisant des messes basses et des remarques stupides, pisser dans sa culotte est quand même cent fois plus gênant, n'arrêtait pas de répéter Persephone.

Je renonçai à lui signaler que Maisie – si l'histoire était vraie – n'avait pissé dans sa culotte que par peur d'elle. J'étais heureuse de la voir si vaillante et j'admirais sincèrement l'assurance qu'elle arborait dans les couloirs du lycée alors qu'elle aurait préféré rentrer la tête dans les épaules et se cacher chez elle jusqu'à ce que tout soit tombé dans l'oubli. Elle avait vraiment du cran. En la voyant froncer le nez et rejeter ses cheveux en arrière, plus d'un devait ravaler la méchante remarque qu'il avait envie de lui lancer. Et elle pouvait très bien supporter de se trouver maintenant aussi sur la « liste de la honte » de Sam, le stupide frère d'Emily.

– C'est dur. Mais tant qu'ils n'imprimeront pas de T-shirts avec mon nom, j'y survivrai, m'assura-t-elle.

À propos de nom… un effet secondaire positif de toute cette histoire était que Jasper avait enfin retenu le prénom de Persephone. Toute la semaine, il l'avait appelée par son vrai prénom, sans grande amabilité, cela dit. Dans ces conditions, Persephone se montrait compréhensive. D'autant plus que Jasper était plus gentil avec elle que sa sœur Pandora qui ne lui adressait plus la parole à cause de l'histoire de la robe.

Chez nous, la paix était revenue. Florence et Grayson avaient apparemment enterré la hache de guerre, la Brouille était occupée avec je ne sais quel tournoi de golf pour une œuvre de bienfaisance et nous fichait la paix, et Lottie… Lottie n'arrêtait pas de faire des gâteaux.

Le lundi fut le jour des madeleines moelleuses et légères ; le mardi, elle avait essayé sept sortes différentes de macarons, chacune plus délicieuse que l'autre, et le mercredi nous offrit les meilleures tartes au citron qu'on ait jamais dégustées. Ce n'est que le jeudi, alors que de croustillants croissants au beurre nous attendaient avec de la confiture de fraise, que je remarquai qu'il s'agissait exclusivement de gâteries françaises. Et quand Lottie, le vendredi, posa sur la table de tout petits gâteaux en disant « Voilà, mes enfants, des cannelés bordelais. Bon appétit ! », une évidence s'imposa : Pascal, l'organisateur de mariage, avait fait plus que l'inspirer. Apparemment, elle ne trouvait pas inquiétant son sourire persistant, aussi charmant que son accent. Dans son rôle de témoin (et pourvue par Mum de toutes les décisions à prendre), elle lui avait téléphoné plusieurs fois et, dans la semaine à venir, ils avaient rendez-vous chez le fleuriste. Lottie ne donnait bien sûr pas le nom de « rendez-vous » à cette « rencontre » et elle ne voulait pas non plus avouer que son engouement pour la pâtisserie française avait quelque chose à voir avec Pascal. Mais la pancarte *Fermé pour cause de chagrin d'amour* accrochée à la porte de ses rêves avait été remplacée par *N'attends pas de miracles… vis maintenant !*, ce que Grayson remarqua tout aussi bien que moi. Il se rappela trop tard sa promesse solennelle de rapprocher son oncle et Lottie.

« Comment ça va en ce moment entre Charles et toi ? » avait-il demandé la veille à Lottie alors qu'elle était occupée à pétrir la pâte des baguettes françaises tout en fredonnant *Where do you go, my lovely*. Je croyais que vous vous aimiez bien.

– Bien sûr, avait-elle répondu. Je pense que Charles est un très bon dentiste.

Ouais. L'affaire ne se présentait pas bien pour Charles, Grayson lui-même dut le reconnaître. « Charles est un très bon dentiste » se trouvait en pole position de la liste de phrases les plus glaçantes et les moins romantiques jamais prononcées, juste après « Restons bons amis ».

Mais Grayson ne voulait pas capituler.

– Cette histoire d'organisateur de mariage n'est pas si grave, dit-il. La concurrence est bonne pour les affaires. Beaucoup de gens s'aperçoivent seulement de ce qu'ils veulent une fois qu'ils l'ont perdu.

Il parlait sans doute d'Emily. Cette semaine, je l'avais vue deux fois devant la porte des rêves de Grayson en train de hurler des chiffres au visage de ce pauvre Freddy et de lui donner de stupides noms d'oiseau parce qu'il ne la laissait pas entrer.

L'observer ainsi avait été mon plus grand plaisir de la semaine. Sinon, j'avais passé la plupart du temps à examiner avec méfiance tous ceux qui passaient à proximité. Aussi bien l'un que l'autre pouvait sans le savoir avoir été programmé par Arthur pour être mon meurtrier et me pousser dans l'escalier du lycée ou m'estourbir avec un médecine-ball… À chaque minute, de nouvelles méthodes de meurtre me venaient à l'esprit. Arthur devait m'observer de loin et s'amuser comme un fou en me voyant me retourner ou sursauter sans arrêt.

– Tu es bien pâle, remarqua Anabel à point nommé.

Ma foi, tout le monde ne voyait pas la nécessité de se coller par magie une flatteuse lumière tamisée de soleil couchant. Mais je n'avais plus envie de me disputer avec elle. Je devais plutôt tenter d'en appeler à sa raison qui, selon Grayson, sommeillait encore quelque part sous sa folie.

– Oui, dis-je franchement. Je ne me sens pas bien non plus. J'ai peur. De ce qu'Arthur va encore inventer. Et un peu de toi aussi.

Anabel en parut flattée.

– De moi… ou de Lui ? demanda-t-elle.

Un courant d'air froid passa sur mes bras, et il fit un peu plus sombre. Je réprimai un soupir. Voilà que ça recommençait. Alors que je voulais simplement me glisser dans le rêve de Mrs Honeycutt. De préférence sans me promener avant dans ces maudits couloirs sans fin. Était-ce trop demander ?

– As-tu peur de moi ou de Lui ? répéta Anabel. Du Seigneur des ombres et des ténèbres à qui tu as juré fidélité avant de rompre le serment ?

Eh bien, vu que le Seigneur des ombres et des ténèbres m'avait dès le début choisie comme victime expiatoire, je ne trouvais pas si répréhensible cette histoire de serment brisé, hormis le fait que j'avais déjà saboté le travail en prêtant serment. Mais mieux valait dissimuler mes pensées à Anabel.

– De vous deux, répondis-je à la place.

Parce que vous êtes une seule et même personne, espèce de folle timbrée, quand le comprendras-tu ? Il… n'y… a… pas… de… démon ! Et je n'ai pas peur non plus en voyant tout s'obscurcir autour de nous et des ombres partout dans les coins.

Mince. Ça m'effrayait tout de même. Je me concentrai sur le visage luisant d'Anabel.

– C'était quoi déjà, cette histoire d'éclipse de soleil ? N'avais-tu pas dit que nous ne le verrions peut-être plus ?

Anabel fit non de la tête.

– Je n'ai pas dit ça. J'ai seulement rapporté ce que le sombre Maître m'a annoncé : du sang infidèle coulera quand le soleil passera dans l'ombre de la lune, au cycle Saros cent vingt.

La chaude lumière qui nimbait son visage commença à pâlir. Anabel se pencha légèrement en avant.

– Ce pourrait être aussi bien mon sang, me confia-t-elle. Finalement, j'ai plus déçu le Maître emplumé de la nuit que vous tous ensemble.

Exact. Elle n'avait pas réussi à me trancher la gorge. Mais elle s'y était vraiment efforcée, je pouvais en témoigner.

– Emplumé ? Tu veux dire que tu l'as vu ? demandai-je en sentant le froid me gagner.

Anabel secoua de nouveau la tête. Ce qui se refléta alors dans ses yeux pouvait être aussi bien de la peur. S'agissait-il de la sienne ou de la mienne ?

– Je n'ai vu que son ombre, sur le mur. Et il avait des ailes. D'énormes ailes noires avec lesquelles il peut se glisser dans la nuit et les rêves. Et dans le temps et l'espace.

Alors qu'elle prononçait ces mots, quelque chose de sombre descendit en planant entre nous. Une plume noire brillante… qui se posa sur ma main tendue. Je levai les yeux. D'autres plumes ruisselèrent sur nous, tourbillonnèrent dans la pénombre et atterrirent sans bruit sur le sol, tels des flocons de neige.

On dirait que le Seigneur des ombres et des ténèbres est dans sa phase de mue. Moins je me sentais à l'aise, plus mes pensées étaient débiles. Et plus singuliers me semblaient les yeux d'Anabel. De plus en plus de plumes tombaient en virevoltant depuis le plafond inexistant. Anabel avait écarté les bras comme sous une chaude pluie d'été. J'eus le mauvais pressentiment que le rendez-vous chez Mrs Honeycutt n'aurait pas lieu aujourd'hui. Il serait sans doute plus intelligent de se réveiller avant que tout cela ne devienne plus horrifiant. D'un autre côté, je devais profiter de l'occasion pour obtenir le plus possible d'infos d'Anabel. Car cette satanée éclipse de soleil aurait lieu le vendredi suivant.

Je m'éclaircis la voix.

– Et… il t'a donné des ordres ?

Anabel me lança un regard méprisant.

– Tu crois toujours qu'il n'existe pas, hein ? Tu penses que je suis une folle qui entend des voix et qui a des visions, c'est ça ?

Oui, c'est tout à fait ça.

– Du moins ce serait une possibilité à envisager, dis-je en m'efforçant de prendre une voix sereine et de n'inspirer aucune de ces plumes qui tombaient de plus en plus vite et de plus en plus dru. Tu ne vois et n'entends le dém… prince des ombres emplumé que depuis que tu as cessé de prendre tes comprimés.

– Tu parles exactement comme Grayson, répliqua Anabel.

Les plumes recouvraient maintenant le sol en grande partie et atterrissaient aussi sur Anabel et sur moi. Comme elle avait toujours les bras écartés, on aurait dit que des ailes lui poussaient.

– Sais-tu, poursuivit-elle, qu'il m'a encore rendu visite chez moi aujourd'hui ? Mignon en quelque sorte. Il pense que s'il arrivait à me prouver qu'il n'y a pas de démon, je vous montrerais où se trouve la porte des rêves du docteur Anderson et que je vous expliquerais comment je l'ai mis hors circuit. Le seul problème, c'est qu'il ne peut pas le prouver ! Croyez-vous vraiment que j'aie exclu d'emblée la possibilité que tout cela ne soit né que de mon imagination malade ? Je suis peut-être folle, mais pas débile ! Si je n'avais pas de preuves incontestables de son existence, nous ne serions pas en train d'en discuter ici...

– Quelles sortes de preuves ? allais-je lui demander mais une plume entra dans ma bouche et je m'étranglai avant de la recracher.

Je serrai ensuite fort les lèvres. Les plumes tourbillonnaient à présent si serrées que je distinguais à peine Anabel. D'ici quelques minutes, nous en serions complètement recouvertes, mes chevilles s'enfonçaient déjà dans une mer de duvet noir. Le moment était venu de mettre un terme à ce cauchemar.

– Je sens Son pouvoir !

C'était une énigme pour moi de voir Anabel parler sans avaler de plumes. Même en gardant la bouche fermée, j'avais peu à peu l'impression d'étouffer. Je n'arrivais même plus à respirer par le nez, il y avait des plumes partout. Je dus aussi fermer les yeux. De toute façon, à part une obscurité tourbillonnante, on ne pouvait plus rien discerner.

Il était grand temps de me réveiller. Mais ce n'était pas simple de se concentrer là-dessus en ayant du mal à respirer.

– Et si tu écoutes au plus profond de toi, Liv, tu Le sentiras aussi, susurrait la douce voix mélodieuse d'Anabel. Dans les tréfonds de ton cœur, tu sais qu'Il existe.

Dans les tréfonds de mon cœur, je savais surtout une chose : que tout ici n'était qu'un rêve et qu'en réalité je me trouvais dans mon lit, chez moi à Hampstead...

Cette fois, ça fonctionna. Haletante, je me redressai. Maudite Anabel ! Je respirai à fond et tentai de calmer mon pouls affolé, puis je jetai un œil au cadran lumineux de mon réveil. Trois heures et demie. Henry m'attendait certainement dans le rêve de Mrs Honeycutt. Mais je n'étais pas sûre de me rendormir tout de suite. Il me semblait sentir encore les plumes sur mon corps et dans ma bouche…

Je me levai en hâte et allai vers la fenêtre pour l'ouvrir en grand. L'air froid et humide de la nuit s'engouffra dans la pièce. Les beaux jours de printemps avaient pour l'instant disparu, dehors il pleuvait à verse. Ernest s'en réjouirait, le jardin avait grand besoin d'eau.

De retour dans mon lit, je sentis que mon cœur battait encore plus vite que la normale. Rien à faire… Henry m'attendrait jusqu'à ce que je me sois calmée. J'allumai ma petite lampe de nuit, coinçai l'oreiller dans mon dos et contemplai la pile de bouquins sur ma table de chevet où se trouvait aussi *L'Hôtel New Hampshire* de Matt, caché sous un recueil de poèmes d'Emily Dickinson. Ces poèmes me semblaient être justement le bon remède. Au bout de quelques minutes, je serais peut-être de nouveau assez fatiguée pour pouvoir m'endormir.

Quand j'ouvris le livre au hasard, quelque chose se détacha de mes cheveux, plana doucement et se posa sur les pages.

C'était une plume noire et brillante.

Blog à potins

Ici, le blog à potins de la Frognal Academy, avec les derniers ragots, les plus folles rumeurs et les scandales chauds bouillants de notre école.

Qui suis-je ? Je m'appelle **Secrecy**, je suis parmi vous et je connais tous vos secrets.

UPDATE ACTIVITY

16 mars

Il faut reconnaître une chose à la Cook, notre directrice, elle ne fait jamais deux fois la même erreur. Par exemple, celle d'engager des profs attirantes qui mettent en route une aventure avec des collègues et finissent par grimper sur des tables pour y faire un strip-tease. La probabilité que Mrs Fatsourakis, la remplaçante de Mrs Lawrence (officiellement, pour le reste du trimestre – officieusement, pour toujours), puisse pousser le bouchon aussi loin est égale à zéro, comme pourra me le confirmer quiconque l'a déjà vue passer pesamment dans la cour. Si elle devait monter un jour sur une table, ça signifierait la fin de la table. Et d'ailleurs... qu'est-ce que c'est que ce nom ? Bon, cette femme est d'origine turco-grecque, mais celui qui appelle son gros bébé Fatima Fatsourakis n'a pas dû vraiment réfléchir aux conséquences, n'est-ce pas ? J'ai peine à croire que Fat-Fat ait été un bébé heureux. La probabilité que les autres enfants se soient méchamment moqués d'elle doit avoisiner les 101 %, tout autant que la possibilité que Fat-Fat en ait gardé une profonde haine envers les enfants. Pas besoin d'être psychologue pour supposer qu'elle n'est devenue prof que pour se venger. Merci, madame la directrice, ce sont exactement les enseignants qu'il nous faut.

À plus,

Secrecy

PS : L'article n'est en ligne que depuis vingt minutes et il y a déjà vingt-quatre commentaires sur le dénigrement des gros, que l'on juge primitif et méchant, et l'incroyable gentillesse de Mrs Fatsourakis qui, pour son entrée en fonction, a apporté des muffins faits maison. Les amis, vous êtes-vous demandé si cela ne pourrait pas être sa façon de se venger ? Pour ma part, je préfère être méchante que grosse. Comme je me réjouis d'avoir abandonné le français !

Chapitre 16

– La prochaine éclipse totale de soleil ne sera visible ici, en Europe centrale, qu'en 2081, déclara Mr Osborne, notre prof de physique. Vous la verrez peut-être si vous menez une vie saine, mais moi j'aurai du mal à atteindre cent vingt ans, aujourd'hui est donc un jour particulier pour moi.

Il avait poussé sa table près de la porte de la salle de physique et nous dûmes défiler devant lui pour lui permettre de vérifier que nous avions tous nos lunettes de protection ainsi que l'autorisation de nos parents de quitter le bâtiment scolaire pendant l'éclipse. À la vue du ciel couvert, ces mesures de précaution paraissaient tout à fait ridicules… on n'arrivait même pas à deviner la position du soleil. Notre salle avait de grandes fenêtres, pourtant nous avions dû allumer la lumière comme par un sombre jour de novembre.

– Le pauvre, me glissa Persephone derrière moi dans la queue. La dernière éclipse de soleil de sa vie… et un temps aussi moche ! Mais au moins, il ne pleut pas. Comment tu me trouves, là ?

– Bien, dis-je sans la regarder.

Mr Osborne nous avait fièrement informés que nous aurions l'honneur de partager pour nos observations l'espace réduit sur le toit de l'école avec les élèves « spécialité sciences physiques » des deux classes au-dessus de nous. Parmi eux, Henry, Grayson et Jasper.

Et Arthur.

Pour autant, à la différence de Persephone, je ne sautais pas de joie. Au contraire. La perspective de me trouver en haut d'un toit avec Arthur-je-peux-te-supprimer-à-tout-instant-Hamilton était déjà suffisamment inquiétante même sans éclipse de soleil. Du sang infidèle coulera quand le soleil passera dans l'ombre de la lune...

– Vraiment ? dit Persephone, toujours préoccupée par son look. Je n'ai pas mis trop de rouge ? Je ne sais pas pourquoi mais la poudre reste toujours collée à ce pinceau...

– Non, tout va bien.

Je jetai encore un regard par la fenêtre. Cette grisaille monotone des nuages, qui cachait si bien le soleil, me rappelait fatalement le plafond absent dans le couloir des rêves. Et ce n'était pas tout : dans l'un des trois arbres encore en feuilles de la cour du lycée, se dressait un grand oiseau noir. Ma gorge se serra. Il n'était pas là avant, n'est-ce pas ? Il me sembla qu'il me fixait. Oiseau de mauvais augure. L'arbre où il se trouvait n'était-il pas un hêtre rouge sang ? Ce ne pouvait être un hasard...

Persephone m'envoya un coup de coude dans les côtes pour me faire avancer.

– La couleur s'appelle nude velvet. Elle paraît orange dans le pot, mais, quand on l'applique, elle s'accorde au teint de la peau. Tout naturellement. Je te montrerai ça après, tu m'as l'air plutôt pâle.

– Oui, je sais.

À cet instant, j'étais à peu près certaine qu'il n'y aurait pas d'après. Quelque chose de terrible allait se passer là-haut sur le toit, mon sang abreuverait la cour, et des plumes noires tomberaient en pluie du ciel…

Je fus reconnaissante à Persephone de me redonner une bourrade, mettant ainsi fin à mes idées stupides. Que m'arrivait-il ? Une simple corneille dans un arbre, et je devenais hystérique ?

Bon, cette histoire de plumes était inquiétante. Mais pas au point de me faire croire aux démons et à leurs prophéties. Il existait toute une gamme d'explications logiques pour qu'une plume noire ait atterri dans mes cheveux ; Henry et Grayson me l'avaient aussi assuré quand je leur en avais parlé. Dans notre maison, nous avions également un chasseur de merles passionné, qui dormait parfois volontiers dans mon lit… et les merles, comme on le sait, ont des plumes noires. L'une d'entre elles avait pu se prendre dans mes cheveux.

Même s'il s'agissait d'un étrange hasard… il me fallait plus qu'une simple stupide plume pour pencher en faveur de l'existence de démons.

– C'est à toi ! dit Persephone en me poussant vers Mr Osborne.

Nous lui tendîmes les autorisations et nous lui montrâmes nos lunettes.

Il fit un signe de tête satisfait.

– Et votre chambre noire ?

Persephone lui montra l'objet que nous avions fabriqué avec un carton à chaussures et du papier alimentaire transparent. Pour éviter qu'il ne paraisse trop simplet et minable (comparé aux constructions parfois hyper sophistiquées des autres équipes) et, parce que nous nous étions tellement ennuyées pendant les cours de physique, nous l'avions embelli avec une infinité de bandes autocollantes décoratives, peine qui se révéla payante.

– 16, dit Mr Osborne.

En souriant, il porta la note dans son petit carnet rouge avant d'ajouter :

– Nous nous reverrons sur le toit. Au suivant, s'il vous plaît.

Persephone pouvait à peine y croire. Quand nous fûmes hors de portée de voix, elle me sauta au cou.

– 16 ! Pour un carton à chaussures plein d'autocollants ! C'est comme à l'école primaire. Je crois que c'est notre jour de chance, aujourd'hui !

Oui, si seulement. Mais sa bonne humeur était contagieuse. En montant l'escalier, mes idées noires me parurent plutôt stupides. En fait, quand on cherche à trouver de sombres augures, on finit par les voir partout et tout merle innocent de passage est aussitôt suspecté.

L'escalier était encombré par le contre-courant des classes qui allaient observer l'éclipse depuis la cour de l'école. Mia me fit un signe joyeux dans la cohue. L'ambiance générale était au beau fixe, presque débridée. Une éclipse de soleil dans un ciel couvert valait toujours mieux qu'un cours de maths ou de physique.

Des exceptions confirmaient toutefois la règle. Sam Clark, qui se trouvait près de la porte d'accès au toit, avait l'air renfrogné. Plus encore quand il nous aperçut, Persephone et moi.

– Honte à toi ! Honte à toi ! dit-il en nous jetant un regard de mépris.

– Pas la peine de dire ça deux fois, remarquai-je. Une seule fois suffit, c'est beaucoup plus efficace. Et un peu moins ridicule.

– Exact, renchérit Persephone. Mais ça te fait peut-être plaisir de répéter tout deux fois, Sam-le-Boutonneux, Sam-le-Boutonneux ?

Il fronça les sourcils.

– Qu'est-ce que mes problèmes de peau ont à voir avec vos déraillements moraux ?

Il aimait parler de façon ampoulée, tout comme sa sœur. Ou la Brouille.

– Rien du tout, rien du tout, répondit Persephone, de bonne humeur. Tes boutons ne nous regardent pas plus que ne te concernent nos déraillements moraux.

Elle m'entraîna plus loin.

– Ouais, voilà quelqu'un qui n'a sans doute pas compris la différence entre bien commun et droits de la personne, dit Sam dans notre dos. Vous devriez vraiment avoir honte !

– Qu'est-ce qu'il croit ? Que ses boutons ne nuisent pas au bien commun ? dit Persephone en rejetant ses cheveux dans la nuque. De quoi j'ai l'air ?

– En mauvaise voie, moralement, mais toujours aussi bien.

À notre arrivée sur le toit, le ciel était toujours sombre et couvert. C'était la première fois que je me trouvais là-haut et j'examinai avec méfiance les parapets de fer qui séparaient la terrasse des toits en pente. Ils paraissaient solides. Mais ils n'étaient malheureusement pas plus hauts qu'une balustrade de balcon normale.

Je fis instinctivement quelques pas vers le centre. Cela me semblait plus sûr. D'autant plus que Grayson et Henry s'y trouvaient. Et… un peu plus loin… Arthur. Persephone se dirigea vers le côté est, où Jasper, assis sur le parapet jambes pendantes, se faisait sévèrement rappeler à l'ordre par notre directrice.

– Mince, ne sait-il pas que c'est aujourd'hui le jour où du sang infidèle va couler ? murmurai-je, en oubliant une seconde que Jasper avait tiré un trait sur ces « stupides démons et ces conneries de rêves ».

Ne restait plus qu'à espérer que le démon ait aussi tiré un trait sur Jasper.

Henry me sourit d'un air réjoui.

– C'est chouette que tu sois là, dit-il. On a bien envie de partager ce genre d'événement du siècle avec quelqu'un qu'on aime. Pour pouvoir ensuite raconter à ses petits-enfants qu'on n'a rien vu du tout pendant l'éclipse.

Grayson examina son iPhone.

– Ailleurs, ils ont tous une vue spectaculaire. Ils sont tout excités et ils envoient des tweets avec plein de photos cool. Et ici, on ne s'aperçoit même pas que ça a commencé.

– Mais si. Il fait déjà plus sombre, remarquai-je.

Et ce n'était même pas un mensonge.

– S'il vous plaît, mettez vos lunettes ! ordonna la Cook.

Mr Osborne ajouta :

– Pour ceux qui veulent regarder à travers leur chambre noire, n'oubliez pas de vous cacher la tête et les épaules sous le tissu noir. Et notez ce que vous avez vu dans vos cahiers.

– Oui, et si vous pouviez aussi nous dire où se trouve le soleil... bougonna Grayson avant d'enfiler sagement ses lunettes de protection.

– Allons-nous vraiment passer deux heures ici à fixer le ciel gris ?

Je sursautai en entendant cette question étouffée d'Arthur, qui s'était glissé derrière moi.

Il rit doucement.

– Pourquoi t'effraies-tu, Liv ? Serait-ce dû aux divagations d'Anabel ? Tu crois que le démon va te punir aujourd'hui parce que tu n'as pas été sage ?

– Non, je pense qu'il va procéder par ordre alphabétique et te faire d'abord ta fête, répondis-je en sentant avec soulagement Henry s'approcher de moi et me prendre par la taille.

Arthur ne se laissa pas démonter. Il nous rejoignit tout naturellement et nous envoya un clin d'œil complice par-dessus le bord de ses lunettes de protection.

– Du sang infidèle coulera quand le soleil passera dans l'ombre de la lune, chuchota-t-il. Bouhh, sérieusement, les amis, vous ne croyez tout de même pas cette idiotie ?

Il scruta exagérément les alentours.

– En tout cas, je ne vois pas plus d'Anabel que de démon. Je suppose donc que nous sommes en sécurité ici. Bien qu'évidemment ce genre de démon puisse voler. Et prendre possession des gens. Ne dirait-on pas qu'Emily, là-bas, semble possédée par le démon ?

– À vrai dire, il ne s'agit pas d'un démon mais d'une sorte de déité, commença Grayson.

Mais il se tut quand Henry lui envoya un regard d'avertissement.

Il avait raison : il valait peut-être mieux ne pas faire part à Arthur des dernières découvertes de Grayson.

Grayson était revenu à la phase un de son plan en trois parties, persuadé que savoir, c'était pouvoir et qu'on pouvait ainsi poser les bases d'un plan raisonnable. Sa tentative de discussion avec Anabel n'avait pas été couronnée de succès (elle avait émis les mêmes menaces cryptiques que dans le couloir des rêves, mais sans le délire des plumes ni les effets de lumière et de température), cependant elle avait spontanément parlé de son enfance et révélé le nom de la secte où tout avait commencé.

Les Chemineaux du Véritable Sentier des ombres comptaient quelque vingt-cinq personnes souscrivant toutes à l'adoration de la déité d'une très ancienne religion depuis longtemps tombée dans l'oubli. Grayson avait trouvé sur Internet quelques articles choquants. Dans la nuit de la Saint-Sylvestre 1999, les Chemineaux du Véritable Sentier des ombres avaient fait la une des journaux après ce qui ressemblait à un triste suicide collectif à l'aube du nouveau millénaire. On avait retrouvé les restes du gourou et de seize membres, parmi lesquels trois enfants, dans l'une des granges brûlées jusqu'aux murs de fondation.

Anabel avait alors trois ans. Nous ne savions ni pourquoi ni comment sa mère avait appartenu à cette secte, ni quelle position elle y occupait, ni non plus dans quelles conditions elle et sa fille avaient échappé à ce suicide collectif. Grayson pensait qu'Anabel n'était pas vraiment au courant, n'ayant jamais pu en parler avec sa mère. Une fois obtenu le droit de garde, pour lequel il s'était battu, son père l'éloigna naturellement de sa mère, qui, de son côté, ne fit rien pour reprendre contact avec Anabel. Sous le diagnostic de « psychose schizophrène », elle séjourna dans plusieurs cliniques et se donna la mort quelques années plus tard. Dans le carton contenant ses biens personnels, que l'on remit à sa fille, se trouvait un calepin retrouvé dans le caveau de famille des Hamilton au Highgate Cemetery. Il renfermait diverses formules latines manuscrites ainsi que des indications de rituels devant amener le réveil du démon... euh... de la sombre déité. Des années durant,

Anabel n'avait pas touché à la boîte renfermant tous ces souvenirs mais, quand elle avait finalement ouvert le calepin, quelque chose s'était produit en elle. Du moins, selon le récit de Grayson. Elle avait su tout à coup qu'elle était destinée à réveiller la déité – mieux connue pour nous sous le nom du Seigneur des ombres et des ténèbres – et à prendre la succession des Chemineaux du Véritable Sentier des ombres. Le reste de l'histoire, nous le connaissions, nous en faisions nous-mêmes partie.

– Une déité ? dit Arthur en dévisageant Grayson. Tiens, tiens, tu t'es sans doute occupé au plus près des chimères d'Anabel. Intéressant. Je me demande ce que tu comptes en tirer.

Grayson ne répondit pas. Les tristes faits qu'il avait rapportés l'avaient quelque peu secoué, et il s'accrochait obstinément à l'idée de prouver à Anabel que le démon n'existe pas.

– Tu espères peut-être qu'Anabel va vous révéler quelques-uns de ses trucs pour pouvoir les employer contre moi, poursuivit Arthur.

Il avait mis en plein dans le mille. Nous avions besoin d'Anabel à nos côtés pour nous attaquer à lui.

Il haussa les épaules.

– Pas mal du tout. Elle me hait. Si elle n'était pas occupée par ses hallucinations schizoïdes, elle vous aiderait sans doute. Vu sous cet angle, je devrais peut-être me réjouir d'avoir une folle à lier comme ex-copine. Cela dit, je ne suis pas une victime aussi facile que le Senator Tod.

Il ménagea une petite pause pour s'assurer qu'il avait toute notre attention. Puis il ajouta :

– Anabel est certes douée… mais je suis meilleur.

Autrement dit, même avec Anabel, nous n'avions aucune chance contre lui.

– Ah, la ferme ! dit Grayson si fort que les profs se tournèrent vers nous.

La directrice s'approcha d'un air inquisiteur.

– Oui, et tu ferais mieux de te casser, dit Henry.

Il retira son bras de mon épaule et enfila ses lunettes de protection juste avant l'arrivée de la Cook.

Nous levâmes tous la tête, apparemment fascinés par le ciel gris.

– Vous regardez dans la mauvaise direction, remarqua la Cook en passant. L'est se trouve de l'autre côté.

Arthur attendit qu'elle soit hors de portée de voix.

– Incroyable d'être là sur le toit, râla-t-il alors. La probabilité de voir le ciel se dégager est à peu près aussi grande que celle de voir surgir le démon d'Anabel avide de notre sang.

– Peut-être est-il ici depuis longtemps, dit Henry en regardant Arthur d'un œil perçant par-dessus les bords en carton de ses lunettes.

Arthur leva les sourcils.

– Comment ça ?

– Tu l'as dit toi-même, Anabel pourrait représenter un danger pour toi si elle n'était plus obnubilée par son démon, dit Henry. Qui d'autre que toi pourrait avoir de l'intérêt à la persuader de son existence ?

Arthur éclata de rire, ce qui lui valut un regard réprobateur de la Cook.

– Sérieusement ? demanda-t-il d'une voix feutrée.

Je jetai moi aussi à Henry un regard troublé par-dessus mes lunettes. Grayson ne semblait pas en reste car il fronçait les sourcils.

Henry haussa les épaules.

– Ce n'est pas si aberrant que ça, Arthur. Tant qu'Anabel était dans sa clinique, occupée avec ses problèmes, elle ne représentait pas de menace pour toi. Mais les choses ont changé. Tu as vu ce qu'elle a fait avec le Senator Tod et tu as peut-être eu peur qu'elle ait encore un compte à régler avec toi. De sorte que tu as dû lui donner d'autres idées au plus vite.

Henry venait-il de mener ces réflexions ou bien les portait-il en lui depuis un moment ? Si oui, pourquoi ne nous en avait-il pas parlé ? Plus j'y songeais et moins je les trouvais aberrantes.

– Dès qu'Anabel a laissé tomber ses comprimés, tu as donc hanté le couloir, poursuivit-il. Comme tu la connais assez bien, ce fut sans doute un jeu d'enfant pour toi. Tu as projeté des formes ailées sur les murs, fait pleuvoir des plumes et tu lui as glissé à l'oreille ce qu'elle attendait : le démon est toujours là et il a besoin de ses services... Et voilà, maintenant elle a plein de choses à faire et n'a plus le temps de te mettre des bâtons dans les roues.

– Tu dérailles, là.

Arthur parut un moment vraiment fâché, puis il écarta une boucle blonde de son front et dit :

– On met enfin cartes sur table et voilà qu'on vous soupçonne de tromperie. Franchement, les amis, je porte déjà un T-shirt avec l'inscription *Méchant* et j'assume mes actions passées. Ou futures, ajouta-t-il avec un petit rire. Mais s'il vous plaît, ne me mettez pas aussi sur le dos les délirantes fantaisies démoniaques de mon ex-copine cinglée !

Sa voix paraissait tout à fait sincère. Difficile de savoir s'il était pour une fois honnête ou juste un bon acteur...

Persephone surgit devant nous :

– Qu'est-ce que vous faites là ?

Nous offrions sans doute une image singulière, plantés là à nous fixer en silence par-dessus nos stupides lunettes en carton.

– Nous attendons, répondis-je.

– Que quelque chose se passe enfin, compléta Arthur.

Persephone soupira.

– Je crois que vous allez pouvoir attendre longtemps. C'est vraiment bête de vivre à Londres ! Dans le reste de l'Europe, ils font tous la fête pour célébrer l'éclipse… Tiens, à toi ! dit-elle en me collant notre chambre noire sous le nez. Ce truc est super. On ne voit absolument… rien ! Je me demande quand Mr Osborne va enfin se rendre compte que la dernière éclipse de soleil de sa vie a été un bide complet. Mais ça s'est encore assombri, vous ne trouvez pas ?

– En ce moment précis, on devrait assister à l'occultation complète du soleil et ne plus distinguer qu'un croissant sur son bord inférieur, annonça Mr Osborne sous le tissu noir placé sur sa tête et sur son instrument d'observation.

En tout cas, il le dit au conditionnel et ça laissait de l'espoir. Peu à peu, le froid gagnait la terrasse.

– Tu permets ? demanda Arthur en voulant prendre à Persephone notre carton à chaussures.

Mais il recula soudain et regarda son pouce en pestant doucement.

– Tu t'es coupé, constata avec surprise Persephone.

C'était vrai, du sang perlait sur son doigt.

– Pourtant, je croyais que nous avions collé du scotch sur toutes les arêtes, ajouta mon amie. Je suis vraiment désolée. Tu veux un mouchoir ?

– Ça va, bougonna Arthur en fixant la coupure avec étonnement.

Henry, Grayson et moi observâmes aussi, fascinés, une goutte de sang se former sur son pouce et tomber sur le sol.

– Le sang coulera, murmurai-je sans bien savoir si je devais m'inquiéter ou me réjouir.

En tout cas, Arthur éclata de rire.

– Il faut bien reconnaître que le démon d'Anabel est au rendez-vous ! dit-il. Mais franchement, sur le plan dramaturgique, il en aurait fallu un peu plus. Est-ce que ça ne vous fait pas penser à cette éclipse de soleil ? Annoncée à grand bruit… et si décevante !

Toujours ricanant, il s'éloigna d'un pas traînant, et nous respirâmes tous de soulagement.

Persephone aussi, mais plutôt en soupirant. Au travers de sa chambre noire, elle regarda Jasper, qui discutait avec une fille de sa classe.

– Je crois que j'ai oublié mon cahier là-bas, dit-elle. Je reviens tout de suite, mais vous me raconterez à quoi ou à qui Arthur pensait en parlant du démon d'Anabel.

– Hmm, oui, répondis-je en me demandant si je devais inventer un nouveau chien du nom de Démon.

Mais Persephone aurait peut-être encore oublié sa question en revenant. Dès qu'elle disparut, Grayson interrogea :

– Crois-tu vraiment qu'Arthur se trouve derrière le retour du démon d'Anabel, Henry ?

Celui-ci haussa de nouveau les épaules.

– Ça se pourrait bien. Il n'y a que trois possibilités. Arthur fait miroiter un démon à Anabel pour la manipuler à son insu. Ou bien Anabel souffre de nouvelles hallucinations sans l'aide d'Arthur. Ou alors… non, c'est improbable.

Il se tut.

– La troisième possibilité est que le démon existe pour de bon, lâchai-je, car il fallait bien que quelqu'un le dise. Je trouve étrange qu'Arthur se soit justement coupé aujourd'hui, non ? À l'instant même où le soleil s'est complètement obscurci ! Et puis… les rêves, la plume noire et…

Je me tournai pour regarder en bas. Voilà ! Elle était encore là. Ou de nouveau là.

– Vous voyez la corneille là-bas ? Elle a passé toute la journée dans ce hêtre rouge sang et elle me fixe.

– C'est un acacia, rectifia Grayson.

Henry me regarda en secouant la tête.

– Que se passe-t-il, ma petite fromagère ? Toi qui étais parmi nous la seule à rire des démons.

– Oui, je sais.

Un peu honteuse, je regardai la corneille s'envoler. C'était vraiment bête de se casser la tête au sujet d'un démon qui n'existait probablement pas alors qu'Arthur nous donnait déjà assez de soucis comme ça. Car, hélas, Arthur existait vraiment et il finirait bien par frapper de nouveau. Je pouvais sans doute m'estimer heureuse qu'il ait résisté à la tentation de me faire jeter par quelqu'un par-dessus le parapet.

Quand je le recroisai plus tard près des casiers (nous avions tous fini par quitter le toit et retourner en cours), il me révéla qu'il y avait du moins réfléchi.

– Savais-tu qu'en tombant d'une hauteur de 25 mètres, on peut atteindre une vitesse de chute de 80 km/h ? me dit-il, tout content de me voir sursauter en entendant sa voix.

Je m'étais juste aperçue trop tard qu'il se tenait à quelques pas de son propre casier. J'avais la tête ailleurs, en fait près de Theo Ellis, qui venait de traverser le couloir devant moi.

Comme tous les autres, je n'avais pu que le fixer d'un air éberlué. Mais c'était vraiment lui : Theo-j'ai-fourré-des-kilos-d'alliances-dans-la-poche-de-mon-pantalon-Ellis ! Bien sûr, c'était vendredi et l'heure du cours d'hébreu, mais personne ne s'attendait à sa présence. Je le pensais en prison ou dans une clinique psychiatrique et le voir apparemment en mesure de traverser le lycée en se tenant aussi droit et avec son assurance habituelle, me donna de l'espoir. Theo Ellis avait non seulement la carrure d'une armoire en chêne massif mais il disposait aussi d'un esprit solide. Et d'un bon avocat.

Mon pic d'exaltation disparut hélas à la vue d'Arthur. Comme j'étais seule, j'envisageai une seconde de revenir plus tard, mais je ne voulais pas accorder à Arthur le triomphe de m'avoir mise en fuite.

Je tentai donc un regard méprisant à la Sam en songeant à l'éventualité d'ajouter un « Honte à toi ! ».

– 80 km/h ! On s'imagine bien ce que ça représente quand on atterrit par terre, poursuivit Arthur avec plaisir.

– Oui, c'est sûr, si on aime ça, dis-je, écœurée.

– Je veux juste dire… sur le plan du sang, ça l'aurait mieux fait que cette coupure débile, poursuivit Arthur dans un rire en me montrant la blessure à son pouce.

Je détestai le voir encore d'une telle humeur cynique.

– Malheureusement, j'ignorais que nous serions ensemble sur le toit. Sinon j'aurais peut-être prévu quelque chose de plus divertissant, ajouta-t-il dans un éclat de rire.

Pourquoi ne pas simplement lui en coller une ? Ce ne serait peut-être pas l'option la plus sensée mais, à coup sûr, je me sentirais mieux après.

– D'un autre côté, j'ai des choses plus importantes à faire en ce moment et puis ça me manquerait de ne plus te voir trembler de façon aussi charmante dès que tu m'aperçois, m'apprit-il en tapant la combinaison de son casier.

Puis, avec un clin d'œil :

– Ah, c'est excitant, n'est-ce pas, une telle éclipse de soleil ? Certainement qu'Anabel, pardon… le démon ne va pas tarder à nous fixer un autre rendez-vous sanglant. Les suppôts de Satan ont là un choix incroyable : pleine lune, nouvelle lune, nuit de Walpurgis, solstice, éclipse de lune…

Il ouvrit d'un coup la porte de son casier et y glissa la main. Et alors… quelque chose de brun jaillit en un éclair, comme une tête de serpent.

Arthur poussa un cri.

Je retins mon souffle et clignai des yeux, incrédule : un serpent avait planté ses crocs dans la main d'Arthur et rentré la tête aussi vite qu'il l'avait sortie.

Arthur se dépêcha de refermer la porte de son casier.

– Tu as… tu as vu ça ? haleta-t-il.

Le courant d'air avait soulevé une petite plume noire qui voletait maintenant lentement vers le sol.

– Oui, fis-je, aussi suffoquée que lui. On aurait dit un serpent. Et une plume.

Le cri d'Arthur avait attiré d'autres élèves qui se groupèrent autour de nous avec curiosité, me cachant ainsi la plume.

– C'était bien un serpent, dit Arthur, plus à lui-même qu'à moi.

Il semblait avoir encore du mal à s'en persuader. Il serrait anxieusement sa main et je tentai fébrilement de me rappeler ce que j'avais appris sur les premiers secours à apporter dans ce cas.

– Il y a un putain de serpent dans mon casier ! martela Arthur avec une pointe d'hystérie. Et il m'a mordu !

– Un serpent !

Le mot se répandit comme une traînée de poudre dans le couloir et déclencha une petite panique. Quelques élèves se mirent à brailler et à taper des pieds. Dans la cohue, je ne parvenais plus à voir la plume. Je me l'étais sans doute juste imaginée.

– Calmez-vous, le serpent est enfermé dans le casier d'Arthur. Il ne peut rien vous faire, dis-je. De plus, on ignore s'il est vraiment dangereux. C'est peut-être…

Je m'arrêtai en voyant Arthur tituber puis glisser lentement au sol.

– Je crois que ce serait bien d'appeler les secours, dit-il doucement mais avec un calme étonnant. Et aussi quelqu'un du zoo pour examiner le serpent. J'ai peut-être besoin d'un antidote.

Oh, mon Dieu, oui ! La main mordue commençait à enfler à vue d'œil.

– Il faut sucer tout de suite la plaie, cria quelqu'un, mais je fis non de la tête.

Pendant mon séjour en Inde, j'avais appris que ce conseil d'aspiration du venin n'était qu'un mythe urbain et qu'il nuisait au processus de guérison. Arthur ne fit pas mine non plus de vouloir suivre cette invitation. Il était peut-être déjà trop faible. Tandis que tout le monde sortait fébrilement son portable ou courait chercher de l'aide, il réussit pourtant à me sourire.

– On dirait que le démon a tout de même trouvé sa victime, murmura-t-il.

Oui, ça en avait tout l'air.

Chapitre 17

À mon arrivée à la maison, la Bentley de la Brouille se trouvait dans l'allée d'accès et j'eus envie de filer tout droit dans ma chambre. J'avais eu plus que ma dose d'excitation pour aujourd'hui. Mais une odeur délicieuse provenait de la cuisine et c'était là aussi que se trouvait la machine à café. Si je voulais tenir le coup, j'avais besoin de caféine. Je pris donc une grande inspiration et j'entrai dans la cuisine. À mon grand soulagement, la Brouille brillait par son absence. Il y avait là simplement Florence et Mia, assises à table, Buttercup qui occupait la chaise entre elles, et toutes les trois fixaient avec la langue pendante la plaque que Lottie sortait du four. Oui, bon, Butter était la seule à tirer la langue mais les deux autres semblaient pour le moins tout aussi affamées.

Adossé au réfrigérateur, il y avait encore... Charles !

– Tu arrives au bon moment, Liv, dit-il, Lottie a fait des scones.

– Pas du tout, le corrigea Florence, ce sont des brioches françaises.

– Oui, ma chérie, fredonna joyeusement Lottie en français.

Et Charles murmura :

– Ah bon.

Je m'approchai discrètement de la machine à café, y glissai une tasse et appuyai sur *Double expresso*.

– Où est donc la Brou… euh, la mère d'Ernest ? demandai-je en attendant que le café soit moulu. Sa voiture est devant la porte.

– À côté. Avec Mum, répondit Mia en montrant la direction de la salle à manger. Les invitations au mariage doivent partir aujourd'hui.

– Après, c'est trop tard, dit Charles d'une voix sépulcrale.

Mon café était passé, mais j'appuyai encore une fois sur la même touche.

– Et toi, tu es ici parce que… ? demandai-je assez rudement.

Depuis la pancarte de Lottie : *Fermé pour cause de chagrin d'amour*, ma sympathie pour Charles s'était plutôt refroidie.

Il rougit légèrement.

– Oh, je… je voulais juste me faire prêter par Ernest sa scie sauteuse et, d'autre part…

Il prit une grande inspiration en considérant Lottie qui arrangeait en chantonnant ses brioches sur un plateau.

– Et d'autre part, je voulais demander à Lottie si elle avait quelque chose de prévu pour demain.

Lottie fredonna encore quelques secondes avant de remarquer qu'il la fixait plein d'attente.

– Oh, c'était une question ? Non, je n'ai rien encore planifié, pourquoi ?

– Parce que… parce qu'il me reste un billet de concert, et j'ai pensé comme ça que tu aurais peut-être envie de venir avec moi, dit Charles.

– Comme ça ? répéta Lottie. Tu avais comme ça un billet pour moi ?

Il fit oui de la tête.

– C'est-à-dire que le billet était d'abord destiné à quelqu'un d'autre ? demanda Lottie en posant les brioches sur la table. À quelqu'un qui a peut-être décliné comme ça.

Charles parut étonné, mais il ne trouva rien à répondre.

Elle s'essuya énergiquement les mains sur un torchon.

– Non, je regrette, je n'avais encore rien prévu, mais là, je pense juste comme ça que j'ai envie d'autre chose que de te servir de bouche-trou. Où est mon portable ? Ah, je crois que je l'ai oublié en haut...

– Euh... mais ce n'est pas du tout ça, protesta Charles. J'avais les billets depuis longtemps, seulement...

Lottie avait déjà quitté la cuisine.

– J'ai comme qui dirait... oublié de demander, conclut Charles, tout penaud. Mais c'est le groupe préféré de Lottie.

Florence leva les yeux au ciel.

– Comme qui dirait oublié ? Tu ne crois pas qu'à ton âge il serait temps de savoir ce que tu veux, Charles ?

– Bon... fit l'intéressé, gêné. En fait, je voudrais juste que les choses ne soient pas toujours aussi compliquées.

– Mouais, dit Florence. Alors tu devrais laisser tomber les femmes et te consacrer à fond au golf et à tes patients.

– C'est sûr, l'approuva Mia. Ou comment être sadique et briser le cœur de quelqu'un.

– Je n'ai jamais brisé le cœur de personne... commença Charles.

Il s'arrêta en nous voyant faire les gros yeux.

– En tout cas, ce n'était pas mon intention, reprit-il. Je suis juste parfois un peu lent.

– Mollasson conviendrait mieux, remarqua Mia.

– Indécis, lâche, sans la moindre finesse, renchérit Florence.

– Wouaff ! approuva Butter.

Si elle l'avait pu, elle aurait aussi fait les gros yeux.

Là, Charles me fit un peu de peine. Je lui soufflai donc :

– À ta place, je parlerais à Lottie avant qu'elle ne prenne rendez-vous avec ce Pascal.

Charles prit un air perplexe.

– Mais si elle préfère passer son temps avec ce smiley ambulant ? Je ne suis pas du genre combatif, vous savez.

– Bon sang ! s'écria Florence en le fusillant du regard. Alors il est grand temps de changer. Si tu ne te bats pas pour elle, Lottie va bientôt aller voir ailleurs et tu le regretteras toute ta vie.

Je la contemplai, médusée. Ça alors ! Florence qui, au début, ne voulait pas avoir Lottie dans la maison, prenait maintenant sa défense ? Ma future belle-sœur avait donc peut-être un cœur ?

En tout cas, ses mots semblaient avoir fait mouche. Charles redressa les épaules.

– Eh bien, je n'ai rien à perdre, n'est-ce pas ?

Puis, se retournant à la porte, il ajouta :

– Si ça marche, je vous devrai une fière chandelle, les filles.

– Et sinon, nous changerons de dentiste, répondit Mia, une fois la porte refermée.

Florence prit une brioche en poussant de côté Buttercup qui, affamée, remuait la queue.

– Je suis trop heureuse de ne pas être un homme. Ils sont vraiment stupides.

– C'est sûr ! dit Mia en ouvrant l'iPad.

Après y avoir jeté un bref regard, elle le referma.

– Rien de neuf dans le blog à potins ? demandai-je.

Mia secoua la tête.

– Vous pensez qu'Arthur est encore en vie ?

– Sinon, nous le saurions depuis longtemps, répondit Florence. Ce genre d'info se colporte à toute vitesse. Je n'arrive toujours pas à y croire... un serpent venimeux dans un casier du lycée ! J'espère que la police va inspecter tous les casiers de fond en comble, sinon je n'ouvrirai plus jamais le mien.

Pareil pour moi. En fait, c'était l'une des premières idées qui m'étaient venues tandis que j'étais assise à côté d'Arthur en attendant de l'aide : le dé... avait-il aussi déposé des serpents dans nos casiers ? Si oui, je pouvais être vraiment reconnaissante à Arthur de m'avoir retenue avec son bavardage débile, et d'avoir ouvert son casier en premier.

C'est peut-être pour cela que j'étais restée près de lui jusqu'à l'arrivée de l'urgentiste. Tout le temps – en réalité, juste quelques minutes –, j'avais attendu qu'Arthur émette encore une parole dramatique comme « Dis à Henry et Grayson que je les ai toujours aimés » ou « Liv, si je survis, je jure de devenir meilleur ! », mais il était resté assis là sans rien dire, en se tenant la main, la tête tournée vers le mur. Souffrant manifestement. Ce que je pouvais bien comprendre depuis que j'avais été piquée par un scorpion en Inde.

– En tout cas, nous savons maintenant qu'Arthur n'est pas Secrecy, dit Mia en rouvrant l'iPad. À moins qu'il n'ait posté son message depuis les soins intensifs. Avez-vous remarqué que, ces derniers temps, Secrecy s'empêtre de plus en plus dans des contradictions ? Aujourd'hui, par exemple, elle a observé l'éclipse de soleil aussi bien du toit que de la cour de l'école. Vous voyez ? Cette photo du ciel illustrant le petit message de 10 h 05 a été prise depuis la cour, on y voit notamment sur le bord une petite partie de la clôture.

– Où ça ? demanda Florence en se penchant sur l'écran. Ce pourrait être aussi… tout autre chose.

– Non, c'est la clôture, à coup sûr, je l'ai agrandie, dit Mia en affichant son meilleur air de Sherlock Holmes. Plus tard, dans le post mis en ligne à peu près à l'instant où Arthur s'est fait mordre, on voit cette photo des fesses de Mr Osborne émergeant du tissu occultant au-dessus de sa chambre noire. S'être tant cassé le cul pour rien…

– Quelqu'un d'autre aurait pu la prendre et l'envoyer à Secrecy, dis-je.

Florence hocha la tête en signe d'approbation.

– Oui, mais tout le message se lit comme celui d'une personne bonne en physique et ce serait là une autre contradiction, remarqua Mia en faisant glisser son index sur l'écran. Ici, le 20 février, Secrecy a posté que la physique est une matière pour les nerds à l'esprit dérangé qui aiment jouer aux jeux de cartes de gobelins et de gnomes. Et qu'elle est heureuse de l'avoir abandonnée. De même lundi dernier à propos du français. Pourtant, c'était sa matière préférée en janvier.

– Peut-être ne cherche-t-elle ainsi qu'à semer le trouble, dit Florence.

Mia secoua la tête.

– Oh non. Si quelqu'un est troublé ici, c'est bien Secrecy. Une analyse des différences de contenu et de style le montre parfaitement.

– Analyser le style des messages ! Mais qui fait donc ça ? déclara Florence avec mépris.

– Moi ! répondit Mia. Un bon détective doit suivre toutes les pistes… et Secrecy en laisse la plupart dans son blog. Jusqu'à un peu moins d'un an, aussi bien la forme que le fond montraient une unité. Mais depuis, la détective privée Silver a pu noter de nettes différences. Secrecy est toujours aussi perfide mais son style est soit élégant et spirituel, soit lourd et ampoulé ; parfois elle aime le français, parfois non, parfois elle a abandonné la physique et joue les gardiennes de la morale et ainsi de suite.

– Ça sent un peu la schizophrénie, dit Florence.

– Tout à fait, acquiesça Mia en scrutant Florence.

Celle-ci secoua la tête.

– Je veux dire, toi et ton petit jeu de détective, détective privée Silver.

Elle repoussa sa chaise et se leva.

– Même l'informaticien hors pair engagé par la Cook n'a pas réussi à découvrir qui est le propriétaire du blog et donc Secrecy. Alors, ne perds pas ton temps avec ça ! dit-elle encore en attrapant une brioche.

Puis elle se dirigea vers la porte.

Mia la regarda partir.

– Tu penses qu'elle est fâchée ? me demanda-t-elle.

– Oui, un peu. Quand as-tu donc analysé tout ça, ma petite sœur futée ?

J'avais comme l'impression qu'elle me cachait quelque chose d'essentiel.

– Ne pas fréquenter de garçon a d'énormes avantages, tu sais. Ça laisse beaucoup de temps pour d'autres choses.

– Et d'après toi, qui serait Secrecy ? Florence est-elle toujours sur la liste des suspects ?

Mia referma l'iPad d'un air affairé, puis elle me dédia un long regard par-dessus ses lunettes.

– Disons que la liste est un peu plus courte maintenant, m'expliqua-t-elle d'une voix grave. Dans l'état actuel de l'enquête, je ne peux, hélas, en dire plus, mais tu seras la première informée au moment venu.

Je ne pus m'empêcher de rire. À bien la voir, elle crevait d'envie de tout me raconter, il me suffirait d'insister un peu pour qu'elle me livre quelques informations. Allez, nous n'avons pas de secret l'une pour l'autre, faillis-je dire... mais ce n'était pas vrai. J'avais même un tas de secrets que je gardais pour moi, de sombres secrets, et l'envie de rire me passa quand je pensai à la façon dont elle réagirait en apprenant qu'Arthur l'avait espionnée dans ses rêves pour livrer à Secrecy des informations sur moi.

– Sois prudente, Mia, dis-je. Cette Secrecy fait feu de tout bois, c'est un serpent perfide et, de façon directe ou indirecte, elle dispose de méthodes que tu peux... que tu ne peux sans doute même pas t'imaginer en rêve.

– T'inquiète ! dit Mia en reprenant sa voix normale. Je m'attends toujours et partout à l'impossible. Secrecy est peut-être futée et sournoise, mais comme détective privée, Mia Silver est encore plus maligne qu'elle. J'ai toujours résolu mes affaires jusqu'à présent.

Elle tendit l'oreille avant de reprendre :

– Tu ne trouves pas étrange ce calme ici ? Nous ferions bien de vérifier si Mum est encore en vie ou si la Brouille l'a assommée avec la liste des invités.

Elle prit une brioche, la coupa en deux et en donna une moitié à Butter qui, assise auprès d'elle, haletait patiemment.

– Tu crois que Lottie et Charles se sont réconciliés ? demanda-t-elle, la bouche pleine.

– À toi de me le dire, détective privée Silver.

J'avalai enfin une gorgée de mon café. Dans mon excitation, j'avais oublié de le boire. Et il était froid maintenant. Qu'importe, la caféine ferait tout de même effet.

Chapitre 18

– Un quoi ?

Anabel avait les yeux grands ouverts. Nous l'avions rencontrée comme si souvent dans le couloir, où elle nous avait à l'évidence attendus, cette fois sous la forme d'une boîte aux lettres à côté de la porte de la Cook, notre directrice.

– Un mocassin de Malaisie, un crotale, répéta Grayson qui avait ouvert sa porte presque en même temps que moi.

Il avait sursauté plus fort que moi quand la boîte s'était mise à parler.

– Super venimeux. De sorte que la police va certainement enquêter pour tentative de meurtre.

Ah oui ? Ou bien Grayson inventait-il ça dans le but de faire sortir Anabel de sa réserve ?

– Arthur a eu de la chance qu'ils connaissent la procédure à l'hôpital, poursuivit-il. En Thaïlande, un tas de personnes meurent tous les ans de la morsure de ce serpent. Ne cherche surtout pas des photos sur Google !

– Il va donc y survivre ? demanda Anabel, qui avait repris sa forme normale.

Elle tortillait une mèche dorée entre ses doigts.

– Oui, acquiesça Grayson.

Je faillis laisser échapper un « hélas ». Voilà donc où j'en étais arrivée : j'aurais préféré savoir Arthur mort plutôt que le voir poursuivre son œuvre.

Le visage d'Anabel resta impassible.

– Mais comment ce serpent a-t-il atterri dans le casier d'Arthur ? demanda-t-elle.

Pour la première fois depuis que je la connaissais, elle me parut un peu dure à la comprenette. J'échangeai un bref regard avec Grayson.

– Je me pose aussi la question, dis-je lentement. Celui qui l'a mis là devait connaître la combinaison d'Arthur, la serrure n'avait pas été fracturée.

– Oui, mais je veux dire : d'où sort-on un serpent comme ça ? Ça peut s'acheter dans un magasin ? insista Anabel.

Grayson secoua la tête.

– Mais non ! Normalement, les détenteurs de serpents venimeux doivent avoir obtenu un certificat de propriété et… personne ne semble avoir signalé la disparition d'un serpent, que ce soit à Londres ou dans les environs.

– Étrange, dit Anabel. Parce que…

Elle s'arrêta et jeta un regard alentour.

– Parce que tu es la seule à connaître la combinaison d'Arthur ? C'est du moins ce qu'Arthur prétend.

– Quoi ? dit Anabel, visiblement troublée. Oui, s'il ne l'a pas changée, je la connais en effet. Mais qu'est-ce que ça… Oh, je comprends !

Dieu merci, cela avait mis du temps.

– Est-ce toi ? s'enquit Grayson.

– Non, bien sûr que non, protesta Anabel. J'ai les serpents en horreur, je ne prendrais jamais une telle bestiole en main !

Je ne saurais même pas comment faire. C'est vrai, je vous assure.

– Ouais, dit Grayson. Tu ne le ferais peut-être pas spontanément, mais si le dé... si quelqu'un t'en donnait l'ordre, quelqu'un que tu... euh...

Grayson, qui s'empêtrait de plus en plus, ne remarqua même pas que la lumière avait changé et qu'une plume noire tombait du plafond en tourbillonnant.

Ah non, ça n'allait pas recommencer ! Je ne savais pas si je devais m'énerver ou avoir peur. Mon corps opta, hélas, pour la peur. La chair de poule me gagna et mon cœur se mit à battre plus fort.

– Ce n'est pas moi, répéta Anabel. Même pas sur Son ordre.

Il fit encore un peu plus sombre.

– Peut-être... hésita Grayson. Peut-être que tu ne te le rappelles plus.

– Qu'est-ce que je ne me rappelle plus ? s'énerva Anabel. Que j'ai fauché quelque part un serpent et que je me suis baladée avec dans mon ancien lycée pour tuer mon ex-petit ami ? Je ne crois pas que j'aurais oublié ça !

– Mais ça ne peut pas être un symptôme de ta maladie ? demanda Grayson.

– Je ne souffre pas de perte de mémoire ! se fâcha Anabel.

Puis elle ajouta un peu plus calmement :

– Vous ne comprenez donc pas ? Si je l'avais fait sur Son ordre, je ne le nierais pas... pourquoi le ferais-je ?

D'autres plumes tombèrent et Anabel en recueillit une dans sa paume. Sa vue sembla la calmer et la réjouir à la fois, car elle ébaucha un sourire.

– Le Seigneur emplumé dispose d'un pouvoir incommensurable, quand le comprendrez-vous enfin ? S'Il veut envoyer un serpent, Il n'a pas besoin de larbin.

Elle rejeta la tête en arrière, leva les mains, et sa voix se fit plus forte, avec une pointe pourtant doucereuse.

– Car Il règne sur les créatures nocturnes... des serpents s'échappent de Sa tête...

– Mais ça, c'était Méduse, marmonna Grayson.

Je l'entraînai. Nous étions depuis trop longtemps avec la psychotique Anabel dans ce maudit couloir et, à la voir ainsi se laisser emporter par son prêche sur les démons, la situation risquait d'empirer. Des serpents pleuvraient sans doute bientôt à la place de plumes.

Grayson parut lui aussi saisir que l'ambiance n'était pas propice à une conversation raisonnable. Il me suivit volontiers jusqu'au coin suivant, où, sans nous être concertés, nous nous mîmes au pas de course.

– S'Il a accordé sa grâce à Arthur, il vous reste encore un peu d'espoir, pauvres mécréants, nous cria Anabel dans notre dos. Il est encore temps de vous repentir.

– Ou juste de courir plus vite, haleta Grayson.

Je jetai un coup d'œil par-dessus mon épaule. Anabel n'avait pas bougé. Je levai un doigt en guise de test. Aucun courant d'air ne nous avait suivis, pas de boîte aux lettres en vue. Et la pluie redoutée de serpents et de plumes ne s'était pas produite.

Pourtant, ça ne pouvait pas faire de mal de suivre la proposition de Grayson, et hors d'haleine, nous atteignîmes enfin la porte des rêves de Mrs Honeycutt.

– Entrez donc, si vous n'êtes pas la mort, croassa le perroquet.

Mrs Honeycutt était, comme toujours, assise dans son fauteuil. Quand la porte se referma derrière nous, elle abaissa son tricot et nous examina avec curiosité.

– Ce n'est que nous. Pas la mort, s'empressa de dire Grayson.

– Je ne crains pas la mort, répondit Mrs Honeycutt.

Henry, appuyé un peu plus loin sur notre petite table, grimaça malgré lui.

– J'ai seulement peur de mourir, poursuivit Mrs Honeycutt. Quelle sorte de porte est-ce là ?

– Ne vous inquiétez pas, Mrs Honeycutt, continuez à tricoter, dit Henry d'une voix douce en nous faisant signe de venir le rejoindre. Vous devez terminer cette veste. Et son motif demande toute votre attention. Vous faites ça merveilleusement bien.

Mrs Honeycutt releva son ouvrage et se remit à tricoter tandis que nous nous glissions près d'elle sur la pointe des pieds. Une précaution superflue.

– Je vous vois, dit-elle avec un sourire malicieux. Je peux faire le point gaufré sans regarder. Mais je dois tout de même faire attention aux emmanchures.

– Tout à fait, gazouilla Henry. Concentrez-vous sur les emmanchures.

Puis se tournant vers nous :

– Oh là là ! C'était tout juste. Laissez-moi deviner : un méchant truc vous a de nouveau coursés dans les couloirs ?

Je me laissai tomber sur une chaise.

– Anabel, des plumes, l'obscurité… les choses habituelles, quoi.

– Anabel prétend qu'elle n'a rien à voir avec ce serpent, que le coupable, c'est le démon… Eh, mais ce truc-là n'était pas ici la dernière fois ! dit Grayson en montrant la coupe de porcelaine pleine de bonbons au centre de la table.

– Non, soupira Henry. Le subconscient de Mrs Honeycutt l'aura sans doute produit pour nous.

– Comme c'est gentil, dis-je en jetant un regard ému vers Mrs Honeycutt dont la tête laineuse teinte en mauve s'était de nouveau penchée sur le tricot.

Nous suçâmes chacun un bonbon… le mien sentait le citron, celui d'Henry la menthe, Grayson se plaignit que le sien n'avait aucun goût… et nous racontâmes à Henry ce qu'Anabel avait dit.

– Et si ce n'était vraiment pas elle ? demandai-je pour finir tout en suçotant mon bonbon. Peut-être que quelqu'un voulait donner une leçon à Arthur ?

Le démon lui-même, par exemple ? Celui à qui, d'après Anabel, des serpents poussaient pratiquement sur la tête. Cependant, c'était la première fois qu'elle l'évoquait, comme si le serpent d'Arthur lui en avait donné l'idée.

Henry sembla deviner mes pensées.

– Le démon n'existe pas, Liv ! dit-il gentiment. Et tu le sais aussi, si tu veux bien écouter ton bon sens.

– Mais tant que le démon existe dans l'esprit d'Anabel, il est presque aussi dangereux, objecta Grayson en prenant un autre bonbon. En tout cas, je n'ai pas envie d'être mordu par un serpent ni puni d'une autre manière ! C'est pourquoi il est plus important que jamais de prouver à Anabel que ce démon n'existe pas !

– Oui, et à moi en même temps ! dis-je. Mon bon sens légendaire a maille à partir en ce moment avec les serpents et les plumes…

– OK, rien de plus facile ! affirma Grayson. J'ai fait encore quelques découvertes sur cette secte.

Henry et moi échangeâmes un bref regard.

– Ah oui, le plan en trois phases, ironisa Henry. En sommes-nous toujours à la phase un ?

Grayson ne se laissa pas démonter par son ton moqueur.

– Écoutez bien ! dit-il. Les Chemineaux du Véritable Chemin des ombres ont été fondés par un couvreur de Liverpool au chômage. Il s'appelait Timothy Donelly ; il était le fils d'un aciériste irlandais et d'une éducatrice et, paraît-il, tout à fait normal durant ses vingt-cinq premières années. Jusqu'à ce qu'il commençât – il venait de perdre deux jobs coup sur coup – à recevoir des messages de l'entre-monde où une déité démoniaque l'avait élu pour créer un nouveau paradis sur terre et remettre les hommes sur le véritable chemin.

Il retira ses coudes de la table, s'adossa à sa chaise et me sourit.

– Voilà, et maintenant qu'en pense ton bon sens ?

– Il pense que ce pauvre couvreur avait une araignée au plafond, dis-je. Ou qu'il n'avait plus envie de ce job et voulait essayer autre chose.

– Exact, dit Grayson, satisfait. La probabilité qu'une déité démoniaque ait justement choisi un couvreur au chômage pour remettre les hommes sur le vrai chemin, doit à mon avis tendre vers zéro. Le type avait juste un grain ou c'était un menteur, ou les deux à la fois.

– En tout cas, il a réussi à persuader des gens de son idée, dit Henry qui s'était lancé dans la construction d'une pyramide de bonbons. Des gens dont il a fait ses adeptes et qui, pour finir, sont morts avec lui dans cette grange…

– Oh, vous voulez parler de cette horrible histoire du Surrey, intervint Mrs Honeycutt. Je m'en souviens très bien, tous les médias en ont parlé. Les pauvres petits enfants. Toutes ces âmes égarées, leurs pères et leurs mères, arrosés de kérosène et…

Elle posa son tricot.

– Atroce, reprit-elle. Et il paraît que personne n'avait rien remarqué avant. Mais c'est toujours comme ça.

Grayson acquiesça.

– Parce qu'ils vivaient dans un vieux moulin isolé, quelque part à la campagne, en autarcie, dit-il.

– Un endroit horrible. Aujourd'hui encore, j'ai ces images dans la tête, dit Mrs Honeycutt en frissonnant. Les murs étaient recouverts de symboles sataniques tracés avec du sang humain, d'après le *Daily Mirror*.

– Un bien immobilier sans doute difficile à vendre, murmura Henry.

J'étais de nouveau en pensée auprès d'Anabel… et du sang humain.

– Mais justement, si le démon autrefois… avançai-je timidement.

Grayson se leva d'un bond.

– Bon sang, Livvy, une fois pour toutes : il n'y a pas de démon ! Et certainement pas celui-là. Vous vous rappelez tout le tintouin qu'Anabel faisait autour de ce vieux bouquin poussiéreux dont elle sortait toutes ces conjurations et ces rituels ? Qui soi-disant avait passé de main en main depuis des générations dans sa famille ?

Je fis signe que oui en cherchant à me remémorer ce calepin qui, sous les effrayants cris d'Anabel, était parti en flammes dans le mausolée du Highgate Cemetery. Ce truc n'avait pas été aussi antique que je me l'étais imaginé, mais Arthur avait expliqué qu'il s'agissait d'une copie. Je me rappelais encore que j'avais été malgré moi déçue par l'écriture tremblée au stylo-bille.

– Bien sûr que je m'en souviens, dit Henry. Anabel, et plus tard Arthur, ont toujours fait leur possible pour le garder sous clé. Il y avait ces terrifiantes traces sanglantes de doigts parmi les formules de conjuration, et les dernières pages étaient scellées. J'aurais bien aimé voir ce qui s'y trouvait…

– Tout à fait, dit Grayson. Mais si ce livre était vraiment si singulier, comment se fait-il que tous les rituels top secret, qui devaient ouvrir à ce cher Seigneur des ténèbres une porte dans notre dimension, soient accessibles sur Internet ?

– Quoi ?

Grayson hocha la tête d'un air satisfait.

– Je savais bien que vous trouveriez ça intéressant. Nos formules ultrasecrètes se trouvent dans un roman à épisodes publié sur un forum de fantasy fanfiction par un certain BloodySword66.

Je le dévisageai. Henry aussi. Et même Mrs Honeycutt le fixa un court instant avant de se consacrer de nouveau à son tricot.

– Vraiment nos formules ? finit par demander Henry. Ou quelque chose d'approchant ?

– Est-ce que je serais là sinon ? dit Grayson en bombant le torse. « Cinq ont rompu le sceau, cinq ont prêté serment, et cinq ouvriront la porte. Un cercle de sang, farouche, innocent, sincère… déclama-t-il, octroie au gardien des ombres l'accès à la première dimension. *Sed omnes una manet nox.* »

Je m'étonnai.

– Tu sais encore ce truc par cœur ?

– De nouveau, m'expliqua Grayson. J'ai alimenté un moteur de recherche avec ces termes et ces phrases vides débiles que j'avais encore en tête, avec en plus ce fatras latin qu'Anabel sortait toujours de son bouquin. Le truc étant de ne pas rechercher mot par mot mais de tout entrer à la fois.

Il ménagea une petite pause où l'on n'entendit plus que les aiguilles de Mrs Honeycutt.

– Et, reprit-il, le visage triomphant, quand on cherche, on trouve ! *Les Nuits des ombres sanglantes*, un roman à épisodes en onze chapitres.

– Waouh ! fit Henry, impressionné.

Je n'aurais pas pu mieux l'exprimer.

Un sourire éclaira le visage de Grayson.

– Ça vous épate, hein ? Eh oh, la prochaine fois que vous vous moquerez de mon plan en trois phases et que vous vous vanterez encore de pouvoir vous transformer en, que sais-je…, deux patins à glace glissant en parfaite harmonie dans ces stupides couloirs, je vous rappellerai qu'on peut arriver loin avec une recherche bien menée.

Du coup, il me fit penser à Mia. À eux deux, ils pourraient ouvrir plus tard une agence de détectives privés.

– Des patins à glace, reprit Henry avec un petit rire.

– Et ce forum de fanfiction ? demandai-je. Anabel pourrait-elle y avoir mis le texte ? Ou Arthur ?

Grayson se rassit.

– Si elle savait déjà écrire à deux ans et se servir d'un ordinateur, oui, dit-il. Mais non, *Les Nuits des ombres sanglantes* sont arrivées sur ce forum en 1999.

– En 1999 ? Internet existait déjà ? m'étonnai-je.

Henry plissa le front comme pour se livrer à un calcul compliqué.

Mais Grayson poursuivait déjà.

– Vous comprenez bien ce que ça signifie ? dit-il en nous regardant solennellement. J'ignore encore comment ou pourquoi, mais BloodySword66 a pour ainsi dire produit le roman du calepin d'Anabel.

Henry hocha lentement la tête. Dans la vie réelle, sa pyramide de bonbons se serait depuis longtemps effondrée mais là, elle avait atteint une hauteur remarquable.

– Reste à savoir maintenant ce qui était là d'abord : le calepin ou l'histoire de BloodySword66 ? Et ce que la secte a à voir là-dedans.

– Et si tout cela ne faisait qu'un ? remarquai-je. Si toutes ces conneries démoniaques venaient en fait d'une histoire qu'un écrivain en mal de reconnaissance aurait imaginée pour un forum de fanfiction.

– C'est ce que j'espère, dit Grayson, les yeux brillants. C'est très mal écrit, soit dit en passant. Je crois n'avoir jamais vu autant d'adjectifs à la fois. Et l'idée de base n'a rien de neuf. Une très ancienne déité démoniaque, portant toutes sortes de noms déjà connus, s'éveille à une nouvelle vie dans un musée londonien d'art antique après avoir été transportée avec d'autres découvertes archéologiques dans une vieille amphore de l'ancienne Babylone ou d'ailleurs.

– Très original ! s'écria Henry.

– Comme la suite, annonça Grayson en souriant. Un jeune archéologue intello, pas vraiment apprécié par les femmes, mais le cœur sur la main, est élu par la déité pour l'aider – avec force rituels et formules de conjuration – à prendre une forme physique, car elle n'est d'abord qu'une voix et ne consiste qu'en sombre fumée, vent et ombre. Mais sa volonté de fer peut s'imposer à n'importe qui.

– Laisse-moi deviner… une jeune vierge doit être sacrifiée, l'interrompis-je.

Grayson hocha la tête.

– Oui, c'est ça : la jeune sœur insignifiante de la bique prétentieuse qui a déjà envoyé plus d'une fois sur les roses notre archéologue de manière tout à fait humiliante. Elle est en fait beaucoup plus sympa que sa sœur, ce que l'archéologue ne comprendra que plus tard.

– Ça m'a l'air vraiment palpitant, dus-je reconnaître.

– Mais ça ne l'est pas, c'est trop touffu, il y a trop de personnages avec trop de noms. On voit aussi surgir d'autres déités, parmi lesquelles un scarabée doué de parole, qui s'empare plus tard de la gentille sœur. Il y a des dialogues interminables, des duels à l'épée sans raison et d'ennuyeuses descriptions du quotidien. L'histoire s'interrompt au onzième chapitre. Les gens du forum n'étaient qu'à moitié enthousiastes et, pour finir, il y a eu plus de critiques que de louanges. Je crains que BloodySword66 n'ait perdu le fil conducteur. Ou simplement l'envie de continuer.

– Ou bien il a fondé une secte, avançai-je. Ou alors c'était tout à fait différent, et…

– Quoi qu'il en soit, je le trouverai, m'interrompit Grayson, sûr de lui. Malheureusement ce forum de fanfiction est fermé depuis quelques années et il n'avait pas de page de mentions légales. Mais j'ai déjà déniché l'un des administrateurs sur un autre forum – ces fanas de fantasy se donnent les mêmes noms partout – et j'ai pris contact avec lui. Peut-être me permettra-t-il de découvrir qui se cachait derrière

BloodySword66. Je pourrai ainsi aller au fond des choses et, pour finir, prouver à Anabel que ses hallucinations reposent sur une histoire pourrie.

Oui. Ce serait possible. Et vraiment génial. Toutefois...

– Est-il aussi question de plumes dans cette histoire pourrie ? demandai-je. Je veux dire, est-ce que le démon a des ailes ? Et les rêves ? Sont-ils aussi thématisés dans cette histoire ?

Grayson ne répondit pas mais il leva les yeux au plafond.

– Vous avez entendu ? On dirait un ventilateur. Mon ventilateur.

Nous fixâmes le plafond à notre tour. Au-dessus de nos têtes pendait une lampe revêtue d'un tissu à motifs colorés. Et on n'entendait rien non plus.

– C'est tout de même... dit Grayson.

Puis il disparut subitement.

– Jusqu'à l'heure de sa mort, nul ne sait combien de temps il vivra, croassa le perroquet.

Blog à potins

Ici, le blog à potins de la Frognal Academy, avec les derniers ragots, les plus folles rumeurs et les scandales chauds bouillants de notre école.

Qui suis-je ? Je m'appelle ***Secrecy***, je suis parmi vous et je connais tous vos secrets.

UPDATE **ACTIVITY**

21 mars

Craignez-vous aussi de devoir ouvrir votre casier demain ? Vous demandez-vous ce qui va encore se passer dans notre lycée ? Avez-vous déjà signé la pétition que la mère de Hazel Pritchard s'est empressée de lancer et dans laquelle elle demande pour notre école la mise en place d'un personnel de sécurité particulièrement qualifié ?

Bon, à en croire la police et la Cook, cette histoire de serpent ne se reproduira pas. À les entendre, il ne s'agit que d'une farce d'élèves pubères, d'une plaisanterie qui a mal tourné mais qui ne doit pas pour autant rester impunie.

Tout à fait !!! Il arrive souvent que, par pur ennui et parce que les hormones se sont une fois de plus affolées, un serpent venimeux soit glissé dans le casier d'un camarade pour s'amuser un peu, n'est-ce pas ? À les voir traîner partout, ces encombrantes bestioles venimeuses finissent par vous donner des idées stupides.

En tout cas, Mrs Pritchard ne voit pas les choses comme la Cook et la police et, dans sa pétition, elle exige une inspection systématique de tous les casiers par une équipe antiparasitaire avant la réouverture du lycée.

Très bonne idée ! Il se pourrait bien qu'il s'agisse de la vipère de casier typiquement britannique qui prolifère parmi les sacs de sport et les manuels scolaires en piteux état et qui, tôt ou tard, finit par mordre tous ceux qui ont abandonné le français ou avalé encore trop de glucides au déjeuner. On n'est jamais assez prudent. Et les inspecteurs découvriront peut-être à l'occasion aussi quelques mygales, scorpions et tigres de Sibérie tapis dans les casiers… restes de plaisantes farces d'élèves ou simple négligence des agents d'entretien.

Bon, sérieusement maintenant, et pour tous ceux que ça intéresse : c'est une vipère mocassin de Malaisie qui a mordu Arthur et personne ne sait comment cette bestiole a atterri dans son casier. Sauf qu'il a eu une sacrée chance car il n'est pas rare que la morsure de ce serpent soit mortelle. À l'hôpital où il se trouve encore, on a dû lui donner de l'adrénaline et un antidote, et il est toujours mal en point.

Qui que soit celui ou celle qui s'est permis cette « plaisanterie », je souhaite que la police l'attrape. Le plus tôt possible, avant qu'elle (ou qu'il) ne fasse d'autres « farces ». Car il semble que nous n'ayons pas le même sens de l'humour.

À bientôt,

Secrecy

PS : Eh non, les amis, ce n'est pas Theo Ellis qui voulait empêcher Arthur, lors du dernier match, de redresser la barre une fois de plus pour les Frognal Flames ! C'est vraiment la théorie de la conspiration la plus imbécile qu'on ait jamais entendue. Car, premièrement, Theo a déjà assez de problèmes sur le dos (une plainte pour vol avec effraction, dommages aux biens et trouble de l'ordre public, ce n'est pas rien, même si Theo peut retourner au lycée jusqu'au procès), et deuxièmement, les Flames, contrairement aux Roslyn Raptors, n'ont, de toute façon, plus la moindre chance de gagner le championnat ni même une place sur le podium. Je trouve encore plus crédible la théorie prétendant que le serpent s'est glissé dans le casier parce qu'il connaissait la combinaison :-).

Chapitre 19

– Jusqu'à l'heure de sa mort, nul ne sait combien de temps il vivra, croassa de nouveau le perroquet alors que nous fixions toujours la chaise d'où Grayson avait soudain disparu.

J'avais pris sans le vouloir la main d'Henry.

– Jeune ou vieux… la mort n'épargne personne, approuva Mrs Honeycutt. Il suffit de penser à ma pauvre sœur. Arrachée à la vie à la fleur de l'âge, sournoisement étouffée par son mari….

La chair de poule me gagna.

– S'il te plaît, dis-moi que Grayson s'est juste réveillé, chuchotai-je à Henry.

Il me pressa la main pour me rassurer.

– Il s'est juste réveillé, dit-il. Dommage. Je voulais vous montrer quelque chose que j'ai découvert il y a quelque temps… Une trouvaille très intéressante.

Encore une ? Est-ce que tout le monde, à part moi, n'avait pas arrêté de faire des recherches ? Je me sentais presque mauvaise conscience d'avoir été si paresseuse.

Henry sourit comme s'il lisait mes pensées.

– Je l'ai découvert par hasard en me pavanant dans les couloirs en tant que patin à glace.

Je ne pus m'empêcher de rire, mais juste un peu, car Mrs Honeycutt reposa son tricot, se tourna vers nous et nous contempla pensivement.

– Autrefois, moi aussi j'avais peur de la mort. Mais je crois qu'il ne faut pas la craindre. On ne fait que se laisser glisser dans l'autre monde…

Alors qu'elle parlait, les couleurs changèrent dans la pièce, les motifs des meubles et des tapisseries pâlirent, une lumière froide et sereine envahit l'espace. Le plafond parut se soulever et se transformer en verre, la pièce s'élargit, les fleurs, la cage du perroquet et les nombreux bibelots planèrent dans l'air en prenant une consistance transparente. Je me cramponnai à Henry quand les chaises se dérobèrent doucement sous nous. Mrs Honeycutt passa en planant devant nous dans son fauteuil et elle nous fit signe. Aucun doute : son salon se transformait lentement mais sûrement en une sorte d'aquarium. Les meubles disparurent, les murs reculèrent et, plutôt paniquée, je vis aussi la porte du couloir s'éloigner de plus en plus. Je voulus dire quelque chose à Henry, mais je ne sortis que des bulles… Au lieu d'air, la pièce était maintenant remplie d'une eau traversée de lumière.

Là, je pris vraiment peur.

– C'est la mort elle-même, dit la douce voix de Mrs Honeycutt.

Contrairement à moi, elle pouvait encore parler, mais elle avait disparu, avec son fauteuil. En revanche, de merveilleux poissons scintillants passaient près de nous, aussi transparents que si on les avait dessinés directement dans l'eau avec une encre argentée.

– Ce n'est pas la mort que je crains, poursuivait la vieille femme. C'est l'instant du dernier soupir.

Cet instant semblait venu pour moi. Il me fallait de toute urgence… un équipement de plongée… ou des branchies… au secours !

Un regard vers Henry. Je vis la panique dans ses yeux, ce qui n'arrangea pas les choses. Henry n'avait jamais peur.

Il désigna la porte sur le mur qui n'arrêtait pas de reculer. Je lâchai aussitôt sa main et nageai le plus vite possible dans sa direction. Même en sachant qu'il s'agissait d'un rêve et que dans un rêve on n'a pas besoin d'équipement pour respirer sous l'eau, je n'y arrivais pas.

Et puis aussi, ce n'était pas de l'eau ordinaire, elle me donnait l'impression d'une lumière fluide et fraîche, ni trop froide ni trop chaude, même pas humide sous la main.

– Il suffit de se laisser aller et on dérive dans l'autre monde.

La voix de Mrs Honeycutt paraissait venir de très loin et elle était si sereine que je me calmai tout à coup.

J'ouvris la bouche pour laisser l'eau entrer dans mes poumons. Cela ne me fit pas mal, l'eau me rendait légère et, comme les poissons, je commençai à prendre un reflet argenté et à faire partie de cette lumière fluide qui m'emportait là où je voulais, dans un autre monde où il n'y avait plus rien de mauvais.

Henry surgit à côté de moi, il me saisit le bras, ma tête heurta quelque chose de dur et, l'instant suivant, j'atterrissais brutalement sur les fesses, haletante.

– Mince ! s'écria Henry.

Nous nous trouvions dans le couloir de l'autre côté de la porte, sans avoir emporté la moindre goutte d'eau du rêve de Mrs Honeycutt. Un étrange sentiment de regret se répandit en moi quand Henry referma soigneusement la porte derrière nous. Ç'avait été si paisible à l'intérieur. Là, dehors, en revanche…

Henry me tendit la main pour m'aider à me relever.

– Tout va bien ? me demanda-t-il, le visage encore plus pâle qu'avant. On aurait dit que tu allais… que tu allais te dissoudre.

– Oui, je l'ai bien cru aussi, répondis-je, toujours à la recherche de mon souffle et m'étonnant aussi de ne pas tousser. Peut-être que la mort n'est pas si grave. Peut-être ne fait-on vraiment que nager vers un autre monde où tout est paisible, clair et bon.

Henry me saisit par les épaules.

– Ne dis pas ça avec autant de nostalgie, Liv. Ça me fait peur, avoua-t-il en m'attirant sur sa poitrine. J'ai tant besoin de toi, murmura-t-il dans mes cheveux.

Une grosse boule dans ma gorge m'empêcha de répondre. De toute façon, je n'aurais rien sorti d'original, juste un simple « J'ai besoin de toi, moi aussi ».

Je jetai mes bras autour de son cou et l'embrassai. C'était bien aussi une sorte de réponse et peut-être pas la plus mauvaise.

En tout cas, Henry soupira doucement et me serra plus fort contre lui. Une petite voix timide en moi m'invitait à me rappeler les prochaines vacances de printemps, mais je la fis aussitôt taire. Henry embrassait trop bien pour se tourmenter avec de telles pensées. Même si ces vacances étaient terriblement proches…

– Mrs Honeycutt n'est pas vraiment morte, hein ? demandai-je.

– Non, n'aie pas peur. Elle rêve juste parfois de la mort, murmura Henry en s'efforçant à sa manière de me changer les idées.

Il aurait dû faire breveter cette façon qu'il avait de me caresser la nuque. Il semblait très bien remarquer ce qu'il déclenchait en moi car je vis son sourire satisfait quand il interrompit notre baiser pour lorgner par-dessus son épaule.

Ce qui – hélas – me ramena à la réalité.

– Tu ne voulais pas encore me montrer quelque chose ? implorai-je quand il se fut de nouveau retourné vers moi.

– Ah oui ?

Henry gardait les yeux fixés sur ma bouche et j'étais prête à me jeter de nouveau à son cou. Mais il parut lui-même se rendre compte que ce n'était ni le bon endroit ni le bon moment.

Avec un soupir de regret, il retira sa main de mon cou et il me fit pivoter.

– Tu vois cette porte là-bas ?

J'acquiesçai en m'appuyant contre lui. Dans ses bras, je me sentais autant en sécurité que dans l'eau.

Une porte en bois laqué d'un vert joyeux nous faisait face. Elle ouvrait apparemment sur une boutique qui s'appelait *Little Sister's Yarn Barn*, comme une enseigne ovale l'annonçait au-dessus du cadre.

– Elle a toujours été là ?

Je ne l'avais encore jamais remarquée, pressée quand je venais dans les parages. J'admirai son amusante poignée garnie d'un tricot coloré et les deux pots de fleurs de chaque côté, eux aussi revêtus d'un tricot rayé multicolore. Sur la vitrine, on lisait en lettres bien dessinées : *All you knit is love*. Et en dessous : *Entrez et trouvez la laine de vos rêves*.

– Cette boutique pourrait bien appartenir à Mrs Honeycutt, remarquai-je.

– Tu l'as dit, approuva Henry en me libérant.

Il fit quelques pas dans le couloir et revint vers moi, après avoir installé ses mystérieux champs d'énergie scintillants.

– Je veux m'assurer qu'Arthur ne s'est pas ennuyé dans son lit d'hôpital et ne traîne pas par ici, m'expliqua-t-il.

Il ajouta :

– Tu vois ces initiales, là, sur le paillasson ? Je suis sûr que M.H. signifie Muriel Honeycutt. C'est la sœur de Mrs Honeycutt. En rêve, elle n'a manifestement jamais abandonné son nom de jeune fille.

Je touchai la poignée revêtue de tricot :

– Mrs Honeycutt a raconté que Muriel n'arrêtait pas de tricoter une housse pour tout, même pour son vélo... Mais si elle est morte, que peut-il bien y avoir derrière cette porte ? Ou alors...

Je levai des yeux pleins d'espoir vers Henry.

– Ou alors, elle n'est peut-être morte que dans les cauchemars de sa sœur ?

Henry secoua la tête.

– Non, Muriel est vraiment morte, en 1977, je l'ai vérifié. En réalité, ajouta-t-il avec un petit rire, mais il reprit aussitôt son sérieux. Elle est morte dans son sommeil, soi-disant à cause de son asthme, mais Mrs Honeycutt suspecte son beau-frère Alfred de l'y avoir aidée. Il a succombé peu de temps après à une cirrhose du foie.

Je pensai à nos rencontres avec Alfred-au-coussin-fleuri et à la peur visible dans les yeux de Mrs Honeycutt, et je hochai la tête, fâchée. Cet homme avait bien mérité sa cirrhose.

– C'est terrible qu'elle fasse encore aujourd'hui des cauchemars à cause de lui, dis-je en caressant tristement le bois laqué de la porte. Les deux sœurs ont dû vraiment beaucoup s'aimer si leurs portes se trouvent encore si proches après tant d'années. Il suffit de voir le nom donné par Muriel à sa boutique : Little Sister's Yarn Barn, c'est touchant, non ?

Je ne pus m'empêcher de penser à Mia et, avant de pleurer d'un trop-plein d'émotion, je repris :

– C'est étrange que les morts conservent leurs portes. Combien de portes ici ont-elles pu appartenir à des personnes décédées ? demandai-je en laissant mon regard errer dans le couloir.

– Aucune, répondit Henry d'une voix assurée. C'est bien là le problème : quand quelqu'un meurt, sa porte disparaît avec lui.

Je le regardai d'un air sceptique.

– Comment peux-tu le savoir ?

– Te rappelles-tu Tom Holland ? me demanda Henry.

– Le garçon qui est mort l'an dernier sur la route ?

– Oui.

À mon arrivée au lycée, son décès remontait déjà à quelques mois et je n'avais pu m'en informer que par le blog de Secrecy. Tom avait été le petit ami d'Anabel avant Arthur et, un certain temps, j'avais soupçonné que cet accident n'avait pas été un hasard mais, d'une manière directe ou indirecte, l'œuvre du démon.

– Tom Holland, commença Henry, avait une porte d'ascenseur super voyante et à l'ancienne avec des grilles coulissantes pleines de fioritures et l'un de ces écriteaux en demi-lune qui ressemblaient à une horloge et indiquaient l'étage où se trouvait l'ascenseur. Nous lui avons rendu une ou deux fois visite, Arthur et moi… Arthur, sans doute encore plus souvent. Juste comme ça… pour avoir des infos.

Qu'Arthur et Henry aient pu autrefois arpenter les couloirs ensemble me parut à peine imaginable. Mais ça ne remontait pas à si longtemps. En tout cas, Arthur n'était pas encore un méchant déclaré, ses penchants sadiques et ses désirs de conquête du monde ne s'étaient révélés que plus tard.

– Tiens, tiens, dis-je. Pour avoir des infos. Bien sûr. Moi aussi, je traîne toujours dans les rêves de ton ex-copine.

Henry sourit.

– À propos, as-tu découvert la porte de Rasmus ? me demanda-t-il.

Oh non ! Je ne me laisserais pas embarquer là-dedans. Pas aujourd'hui.

– Tu en étais à Tom Holland et à sa porte, lui rappelai-je.

Il soupira.

– C'est vrai. La porte de Tom a disparu la nuit de sa mort. Nous ne l'avons plus jamais revue. La même chose s'est passée avec celle de notre ancien concierge quand il a rendu l'âme en août dernier. Quand les gens meurent, leurs portes n'existent plus.

– En fait, c'est logique, remarquai-je. Les morts ne rêvent pas. Mais pourquoi la porte de Muriel est-elle encore là ? Sa mort remonte pourtant à pas mal d'années.

– J'y ai longuement réfléchi, répondit Henry en se frottant le nez. Je n'ai trouvé qu'une seule explication et elle est assez folle.

– T'inquiète, je viendrai te voir à la clinique et je te tiendrai la main pendant les électrochocs, dis-je pour le rassurer.

Le coin de ses lèvres tressaillit.

– Supposons que Mrs Honeycutt ait raison, reprit-il, et que la pauvre Muriel ne soit pas morte de mort naturelle mais qu'Alfred l'ait vraiment étouffée avec un coussin dans son sommeil alors qu'elle était…

Il ménagea une pause, exactement comme Grayson auparavant, mais cette fois, je devinai où il voulait en venir.

– Tu veux dire, alors qu'elle était en train de rêver, terminai-je sa phrase.

– C'est ça, dit Henry. De sorte que ce rêve s'est simplement…

Il haussa les épaules.

– Je ne trouve pas l'expression pour ça.

– Arrêté, dis-je, comme une montre… ou comme un vieux disque.

Je me mordis la lèvre songeusement.

– C'est peut-être toujours comme ça quand quelqu'un meurt en plein rêve, avançai-je. Ou juste, quand on a été assassiné en plein rêve.

– Quoi qu'il en soit, poursuivit Henry, le fait est que Muriel est morte mais que sa porte est toujours là.

– Il suffit juste de savoir ce qui se trouve derrière, dis-je en sentant de nouveau la chair de poule me gagner.

– C'est justement ce que je voudrais tirer au clair aujourd'hui, dit Henry en posant la main sur la poignée.

Je le regardai, effrayée. OK, là, il était vraiment devenu fou.

– Tu ne peux tout de même pas t'introduire dans le rêve d'une morte ! Ce serait comme… Et puis, il te faut un objet personnel.

– Que crois-tu que j'aie fait ces jours derniers ? dit Henry en tentant un sourire timide. Mrs Honeycutt m'a donné la chaîne de baptême de Muriel, ça devrait suffire.

– Elle te l'a donnée ? répétai-je, incrédule.

– Pas directement, m'accorda-t-il en abaissant la poignée. Mais elle ne lui manquera pas, à vrai dire.

À l'évidence, il n'avait pas envie d'entrer dans les détails.

Je l'agrippai par le bras.

– Bon sang, Henry ! Ne fais pas ça ! S'il te plaît ! Nous ne pouvons pas aller nous promener là comme ça !

– Juste moi, pour commencer. Toi, tu restes ici. Quelqu'un doit savoir où je suis au cas improbable où…

Henry me regarda sérieusement.

– Fais attention à toi, Liv. J'ai bien réfléchi à tout ça. Nous devons absolument savoir ce qui se trouve derrière cette porte. Ça pourrait nous offrir de toutes nouvelles possibilités.

– Ou te tuer, chuchotai-je tandis qu'il ouvrait la porte sans se laisser démonter.

Je crus entendre un bruissement. Mais on ne pouvait rien voir. Ma main était toujours cramponnée à la manche d'Henry.

– Ce pourrait être… la porte de l'au-delà, avançai-je.

– Ah, aujourd'hui, nous nous la jouons dramatique, miss Silver, se moqua-t-il.

Il hésita un moment, puis il respira un grand coup. Avec douceur, mais fermeté, il retira ma main de son bras.

– Allez ! J'y vais ! Nous nous reverrons au lycée, et je te parlerai de tous les articles en promotion dans la boutique de Muriel.

Sans attendre ma réponse, il ouvrit la porte en grand et franchit le seuil. La main que je tendis pour l'arrêter rencontra le vide.

Quelle tête de mule !

Avant que la porte se referme, je fermai fort les yeux, retins mon souffle et fis derrière Henry un grand pas dans l'incertain.

L'espace d'une seconde, rien ne se passa, puis j'entendis son soupir résigné.

– Tu peux rouvrir les yeux, Liv, dit-il alors que la porte se refermait derrière nous. Nous sommes encore en vie. Du moins, je le crois.

J'ouvris les yeux.

– Oh, nous sommes au bord de la mer !

Nous avions devant nous une surface d'eau calme au-dessus de laquelle s'étendait un ciel nocturne veiné de lumière rose. Magnifique, c'était sûr.

– Mais si ce n'était pas la mer ? demandai-je avec un brin d'hystérie. Ce pourrait très bien être l'au-delà. Comme dans le poème : les rivages de l'éternité…

– Je dirais plutôt : les rivages de Clevedon, mon petit ange, dit Henry en me désignant du doigt l'est où un grand ponton vieillot s'avançait dans la mer comme sur des échasses.

Henry avait l'air aussi décontracté que d'habitude, mais, en prêtant bien l'oreille, on entendait le soulagement dans sa voix.

– Je crois que nous sommes dans le Somerset, dit-il.

Et, se retournant vers moi avec un sourire en biais, il ajouta :

– C'est vraiment charmant de ta part d'avoir voulu me suivre dans l'au-delà, Liv. Mais tu comprends bien que nous n'avons maintenant plus personne à l'extérieur qui sache où nous sommes, n'est-ce pas ?

Oui, ç'avait été un tout petit peu irréfléchi de ma part. Qu'importe ! Je n'aurais pas supporté de rester seule sans savoir si Henry allait revenir. Je cherchai des yeux la porte du couloir. Là… elle se trouvait juste derrière nous dans le mur du quai. Je respirai de soulagement.

Henry posa un bras sur mes épaules, puis il fixa la mer.

– On dirait bien que Muriel était en train de faire un beau rêve quand Alfred est arrivé avec le coussin.

– C'est une pensée consolante, voulus-je dire, mais à cet instant j'entendis le bruit.

Un cri strident, des voix excitées et des aboiements, de plus en plus fort, comme si quelqu'un juste derrière avait allumé une radio. Et puis Henry, le ciel nocturne et la mer disparurent et je fixai l'obscurité.

Seul le bruit était encore là.

Je mis une seconde à comprendre que j'étais réveillée et que c'était Buttercup qui aboyait comme une folle.

– Que se passe-t-il ? demanda la voix endormie de ma mère. Pschht, Butter ! Oh, Dieu du ciel !

Je rabattis la couverture, me levai d'un bond et ouvris d'un grand geste la porte de ma chambre. La première chose que je vis, ce fut Florence, comme pétrifiée à la porte de Grayson, la main devant la bouche. La deuxième, ce furent des plumes. Des plumes noires, une bonne quantité de plumes noires !

Je craignis un instant que mes jambes refusent de me porter mais, les genoux flageolants, je réussis à passer devant Florence et Mum pour entrer dans la chambre de Grayson. Oh, non ! Grayson avait subitement disparu tout à l'heure et le perroquet avait dit…

– Qu'est-ce que vous faites là ? grogna Grayson.

Il se trouvait au beau milieu de la pièce, apparemment occupé à ramasser les plumes qui s'étaient posées partout sur ses meubles, le tapis et lui-même, et à les fourrer dans la corbeille à papier. Je fus si soulagée de le trouver vivant que je faillis fondre en larmes.

– Pour l'amour du ciel ! s'écria Ernest, vêtu d'un pyjama à gros carreaux, en passant la tête par la porte, d'où viennent ces trucs noirs ?

Butter sautait encore tout excitée parmi les plumes mais au moins elle avait cessé d'aboyer. Elle éternuait à la place.

– Quel choc ! dit Florence, la main toujours devant la bouche. Des plumes partout…

– Ce n'est pas une raison pour réveiller toute la maisonnée par des cris, remarqua Grayson, de mauvaise humeur.

Comme pour lui donner raison, Mia arrivait aussi de sa chambre et elle cligna des yeux devant le désordre.

– Mais il y en a des centaines ! dit Mum en ramassant une plume.

J'avais envie de la lui arracher de la main en hurlant : « Ne les touche pas ! Elles sont dangereuses ! »

– En effet, soupira Grayson, énervé. Quand je me suis réveillé, ma porte était ouverte et le ventilateur tournait à plein régime. Les plumes volaient partout. Je les aurais bien ramassées pour vous épargner le spectacle mais Florence s'est crue obligée de pousser des cris d'orfraie. Comme si elle participait à un casting pour un film d'horreur.

Grayson me jeta un bref regard interrogateur tandis que sa sœur, furieuse, cherchait de l'air. Je haussai les épaules. Comme je ne me fiais pas encore à la solidité de mes jambes, je m'étais adossée à son armoire.

– Qu'aurais-tu fait à ma place si tu avais voulu filer aux toilettes et que des plumes venant de la chambre de ton frère se soient envolées vers toi ? se défendit Florence. En pleine nuit ! Tu as tué des corneilles là-dedans ou quoi ?

Avec son esprit pratique, Mum avait entretemps soulevé l'édredon de Grayson pour le secouer.

– En tout cas, ça ne vient pas de là, constata-t-elle.

Ç'aurait été trop beau. Mais quel édredon contiendrait des plumes noires ?!

Ernest se gratta la tête.

– OK, comment ces plumes ont-elles atterri dans ta chambre, Grayson ? Serait-ce une sorte de blague ? dit-il.

Pour je ne sais quelle raison, il regarda Mia avant d'ajouter :

– Ou quelqu'un t'aurait-il joué un mauvais tour ?

Ma sœur protesta énergiquement.

– Une telle ânerie ne me viendrait certainement pas à l'esprit ! Mes blagues à moi sont amusantes.

– Oui, Mr Snuggles en rit sûrement encore, murmura Florence.

– Excuse-moi, Mia, dit Ernest, je suis juste un peu déconcerté.

Il n'était pas le seul.

Grayson serra les mâchoires en me fixant de nouveau. J'aurais aimé l'aider mais, pour une fois, aucun mensonge ne me vint à l'esprit. Nous ne pouvions même pas dire la vérité, étant donné que nous ignorions ce qui se passait.

« Ces plumes proviennent sans doute des ailes d'un démon de l'entre-monde qui voulait me donner un avertissement », aurait pu lancer Grayson, mais ça n'aurait sans doute pas plu à son père. Ni à moi.

Grayson poussa donc un profond soupir en guise de réponse.

– Retournez vous coucher, dit-il, épuisé. Je vais enlever tout ça.

– Nous le ferons demain ensemble, dit Ernest. Et nous trouverons aussi l'origine de ces plumes.

Il prit Mum par la main.

– Grayson, ajouta-t-il, tu ferais mieux de dormir dans la chambre d'amis.

Puis après un bâillement, il nous souhaita à tous une bonne nuit.

Florence disparut elle aussi dans sa chambre, en grommelant. Mia resta encore là quelques secondes à nous examiner. Je me préparais déjà à ses questions, mais, à mon grand étonnement, elle se retourna sans un mot et regagna à grands pas sa chambre avec Butter.

Grayson attendit que sa porte se referme, puis il me regarda :

– Tu te rappelles avoir attaché un livre autour de ta taille, n'est-ce pas ? *L'Hôtel New Hampshire*. Intéressant.

Mince, je l'avais complètement oublié dans toute cette agitation.

– Oui, un bon livre. Tu devrais le lire aussi. Dès que nous aurons réfléchi à ce que tu vas raconter aux autres pour expliquer ça, répondis-je en montrant les plumes tout autour.

Grayson soupira de nouveau :

– Encore faudrait-il déjà que je le comprenne moi-même.

Je me préparais à répliquer, mais il me devança :

– Ne dis rien, Liv ! Quelqu'un doit… Ah, je ne sais pas ! Mais il doit bien y avoir une explication logique. Une explication garantie sans démon !

– Naturellement, dis-je en me penchant pour l'aider à ramasser les plumes. Parce qu'il n'y a pas de démon.

Chapitre 20

Le lendemain de ce bain de plumes démoniaque, comme je l'avais baptisé en secret, se déroula heureusement sans événement notable. Contrairement à moi, Grayson avait réussi à se rendormir après que nous avions enlevé les plumes et, quand nous nous retrouvâmes le matin dans la cuisine, devant la machine à café, il paraissait bien reposé mais aussi de très bonne humeur.

Moi en revanche, même après deux expressos, je dormais presque debout. Et je ne voyais pas non plus de raison d'être de bonne humeur. Ces derniers jours, il y avait eu un peu trop à mon goût de plumes, de serpents et d'énigmes non résolues. J'eus de nouveau la chair de poule en voyant Grayson mettre quelques plumes dans un sachet de congélation qu'il fit disparaître dans sa veste.

– Tu devrais jeter tout ça à la poubelle, remarquai-je. Et pourquoi es-tu si bien luné ? Sais-tu quelque chose que j'ignore ?

– Pas encore ! Mais chaque élément de preuve nous rapproche de la vérité, répondit Grayson d'un air entendu en faisant crisser de manière éloquente le sachet dans sa poche.

En sifflotant joyeusement… mais faux – qui plus est, la bande-son de *Sherlock Holmes* ! –, il quitta la maison.

Je ne le revis qu'en début de soirée quand il passa en coup de vent pour prendre ses affaires de basket, et il se montra alors si pressé qu'il me glissa seulement « Tu seras étonnée de ce que j'ai découvert » avec un sourire des plus mystérieux.

J'espérais fort que c'était quelque chose sur le serpent. De tous les phénomènes inexpliqués, c'était celui qui me paraissait le plus horrifiant. Arthur était encore à la clinique, mais, d'après des cercles bien informés (Secrecy !), il allait en sortir aujourd'hui.

Bien que la Cook, notre directrice, nous ait assuré que l'école était débarrassée de tout reptile, j'avais pu observer de nombreux élèves hésitant à ouvrir leur casier. Emily gardait même sa bombe lacrymogène à la main.

En m'apercevant, elle fit la grimace.

– Je ne sais pas ce que je trouve le pire : un serpent venimeux dans mon casier ou un serpent à lunettes qui vous regarde de travers d'un air débile.

Puis, dirigeant sa bombe lacrymogène vers moi, elle demanda :

– Je peux ?

– Si tu as envie d'une main cassée, je t'en prie, répondis-je.

– Oh, c'est vrai, tu fais du karaté, remarqua-t-elle en levant les yeux au ciel. Mais t'inquiète, je n'ai pas l'habitude de régler mes conflits par la force, j'ai un QI bien trop élevé pour ça.

– Du kung-fu, rectifiai-je. Et de quels conflits parles-tu ? Il n'y a pas de querelle entre nous, si ce n'est que nous ne pouvons pas nous sentir. Du reste, tu m'as l'air fatiguée. Ferais-tu de mauvais rêves ces derniers temps ?

J'étais naturellement bien placée pour dire ça... mes cernes sous les yeux avaient aujourd'hui la couleur de l'expresso, qui ne m'avait malheureusement pas tenue assez éveillée.

Mais au lieu de me lancer ça à la figure, Emily ravala sa salive.

– Il paraît que la tisane de valériane peut y remédier, m'empressai-je d'ajouter. Ou juste le fait d'accepter les choses comme elles sont.

Là, Emily me donna l'impression de vouloir faire une exception et de régler plutôt ses conflits par la force.

– Florence me fait incroyablement de peine de devoir habiter sous le même toit que toi, dit-elle.

Elle claqua la porte de son casier et tourna les talons. Dommage, car je voulais lui demander si elle aimait résoudre des problèmes de calcul en rêve.

Malgré ma fatigue de plomb, la journée se déroula à peu près bien au lycée, sans doute grâce à l'absence d'Arthur... Je n'avais pas à craindre sans cesse de voir quelqu'un se transformer sur commande en zombie et me pousser dans l'escalier.

Mais une fois sortie du lycée, ma décontraction disparut car, alors que je tournais dans ma rue, Matt passa à toute vitesse près de moi dans sa voiture de sport en me faisant des signes et des sourires, me rappelant ainsi une fois de plus que les démons, les plumes et les serpents n'étaient pas mes seuls problèmes. Ces derniers temps, j'avais laissé courir l'affaire de Rasmus, mais, en pleine lumière du jour et à la vue des feux arrière de Matt, je ne pouvais plus la refouler comme la veille dans le couloir. Sans doute parce que Henry n'était pas là pour me distraire avec ses baisers.

Les vacances de printemps commençaient dans quatre jours et j'avais l'estomac noué en pensant à la déception d'Henry quand il apprendrait mon mensonge. Personne n'aime être dupé et surtout pas par sa propre amie. Et comment lui expliquer les raisons de mon acte si je ne les comprenais pas moi-même ?

Oui, Henry s'était peut-être senti supérieur en me croyant encore vierge, et oui, il m'avait peut-être regardée parfois avec un mélange d'amusement et de pitié. Mais je n'osais pas m'imaginer sa réaction en découvrant que j'étais une pauvre fille hyper complexée qui avait absolument besoin de s'inventer un ex-petit ami.

À l'évidence, Mia avait raison de dire que l'amour rendait stupide. Du moins, il vous faisait faire des trucs débiles. Et le plus grave, c'était que ça ne semblait pas s'améliorer avec l'âge. On pouvait très bien le voir avec Mum et Lottie. Certes, depuis qu'elle connaissait Ernest, Mum avait fait d'énormes progrès, mais les noces en grande pompe tombaient sans conteste dans la catégorie des choses que l'on ne fait que par amour, alors qu'on les déteste. Était-elle consciente de l'objectif poursuivi par cet événement mis en scène par la Brouille et Pascal (en tant que gardien de la fameuse liste d'invités) ? Car sinon, on ne pouvait plus rien garantir. Mum était connue pour ses coups de tête et, dans mes fantaisies les plus folles, je voyais Ernest, dans une église pleine à craquer, attendre devant l'autel garni de fleurs, tandis que Mum, en tenue de mariée, nous poussait dans les halls d'Heathrow pour que nous attrapions le prochain vol vers Sydney ou Addis Abeba ou je ne sais quel autre endroit où nous n'avions encore jamais habité.

Et Lottie… Lottie était méconnaissable. Finalement, elle était bien allée au concert avec Charles, mais son récent changement d'attitude ne semblait pas l'avoir impressionnée plus que ça. Au contraire. Dès le dimanche matin, elle était partie à Suffolk avec Pascal voir la maison de maître où le repas de mariage aurait lieu. Comme Mum et Ernest s'étaient abstenus de les accompagner (en disant qu'ils faisaient pleinement confiance aux compétences de Lottie), ç'avait été aussi comme un rendez-vous. Du moins, ça en avait tout l'air : Pascal avait salué Lottie avec un baisemain et l'avait ensuite accompagnée vers son cabriolet Mercedes tape-à-l'œil dont il lui avait galamment tenu la portière ouverte.

Charles, qui, le samedi soir, avait voulu faire une visite-surprise (avec des fleurs !) à Lottie, ignorait certes ces détails, mais il fut tout de même pris de jalousie en apprenant avec qui Lottie s'était mise en route. Alors qu'il l'attendait (ce qui dura très longtemps parce que la check-list de Pascal incluait soi-disant la visite de l'endroit sous un soleil couchant romantique), Charles me fit un peu pitié. Mum l'abreuva de vin rouge, mais ça n'améliora pas les choses. Il pesta d'abord contre les Français, qui n'avaient même pas la moitié du charme qu'on voulait bien leur prêter mais qui étaient connus pour leur rapport peu scrupuleux avec les femmes, et il affirma qu'ils ne devaient pas tirer fierté de leur chevelure fournie, étant donné qu'elle était d'origine génétique et qu'il était prouvé qu'elle s'éclaircissait avec l'âge. Puis il commença à s'inquiéter en disant que les Français étaient aussi connus pour leur conduite au volant imprudente et fanfaronne et il nous demanda si nous ne pouvions pas appeler Lottie sur son portable pour s'assurer qu'elle n'avait pas eu d'accident. Il alla jusqu'à affirmer que tous les Français étaient des tueurs de femmes en puissance et que c'était vraiment insouciant de notre part d'avoir laissé Lottie partir avec un parfait inconnu. Et pour finir, il laissa pendre tristement la tête et murmura des choses comme « Un dentiste britannique ordinaire ne peut naturellement pas lutter contre l'accent français et un diplôme en lâcher-de-ballons-en-forme-de-petits-cœurs » et «La vie punit celui qui arrive trop tard ».

Malgré tout, il semblait avoir pris à cœur le conseil de Florence de se battre pour reconquérir Lottie car, quand cette dernière réapparut enfin, saine et sauve et toute guillerette, il afficha, à notre grand étonnement, un sourire désinvolte en lui disant qu'elle avait une bonne mine (elle avait vraiment les joues roses et les yeux brillants). Et il lui offrit de l'accompagner à la première d'un film le mercredi suivant. Le second rôle, très connu, lui devait son nouveau sourire éclatant. Lottie accepta l'invitation avec nonchalance.

Mia et moi ne pûmes que nous étonner à son sujet. C'était une toute nouvelle Lottie que nous découvrions là, et celle-ci paraissait prendre grand plaisir à son nouveau rôle de vamp avec un homme à chaque bras. Son seul problème étant qu'elle n'avait rien à se mettre pour cette première.

– Les hommes sont comme ça, nous expliqua-t-elle dans l'après-midi alors que nous tartinions les scones encore chauds avec de la crème caillée (Florence, comme toujours à cette heure, s'était pointée elle aussi dans la cuisine). Quand on leur montre combien on les aime, ils se sentent complètement dépassés. Il ne faut jamais leur présenter son cœur sur un plateau.

– Tout à fait, approuva Florence. Les hommes ont toujours besoin d'un défi sportif. Si on leur facilite trop les choses, leur intérêt retombe aussitôt.

– Est-ce à dire que si j'écris un poème d'amour à Gil Walker, le harceleur, il me fichera la paix ? demanda Mia.

– Pas lui, non, répondis-je. Et n'écoute pas trop Florence et Lottie, elles ne sont que passagèrement… euh… un peu désillusionnées… Les hommes ne sont pas simples.

– En tout cas, certainement pas tous, intervint Lottie (redevenue pour un instant la bonne vieille Lottie).

Florence, elle, ne fit que grogner :

– Libre à toi de garder ton sens du romantisme, ma petite Mia.

Mia et le sens du romantisme ! C'était si drôle que nous éclatâmes toutes de rire et que ma sœur faillit même s'étrangler avec son scone.

Quand elle put de nouveau parler, elle déclara :

– Charles ou Pascal, ça m'est égal de savoir lequel des deux tu prendras pour finir, Lottie. Le principal, c'est que tu restes avec nous à Londres.

Mais Lottie reprit son sérieux.

– De toute façon, je vais retourner en Allemagne, mon petit cœur, dit-elle. Il est temps pour moi de voler de mes propres ailes, indépendamment de vous et indépendamment d'un homme.

– Mais c'est tout aussi possible ici, geignit Mia. Tu n'as pas besoin de t'en aller pour ça !

Lottie soupira.

– À Oberstdorf, j'ai déjà un job qui me permettra de garder la tête hors de l'eau. Je doute d'y rester toujours. Mais pour commencer, j'essaierai d'y prendre pied, dit-elle en tendant la confiture à Mia, qui faisait la moue. C'est très beau là-bas : montagnes, vaches, lacs… Vous aimerez ce coin quand vous viendrez me voir. Et puis, nous n'y sommes pas, je suis encore ici, ajouta-t-elle, je ferai de chaque jour une fête !

– C'est la bonne façon de voir les choses, dit Florence.

Lottie lui fit un grand sourire.

– Oui, les temps changent et nous avec eux, dit-elle avec enthousiasme.

Florence la contempla en penchant la tête de côté.

– Ma robe verte pourrait t'aller. Si tu veux l'emprunter pour cette première…

Mia et moi échangeâmes un regard. Les temps changeaient vraiment si Florence et Lottie se liaient maintenant d'amitié et s'échangeaient leurs robes. On pouvait franchement se demander ce qui allait bien encore pouvoir arriver.

Mais j'étais trop fatiguée pour y réfléchir. Et ce soir-là, au lieu d'attendre Grayson comme j'en avais eu l'intention, je me couchai tôt. Selon une effrayante routine, je m'attachai et me collai sur le corps toutes sortes d'accessoires, parmi lesquels *L'Hôtel New Hampshire*, avant que mes yeux ne se ferment. Ma dernière pensée consciente fut qu'Anabel et Henry mettraient sûrement encore du temps à aller au lit. D'ici là, je pourrais peut-être rejoindre sans être vue la porte de Matt. Juste comme ça. Pour voir.

Quand j'avais du sommeil à rattraper, je tombais d'abord dans une longue période de sommeil profond. Dès que je me mis enfin à rêver, je perçus que quelque chose clochait.

Ma porte verte avec sa poignée-lézard avait disparu. Sur ma droite se dressaient à la place dans le sable les piles d'une jetée d'allure antique qui s'avançait loin dans l'eau ; derrière moi s'élevait le mur d'un quai, avec des rochers à côté qui fermaient une baie, et, plus loin, je discernais des arbres et des maisons. Cette vue m'était familière : c'était exactement le modeste bout de plage éclairé par le soleil couchant qu'Henry et moi avions découvert la nuit précédente. Nous étions justement là à regarder la mer quand le bruit dans le couloir m'avait réveillée.

C'était à coup sûr le rêve de la défunte Muriel Honeycutt et je ne savais pas du tout pourquoi j'avais atterri là.

Je m'étais souvent réveillée dans le rêve de quelqu'un d'autre, mais, une fois rendormie, je me retrouvais sans faute dans mes propres rêves. Jusqu'à aujourd'hui.

Le fait d'avoir surgi dans le rêve d'une autre personne, de plus dans celui d'une morte, était déjà inquiétant mais le plus grave m'attendait encore : il n'y avait pas moyen d'en sortir.

Force me fut de le reconnaître une heure plus tard quand, épuisée d'avoir cherché une issue, je me laissai tomber sur le sable.

La porte donnant sur le couloir par lequel Henry et moi étions arrivés là, avait bel et bien disparu. La veille, elle se trouvait dans le mur du quai, mais j'eus beau écarquiller les yeux : elle n'existait plus.

Dans l'heure précédente, j'avais essayé tout ce qui m'était passé par la tête. J'avais couru dans toutes les directions, à toute vitesse, pour me retrouver au bout de quelques mètres pile à l'endroit d'où j'étais partie. Je m'étais transformée en mouette, j'avais nagé dans la mer, jeté des cailloux et hurlé « Au secours ». Mais rien de tout cela n'avait changé quoi que ce soit. Les vagues continuaient à clapoter tranquillement sur le sable et, hormis ce doux clapotis et les cris des mouettes qui volaient toujours dans le ciel, il n'y avait rien à entendre. Le soleil n'avait pas non plus bougé d'un centimètre. Le temps semblait comme figé et la porte avait disparu pour de bon.

Lentement mais sûrement, je commençai à comprendre que j'étais vraiment prisonnière. Enfermée dans le rêve d'une femme morte une quarantaine d'années auparavant.

Je m'étirai dans le sable et, désemparée, je fixai le ciel.

La seule issue possible était de me réveiller.

Ce qui, par bonheur, se passa sans problème. En me redressant dans mon lit, je sentis un grand soulagement. Entretemps, j'avais imaginé ce que ce serait de rester pour toujours dans le rêve de soleil couchant de Muriel. N'avoir toujours que du sable sous les pieds et quelques oiseaux de mer pour seule compagnie… personne ne pouvait supporter cela à la longue.

Je me levai et allai aux toilettes. En revenant, je vérifiai que tout était calme dans la maison. Tout le monde, à part Spot, dormait à poings fermés et, après avoir ouvert la porte d'entrée pour laisser sortir le chat, je me recouchai, rassurée, et m'endormis presque aussitôt.

Juste pour me retrouver sur la plage de Muriel.

Cette fois, je m'abstins de chercher la porte. Je m'affalai tout de suite sur le sable, pris mes genoux dans mes bras et m'efforçai au calme. Cet éternel scénario de soleil couchant ne me semblait plus paisible et sentimental mais sourdement menaçant. Je n'aurais jamais pensé regretter un jour autant le couloir avec tous ses dangers.

Pourquoi n'avais-je pas réveillé Grayson quand j'avais passé la tête dans sa chambre pour vérifier que tout allait bien ? Le courage m'avait manqué en le voyant paisiblement allongé sur son oreiller, une main sous la joue, mais je m'en voulais à présent. J'aurais dû informer quelqu'un que j'étais retenue ici. Je ferais mieux de me réveiller de nouveau et…

– Te voilà donc ici ! s'exclama quelqu'un juste derrière moi.

Dans ma frayeur d'entendre soudain une voix, mon menton heurta mon genou.

Henry me fit un grand sourire.

– Excuse-moi de n'arriver que maintenant, dit-il en me tendant la main pour m'aider à me relever.

Sa vue m'avait rarement rendue plus heureuse, ses yeux gris malicieux, les petits plis au coin de ses lèvres et ses cheveux, ébouriffés comme s'ils avaient rencontré une tornade. Je ne pris tout de même que deux secondes pour lui sourire, puis je me retournai.

Dieu merci ! La porte jaune de Muriel luisait dans le mur du quai comme si elle n'en était jamais partie. Un énorme poids me tomba du cœur. Elle existait donc encore. Et je pouvais enfin sortir d'ici.

Ou bien ?

– J'ai compris trop tard que tu serais aussi enfermée ici.

– Comment ça « aussi » ? m'étonnai-je.

Je frottai mon jean pour en chasser le sable. Maintenant qu'Henry était là… – et plus important encore : cette porte ! –, j'étais assez détendue pour veiller à ce qu'il m'aille à la perfection.

– Eh bien, moi aussi j'ai atterri ici dès que je me suis endormi, m'informa Henry, l'air réjoui. Je me suis réveillé comme toi hier alors que je jetais encore des regards partout dans le rêve de Muriel. Je ne m'attendais pas à débarquer de nouveau ici cette nuit. Tu aurais dû voir ma tête ! Mais, heureusement, prévoyant comme je suis, je portais la chaîne de baptême, de sorte que j'ai pu passer la porte pour aller me promener dehors. Pas toi, apparemment ?

Je secouai la tête.

– Chez moi, il n'y avait même pas de porte. Et aucun moyen de sortir. J'ai tout essayé, crois-moi ! La seule chose qui a fonctionné a été de me réveiller. Mais une fois rendormie, je me suis retrouvée ici.

Cela sembla amuser encore plus Henry.

– Tu sais ce que ça veut dire ? demanda-t-il.

– Que je dois maintenant passer chaque nuit sur la plage ?

– Pas du tout, me rassura-t-il. Une fois que tu seras sortie d'ici, tout sera de nouveau normal, je viens de le vérifier.

– Mais toi, tu as la chaîne de baptême, dis-je en secouant fort la porte. Je préférerais vérifier ça moi-même.

Henry allongea le bras, abaissa la poignée et ouvrit la porte.

– Voilà ! annonça-t-il en montrant le couloir.

– Merci !

Je poussai un grand soupir de soulagement quand Henry referma la porte jaune derrière nous.

– Si tu veux le savoir, dis-je, les couchers de soleil, c'est vraiment surfait !

Chapitre 21

– Bon sang, nous sommes si près d'avoir Anabel de notre côté, dit Grayson, la bouche pleine. Ce serpent aurait pu nous laisser un peu plus de temps.

– Excuse, mais j'ai du mal à te comprendre, m'énervai-je en retirant de sous son nez l'assiette de petites quiches aux poireaux de Lottie.

Grayson poussa un grognement de protestation.

C'était mardi soir et, sur sa proposition, nous nous étions réunis de toute urgence, lui, Henry et moi, cette fois dans la réalité et non dans le rêve de Mrs Honeycutt. Je n'avais rien contre, j'avais vraiment besoin d'une pause de rencontres nocturnes. Ici, personne ne pouvait se dissoudre dans l'air et l'on n'était pas non plus ennuyé par des meurtriers aux coussins fleuris, qui sortaient de portes invisibles dans la tapisserie quand on avait le moins besoin d'eux. En tout cas, il y avait ici assez de nourriture alléchante et, comme Grayson avait sauté le dîner pour poursuivre ses recherches, il se goinfrait depuis un quart d'heure avec tout ce qu'il avait pu dénicher dans le frigo.

– Plus de petites quiches jusqu'à ce que tu nous racontes ce que tu as découvert, ordonnai-je sévèrement. Et s'il te plaît, dis-nous que c'est quelque chose qui nous permettra de stopper Arthur.

– Oui, ce serait bien, dit Henry, particulièrement nerveux ce soir-là, en faisant tourner un mini-ballon de basket sur le bout de son doigt. Arthur mijote clairement quelque chose. Et j'ai du mal à l'avouer, mais le seul fait de penser à lui me donne froid dans le dos.

Ce jour-là, Arthur était réellement revenu au lycée et, avec son bras bandé, il s'était fait fêter comme un soldat héroïque revenant de guerre. Ce qu'il était sans doute apparemment aux yeux des autres. Car enfin, il avait interrompu la folie meurtrière de Persephone et survécu à la morsure d'un dangereux serpent venimeux... À présent, tous le prenaient pour le garçon le plus courageux du monde. On aurait presque dit qu'il s'était sacrifié en se jetant devant le serpent afin de sauver tous les élèves de la Frognal Academy d'une mort certaine.

Beaucoup de filles, surtout parmi les plus jeunes, manquaient toujours de s'évanouir chaque fois qu'Arthur se trouvait dans les parages, mais depuis ce week-end, il avait un fan-club officiel avec une page Internet dédiée et des cartes de collection à son effigie à imprimer. À coup sûr, Persephone avait déjà dû y adhérer en secret.

En tout cas, moi je ne l'avais vu ce mardi qu'une seule fois, alors qu'il était assiégé par des filles en quête d'un autographe pour leurs cartes de collection. Il ne semblait pas très enthousiaste, donnait plutôt l'impression de trouver tout cela super pénible, mais la joie mauvaise que j'en ressentis ne dura pas longtemps. Plus précisément, jusqu'à ce qu'un scénario d'horreur se déroule dans mon esprit, avec une quarantaine de zombies féminins hystériques, munis de cartes de collection, se précipitant sur moi et me taillant en pièces. Une scène qui avait tout pour plaire à Arthur.

Dans toute cette agitation autour de son acte héroïque, il avait tout de même réussi à rester seul un instant avec Henry et Grayson.

J'étais fâchée de ne pas avoir assisté à la conversation, d'autant plus qu'ils évitèrent tous les deux de m'en donner la teneur exacte.

« Le truc habituel, quoi. Il pourrait à tout moment déclencher des choses effrayantes et il n'épargnerait pas non plus ses anciens potes, blablabla », avait juste dit Grayson en réponse à ma question.

Plus la soirée avançait, plus j'étais certaine qu'ils avaient l'intention de me cacher les détails, sans doute parce que mon nom avait été prononcé en lien avec une sorte de mort des plus atroces. Mais même s'ils s'efforçaient d'être aussi cool que d'habitude, Arthur leur avait clairement fait peur.

– En matière de démon, j'ai avancé d'un grand pas, annonça alors Grayson.

Sans les petites quiches, nous le comprîmes enfin quand il entreprit de nous éclairer sur les derniers résultats de ses recherches.

Pour commencer, il brandit le sachet de plumes.

– Marabu. Duvets, teintés en noir. Coûtent vingt-cinq livres les cent grammes dans les magasins de loisirs créatifs, bien moins cher en gros. Mais cent grammes de plumes, ça fait déjà beaucoup de plumes.

Marabu, tiens donc. Bon, ça n'expliquait pas comment ces maudites plumes avaient atterri dans sa chambre, mais c'était déjà rassurant de savoir qu'on ne nous les avait pas expédiées directement de l'au-delà. On ne pouvait pas vraiment prendre au sérieux des démons qui, pour leurs effroyables ailes, devaient faire leurs achats dans un magasin de loisirs créatifs.

– Je ne veux pas vous ennuyer avec les détails, poursuivit Grayson, mais j'ai rendez-vous demain avec Bloody-Sword66, poursuivit-il en se réjouissant de nous voir bouche bée. Pas d'inquiétude, ce n'est pas dangereux. Ce type travaille dans une maison de retraite à Islington, et il m'a paru très sympa au téléphone.

– Mais qu'est-ce que tu as bien pu lui raconter pour qu'il accepte de te voir ? demandai-je, les yeux rivés sur lui.

– Je vous l'ai dit, je voudrais vous épargner les détails, répliqua Grayson en affichant un agaçant sourire de modestie. Je peux juste répéter qu'avec un peu de psychologie on peut obtenir beaucoup des gens sans avoir besoin de s'introduire dans leurs rêves.

Il ménagea une petite pause et soupira :

– Ouais... ou bien j'ai juste eu de la chance. Ça peut parfois servir de posséder un droïde de combat grandeur nature du premier épisode de *Star Wars*... Peu importe, j'espère que demain je pourrai vous apprendre quelque chose sur le rapport existant entre le roman de Bloody-Sword66 et le démon d'Anabel. Du reste, de son vrai nom, ce type s'appelle Harry Triggs et il vient de... tadadada... Liverpool !

– Comme le couvreur à l'origine de la secte ! m'écriai-je.

C'était bon à entendre. Au moins quelque chose qui faisait avancer l'enquête.

Mais Henry était moins optimiste.

– J'ai peur qu'il ne soit déjà trop tard pour Anabel, dit-il en fronçant les sourcils. Nous ferions mieux de nous occuper d'Arthur sans son aide. Comme il a survécu à la morsure du serpent, elle est persuadée que le démon lui a pardonné… et je crains que nous ne soyons les prochains qu'elle soumette à la même épreuve.

– Tu crois donc toujours que c'est elle qui a glissé ce serpent dans le casier ? demandai-je.

Henry haussa les épaules.

– Qui d'autre, sinon ? Je ne vois personne d'assez fou pour ce genre d'action. Tant qu'elle pense que le démon veut nous punir, Anabel est aussi dangereuse pour nous qu'Arthur, poursuivit Henry d'une voix sombre. Qui sait ce que les voix dans sa tête vont lui chuchoter de nouveau ?

– Espérons que ce ne soit rien en rapport avec les serpents, marmonnai-je.

– Mais nous avons besoin d'Anabel, dit Grayson. Et je suis sûr que quand elle comprendra que toute cette foutaise de démons repose sur un énorme mensonge…

Henry lui coupa la parole.

– Je sais que tu crois toujours au bon sens d'Anabel et que tu penses qu'elle sera délivrée de ses hallucinations dès que tu pourras lui donner des preuves solides. Je ne suis pas aussi convaincu.

Il observa le bout de ses chaussures et poursuivit à voix basse :

– Je la vois encore devant moi dans ce caveau du cimetière, le couteau à la main, sur le point de trancher la carotide de Liv…

Il se tut un moment, puis releva la tête et fixa Grayson droit dans les yeux.

– Ce qu'Anabel fait en rêve m'est plutôt égal mais je me sentirais nettement mieux si je la savais de nouveau dans sa clinique psychiatrique.

Grayson secoua la tête.

– Je suis déjà allé si loin. Je ne vais pas abandonner maintenant.

– Mais si on ne pouvait pas guérir Anabel ? dit Henry en croisant les bras.

Pour la première fois, je compris que, pour Grayson, il n'était pas tant question de soutenir Anabel contre Arthur que de la sauver d'elle-même. Henry, qui connaissait Grayson bien mieux que moi, l'avait perçu depuis longtemps.

Ils se jaugèrent du regard, sans prononcer un mot.

– Ça vaut le coup d'essayer, dit ensuite Grayson. De plus, c'est la seule chose que je peux faire. Libre à vous de mijoter un plan B. Pour que le plan C n'entre pas en vigueur.

– Qu'est-ce donc que ce plan C ? demandai-je.

Mes amis échangèrent un bref regard.

– Le plan C, c'est d'éliminer Arthur avant qu'il ne nous élimine, répondit vaguement Grayson, et Henry émit un petit grondement.

Je les scrutai tour à tour. Ils me cachaient encore quelque chose.

– Qu'est-ce que ce maudit Arthur a donc vraiment raconté ? tentai-je encore plus tard quand Henry me dit au revoir à la porte.

Je dus le lui chuchoter à l'oreille parce que Florence, deux mètres plus loin, cherchait quelque chose dans le placard… quelque chose qu'elle avait manifestement bien caché.

– Vous n'avez franchement pas besoin de m'épargner, au cas où vous le penseriez, ajoutai-je.

– Non, je sais que tu as des nerfs d'acier, répondit Henry en m'embrassant, ce que Florence commenta aussitôt d'un raclement de gorge.

– Cet idiot d'Arthur nous gâche l'ambiance… ne pourrions-nous pas parler d'autre chose ? De samedi prochain, par exemple, chuchota Henry. Quand j'aurai conduit ma mère, Milo et Amy à l'aéroport, la maison sera à nous. Je ne peux même pas te dire à quel point je m'en réjouis. Et alors, je te le jure, je veillerai à te faire oublier Arthur et toute cette histoire.

Oui, c'est ce que je ferai à coup sûr quand mon échafaudage de mensonges s'écroulera sur moi. Henry ne remarqua pas que j'étais en train de me figer dans ses bras car, au même instant, Florence brandit triomphalement un sachet parfumé en criant : « Je le savais bien ! » Devant le regard interrogateur d'Henry, elle se lança dans une explication dont, à vrai dire, je ne perçus aucun mot, trop occupée que j'étais à redouter le samedi. (De sorte qu'aujourd'hui encore, j'ignore tout de ce sachet parfumé.) Henry m'embrassa jusqu'à son départ et me laissa complètement groggy dans le vestibule, où, de nouveau, je compris qu'il n'y avait qu'une possibilité : cette nuit encore, il fallait que je remette ça avec Matt et, cette fois, je ne permettrais pas à mon subconscient de me cuirasser avec d'horribles dessous de couleur chair à saucisse. Cette affaire devait être menée à bien.

C'était fou, mais Matt s'imaginait en train de voler quand j'entrai dans son rêve. Toutefois, je ne m'étais pas glissée dans un simulateur de vol mais dans la cabine d'un Airbus au complet, avec dix sièges par rangée : trois sur chaque côté et quatre au centre. Un coup d'œil au dehors et le léger grondement me révélèrent que nous nous trouvions en l'air, loin au-dessus des nuages. Et Matt n'était pas non plus un pilote, mais de toute évidence un passager. Je l'aperçus plus loin devant à une place de couloir où cette fois – en tenue de loisir décontractée et avec une barbe d'au moins sept jours –, il griffonnait dans un magazine. La porte rouge de ses rêves s'était placée juste à côté des toilettes où, malgré sa couleur voyante, elle s'intégrait de façon tout à fait décente. Du moins, quand on ne l'avait pas comme Matt directement en vue.

Afin de me faire une première idée de cette sorte de rêve, je fis disparaître une grosse femme de son siège au bord du couloir de la rangée centrale, juste en biais derrière Matt, et je m'assis discrètement à sa place. Ah, ah ! Matt rêvait donc qu'il se trouvait dans un avion et faisait des mots croisés. Bon, pourquoi pas ? Il m'était déjà arrivé de rêver toute une nuit que j'installais une bibliothèque. En principe, ce n'étaient pas là de mauvaises conditions, même si ma première fois ne devait pas forcément se passer dans un avion au complet. Il nous était toujours possible de changer d'endroit dès que Matt aurait mordu à l'hameçon. Le mieux pour moi serait peut-être d'enfiler une tenue d'hôtesse de l'air et de lui servir spontanément une coupe de champagne, c'était tout ce qu'il y a de plus cliché, mais en rêve cela ne le gênerait sûrement pas.

Comme une hôtesse passait justement dans le couloir avec un chariot de service et que Matt était toujours concentré sur sa revue, je ne réfléchis pas longtemps. En une seconde, je pris la place de l'hôtesse, fière que personne n'ait remarqué cet échange. Pourtant, j'avais nettement meilleure allure qu'elle : je m'étais mis beaucoup moins de make-up mais j'avais aussi un peu modifié l'uniforme. Il était maintenant plus court, avec un plus large décolleté, et plus moulant… autant faire cliché à fond ! Le contenu du chariot était à présent agrémenté d'un seau à glace contenant la bouteille de champagne normalement réservée aux passagers de la classe affaires, et avant de m'arrêter à côté de Matt, je jetai un œil dans mon décolleté pour vérifier que l'on y voyait bien un soutien-gorge en dentelle bleu foncé et non un sous-vêtement cuirassé de la marque Saucisse.

– Une coupe de champagne, monsieur ? demandai-je d'une voix suave avec mon sourire le plus charmant. Ou peut-être quelque chose de notre exquise collection de whiskys ? ajoutai-je, voyant qu'il ne répondait pas tout de suite. J'en aurais un là de vingt-cinq ans d'âge, mûri en fût de chêne… Oh !

Matt m'avait saisi le poignet et attirée sur le siège à côté de lui. Il me posa un doigt sur la bouche.

– Pscchtt ! Ne dites rien, ne faites semblant de rien, écoutez-moi simplement. C'est une question de vie ou de mort.

Je le fixai, les yeux écarquillés. Apparemment, il ne m'avait pas reconnue.

– Il y a des terroristes dans cet avion, poursuivit-il en chuchotant. Ils sont armés et en possession d'explosifs.

– Mais c'est impossible, chuchotai-je moi aussi. Nos contrôles de sécurité sont très stricts et…

Matt secoua la tête.

– On peut acheter le personnel de sécurité et il est trop tard pour de telles discussions. Tenez !

Il arracha une feuille de son magazine et je m'aperçus qu'il ne s'agissait pas de mots croisés mais qu'il avait noté des chiffres et des lettres.

– Ce sont les numéros de tous les sièges occupés par les terroristes que j'ai pu détecter jusqu'ici. Six dans cette cabine. Mais on peut supposer qu'il s'en trouve d'autres dans le pont supérieur. Il faut informer le commandant de bord. J'espère qu'il y a plus d'un agent de sécurité à bord.

– Euh…

Un peu dépassée, je pris la feuille et l'enroulai. Je ne m'y connaissais pas très bien dans cette sorte de rêve. Devant un film où des terroristes détournaient un avion, je m'endormais ou changeais de chaîne. Mais je savais que, le plus souvent, ce n'était pas le *sky marshal* qui sauvait tout le monde à la fin (ou du moins, tous ceux qui avaient survécu jusqu'à la fin), mais un courageux civil, un policier à la retraite ou un ex-agent du FBI traumatisé qui se trouvait par hasard dans l'avion. La plupart du temps, il y avait aussi une hôtesse courageuse qui ne survivait pas longtemps : elle était précipitée de l'avion ou bien elle perdait abondamment son sang après un coup de feu. Peut-être aurais-je mieux fait de me transformer en une femme enceinte qui, durant le film, ressentait prématurément les premières douleurs et mettait au monde son enfant dans le plus grand désordre… Elle, au moins, survivrait…

– Qu'attendez-vous ? s'impatienta Matt. Le commandant doit demander de l'aide. Et il me faut quelque chose qui puisse me servir d'arme.

Il sortit une bouteille de whisky de mon chariot de service.

Je me levai et observai avec mon sourire le plus naturel possible, par-dessus les rangées de sièges. Hmm, le type là-bas au 64d m'avait vraiment l'air suspect.

– D'accord, murmurai-je, tout en cogitant pour tenter de donner un nouveau tournant à ce rêve, loin du film-catastrophe et plus proche de la comédie romantique. Mais d'abord : qui êtes-vous et comment savez-vous tout cela ?

– C'est sans importance, répondit sèchement Matt. La seule chose qui compte, c'est de sortir vivants d'ici.

– Ça risque d'être difficile, intervint le passager juste derrière lui.

Mon cœur faillit s'arrêter quand je reconnus Henry. À sa place juste avant était assis un petit garçon qui s'empiffrait de M & M's… aaarrrghh !

– Gardez votre calme, lui intima Matt. Sinon, vous risquez de mettre toute l'action en danger.

– Vous ne comprenez pas, dit Henry en me faisant un clin d'œil.

Il était si beau à voir que, s'il s'était agi vraiment d'un film, on lui aurait donné à coup sûr le premier rôle.

– Dans cet affolant costume sexy, notre Liv ici présente est en réalité un agent secret du MI6, et je suis son collègue, déclara-t-il. Vous n'êtes donc pas seul.

Entretemps, je ne m'étais pas encore remise de ma frayeur mais j'avais retrouvé ma respiration. Je me demandai fébrilement comment me sortir de cette situation sans me trahir. Le plus important était de garder mon calme. Henry ne pouvait pas savoir avec certitude que c'était moi… Il était tout aussi possible que Matt ne fasse que rêver de moi. Je le regardai donc en fronçant les sourcils.

– Que racontez-vous là ? Je m'appelle Marianne Dashwood et je ne suis pas un agent secret. Vous êtes manifestement dérangé.

– Laissez donc cette fille aller voir le commandant, s'énerva Matt. Nous ignorons combien de temps il nous reste.

– Liv, Marianne Dashwood est un personnage d'un roman de Jane Austen, dit Henry en se levant et en me regardant dans les yeux.

J'étais contente d'avoir le chariot de service entre nous. Et je m'énervais de ne pas avoir eu la présence d'esprit de me faire pousser un grain de beauté sur la joue. Ou de m'être fait retirer une dent de devant. De tels détails vous changent incroyablement, j'aurais ainsi beaucoup moins ressemblé à moi-même.

– Ma parole, vous êtes malade ! m'écriai-je.

Le subconscient de Matt pouvait aussi bien avoir inventé ce nom, de sorte que je pris mon air le plus arrogant.

– En tout cas, je ne connais pas de Jenny Auster. Maintenant, je vous prie de me laisser aller dans le cockpit.

Je me retournai aussitôt et traversai le couloir sur mes talons hauts. Je laissai le chariot comme barrière devant Henry. Il me suivit tout de même.

– Liv, attends-moi donc !

– Cessez de m'appeler ainsi !

Mince ! Comment le persuader que ce n'était pas moi qu'il avait devant lui mais juste une Liv de rêve que Matt avait revêtue de ce gênant uniforme de séductrice ?

La seule solution était de créer une diversion. Je pensai d'abord faire un trou dans la paroi latérale en la dynamitant mais je craignis que la suite du scénario ne dépasse de loin ma capacité d'imagination (j'aurais dû faire plus attention à ce genre de films !). Je fis donc la première chose qui me passa ensuite par la tête. Je m'arrêtai et, les yeux écarquillés d'effroi, montrai du doigt un passager au hasard.

– Il a une bombe ! criai-je le plus fort possible.

Aussitôt, quelques personnes se mirent à crier et bondirent de leur siège, y compris le pauvre homme que je venais de désigner. Quant à ceux qui n'avaient pas encore été pris de panique, ils le furent bientôt quand, deux secondes plus tard, les masques à oxygène tombèrent de leur habitacle. Henry détourna son regard de moi un court instant et j'en profitai pour m'affaler sur un siège vide, où je me transformai vite en ma grand-tante Gertrude, avec des boucles d'oreilles en perles, un fard à paupières vert criard et la coiffure mémorable de la reine Elizabeth II.

Henry jeta un coup d'œil autour de lui, puis il continua à progresser vers l'avant.

Grand-tante Gertrude, quant à elle, passa sans pitié comme un rouleau compresseur dans la rangée centrale (peser cent kilos avait des avantages, comme je le constatai) en direction des toilettes. Au moment d'atteindre la porte rouge, je regardai encore alentour. Pas de trace d'Henry. En revanche, je vis Matt qui, debout sur son siège, hurlait : « Du calme ! Gardez votre calme ! » Ce n'était sans doute pas vraiment utile qu'il brandisse une bouteille de whisky brisée. Mais c'était la parfaite diversion. J'ouvris vite la porte pour me glisser dans le couloir.

Je me dandinai le plus vite possible – je, c'est-à-dire moi dans le corps de ma grand-tante Gertrude – vers le coin suivant où je me laissai tomber dos au mur. Mince ! Il s'en était fallu de peu !

Mais, bon sang, que faisait donc Henry dans le rêve de Matt ? M'y avait-il suivie ? Tout en glissant lentement le long du mur, je me retransformai en moi-même et cachai mon visage dans mes mains. Avais-je vraiment pensé ne pas faire empirer les choses ? Eh bien, je m'étais trompée. Ne restait plus à espérer qu'Henry ne...

– Bien essayé, dit-il, anéantissant mon dernier espoir.

Je ne lui demandai même pas comment il avait fait pour surgir près de moi de nulle part. Comme je ne faisais pas mine de me lever, il s'assit à côté de moi.

– Bonjour, chuchotai-je.

– Bonjour.

Difficile de lire sur son visage – même s'il souriait, il n'avait pas l'air du tout amusé. Ses yeux gris m'examinèrent de la tête aux pieds. En me retransformant, je n'avais pas fait particulièrement attention à mon look, de sorte que je portais la même tenue que la veille au soir : un jean et le T-shirt blanc que Mum avait dernièrement écarté de ses affaires et que j'avais récupéré. Il portait l'inscription *Feminism is not a dirty word*.

Bien entendu, le regard d'Henry y resta accroché.

– Intéressant, dit-il. Surtout pour quelqu'un qui vient juste de porter une tenue d'hôtesse de l'air qui aurait fait honneur à n'importe quel film porno.

– Je n'y connais malheureusement pas grand-chose, mais je me réjouis que ça t'ait plu, répliquai-je.

Je ne voulais pas lui parler sur ce ton arrogant, au contraire, j'aurais préféré poser ma tête sur sa poitrine et pleurer, mais ma fierté s'y refusa.

Henry soupira.

– Voudrais-tu, s'il te plaît, m'expliquer ce que ça signifie ?

Je le regardai d'un air malheureux. Comme si c'était simple !

– C'est… une longue histoire, dis-je.

– J'ai tout mon temps, m'affirma Henry en prenant ses aises.

– Oui, bien sûr. Assez de temps pour m'espionner.

Étrange de ressentir tant d'émotions à la fois : culpabilité, honte, et maintenant colère…

– Mais je ne t'ai pas…

– Bien sûr que si ! l'interrompis-je. C'est exactement ce que tu m'as reproché quand je t'ai suivi dans ce rêve de spa !

Je parvins un moment à me cramponner à ce sentiment de colère en me rappelant la manière dont Henry s'était glissé dans l'eau vers B.

– Et après, tu m'as dit que je devais apprendre à distinguer le rêve de la réalité, ajoutai-je.

– Oui, c'est vrai, concéda-t-il.

Sa voix était un peu voilée, et ma colère s'envola aussi vite qu'elle était apparue. Il contempla ses mains, perdu dans ses pensées.

– Je crois que ça a été le moment le plus pénible de ma vie, poursuivit-il. J'ai raconté toutes ces âneries parce que je ne pouvais même pas m'avouer à moi-même que j'étais allé trop loin. Que, pour régler le problème avec mon père, j'étais prêt à faire des choses que je… qu'on ne fait pas quand on aime quelqu'un. Pas même en rêve. Mais j'étais si borné que j'ai préféré risquer de te perdre. Et je le regrette tant.

Il chuchota presque la dernière phrase.

Je luttai contre mes larmes. Je lui avais depuis longtemps pardonné cette idiotie avec B. C'était vraiment moche de ma part de la ressortir maintenant. D'autant plus qu'on ne pouvait vraiment pas comparer les situations. Car enfin, Henry avait agi pour le bien de son frère et de sa sœur, alors que je ne pensais qu'à ma fierté blessée.

– Moi aussi, je regrette, articulai-je difficilement.

– Et que tu regrettes-tu exactement ? demanda Henry en reprenant sa voix normale. S'il te plaît, explique-moi juste ce que tu faisais dans le rêve de ce type, Liv. Le trouves-tu si formidable ? Il m'a semblé que tu voulais le séduire.

– C'était bien mon intention, dis-je, la gorge nouée.

Le regard d'Henry s'assombrit.

– Ce n'était pas ta première visite, n'est-ce pas ?

Je secouai la tête. Il détourna alors les yeux de moi et fixa le vide.

– Non, dis-je. Mais ce n'est pas parce que je trouve Matt si formidable, expliquai-je d'une voix encore plus fluette. Au contraire, c'est un sacré frimeur, je crois. C'était juste parce que j'avais *L'Hôtel New Hampshire* et qu'on peut aussi apprendre à piloter sur un simulateur de vol et que tu ne remarquerais peut-être pas que je ne sais pas piloter, lâchai-je d'un coup.

Troublé, Henry fronça les sourcils.

– Je n'ai jamais eu de copain en Afrique du Sud, repris-je de façon un peu plus structurée mais à une vitesse de deux cents à l'heure. Je n'ai d'ailleurs jamais eu de copain. Pour ça, il m'aurait fallu du temps, mais nous n'arrêtions pas de déménager. Cela dit, à parler franchement, je ne m'intéressais guère aux garçons avant d'arriver ici, et je crois que la réciproque était vraie. Avant de te rencontrer, j'étais comme Mia. Je n'avais pas le moindre complexe d'infériorité et j'étais sûre de moi. De sorte que tout cela m'est tombé dessus sans crier gare. Mais tu me regardais toujours avec une telle pitié que j'ai inventé Rasmus. J'ai toujours détesté ne rien savoir de tout ça alors que tu peux toujours me comparer en pensée avec d'autres filles. Je croyais que tu te sentirais peut-être un peu moins supérieur en pensant que je pouvais aussi te comparer avec quelqu'un d'autre. Et une fois Rasmus mis au monde, je n'ai pas pu…

– Stop ! dit Henry.

Ça tombait bien, car j'avais besoin de reprendre mon souffle de toute urgence. Je devais déjà avoir le visage tout bleu. Mais, d'une certaine manière, je me sentais soulagée. Même si Henry ne sortit pas un son. Il resta là à me fixer de ses yeux gris brillants et je le fixai moi aussi en attendant qu'il dise quelque chose. Ce qu'il ne fit pas. Les muscles de ses mâchoires bougeaient comme s'il mâchait quelque chose.

– À Pretoria, j'ai travaillé comme dog sitter, dis-je soudain pour rompre le silence. Nos voisins, les Wakefield, avaient un chow-chow appelé Rasmus. C'est le premier nom qui m'est venu à l'esprit.

Henry se mordit la lèvre.

– L'autre chien que je promenais s'appelait Sir-Barks-Alot, ajoutai-je.

Cette fois, Henry éclata de rire.

– Oh là, Liv, tu m'achèves ! dit-il après s'être un peu repris.

– Ce n'est pas ce que je cherchais.

Maintenant que j'avais tout déballé, j'étais proche des larmes. Mais le nœud dans ma gorge avait bizarrement disparu.

Henry me considéra d'un air perplexe.

– Mais comment as-tu pu penser que je me sentais supérieur à toi ? De nous deux, c'est pourtant moi qui ai cette sorte de complexes : un problème de confiance et des angoisses d'abandon. De nous deux, c'est moi le plus mal en point.

– Mais le plus mal en point qui a déjà eu tout un tas d'expériences sexuelles.

– Tout un tas d'expériences… ! faillit s'étouffer Henry. Tu emploies de ces termes ! Et puis, ce n'est même pas vrai. Ce n'est pas parce que j'ai eu quelques relations avant toi que je suis pour autant un expert du sexe ! Et je ne fais pas non plus de comparaisons, parce que de toute façon, comparée à toi, aucune fille ne sort du lot.

Sa voix se radoucit et il tendit la main pour me caresser la joue.

– J'ai toujours pensé que c'était un miracle d'être justement celui que tu attendais et j'ai failli mourir de jalousie à cause de ce Rasmus.

– À juste titre ! Je lui ai gratouillé le ventre, dis-je, à la fois soulagée et heureuse.

Je pris la main d'Henry et la couvris de baisers.

– Je t'aime, Henry ! Et je regrette d'avoir été si bête, ajoutai-je.

Les yeux d'Henry brillèrent de nouveau.

– Oui, c'est sûr, dit-il, le front plissé. Je ne te pardonnerai jamais d'avoir préféré vivre ta première fois avec ce Matt débile.

Mais quand il se pencha vers moi pour m'embrasser, je compris qu'il m'avait déjà pardonné.

Blog
à potins

Ici, le blog à potins de la Frognal Academy, avec les derniers ragots, les plus folles rumeurs et les scandales chauds bouillants de notre école.

Qui suis-je ? Je m'appelle ***Secrecy***,
je suis parmi vous et je connais tous vos secrets.

UPDATE   ACTIVITY

25 mars

Aujourd'hui, un petit recueil de citations pour votre édification personnelle, dans la série « Toutes choses qui n'étaient absolument pas destinées à des oreilles étrangères mais qui se trouvent maintenant dans le blog de Secrecy ». Oups. Quelques-unes remontent à un bon bout de temps, mais elles n'ont rien perdu de leur actualité.

« La langue de Gabriel a tout d'une limace. » (Persephone Porter-Peregrin)

« Sous le soutien-gorge push-up, Il y a juste des petits pois sur une planche. » (Gabriel Cobb à propos de la poitrine de Persephone)

« J'ai déjà mangé des sandwichs au thon qui avaient un QI plus élevé que ce garçon. » (Mr Daniels au sujet de Jasper Grant)

« On ne le dirait pas à le voir toujours si modeste et si gentil, mais Grayson a un ego du même calibre que le popotin d'Hazel Pritchard. » (Emily Clark)

« On a toujours envie de hennir en la voyant, non ? À la place de Grayson, j'aurais rompu avec elle. » (Hazel Pritchard)

« Je ne l'aurais pas virée de mon lit avec dix ans de moins. » (Mr Vanhagen à propos de notre directrice)

« Notre collègue a tout simplement un certain... rien. » (notre directrice à propos de Mr Vanhagen)

« Ils sont fous ! Un tel cinéma pour un stupide buisson ! » (Liv Silver à propos des Anglais)

« Rentre donc chez toi ! » (Les Anglais à propos de Liv Silver)

Ah oui, et encore ceci pour finir, capté hier dans les toilettes du lycée :

« Dommage que ce maudit serpent ne t'ait pas mordu les couilles. » (Grayson Spencer à Arthur Hamilton)

Bon, et maintenant amusez-vous bien au moment de créer les divers comités de lynchage.

À bientôt,

Secrecy

PS : Je ne veux faire peur à personne, mais supposons que ce serpent dans le casier d'Arthur Hamilton ne soit pas la plaisanterie stupide d'un élève, comme la police et la Cook veulent bien nous le faire croire. Cela ne signifierait-il pas qu'un meurtrier rôde encore par ici ? Et qui sera sa prochaine victime ? Dans vos commentaires, libre à vous d'émettre des souhaits en ce sens.

Mouahhaha !

Chapitre 22

Lottie se tournait et se retournait devant le miroir de Florence. La robe verte lui allait à merveille.

– Je ne sais pas… n'est-ce pas un peu trop court ? dit-elle, le regard fixé sur ses jambes.

– Mais non. Si tu mets tes bottes noires au lieu de tes escarpins, elle aura juste la bonne longueur, répondit Florence.

À plat ventre sur son lit, elle n'avait pas protesté quand Mia et moi nous étions jetées à côté d'elle sur le dessus-de-lit blanc, l'une à sa droite, l'autre à sa gauche. À présent, nous avions adopté la même position toutes les trois : appuyées sur nos coudes, le menton dans la paume de la main droite, notre attention dirigée vers Lottie.

– Avec des bottes, ce sera super chic sans faire trop pour autant.

– Tu es une vraie pro de la mode, constata Lottie avec un sourire de gratitude.

Puis, pressant une main sur sa poitrine, elle nous contempla d'un air ravi :

– Ah, vous devriez vous voir, allongées là toutes les trois comme de vraies sœurs ! Vous ne pouvez pas savoir comme je me réjouis de voir que vous vous appréciez enfin.

Pardon ? Tandis que Lottie s'essuyait une larme d'émotion au coin de l'œil, nous la fixâmes d'un air perplexe.

– Bon, je vais aller chercher les bottes, dit-elle, tout excitée. Et un collant. Dois-je plutôt prendre un noir ou un de couleur chair ? Ah, je vais apporter les deux et vous me direz lequel convient le mieux, d'accord ? Ne bougez pas, je reviens tout de suite.

Elle se retourna à la porte.

– Je dois encore vite faire le glaçage du gâteau aux carottes, mais ça ne prendra pas beaucoup de temps.

Florence fut la première à se ressaisir.

– Eh bien, on ne peut pas dire que votre nounou s'y connaisse beaucoup en psychologie, remarqua-t-elle.

– Tu entends ça, Liv ? dit Mia en dégageant d'un coup de poing un coussin pour faire un peu plus de place à l'iPad de Lottie, qu'elle n'avait quasiment pas lâché ces derniers jours. La super-pro de la mode ne veut pas avouer qu'elle nous a prises en affection même si nous avons sur la conscience son grand-oncle austère, Mr Snuggles.

Un petit rire m'échappa :

– Ne sois pas gênée, Florence. On ne peut pas lutter contre les grands sentiments. Et finalement, l'amour repose sur la réciprocité.

Ces derniers mots, je les pensais sincèrement. Depuis la nuit dernière, depuis que cette histoire de Rasmus avait été réglée, je me sentais si bien que j'aimais tout et tout le monde. Florence aussi. Ah, Florence tout particulièrement comme je la voyais là, allongée, une main dans ses boucles châtain et s'efforçant de prendre un air fâché. Je lui fis un baiser fougueux sur la joue.

– Sans nos bagarres matinales pour la salle de bains, quelque chose me manquerait vraiment, dis-je.

– En tout cas, tu serais mieux maquillée, répliqua Florence qui peinait elle aussi à garder son sérieux. Mais ne vous faites pas trop d'illusions. Pour moi, vous êtes toujours les pires pestes qui aient jamais mis les pieds dans cette maison. Ramasse-moi ce coussin, Mia !

– Tout de suite ! répondit Mia. J'écris juste un mail à Secrecy pour lui dire que je l'ai démasquée.

– Quoi ?! m'écriai-je.

Incroyable ! Elle avait des nouvelles renversantes et se prélassait tranquillement sur ce lit !

– Depuis quand ? Raconte ! m'énervai-je.

– Chère Secrecy ! Merci beaucoup pour ton info de ce matin, lut Mia avec une lenteur agaçante tout en pianotant sur l'iPad. C'était la dernière pièce du puzzle qui me manquait pour dévoiler ton identité.

– Non, sérieusement, Mia ? m'étonnai-je en m'arrangeant pour tirer sur son pull. Tu sais vraiment qui est Secrecy ? Allez, sors-le !

Sans se laisser déranger, Mia poursuivit son pianotage.

– J'ai pris beaucoup de plaisir à résoudre cette affaire. Mais comme je ne fais pas vraiment partie de tes fans, cela va malheureusement avoir des conséquences pour toi. Pour plus de détails, je te recontacterai. Salutations distinguées, Mia Silver, détective privée. Et… envoi !

– Mia !!!!

Je m'avançai un peu en rampant pour déchiffrer son visage. Il avait l'air tout à fait satisfait.

– Mia, si tu ne dis pas tout de suite ce que tu sais, je vais te chatouiller jusqu'à ce que tu demandes grâce !

– Laisse-la tranquille. Elle ne peut pas le dire, remarqua Florence en se redressant. Personne ne sait qui est Secrecy. Ta petite sœur veut seulement faire l'intéressante.

Elle fit claquer sa langue, ressemblant ainsi un très court instant si fort à la Brouille que c'en fut presque inquiétant.

– Je sais bien que tu es encore une enfant, Mia, dit-elle, mais à mon avis tu es déjà trop âgée pour ces stupides jeux de détective.

– Il y a des choses pour lesquelles on n'est jamais trop âgée, répliqua Mia.

Elle referma l'iPad et se redressa à son tour.

– Sauf pour la rédaction d'un blog de médisances anonyme, ajouta-t-elle. Cela dit, la méchanceté ne me paraît pas tenir à l'âge mais au caractère. N'est-ce pas... Secrecy ?

Elle fixa Florence d'un regard froid.

Pendant un moment, on n'entendit pas voler une mouche dans la chambre.

Puis Florence bâilla ostensiblement.

– Tu prétends que j'aurais écrit ça ? Tu peux toujours rêver ! dit-elle en se remettant sur le dos et en fermant les yeux.

– Oh, tu as mal compris, Florence, répondit Mia calmement. Je n'ai pas dit que c'est toi qui as écrit le blog mais juste qu'il m'a livré aujourd'hui la dernière petite pièce du puzzle.

Je fronçai les sourcils.

– Oui, et alors ?

Mia remit ses lunettes en place. Dans son rôle de détective privée, elle était vraiment brillante.

– Allez, crache-le ! m'énervai-je.

– Florence n'est pas Secrecy, m'annonça-t-elle avec un grand sourire. Elle est juste Se. Ou Cre. Ou Cy. Tu as le choix.

Je cherchai de l'air.

– Il y en a donc vraiment plusieurs ?

– Pas tant que ça. Juste trois, répondit Mia en s'animant. C'est fou, hein ? J'en suis arrivée assez tôt à penser qu'il devait y avoir plusieurs rédacteurs, tout simplement parce que Secrecy ne pouvait pas être toujours partout. Mais cerner le nombre de personnes a été terriblement difficile. Et je ne vous dis pas le mal que j'ai eu à sonder chacun des suspects. Cela dit, les indices étaient clairs.

Elle capta le regard de Florence.

– As-tu déjà remarqué le nombre d'allusions à la mode que contiennent tes messages ? Le langage de tes collègues est nettement moins imagé.

Je m'étonnai. Mia semblait vraiment avoir réussi à résoudre la probablement plus grande énigme de l'humanité. Je fus submergée par une vague de fierté pour ma sœur. Et soudain je compris aussi quelques petites choses.

– C'est donc pour ça que Secrecy changeait si souvent d'avis, remarquai-je.

Je glissai mon regard vers Florence, qui, toujours allongée sur le dos, paraissait tout à fait sereine.

– Et c'est pour ça aussi que tout le monde en prenait pour son grade. Vous vous en êtes même sans doute pris les uns aux autres, tous les trois. Comme c'est futé ! Qui sont les deux autres ?

– Pourquoi est-ce à moi que tu le demandes ? Tu la crois peut-être ? répondit Florence en commençant à tresser ses cheveux. Juste parce qu'elle dit ça.

Je ne la quittai pas des yeux. Comment faisait-elle pour rester aussi calme ?

– Oui, je la crois. Juste parce que c'est elle qui le dit.

– Et parce qu'elle sait que je n'affirmerais jamais ce genre de chose sans preuves tangibles, compléta Mia.

– Eh bien, j'aimerais bien les voir, ces preuves, se moqua Florence.

– Tu ne préférerais pas vérifier si tu as reçu mon mail ? interrogea Mia.

– Je suppose que Secrecy reçoit ce genre de mails tous les jours, répliqua Florence en s'étirant d'aise comme après un petit somme requinquant.

Elle était vraiment tout ce qu'il y a de plus cool, c'était clair. Dans d'autres circonstances, j'aurais maintenant douté de la théorie de Mia.

– Et elle doit probablement en mourir de rire, ajouta Florence.

– Bon, au cas où tu aurais juste la flemme de lire tes mails, je peux volontiers le faire pour toi, dit Mia en rouvrant l'iPad. Un moment… ça arrive tout de suite. Les mails qui atterrissent dans la messagerie de Secrecy sont automatiquement transmis à trois autres adresses, c'est ça ? Ta boîte postale Secrecy est au nom d'Adélaïde Hanley. Ce que je trouve mignon parce que c'est le nom de ta grand-mère.

Florence ne tressaillit pas mais elle perdit peu à peu son sourire. Ah, quand même !

– Mais c'est un peu bête aussi, poursuivit Mia. On devrait toujours éviter ce genre de références personnelles pour de fausses adresses mail.

Ses doigts volaient sur le clavier digital et je ne savais pas ce que je trouvais le plus fascinant entre cela ou l'expression changeante du visage de Florence.

– Ça vaut aussi pour le mot de passe, ajouta Mia, même si on le change toutes les semaines. On peut vraiment déconseiller les combinaisons avec le nom des animaux domestiques, les dates de naissance, les numéros de maison, etc. Mais bon… 172Spot97, comme ça…

– Ça suffit ! cria Florence en lui arrachant l'iPad des mains.

Je craignis un instant qu'elle ne l'expédie contre le mur. Mais elle le posa juste sur ses genoux. On sentait en elle la colère, l'agacement et peut-être aussi un tout petit brin de honte.

Florence était Secrecy ! Je commençai à entrevoir ce que cela signifiait. Parmi les innombrables méchancetés du blog à potins, lesquelles pouvaient bien venir d'elle ? Était-ce elle qui avait écrit toutes ces choses effrayantes sur moi ?

Ah, mince ! C'en était donc de nouveau fini de la légèreté, de la bonne humeur et d'un amour débordant pour tous !

– Pourtant, je commençais à t'aimer un peu, dis-je doucement.

– Et moi, j'avais juste envie de vous voir disparaître, répliqua Florence.

Elle se leva d'un bond si subit que Mia et moi sursautâmes. Ma sœur eut toutefois la présence d'esprit de rattraper l'iPad.

– Et alors ? Eh bien oui, je suis Secrecy, déclara Florence en nous fusillant du regard. Devrais-je être toujours parfaite alors que vous pouvez tout vous permettre juste parce que vous êtes un peu plus jeunes et blondes ? Êtes-vous les seules dans la maison à pouvoir faire des conneries ? Mais bien sûr, venant de vous, tout le monde trouve ça mignon, charmant et pas si grave que ça. Quoi que vous fassiez, Dad et Grayson vous trouvent toujours une excuse. Tout tourne autour de vous en permanence !

Jusqu'alors, elle m'avait paru plutôt furieuse, mais là son humeur changea tout à coup. Elle me regarda d'un air accusateur et ses yeux se remplirent de larmes.

– C'est déjà bien assez que mon père n'ait d'yeux que pour ta mère, mais même Grayson passe plus de temps avec toi qu'avec sa propre sœur. Et ses amis, à force de ne penser encore et toujours qu'à Liv, ont oublié mon existence.

– Quand ils apprendront que tu es Secrecy, celle qui a toujours écrit si gentiment sur eux, ils vont certainement s'en souvenir, dit Mia.

Florence frissonna.

Les amis de Grayson, tiens, tiens. Les yeux plissés, je fixai ma future belle-sœur. Arthur avait aussi fait partie des amis de Grayson. Et il avait avoué procurer des informations à Secrecy. Cela signifiait-il que Florence était de mèche avec Arthur ?

Mia croisa sévèrement les bras devant sa poitrine.

– Tu rédigeais déjà le blog à potins avant notre arrivée à Londres, dit-elle, ne nous rends donc pas responsables de tes perfidies !

– Mia, haleta Lottie, horrifiée.

Ses bottes et son collant à la main, elle se tenait sur le seuil de la chambre et semblait ne pas en croire ses oreilles.

– Que se passe-t-il ici ? s'étonna-t-elle. Alors que vous vous entendiez si bien !

– Secrecy, c'est elle ! dit Mia en montrant Florence. Elle vient de l'avouer.

Lottie connaissait le blog à potins. Depuis le jour où il y avait été question de nous pour la première fois, elle en lisait chaque message, parfois même avant nous. Et s'il lui arrivait de trouver quelque chose de désagréable sur Mia ou sur moi, elle s'en émouvait encore bien plus que nous. De sorte que, incrédule, elle éclata de rire.

– Ne plaisantez pas avec ça, mes petites pimprenelles ! Voyons ! Florence n'a rien à voir avec cette méchante personne blessante…

Florence la stoppa net.

– Eh bien, si, bon sang ! Je suis cette méchante personne blessante. Et c'est moi qui ai écrit toutes ces affreuses choses.

Cette fois, elle fondit en larmes.

– Pas toutes. Tu n'es qu'une des trois horribles méchantes personnes, rectifia Mia tandis que Lottie fixait Florence sans comprendre.

– Mais… mais… tu es un ange, balbutia-t-elle. Tu fais du bénévolat aux Restos du cœur et tu signes ces pétitions contre les violations des droits de l'homme. Tu glisses à Butter des petites gâteries et tu la gratouilles derrière les oreilles quand tu penses que personne ne le voit.

Un peu plus et Lottie allait se mettre elle aussi à pleurer.

– Je sais très bien, poursuivit-elle, que tu ne te montres aussi désagréable avec Ann que parce que tu crains en secret qu'elle ne brise le cœur de ton père. Tu n'as revêtu cette dure carapace que parce que tu as perdu ta mère dans ton enfance et je suis sûre que tu caches là-dessous un cœur tendre.

Tandis que Mia levait les yeux au ciel à chaque phrase en marmonnant quelque chose comme « compensation de karma », le sang monta au visage de Florence. Je ne l'avais encore jamais vue rougir et, du coup, elle me fit presque de la peine.

– Tu ne penses ça, Lottie, que parce que, foncièrement, tu ne retiens des gens que leur bon côté, dit-elle en réprimant un sanglot. J'ai été si odieuse avec toi, mais tu as toujours fait semblant de ne pas le remarquer. Tu es toujours prête à comprendre tout le monde et puis tu nous fais ces merveilleuses tartelettes et ces petits gâteaux, et tout en adulant Liv et Mia, tu as essayé de me... et pourtant j'étais toujours...

– ... Secrecy, dit Mia pour compléter sa phrase. Mais si ça peut te consoler : de toutes les Secrecy, ton style était le meilleur. Et de loin le plus drôle.

Après un petit instant d'hésitation, elle ajouta :

– Et non, tu n'étais pas la plus méchante... en tout cas pas envers Liv et moi. Mis à part cette affaire avec Mr Snuggles, peut-être.

Florence se laissa retomber sur son lit.

– Je ne suis pas fière de ce que j'ai fait, OK ? Mais ça m'a fait très plaisir quand l'été dernier Secrecy est venue me voir pour me demander de lui succéder, vous comprenez ? Je veux dire : à moi... parmi tous les autres, alors qu'Emily et Grayson ne voulaient pas de moi pour leur débile revue scolaire. Secrecy m'a dit qu'elle pensait que je serais encore bien meilleure qu'elle et alors...

– Attends ! l'arrêtai-je. L'année dernière, il y avait encore une autre Secrecy ?

– Je le savais ! s'écria Mia. Jusqu'à l'année dernière, tous les articles donnaient l'impression d'être du même jus... mais après on a vu apparaître quelques différences. Pourquoi cette première Secrecy a-t-elle abandonné le blog ?

– Parce qu'elle allait quitter le lycée, répondit Florence qui s'était déjà ressaisie. Mais elle ne voulait pas laisser mourir le blog, il était comme son bébé. Nous l'avons donc repris avec toutes les astuces techniques. Le père de Secrecy l'a installé sur je ne sais quel serveur impossible à cracker, en Lettonie ou ailleurs. Savez-vous que le site reçoit plus de onze mille visites par jour ?

À l'évidence, elle en était très fière.

– Au début, il n'y avait que les élèves de la Frognal pour le lire, puis les profs s'y sont mis, puis les autres écoles du secteur… mais à présent on nous connaît dans tout Londres… dans le monde entier, en fait.

Oh, mon Dieu, là, elle me fit vraiment pitié. Je n'avais pas bien saisi à quel point ce blog était nécessaire à son ego. Et pourtant, elle ne pouvait en parler à personne. Sauf…

– Nous ? C'est-à-dire ? interrogeai-je.

– Qui est la première Secrecy ? demanda Mia en même temps. La Secrecy d'origine ?

Florence leva la tête et afficha un sourire en coin.

– Je pensais que tu le savais, détective Silver.

– Non, je n'en suis pas encore là, avoua Mia à contrecœur. J'ai d'abord concentré mes recherches sur la Secrecy actuelle.

– Et alors ? Qui est-ce ? m'impatientai-je.

– Je connais juste l'une des deux, dit Florence. Pandora Porter-Peregrin. Nous avons souvent échangé des infos et discuté de certains sujets.

Mia hocha la tête.

– Pandora est la Secrecy qui s'en prend à Hazel Pritchard et à sa mère. Elle aime dénigrer le physique des gens. Et elle adorait colporter des choses intimes sur Persephone.

– Sa propre sœur ! Pauvre Persephone ! C'est affreux de devoir vivre sous le même toit que quelqu'un qui…

Stop ! Il n'en allait pas autrement pour moi. J'envoyai un regard sombre à Florence qui baissa les yeux.

Lottie, encore toute retournée, jeta un œil à sa montre.

– Je crois que je vais aller chercher le gâteau aux carottes, dit-elle. Les glucides, c'est bon pour les nerfs.

Alors qu'elle quittait la chambre, nous l'entendîmes marmonner :

– Si j'avais su, j'aurais fait des petits sablés à la vanille.

– Nous ignorons nous-mêmes qui est la troisième Secrecy, et elle ne nous connaît pas non plus, reprit Florence.

Apparemment, ça lui faisait du bien de vider son sac. Comme si une digue s'était rompue en elle. Et j'avais l'impression de bien connaître ça.

– J'ai même soupçonné Emily de mener une sorte de double vie journalistique parce que la troisième Secrecy est celle qui écrit le moins de messages, mais fonctionne un peu comme notre webmaster, lâcha Florence. Elle met les articles en ligne et elle a plus d'une fois trifouillé là-dedans ou complété à son idée, ce qui serait certes typique d'Emily mais ne va pas non plus, étant donné qu'elle n'écrirait jamais des choses aussi infectes sur elle-même. De plus, cette Secrecy est la première à flairer les scandales et les amourettes entre profs, alors qu'Emily ne comprend rien à tout ça. Non, elle doit être quelqu'un d'autre.

– Il, rectifia Mia en s'amusant de nos yeux écarquillés de surprise. La troisième Secrecy est un « il ». Et tu en étais diablement près, Florence. Moi aussi, j'ai bien suspecté un moment Emily. Mais… c'est son frère, Sam !

– Non !

Sam-Honte-à-toi, le gardien de la morale autoproclamé de la Frognal Academy, était Secrecy ? Impossible ! Mais, en y réfléchissant bien, ce n'était pas si aberrant que ça. Secrecy s'était parfois montrée très portée sur la morale.

– Sam, donc, grogna Florence. Ce petit con raffiné. J'aurais dû le deviner… Il n'arrêtait pas de nous harceler, Emily et moi. J'ai vu rouge quand il a débiné la pauvre Mrs Lawrence.

Elle me jeta un regard de côté, avant d'ajouter :

– Et quelques méchancetés sur toi viennent aussi de lui, Liv. Je le jure.

La porte s'ouvrit et Lottie entra avec un plateau couvert d'assiettes et de tasses ainsi que d'une théière fumante. Avec au centre, le gâteau aux carottes, nappé d'un glaçage sur lequel Lottie avait collé à toute vitesse les carottes en pâte d'amande qu'elle avait préparées.

– Attendez ! dit-elle après avoir déposé le plateau sur la table. Ça ne va certes pas bien ensemble mais j'ai encore de la crème Chantilly en bas, ça nous aidera toutes. Mia, tu peux déjà découper le gâteau et le servir. Liv, tu verses le thé, et toi, Florence tu vas te moucher. Je reviens tout de suite.

– Elle croit vraiment qu'on peut faire disparaître tous les problèmes avec ses pâtisseries magiques, dit Florence alors que Lottie descendait les marches quatre à quatre.

Mais elle prit docilement un mouchoir sur sa table de chevet.

Mia se leva.

– C'est vrai, dit-elle. Ce gâteau aux carottes m'a déjà sauvé plus d'une fois la journée.

En allant vers le bureau, elle expédia sous le lit, d'un coup de pied machinal, le coussin qu'elle avait jeté précédemment par terre.

– Fais donc attention ! dit Florence sur le ton le plus pur de la Brouille, par un réflexe sans doute inné.

Elle sembla elle-même s'en apercevoir car elle ajouta aussitôt :

– C'est un souvenir de ma mère. Mon coussin préféré.

Mia se mit à genoux et chercha sous le lit.

– Houlà… Ça fait longtemps qu'on n'a pas fait la poussiè… oh !

Elle se releva avec deux sachets plastique transparents dans la main.

– Veux-tu… mais, qu'est-ce que c'est que ça ? demanda Florence.

Mia me tendit sans un mot l'un des sachets et donna l'autre à Florence qui le fixa sans comprendre.

– *Marabu, trié, noir, six à dix centimètres. 100 g. Made in India*, lus-je sur l'autocollant blanc en ayant soudain l'impression qu'on me serrait la gorge. *Non adapté aux enfants de moins de trois ans*. Oh, mon Dieu, Florence…

– C'était donc toi les plumes dans la chambre de Grayson, dit Mia avec une voix de petite fille sous le coup d'un choc, pas du tout comme la détective Silver venant de mettre au jour des éléments formels de preuve.

– Qu'est-ce que tu racontes ? C'est la première fois que je vois ces machins ! protesta Florence en fixant tour à tour les sachets et Mia. C'est… à coup sûr… quelqu'un qui cherche à me coller ça sur le dos.

Elle regarda Mia, puis ajouta :

– C'est toi qui as fait ça ? Tu as mis ces trucs sous mon lit pour détourner l'attention de toi ?

Elle paraissait troublée.

– Mon père t'a tout de suite suspectée, reprit-elle. Et tu viens d'envoyer ce coussin sous le lit pour que nous trouvions les sachets.

– Ça va pas, non ? dit Mia en se tapant le front. Tu insinues que c'est moi qui serais Secrecy, c'est ça ?

– Non ! Je veux dire, oui... Mince ! Mais pourquoi aurais-je répandu des plumes dans la chambre de Grayson ?

– Eh bien, juste pour faire croire que j'avais de nouveau manigancé un mauvais tour, répondit Mia. Parce que tu es une sacrée sournoi...

Je posai une main sur son bras pour la faire taire. Tout cela n'avait pris qu'une minute, mais je comprenais maintenant toute l'affaire. Comment avions-nous pu être aussi aveugles ? Ce n'était pourtant pas la première fois !

– Livvy ? dit Mia en me jetant un regard de côté soucieux. Qu'est-ce que tu as ? Tu es toute pâle.

– Florence n'est pas en cause. Elle ne sait plus que c'est elle qui a dispersé les plumes... elle l'a fait dans son sommeil.

Je froissai le sachet et me levai d'un bond. Et bien sûr, personne n'était là en ce moment précis. Grayson s'était déjà mis en route vers ce BloodySword qui habitait à Islington, et Henry accompagnait tous les mercredis Amy à la piscine.

– Tu pourrais me passer ton portable, Florence ? demandai-je.

– Non, répondit-elle, la lèvre tremblante. Et je n'ai rien fait en dormant. Tout cela est insensé ! Que veux-tu faire avec ce... ?

– Allez, donne-moi ce satané portable ! lui hurlai-je.

Une foule de pensées tournoyaient dans ma tête en se mordant la queue. Tout cela était tellement logique, et pourtant... non. Et que venait faire ce serpent là-dedans ? Il fallait que je parle d'urgence avec Henry et Grayson. Peut-être pourrions-nous ensemble rassembler les éléments du puzzle pour aboutir à quelque chose qui ait un sens ?

Florence sembla comprendre que j'étais sérieuse. Inquiète, elle me tendit son portable.

– Il faut vraiment que tu me croies… dit-elle.

Je chassai ses explications d'un geste expéditif tout en cherchant dans les contacts le numéro d'Henry.

En attendant qu'il me réponde, je pensai soudain à quelque chose que nous avions complètement oublié dans notre excitation.

– Qui est la première Secrecy, Florence ? Celle qui a créé le blog ?

Elle haussa les épaules.

– Je ne sais pas si son nom vous dira quelque chose. Elle a quitté le lycée avant votre arrivée à Londres. C'est la fille qui a atterri dans une clinique psychiatrique. Anabel Scott. L'ex-copine d'Arthur Hamilton.

Anabel donc. Bon, parmi toutes les surprises du jour, celle-ci était peut-être la moins surprenante.

À l'autre bout du fil, j'entendis le répondeur d'Henry. Mince alors !

Chapitre 23

La première personne que je vis en sortant dans le couloir fut Emily et – comme toujours – elle était la dernière personne que j'avais envie de croiser. Mais là, cela me rendit vraiment furieuse. Elle avait le culot d'être assise à côté de l'Effroyable Freddy devant la porte de Grayson, mâchonnant un crayon et fixant avec une telle concentration le bloc-notes sur ses genoux qu'elle ne me vit pas refermer ma porte-lézard et m'approcher lentement.

– Donc, la racine carrée de trois millions neuf cent douze mille quatre cent quatre-vingt-quatre, marmonnait-elle, ça donnerait mille neuf cent soixante-dix-huit. C'est ça ?

– Je n'ai malheureusement pas le droit de donner ce genre de renseignement, piailla l'Effroyable Freddy.

Je balayai le couloir du regard. Apparemment, aucun de mes deux amis n'était encore là même si Grayson était allé se coucher avant moi. Après cette journée éprouvante et riche en révélations, il devait dormir comme une pierre malgré son inquiétude pour Florence. Et franchement, autant qu'il le fasse, il ne nous avait jamais été d'une grande utilité ici. Ses points forts résidaient nettement ailleurs. Même si je doutais que les résultats – sensationnels, il faut bien le dire – de ses recherches acharnées puissent nous être d'un grand secours maintenant que nous savions qu'Arthur nous avait largement devancés.

Comme elle ne se trouvait plus à sa place habituelle, je ne découvris pas tout de suite l'élégante porte vert roseau de Florence. Mais je m'aperçus bientôt qu'elle s'était rapprochée des nôtres, et même nettement : elle se dressait maintenant près de la porte de Mia, juste en face de celle de Grayson.

Tant mieux : ici, on pouvait bien la surveiller. Même si j'espérais en secret que ce ne serait pas nécessaire, du moins cette nuit. Après tout ce qui s'était passé aujourd'hui, Florence n'arrêterait pas de se retourner dans son lit et aurait du mal à fermer l'œil. Et si Florence ne dormait pas, personne ne pouvait non plus atterrir dans son rêve pour y causer des ennuis.

Si jamais il n'était pas trop tard pour cela.

En fait, nous aurions dû nous en douter... ce n'était pas la première fois. Ou, comme Henry disait : « Pour finir, c'est toujours Arthur. »

Il avait encore réussi par ses trucs pourris à prendre le contrôle d'une personne de notre entourage direct. L'hiver dernier, ç'avait été Mia qu'il avait manipulée dans son sommeil et failli tuer, et cette fois il avait fait de Florence sa marionnette nocturne. Jusqu'alors, elle n'avait – en tout cas, pour autant que nous puissions reconstituer tout cela – rien fait d'autre que me mettre une plume dans les cheveux, en éparpiller deux grands sachets dans la chambre de Grayson et actionner le ventilateur. Mais elle aurait pu tout aussi bien se trouver devant mon lit avec un couteau au lieu d'une plume, et Arthur n'en resterait certainement pas à cette gentille petite terreur. D'autant plus qu'il disposait maintenant de tas d'autres possibilités comme on avait pu l'observer avec Mrs Lawrence, Persephone ou ce pauvre Theo Ellis. Par mesure de sécurité, j'avais fermé à clé la porte de ma chambre avant d'aller me coucher. À double tour.

J'avais conseillé à Mia de faire pareil et, pour une fois, elle n'en avait pas demandé les raisons. Depuis notre découverte, elle s'était montrée plutôt taciturne. Contrairement à Florence, qui était évidemment chamboulée à l'idée d'avoir fait des choses étranges en somnambule. Après avoir d'abord surmonté la phase de dénégation (« Je ne ferais jamais ce genre de chose ! »), elle avait de nouveau fondu en larmes… et la crème Chantilly de Lottie n'avait rien pu y faire non plus.

– C'est vrai ! avait sangloté Florence, le visage enfoui dans ses mains. J'ai fait ces rêves étranges… et, le lendemain matin, j'avais les pieds sales. Cela veut-il dire que je deviens folle ? Se mettre à jeter des plumes… qui fait donc ce genre de chose ?

J'aurais naturellement pu lui dire la vérité. Mais je n'aurais fait que la troubler encore plus. Et l'angoisser à mort. Alors qu'elle était déjà bien sonnée. Sans résistance, elle avait laissé Lottie la prendre dans ses bras.

– Serait-ce un burn-out ? Aurais-je trop forcé sur le travail scolaire ? avait-elle soufflé entre deux sanglots. Je ne veux pas finir chez les fous.

– Ça ne t'arrivera pas, la consola Lottie en lui caressant les cheveux. Beaucoup de gens sont somnambules. Rappelle-toi les folies de Mia en janvier. Elle a bien failli sauter par ma fenêtre ! Et je t'assure qu'elle est parfaitement saine d'esprit !

Florence avait jeté un regard à Mia comme si elle n'en était pas sûre, mais en tout cas, elle s'était arrêtée de pleurer.

Je l'enviais un peu, car croire à un épuisement scolaire, c'était cent fois mieux qu'être confronté à la vérité comme Henry, Grayson et moi. Tandis qu'on pouvait lutter contre un burn-out avec des comprimés et des séjours de cure à la mer, on ne pouvait rien contre Arthur. Il nous avait roulés comme des gamins du primaire et nous étions à la fois furieux et désemparés. Grayson surtout était amèrement déçu.

Toutefois, sa visite chez BloodySword66, alias Harry Triggs, avait dépassé toutes ses espérances.

Grayson avait dû sacrifier son droïde de combat grandeur nature du premier épisode de *Star Wars* (il en parlait comme s'il s'était agi de son propre enfant), mais, en échange, il avait obtenu la preuve définitive de la non-existence du démon d'Anabel : un vieux calepin un peu poussiéreux, gribouillé d'un fouillis de textes au stylo-bille et pourvu de sceaux rouge sang. Ce bouquin n'était pas la réplique exacte du soi-disant héritage d'Anabel qui avait brûlé dans le cimetière, mais il lui ressemblait beaucoup.

Et il se rangeait, comme nous l'apprit Grayson, dans la même catégorie que le long couteau celte (forgé main en acier carbone, avec lame en bois dur rivetée) et une corne à boire en ivoire véritable (avec manche en cuir) : ce n'était rien de plus qu'un accessoire de théâtre. Un des nombreux prétendus grimoires, fabriqués avec peine à la main par deux nerds au chômage à l'haleine fétide et au passe-temps singulier.

Grayson supporta avec courage de voir BloodySword66 sortir de ses tiroirs un accessoire après l'autre tout en évoquant les anciens temps des jeux de rôle, apparemment glorieux, qu'il avait vécus à Liverpool avec son copain Timothy, le couvreur, alias futur gourou de la secte.

En tout cas, Swoody ne fit pas grand cas de la façon dont leur amitié s'était terminée ni de la manière dont il avait appris par le journal que Buddy, son ancien copain de jeu de rôle, avait quelques morts sur la conscience. En fait, ils avaient tous les deux imaginé des histoires de fantasy sanglantes et les avaient jouées. Mais leurs chemins s'étaient ensuite séparés. Harry Triggs avait d'abord entrepris de romancer ces histoires, mais quand *La Nuit des adjectifs sanglants* et trois autres œuvres novatrices, refusées par soixante-quatorze maisons d'édition, n'avaient pas non plus trouvé d'écho sur le Net, il avait laissé en plan sa carrière d'écrivain pour devenir infirmier dans une maison de retraite.

Son ami, le couvreur, avait en revanche commencé à entendre des voix et à se prendre pour un élu. Il avait mélangé de façon effroyable la fantaisie et la réalité et groupé quelques personnes autour de lui, auxquelles il avait alors apparemment présenté l'un des calepins de jeux de rôle bricolés par ses soins comme un très ancien livre sacré.

Nous ne savions pas exactement comment le calepin de ce gourou avait atterri dans les mains d'Anabel. Mais une chose était sûre : avec l'exemplaire chèrement acquis de BloodySword (il tint d'ailleurs à le dédicacer à Grayson), nous pouvions enfin prouver à Anabel que sa conjuration de démon n'était que du vent et qu'elle devait son trauma d'enfance à un couvreur complètement à la masse.

Mais, bêtement, nous n'avions pu remettre le calepin à Anabel ni donc lui démontrer sa folie car elle était justement sortie aujourd'hui.

Grayson avait donc glissé le bouquin dans sa boîte aux lettres et lui avait laissé plusieurs messages, restés sans réponse. À elle de voir maintenant quelles conclusions tirer de ces informations. Si elle était encore en mesure de le faire.

Nous tâtonnions nous-mêmes encore dans le noir en ce qui concernait les détails. À présent, alors que je fixais tour à tour la porte de Florence et celle d'Emily, les pensées tournaient dans ma tête. Arthur avait-il mis en scène ce truc de plumes chez nous dans la seule intention de nous faire croire que le démon d'Anabel existait vraiment ? Ou voulait-il ainsi orienter les soupçons vers elle ?

Les plumes surgissaient toujours quand nous avions rencontré Anabel dans le couloir. En même temps que l'obscurité et le froid. Arthur suivait-il Anabel en douce pour se charger des effets spéciaux ? Dans le couloir, il n'avait eu sans doute aucun mal à jouer le démon devant Anabel.

Et dans quel but ?

Évidemment, pour qu'Anabel mette ses capacités remarquables en matière de, disons… magie onirique, à la disposition du démon… ou d'Arthur.

Toutefois, cette théorie montrait encore quelques lacunes. L'une d'elles concernait le serpent. Si Arthur s'était fait passer pour le démon auprès d'Anabel, il était peu probable qu'il lui ait ordonné de glisser un serpent venimeux dans son propre casier, non ?

– Saleté ! Ordure !

Emily m'arracha à mes réflexions. Je crus d'abord qu'elle m'avait aperçue mais elle en voulait juste à l'Effroyable Freddy.

– Répète-moi encore tout l'exercice, lui hurla-t-elle. Lentement et clairement, espèce de gros lard !

Freddy inclina poliment son bec. Je ne comprenais pas pourquoi Grayson ne l'avait pas doté d'un tout petit peu de méchanceté.

– Ajoute l'année de naissance du prince William au carré de sept cent dix puis mille deux cent trente-cinq à la somme trouvée. En retournant le résultat, tu obtiendras ce qui brille par son absence dans le couloir.

– L'année de naissance du prince William, dit Emily en griffonnant sur un bout de papier. Grayson doit sans doute penser que je ne la connais pas parce que je ne m'intéresse pas à ce fourbi superficiel de la Royal Society, mais il se trouve que j'ai la mémoire d'un…

– … cheval ? lançai-je.

Emily leva la tête sans paraître particulièrement effrayée.

– Encore toi ! soupira-t-elle, énervée.

Si quelqu'un devait être énervé ici, c'était bien moi.

– Alors, tu es en train de faire un beau rêve ? demandai-je.

– Si tu fiches le camp d'ici, peut-être, répondit Emily. Pour ton information : les chevaux ont une excellente mémoire. Mon Conquest of Paradise a un QI plus élevé que le tien, je te le garantis.

Puis, se penchant de nouveau sur son bloc-notes, elle ajouta :

– Je parie que tu ne pourrais pas calculer de tête le carré de sept cent dix !

– Pourquoi ton cheval ne se sert-il pas d'une calculette ?

– Parce qu'elles ne fonctionnent pas ici, répondit Emily sans lever les yeux. Ou en tout cas, pas mieux que moi. Car ce labyrinthe de portes se trouve dans ma tête ! Tout ce que tu vois se dérouler ici sont des images et des faits de mon subconscient.

Ah, ah ! C'était là une théorie intéressante.

– Donc là, en ce moment, nous nous trouvons dans ta tête ?

Emily acquiesça.

– Dans mon rêve, plus exactement. Tu es une projection de mon subconscient.

– Ah, OK, répliquai-je. Alors ton subconscient te demande maintenant si tu es là depuis longtemps.

Emily haussa les épaules.

– Mais que signifie donc le temps ici ?

– Quelqu'un est-il entré là ou ressorti ? demandai-je en montrant la porte de Florence.

– Là ? Non, répondit Emily.

C'était déjà quelque chose.

– Et la porte ne s'est pas non plus ouverte ? glissai-je encore par mesure de sécurité.

– Pas que je sache, lâcha Emily. Et maintenant, la ferme ! Il faut que je calcule.

– Je... enfin... ton subconscient ne comprend pas pourquoi tu cherches toujours à entrer dans le rêve de Grayson si tout ça ne se passe que dans ta tête.

– Parce que j'aimerais justement bien savoir ce que mon subconscient a à me dire sur Grayson et moi... Ah, tu ne piges pas, c'est de la psychologie de haut vol. Et maintenant, disparais et laisse-moi calculer en paix. Ça fait donc mille deux cent trente-cinq à ajouter à...

– Si tu veux apprendre quelque chose sur Grayson et toi, tu n'as qu'à m'interroger, dis-je. Primo : vous n'êtes pas faits l'un pour l'autre. Deuzio : il est super heureux de t'avoir larguée. Tertio…

– La ferme ! rugit Emily.

Je ne me laissai pas intimider.

– Mais, eh, ton subconscient voudrait bien te faire passer quelques infos par mon intermédiaire. Par exemple, que tu dois de toute urgence remédier à ton caractère si tu…

– La ferme, j'ai dit !

Apparemment, elle ne semblait guère porter d'intérêt aux conseils de son subconscient. Elle tenta de se reconcentrer sur son problème d'arithmétique.

Bon. Changeons de braquet alors.

– Ton infect petit frère Sam est Secrecy, dis-je.

– Quoi ? s'écria Emily en laissant tomber son crayon. Sam ? Sam est Secrecy ?

– Tu l'ignorais ?

Emily secoua la tête.

– Non. Bien sûr que non. Ou bien si… en quelque sorte sans doute, sinon tu ne pourrais pas me le dire maintenant.

– Exact ! Parce que nous nous trouvons dans ta tête ici et qu'inconsciemment tu as compris depuis longtemps que c'est ton frère qui a écrit toutes ces méchancetés sans même t'épargner non plus. « Le Reflexx ! La revue de l'école qui devrait en fait s'appeler Reflux, aussi ennuyeuse et niaise que sa rédactrice en chef. »

Emily parut vraiment choquée. Atterrée, même.

– Sam est Secrecy ? répéta-t-elle doucement. Mon petit Sam. Mais il ne me ferait jamais… J'aimerais que tu ne m'en aies rien dit.

– Et j'aimerais que tu cesses de fouiller dans ton subconscient, répliquai-je.

Ce n'était pas le moment de lâcher maintenant, même si Emily me faisait de la peine. Elle devait disparaître du couloir une bonne fois pour toutes.

– Sinon, poursuivis-je, je te déballerai encore plus de vérités désagréables, chaque jour. Des vérités, dont ton subconscient voulait te protéger, mais ça ne fonctionne plus parce que tu n'arrêtes pas de remuer sans pitié tes propres tréfonds et que tu ramènes au jour des choses qui étaient destinées à rester dans l'oubli.

Houlà ! C'étaient vraiment des métaphores débiles. J'espérais que la rédactrice en chef à l'intérieur d'Emily les laisserait passer.

– Pourquoi crois-tu que ces portes existent ? poursuivis-je. Elles sont juste là pour te préserver de connaissances dangereuses pour ta santé physique et psychique.

Puis j'enchaînai, sur un ton encore un peu plus pathétique :

– Tu n'aurais jamais dû franchir le seuil de ce couloir... euh... de ce labyrinthe de ton cerveau. Et en ton for intérieur, tu le sais bien.

Emily parut légèrement déstabilisée.

– Mais la vérité n'a encore jamais nui à personne, murmura-t-elle.

– Oh que si !

Je tentai de donner un peu plus de poids à ma protestation en envoyant dans le couloir un fort coup de vent qui fit voler les cheveux d'Emily. À présent, j'avais toute son attention.

– Toutes les vérités que tu vas exhumer ici ne te rendront pas seulement malheureuse et seule, mais elles vont peu à peu te pousser à la folie, lui martelai-je.

Je me penchai légèrement en avant et murmurai sur un ton confidentiel :

– Avoue-le ! Tu es sur le point de disjoncter parce que tout cela dépasse ta... compréhension... Tu commences à douter de ton bon sens et ce n'est que le début.

Je ménageai une petite pause avant d'ajouter d'une voix d'outre-tombe :

– Pour finir, tu vas te retrouver en clinique psychiatrique.

À mon grand soulagement, Emily ne chercha plus à me contredire.

– J'ai parfois vraiment peur de devenir folle. Parce que je sais bien que je ne fais que rêver tout ce qui se passe ici et qu'il me semble pourtant que c'est réel.... Je veux dire : tout ça peut certainement s'expliquer de façon logique, mais j'ai beau lire et y réfléchir, mes réflexions ne font que soulever de nouvelles énigmes, si tu vois ce que je veux dire.

Oh oui, je comprenais ça très bien. Mieux qu'elle ne le pensait.

– Le cerveau est un organe complexe, dis-je. Et si tu ne veux pas que le tien disjoncte, si tu veux terminer cette année avec ton diplôme en poche, faire des études et fonder une famille au lieu de croupir dans un asile, tu ferais mieux de repasser ta porte et de ne jamais plus remettre les pieds ici.

– On ne dit plus « asile » aujourd'hui, me corrigea Emily d'un air distrait.

Je haussai les épaules.

– Pardon, je ne suis qu'une partie de ton subconscient.

– Je sais, je sais, bougonna Emily. Et je crains que tu n'aies raison, dit-elle en se levant. Je ne devrais plus venir ici. De toute façon, je n'ai jamais vraiment aimé ça.

Mon cerveau ne m'a présenté ici que des personnes et des animaux que je ne peux pas supporter dans la vie réelle. Bon, sauf Grayson. Je déteste les léopards, je te déteste et je déteste les chauves-souris. Je ne peux pas souffrir ta sœur qui se croit plus maligne que tout le monde, et Arthur Hamilton est de toute façon le plus grand frimeur sous le soleil. Suivi de près par Henry Harper. Celui-ci est un gros paresseux, mais il a toujours de bonnes notes parce que les profs le prennent pour un génie et qu'ils se font avoir avec son histoire d'enfance brisée.

Elle détourna son regard, fit une moue de dégoût, puis reprit :

– J'ai envie de vomir à le voir arriver ainsi en traînant les pieds, avec ce sourire pseudo-cool et ses mains dans les poches.

Je fis aussitôt volte-face.

– C'est toujours sympa de te voir, Emily, dit Henry.

Car il arrivait vraiment, tout tranquillement, les mains dans les poches, d'un air si décontracté que mon cœur se mit à battre un peu plus vite. Toutefois, son sourire me parut un peu forcé.

– Je croyais que tu voulais surveiller la porte de Florence, s'étonna-t-il.

– C'est ce que j'ai fait tout en discutant avec Emily, répliquai-je.

Du coup, j'oubliai complètement qu'Emily avait raconté quelque chose sur quoi je voulais rebondir. Un truc avec des chauves-souris.

– J'allais justement partir d'ici, dit Emily en coinçant son crayon derrière son oreille.

– Et pour toujours ! complétai-je.

En voyant qu'Henry fronçait les sourcils au lieu de me féliciter d'avoir réussi à chasser Emily de notre couloir, je m'empressai d'ajouter :

– Tout est calme chez Florence, pas de souci à se faire. De toute façon, elle ne fermera pas l'œil de la nuit. Arthur a peut-être mieux à faire que…

– Stooopp ! dit Henry en me posant un doigt sur les lèvres. Avant de me raconter des choses non destinées à des oreilles étrangères, tu devrais vérifier si je suis vraiment celui pour lequel je me fais passer.

– Celui pour lequel tu… Ah oui, tu penses qu'Arthur pourrait avoir eu de nouveau recours à l'un de ses numéros de métamorphe, dis-je.

En fait, je n'y avais pas pensé.

– Donc, ici, ce n'est peut-être pas non plus Emily… Ah non, c'est elle. Même Arthur n'y aurait pas aussi bien réussi, ajoutai-je en souriant.

Emily nous regarda d'un œil mauvais, sans doute très énervée de ce que lui jouait son subconscient.

– Ce n'est pas drôle, Liv, ronchonna Henry, manquant pour une fois d'humour. Je pensais que tu avais compris la gravité de la situation.

Mais si, j'avais compris ! Toutefois, nous mettre à paniquer ne nous aiderait en rien contre Arthur.

– Demande-moi quelque chose que seul Henry peut savoir, me suggéra Henry.

– Bon, soupirai-je. Comment s'appelait le chien – pas le chow-chow, l'autre – avec lequel j'allais toujours me promener en Afrique du Sud ?

– Sir-Barks-Alot, répondit Henry sans hésiter. Mais Arthur pourrait le savoir s'il nous a écoutés la nuit dernière.

– OK… À bien considérer la chose, il pourrait en fait avoir entendu presque tout… alors, embrasse-moi ! Comme ça, je saurai tout de suite si c'est toi.

– Hmm, fit Henry en ébauchant un sourire. C'est vraiment rusé comme méthode. Comme ça, je pourrai voir aussi si c'est vraiment toi.

Emily, se sentant apparemment négligée, ne nous laissa pas procéder à notre vérification.

– Vous n'allez tout de même pas vous peloter ici ! Je me demande ce que mon subconscient veut bien me dire avec ça ?

Puis, gémissant, elle ajouta :

– Et que signifie tout ce blabla sur Arthur et Florence ? Enfin… que veulent dire tous ces personnages ? Je les vois toujours tous circuler ici mais je n'en comprends pas le sens. Y a-t-il une signification symbolique au fait que, par exemple, ce stupide vautour laisse entrer Arthur dans le rêve de Grayson mais m'en refuse l'entrée ? Et ne pourriez-vous pas me l'expliquer ? Je suis beaucoup plus réceptive aux mots qu'aux images.

Que venait-elle de dire, là ? Ma bouche devint soudain hyper sèche.

Henry avait apparemment pensé la même chose que moi. Il prit Emily par le bras :

– Attends… Arthur s'est introduit dans le rêve de Grayson ? Te rappelles-tu à quand ça remonte ?

Emily haussa de nouveau les épaules et se libéra d'Henry.

– Il n'y a pas si longtemps, dit-elle. Avant votre arrivée. Et il n'a pas attendu que ce stupide rapace de pierre ait débité son énigme, il lui a glissé la solution directement à l'oreille. En me faisant un sale sourire. Pour ce que ça peut signifier… considéré sous l'angle symbolique.

Elle continuait de parler mais Henry et moi ne l'écoutions plus. Nous nous regardâmes, effrayés.

– Ça a donc déjà commencé, murmura Henry.

Chapitre 24

OK. Pas de panique. Le plus important maintenant, c'était de garder son calme et…

– Il faut entrer là-dedans, criai-je à Henry.

Il ne semblait pas moins paniqué que moi.

– Tu pourrais te réveiller et réveiller Grayson… mais c'est déjà peut-être trop tard et il... As-tu fermé ta porte à clé comme je te l'ai dit ?

– Oui, répondis-je, proche des larmes. Qu'allons-nous faire, à présent ?

Henry secoua la porte de Grayson.

– As-tu un objet personnel de Grayson sur toi ? Moi, justement aujourd'hui, je n'en…

– Ajoute l'année de naissance du prince William au carré de sept cent dix, se mit à débiter Freddy.

– Je porte un vieux T-shirt de lui, m'écriai-je. Mais je ne suis pas fichue de calculer de tête !

– Ouais, dit Emily, légèrement réjouie de notre panique. Si vous m'aviez laissée tranquille, je pourrais vous le dire maintenant.

– … puis mille deux cent trente-cinq à la somme trouvée. En retournant le résultat, tu obtiendras ce qui brille par son absence dans le couloir, conclut Freddy.

– Liebe ! Amour ! criai-je.

Freddy secoua la tête. Henry me lança un regard interrogateur.

– LIEBE, lui expliquai-je en vitesse, « amour » en allemand, c'est un mot composé avec les lettres de la calculette.

– Hmm, Liv. Les calculettes sont ces trucs avec des chiffres, intervint Emily avec un sourire arrogant. Tu trouveras plutôt les lettres dans des livres.

– Ferme-la et fiche le camp ! lui aboyai-je.

Puis je commençai à lancer des mots au hasard à Freddy :

– Seigle ! Sel ! Lisible ! Bible ! Selle !

– Oui, et alors ? murmura Emily.

Mais sous nos regards mauvais, elle finit par lever l'ancre. Son bloc-notes serré contre elle, elle enfila le couloir et disparut au coin suivant d'où nous entendîmes sa porte se refermer. Je n'eus pas le temps de lui dire « À jamais ! », trop fébrilement occupée que j'étais à former des mots. Même si Freddy niait de la tête à chacun d'entre eux.

– Ibis... Ah, mince ! Le G marche aussi, un neuf retourné, Belge ! Glisse ! Gel !... oh, et j'ai complètement oublié le O...

– SOLEIL ! dit Henry et tandis que, surprise, je le fixais encore, Freddy piailla solennellement :

– Qu'il vous soit permis d'entrer !

Je tournai la poignée vers la gauche. Cette fois, elle céda. Je gratifiai Henry d'un regard admiratif.

– C'est fou comme tu as vite pigé le truc ! dis-je.

– Eh bien, c'est à cause du « ce qui brille par son absence dans le couloir », répondit-il en citant l'Effroyable Freddy.

– Tu es vraiment un génie ! Quoi qu'Emily puisse...

– Chut ! fit Henry en posant un doigt sur ses lèvres.

Il avait prudemment poussé un peu la porte avant d'hésiter.

– Avons-nous un plan, au fait ? chuchota-t-il.

Non, nous n'en avions pas. Mais maintenant, il allait bien falloir faire sans. Je redressai le dos. Pour nous donner du courage, je sortis de la boîte à citations de Mr Wu le premier adage qui me vint à l'esprit.

– Même le nuage le plus sombre a un bord doré, affirmai-je.

Ça convenait super bien.

Il ne nous resta plus qu'à franchir le seuil sur la pointe des pieds et à refermer doucement la porte derrière nous.

Je m'aperçus tout de suite que nous avions atterri dans le CDI de la Frognal, section sciences. C'était typique de Grayson… il rêvait souvent du lycée et, la plupart du temps, affreusement près de la réalité. Nous l'aperçûmes un peu plus loin à une table où il avait empilé un tas de bouquins près de lui et était justement en train d'en feuilleter un. Miss Cooper, la sympathique petite bibliothécaire, était occupée à ranger des livres sur une étagère. Il régnait là ce silence paisible que j'aimais tant dans les bibliothèques et je m'imaginais même sentir l'odeur des livres. La seule chose qui détonnait dans ce rêve, était le perroquet qui se trouvait dans une cage à côté de Grayson et ressemblait incroyablement à celui de Mrs Honeycutt.

Hormis cela, il n'y avait que peu de personnes et… Mia en faisait partie. Assise en tailleur sur la table voisine, elle portait une petite couronne de princesse et paraissait regarder Grayson en train de lire.

J'échangeai un bref regard avec Henry.

– Tu crois que c'est Arthur ? me demanda-t-il à voix basse.

J'acquiesçai. Arthur aimait se dissimuler derrière une personne familière... et la petite couronne convenait aussi, considéré de façon purement symbolique.

– Psscchht, Psschhhht ! Chuchoter fait aussi du bruit, nous réprimanda miss Cooper, tout comme dans la vie réelle. Si vous voulez parler, allez ailleurs. Ici, on travaille.

Elle posa un exemplaire de *Fondements moléculaires de la génétique* sur l'étagère et jeta un œil vers la porte par laquelle nous étions entrés. Un sourire éclaira son visage.

– Il faut bien sûr cacher ça, dit-elle en faisant apparaître, d'un geste souple, une étagère de livres devant la porte. Notez bien : la première règle pour une PCER est que la porte des rêves ne doit pas se trouver dans le champ de vision du rêveur.

Son sourire s'élargit.

– De toute façon, peu importe maintenant... j'ai déjà réglé ça depuis longtemps. Vous arrivez trop tard !

Et puis ce ne fut soudain plus la petite miss Cooper aux cheveux bruns que nous vîmes devant nous mais Arthur, grand, blond et désagréablement magnifique. Je sentis mon courage faiblir. Arthur. On en revenait toujours à lui.

– Et c'est quoi une PCER ? demanda Henry.

La frustration s'entendait nettement dans sa voix.

– « Programmation du comportement en rêve », selon la méthode brevetée d'Arthur Hamilton, s'empressa de répondre Arthur. En tout cas, jusqu'à ce que je trouve un meilleur nom pour ça.

Il remarqua mon regard vers Grayson et Mia.

– Pas d'inquiétude, il ne peut pas nous entendre ; par mesure de précaution, j'ai installé un champ d'énergie entre nous. Vous pouvez donc crier après moi autant que vous voulez, si ça vous chante.

Comme nous restions cois, il poursuivit jovialement :

– Ainsi que je l'ai dit, la partie passionnante de ce rêve est terminée depuis longtemps. À mon arrivée, Mr Fourley était en train d'annoncer à Grayson qu'il avait raté son contrôle de chimie... N'est-ce pas drôle de le voir toujours échouer en rêve ? Ça cessera peut-être quand il aura enfin échoué aussi dans la vie réelle, qu'en pensez-vous ? En tout cas, je lui ai programmé là quelque chose de sympa, qui le... ah, je préfère ne pas vous le dire encore, ce doit être également une surprise pour vous.

Il m'observa, la tête penchée.

– Pour toi, en tout cas, elle sera courte et assez douloureuse, Liv, conclut-il.

Henry lui jeta un regard noir en serrant les poings et je crus voir un instant l'air trembler entre nous. Mais ensuite, il demanda, las et tout aussi résigné que moi :

– Pourquoi, Arthur ? Pourquoi ?

– Pourquoi ? répéta Arthur, soudain pris de fureur. Ne me dis pas que tu me demandes ça sérieusement ! Après toutes ces semaines pendant lesquelles vous ne m'avez montré que haine et mépris, toutes ces semaines où je vous ai littéralement supplié de vous rappeler notre vieille amitié ! Pendant lesquelles je vous ai épargnés, par pure sentimentalité !... J'ai mis bien trop longtemps à comprendre que vous ne le valiez pas. Mais quand – bourré de venin et d'antidote –, j'ai failli crever à l'hôpital, les œillères me sont tombées des yeux.

Le visage haineux, il nous fusilla du regard.

– Mais pour le serpent, ce n'est pas nous du tout, protestai-je.

– Je sais, me rembarra-t-il. Mais j'aurais pu y rester et ni Henry ni Grayson ne s'y sont intéressés. Ils n'ont même jamais pris de mes nouvelles.

– Et ils auraient dansé sur ta tombe si le serpent avait mieux fait son job, dit Henry.

Une hostilité franche se lut dans les traits d'Arthur. Il voulut répliquer mais le perroquet de Mrs Honeycutt se mit à piailler :

– Tout se paye un jour ou l'autre, même par la mort.

– Ah, vous avez détruit mon champ d'énergie, dit Arthur en se tournant vers Grayson et Mia qui n'avaient pas bougé d'un pouce.

Grayson était toujours plongé dans son livre et Mia l'observait. Seul le perroquet se montrait nerveux. Il battait des ailes en criant « Mort ! Mort ! », comme si le subconscient de Grayson voulait lui dire quelque chose, l'avertir. J'en eus presque le cœur brisé.

– Grayson ! m'écriai-je.

Je passai vite à côté d'Arthur, prête à me heurter à tout instant à un nouveau champ d'énergie. Henry me suivit.

– Attendrissant de vous voir vous soucier autant du futur assassin de Liv, railla Arthur. Je viens de vous le dire : vous arrivez trop tard. Libre à vous d'expliquer à Grayson qu'il est en train de dormir et qu'il est devenu victime d'une PCER. Réveillez-le et racontez-lui tout... ça ne changera rien. Je peux l'activer à tout instant.

– Pas si je te tue avant, gronda Henry d'une voix plus désespérée que menaçante.

Grayson leva les yeux de son livre.

– Les amis ! C'est une bibliothèque ici ! Et il faut que je travaille. J'ai déjà foiré ma chimie et il me faudrait au moins une bonne note en bio.

– Oui, dit Mia. Sinon, il peut faire une croix sur ses études de médecine à Oxford !

Le perroquet y mit du sien en criant :

– On n'a rien sans peine !

– Exact. Et la vie punit ceux qui arrivent trop tard, dit Arthur en s'adossant à une étagère, ce qui fit tomber un livre. Joli rêve, hein ? Aussi gentil que Grayson lui-même. Les gens vont tomber des nues en apprenant qu'il a tué sa belle-sœur. Qui plus est, d'une façon bestiale !

Il gloussa de plaisir tandis que le livre tombé, défiant toutes les lois de la pesanteur, glissait lentement sur le sol pour s'arrêter juste devant le bout de mes chaussures.

Je me laissai tomber sur la chaise à côté de Grayson en me sentant affreusement désemparée. Henry était resté debout près de la table et fixait Arthur d'un air indécis. Une sorte de boule lumineuse tremblotait de-ci de-là entre ses mains, constituée du même matériau que les champs d'énergie scintillants qu'il avait l'habitude d'installer dans le couloir, mais à quoi servirait-il maintenant de bombarder Arthur avec de petites boules d'énergie ? Henry pourrait bien déployer des trésors d'imagination… c'était trop tard.

Arthur avait gagné depuis longtemps.

– Vous ne pouvez rien faire, confirma-t-il comme s'il avait lu mes pensées. On ne peut pas revenir sur la PCER. Grayson peut seulement éviter de devenir meurtrier s'il… eh bien… s'il se tue lui-même. Mais alors, strictement parlant, il serait encore un meurtrier. Son propre meurtrier !

Il gratifia Grayson d'un sourire presque tendre et conclut :

– Mais ça lui conviendrait bien.

Oh, mon Dieu, oui. C'était sûr.

– Tu es… tu es… bégayai-je, incapable d'en dire plus.

Il n'existait même pas de juron pour Arthur.

– Un salaud génial ? me souffla-t-il avec un grand sourire.

– Ça suffit maintenant ! s'énerva Grayson. Vous ne pourriez pas aller vous disputer ailleurs ?

– Tout juste, vous faites un tel boucan que le lustre commence à tinter, dit Mia en montrant le plafond.

Le CDI réel n'était éclairé que par de simples tubes à néon mais là ils étaient remplacés par un lustre opulent qu'il me sembla déjà avoir vu quelque part. Mia quitta sa position assise en tailleur pour laisser pendre ses jambes.

– Tu as des cheveux magnifiques, dit-elle à Arthur.

– Merci, princesse, répondit-il dans un petit rire.

Un livre se dégagea encore de l'étagère près de sa tête. Cette fois, il ne chuta pas mais tourna sa couverture vers nous. Le titre *Même pas peur*, qui s'étalait en lettres capitales sur un sobre fond noir, me parut plus que cynique, vu la situation.

Arthur ne prêtait pas attention à cette agitation derrière lui. Les mains dans les poches, il suivait des yeux un groupe de papillons bleus qui, apparus comme par magie, disparurent sans laisser de traces dans la section « Romans historiques ».

– Bon, lança-t-il alors d'un ton amusé, je vous laisse à votre misère. Vous n'avez plus tellement de temps à passer ensemble. Et j'ai encore un petit rendez-vous avec mon ex. Je ne voudrais pas la faire attendre. Contrairement à vous, j'en ai encore besoin pour mes projets.

– Arthur, s'il te plaît ! Parlons ensemble, dit Henry en s'avançant d'un pas. Tu ne peux pas vouloir vraiment…

– … que mon ex-meilleur ami Grayson tue l'amie chérie de mon ex-meilleur ami Henry ? l'interrompit Arthur.

Le livre à côté de sa tête changea de couleur et le titre se reforma en *Laissez-le partir.*

– Est-ce que je veux détruire à jamais vos vies ? continua Arthur. Oui, mon pote, c'est exactement ce que je veux. Épargne-moi donc tes suppliques ! Tous ensemble, nous aurions pu conquérir le monde, mais vous m'avez déclaré votre ennemi. Maintenant, à vous d'en accepter les conséquences.

Un cliquetis se fit entendre dans le lustre et, en levant les yeux, j'aperçus un petit singe qui s'y balançait. Il jouait avec un collier de perles et me tira la langue. Je commençais vraiment à m'énerver. Et soudain, je compris aussi pourquoi j'avais l'impression de connaître ce lustre : c'était exactement le même que celui qui pendait dans le salon de ma grand-tante Gertrude. Mais sans petit singe. Pour l'amour du ciel, qu'est-ce que… ?

– Si nous promettons… commença Henry.

– Tu veux négocier ? demanda Arthur froidement. Eh bien, tu te trompes d'adresse. Vous n'avez plus rien à m'offrir, car je sais maintenant ce que valait votre amitié. C'est-à-dire : rien. Donc… *sorry*, mais je conquerrai le monde sans vous.

Il sortit les mains de ses poches et se dirigea lentement vers l'étagère qui masquait la porte du couloir.

– Eh bien, casse-toi ! croassa le perroquet.

Mais ni Henry ni Grayson ne lui prêtèrent attention. De toute façon, Grayson n'avait d'yeux que pour son livre de rêve.

– Je te tuerai avant, lança Henry.

– Tu te répètes, mon pote, dit Arthur en bâillant. Vas-y, tue-moi ! Écrase-moi avec ta voiture, mets le feu à ma maison, tranche-moi la gorge ! Ça ne changera rien, sauf que tu passeras le reste de ta vie en prison.

Il effaça d'un geste l'étagère, et la porte de Grayson apparut.

– Voilà, dit-il, la phrase-déclic avec laquelle j'ai programmé Grayson ne fait pas forcément partie des plus inhabituelles de ce monde. À vrai dire, elle est même assez courante. Tôt ou tard – et je mise plutôt sur tôt –, quelqu'un la prononcera en présence de Grayson, que je sois encore en vie ou non, et alors...

Dans un geste de regret, il écarta les bras, puis il franchit aussitôt la porte, sans un salut.

Chapitre 25

– Oh, là, là, je croyais qu'il ne partirait jamais !

Mia s'arracha la couronne de la tête et sauta de la table.

Grayson soupira :

– Et moi, je pensais qu'il allait finir par remarquer quelque chose. Dans mes rêves, il n'y a jamais de papillons qui volent partout pas plus que de petits singes.

– Mais un perroquet pareil a bien besoin d'un peu de compagnie, répliqua Mia.

Elle sourit puis nous observa, Henry et moi, en secouant la tête.

– Tout ce bavardage ! Vous n'avez donc pas compris nos messages ?

Henry et moi échangeâmes un regard et, pour une fois, Henry me sembla aussi déboussolé que moi.

– Quels messages ? demanda-t-il tandis que je saisis le bras de Grayson et le secouai violemment.

– Tu es réveillé, là ?

– Non, Liv, je ne suis pas réveillé, je rêve, s'énerva-t-il. Mais je suis tout à fait conscient de rêver, si c'est ce que tu voulais savoir.

– Oh, mon Dieu.

Je fondis en larmes. Et je remarquai alors que c'était ce que je voulais faire depuis le début : simplement pleurer.

– Arthur t'a programmé, Grayson, dis-je. Il t'a…

– Non, m'interrompit Grayson. Enfin... oui, il a essayé… mais, à son entrée, j'étais déjà sur le point de sortir dans le couloir. J'ai dû utiliser toutes mes forces pour lui faire croire qu'il avait atterri dans l'un de mes rêves. Mais Mia m'a aidé.

Souriant à ma sœur , il ajouta :

– Tu as été formidable, merci !

– De rien, dit Mia en lui rendant son sourire. C'est un pur coup de bol que je connaisse aussi bien le CDI. Et que cette nuit… euh… j'aie… euh… par hasard… emprunté ta montre. Ça m'a permis de filer discrètement Arthur quand je l'ai vu s'introduire dans ton rêve.

– Mais…

Je n'y comprenais plus rien.

– Tu es sûr que la programmation d'Arthur a échoué ? demanda Henry à Grayson en lui secouant aussi le bras… l'autre. Il a dit qu'il ne pouvait plus l'annuler.

– Je vais pour le mieux, dit Grayson en se libérant de nos mains avant de se lever. La méthode brevetée d'Arthur pour ruiner la vie d'autrui ne fonctionne que dans la vraie phase de sommeil paradoxal, quand ses victimes sont complètement inconscientes. Mais, si ça te dit, tu peux toujours essayer de voir ce qui va se passer en prononçant la phrase-clé d'Arthur. C'est : « Tu es allé chez le coiffeur ? »

– Oh non, chuchotai-je.

C'était vrai… Tôt ou tard quelqu'un aurait à coup sûr posé cette question à Grayson.

– Et que se serait-il passé alors ? demandai-je.

Grayson échangea un bref regard avec Henry.

– Mieux vaut ne pas le savoir, Liv, crois-moi !

– Il a raison, dit Mia en frissonnant. Cet Arthur a vraiment une sale imagination.

Puis, se tournant vers moi, elle remarqua :

– Mais Livvy, tu pleures !

Elle me tendit un mouchoir et je m'en servis, même si ce n'aurait pas été nécessaire en rêve. Mais ça avait tout de même quelque chose de consolant.

Au-dessus de nos têtes, le singe s'en donnait à cœur joie dans le lustre en poussant des cris excités.

– C'est Shiva ? demandai-je.

C'était le nom du singe que nous nourrissions sur notre terrasse à Hyderabad.

– Bien sûr que c'est lui ! répondit Mia d'un ton réprobateur. Et tu n'as même pas remarqué qu'il porte le collier de perles que Mum a perdu en Afrique du Sud ! Tu n'es pourtant pas du genre bornée d'habitude, et je t'ai fourni pas mal d'indices. Sur le livre à tes pieds, il y a une photo de Papa et son titre est *Tout va bien*. Alors ? Qu'aurais-je pu trouver de plus clair ? Le lustre de grand-tante Gertrude, les papillons californiens, le portrait de notre vieux guide-ranger… Comment Grayson aurait-il pu rêver de quelque chose qu'il n'avait encore jamais vu ?

Ma tête était en ébullition.

– Mia, comment sais-tu tout cela ? Comment connais-tu cet endroit ? J'ai toujours pensé…

Ma petite sœur parut presque vexée.

– Mais sincèrement… comment n'aurais-je pas remarqué que cette histoire de somnambulisme ne tenait pas debout ! dit-elle en secouant la tête. Et la nuit, dans la cuisine, après avoir failli me jeter par la fenêtre et vu Lottie faire ses petits sablés à la vanille… Bon, n'importe quel malentendant aurait compris vos chuchotements. J'ai saisi alors qu'Arthur se trouvait derrière tout cela. À partir de là, il ne me restait plus qu'à faire des recherches…

Henry lui colla un baiser sur la joue.

– J'ai tout de suite pensé qu'il fallait t'informer, dit-il. Mais Grayson et Liv voulaient te protéger. Pourtant, tu sembles avoir un talent naturel.

Mia essaya – en vain – de montrer un visage modeste.

– C'est sûr ! Il m'a certes fallu un certain temps pour piger cette histoire d'objets personnels, mais ensuite…

Elle me donna un coup de poing sur le bras.

– Tu te demandes sans doute comment j'ai pu trouver toutes ces preuves sur l'identité de Secrecy ? reprit-elle. Les adresses e-mail, les mots de passe… Tu as peut-être pensé que j'avais rejoint dernièrement la communauté des hackers, Livvy ?

Pour une fois, je restai muette.

– Tu sais qui est Secrecy ? demanda Henry, médusé.

Et là, je songeai soudain que, dans toute cette excitation autour de Florence et des plumes, j'avais oublié de parler de l'affaire Secrecy à Grayson et Henry. Mais c'était peut-être plutôt à Florence de le faire ? Finalement, il y avait eu pas mal de choses intimes et de méchancetés sur Grayson et Henry dans le blog à potins… Elle devait certainement avoir des choses à expliquer.

– J'en sais pas mal à ce sujet, dit Mia évasivement. Mais il y a encore quelques lacunes et il me tarde de les combler. Ce que vous mijotez exactement avec Arthur, Anabel et le démon, par exemple. Et si cette histoire de Theo Ellis est aussi à porter au compte d'Arthur. Et pourquoi Emily traîne toujours devant la porte de Grayson et pense que tout le couloir lui appartient. Parfois, je n'ai pu l'en chasser qu'en envoyant sur elle tout un essaim de chauves-souris...

Henry et moi éclatâmes de rire, imités par Mia et par le perroquet.

– Les amis !

Grayson, qui avait passé tout ce temps à faire nerveusement des allers et retours entre les tables, nous scrutait en fronçant les sourcils. Nos rires s'arrêtèrent net.

– À vous entendre, on pourrait penser que le problème est réglé. Ce qui se passe ici n'est pas une *tea party* ni une fête de la victoire ! La prochaine fois, nous n'aurons peut-être pas cette chance, vous ne comprenez pas ? Arthur ne lâchera pas, et nous savons maintenant que rien ne le fera reculer.

Ma gorge se serra. C'était vrai. Aucune raison de nous réjouir.

Henry se mordit la lèvre.

– J'étais juste tellement soulagé que... marmonna-t-il.

Il jeta un œil vers la porte de Grayson puis il me regarda.

– Grayson a raison, dit-il. Ce n'est pas encore terminé.

– Mais, au moins pour cette nuit, demandai-je, pleine d'espoir. Demain nous verrons bien. Nous trouverons bien quelque chose, nous dresserons un plan d'attaque et...

Henry secoua la tête.

– Ce ne sera jamais fini. En ce moment même, Arthur est là-dehors en train de rencontrer Anabel.

– Et gare à nous quand ces deux-là vont œuvrer ensemble ! dit Grayson en boxant une étagère. Ce n'est pas juste ! J'ai découvert toutes ces choses et cette peine n'aura servi à rien ?

– Non, non, elle aura servi, dit Henry, soudain farouchement décidé.

En quelques pas, il atteignit la porte.

– Je vais sortir d'ici et régler cette affaire une bonne fois pour toutes.

– Attends ! m'écriai-je en me levant d'un bond. Je viens avec toi. Tu as bien un plan ?

Henry me sourit.

– Plutôt une idée dont je ne suis pas certain qu'elle fonctionne. Mais tu ne peux pas venir, Liv, s'empressa-t-il d'ajouter. Pas cette fois. C'est seulement sans toi que je...

Le reste de sa phrase resta en suspens, il avait ouvert la porte sans prévenir et bondi dans le couloir.

J'eus beau piquer un sprint aussitôt, la porte s'était déjà refermée et je me heurtai à un champ d'énergie étincelant.

– Ce n'est pas possible ! m'écriai-je en tapant du pied.

Henry avait fait des progrès. Cette fois, il m'avait feintée. Furieuse, je me retournai vers les deux autres.

– Vous y comprenez quelque chose, vous ? Pourquoi veut-il agir seul ? Et pourquoi ne nous dit-il pas simplement à quoi il pense ? Qu'est-ce qu'il lui prend de jouer comme ça avec son ego ?

Perplexe, Grayson secoua la tête, et Mia répondit :

– En tout cas, c'est quelque chose de dangereux.

Eh oui, c'est bien pour ça que je m'énervais autant.

– Je déteste qu'il fasse ça ! pestai-je.

Je cherchai la poignée de la porte à travers le champ d'énergie, et je me retrouvai aussitôt renvoyée à un demi-mètre.

– Ce numéro de protecteur me tape sur le système ! Je l'ai sauvé au moins autant de fois qu'il m'a sauvée, et il devrait tout de même mieux me connaître. Je ne l'ai pas non plus laissé seul dans le rêve de la sœur de Mrs Honeycutt... Oh !

Je venais de comprendre tout à coup ce qu'Henry avait l'intention de faire. Bien sûr, c'était juste une idée, mais elle était brillante !

Si nous pouvions attirer Arthur dans le rêve de Muriel et veiller à ce qu'il n'en ressorte plus, il devrait obligatoirement s'y réveiller. Et s'y trouver de nouveau la nuit suivante, comme ça s'était passé pour moi. Et, comme il ne savait pas à qui appartenait ce rêve, il y resterait, comme j'y étais restée, nuit après nuit, jusqu'à la fin de sa vie. Jamais plus il ne...

– Livvy ?

Mia et Grayson me jetaient des regards interrogateurs et je m'efforçai de leur expliquer en quelques mots l'importance du rêve de Muriel. Ils ne semblèrent pas y comprendre grand-chose mais, une fois mon speech terminé, le mur de protection d'Henry s'était nettement affaibli. De toute façon, il n'aurait pas résisté à ma détermination.

– Là, je sors maintenant, dis-je en transformant, sans même y jeter un regard, le champ d'énergie en une poussière scintillante. Je vais le suivre. Et vous devriez vous réveiller et chercher à voir où se trouve Florence... juste par précaution.

Mia s'était levée et elle me fixa d'un air fâché.

– Bien sûr, nous nous occupons des vieux, des femmes et des enfants pendant que toi et Henry sauvez le monde... Tu t'es trompée de film, ma grande sœur ! Si tu crois que je vais me ronger les ongles à t'attendre tout le reste de la nuit, tu te mets le doigt dans l'œil !

– Emmène-la, dit Grayson. Elle est vraiment douée. Il suffit de voir comment elle imagine ce garçon là-bas...

Il me montra un élève qui se trouvait assis un peu plus loin, mordillant son crayon et griffonnant dans un cahier.

Si je ne me trompais pas, c'était Gil Walker. Comme les autres figurants dans la bibliothèque, il ne s'était pas laissé impressionner par les événements.

– Elle lui a donné une incroyable authenticité, poursuivit Grayson, et même si elle était assise dos à lui, il s'est mis le doigt dans le nez et a éparpillé ses crottes partout.

– En voilà au moins un qui sait apprécier mon travail, dit Mia en me rejoignant et en me prenant le bras. Allez, viens, Livvy, dépêche-toi ! Aidons Henry ! Sauvons le monde !

– Mais nous ne savons pas... soupirai-je. Bon ! Mais tu dois me promettre de n'entrer en aucun cas dans la boutique de laine de Muriel.

– De toute façon, ça n'a pas l'air si attrayant. Je le promets, répondit Mia en levant la main droite.

– Et moi, je vais me réveiller, conclut Grayson.

Je faillis retourner vers lui pour l'embrasser.

– Je suis heureuse de savoir que tu ne seras pas mon meurtrier, dis-je à la place.

Il sourit.

– Et moi donc ! Je n'aurais plus jamais pu me faire couper les cheveux !

Dehors, tout était calme dans le couloir. Il s'étendait à l'infini dans la pénombre, porte après porte ; et à chaque embranchement commençait un autre couloir infini, qui croisait lui aussi une infinité d'autres couloirs, d'où partaient d'autres couloirs interminables... Soudain, il me parut tout à fait vain de vouloir retrouver Arthur. Quand il avait dit avoir rendez-vous avec Anabel, il parlait d'une rencontre réelle, ou seulement de la guetter en tant que démon comme il devait l'avoir fait plus d'une fois ? Il avait à coup sûr pris un malin plaisir à lui chuchoter des choses d'une voix démoniaque, à lui simuler des ombres ailées et à la repousser, doucement mais sûrement, dans sa folie.

Où devions-nous commencer nos recherches ? Devant la porte Hello Kitty d'Anabel ? Où Henry était-il allé chercher ?

Une lumière vive éclaira soudain le couloir un court instant, vite passé, et presqu'en même temps nous parvint l'écho d'une lointaine explosion. Du moins, à en croire le bruit. Nous sentîmes même le souffle d'air.

– C'est venu de là-bas, dit Mia en montrant le couloir et l'embranchement derrière la porte de la Cook, et sans un mot, nous nous mîmes en mouvement.

Mia, transformée en chauve-souris, tourna le coin à tire-d'aile. Moi, en jaguar, j'avais de la peine à la suivre.

Un nouvel éclair de lumière nous montra le chemin, qui nous conduisit droit à la porte de Mrs Honeycutt. Des voix nous parvenaient de derrière et quand nous l'atteignîmes, nous entendîmes aussi le rire ironique d'Arthur.

Je freinai avant le dernier embranchement et jetai un coup d'œil circonspect au coin. Mia s'envola quelque part au-dessus de moi.

Arthur, les cheveux en pagaille, se dressait au milieu du couloir, juste devant la porte de Mrs Honeycutt. Aucune trace d'Henry. Mais il devait se trouver quelque part, car Arthur, qui avait écarté les bras et fait un tour sur lui-même en s'écriant :

– Henry ! Qu'est-ce que ça veut dire ?

Son visage et ses mains étaient pleins de suie comme s'il venait de s'échapper d'une maison en feu.

– Arrête ça ! poursuivit-il. Allons-nous encore nous prouver toute la nuit combien nous sommes formidables tous les deux ? Ou est-ce pour ça que tu m'as attiré ici ?

Il montra la porte de Mrs Honeycutt et ajouta :

– Y a-t-il dans votre lieu de réunion onirique quelque chose dont tu penses que cela pourrait t'aider ?

Mais bien sûr ! Arthur savait que nous nous étions rencontrés ici ; il nous avait sans doute observés tout le temps. Ce devait être lui aussi qui avait récemment lancé cette horrible obscurité à mes trousses.

Mon courage m'abandonna. Arthur nous précédait-il donc toujours d'un pas ?

– Attiré ? se moqua Henry.

Il s'était soudain matérialisé, adossé à la porte de Mrs Honeycutt. Contrairement à Arthur, il ne semblait pas du tout chamboulé.

– Je dirais plutôt forcé à venir, non ? ajouta-t-il.

Arthur haussa les épaules.

– Si tu veux. Oui, oui, tu es vraiment fort, Henry. Si tu as besoin de ça pour ton ego, tu n'as qu'à faire tout exploser. Mais ça ne changera rien à rien.

Il fixa Henry de ses yeux plissés et reprit :

– Pourquoi ne veux-tu pas le comprendre ? Si ce qui s'est passé avec Liv ne te suffit pas, je ferai bientôt sa fête à quelqu'un d'autre. À ta petite sœur, par exemp...

Un souffle invisible l'envoya s'écraser sur le mur.

Furieux, il fixa Henry qui n'avait même pas bougé le petit doigt. En fait, ce n'était pas lui qui lui avait joué ce tour, mais moi. En grognant doucement, je sortis de l'ombre. Un léger sourire passa sur le visage d'Henry.

Arthur leva les yeux au ciel et se remit d'aplomb.

– Bien sûr, dit-il. Je m'y attendais. Vous savez quoi ? Vous m'ennuyez ! Je m'en vais !

– Ah oui ? Où ça ? demanda Henry.

Arthur émit un rire plutôt forcé.

– Ne t'imagine pas pouvoir m'arrêter avec tes débiles champs d'énergie ! Je peux toujours me réveiller. À tout moment !

– Mais alors, tu n'apprendras jamais pourquoi je voulais t'avoir ici, dit Henry. En fait, il ne s'agit pas de cette porte, mais de celle-là !

Il désigna la boutique de Muriel, et je retins mon souffle. Une chauve-souris voleta autour de l'enseigne et se pendit tête en bas au linteau de la porte.

– De plus, si tu te réveilles maintenant, tu vas rater ton rencard avec Anabel, ajouta Henry.

Arthur haussa encore les épaules.

– Et alors ? Pigez donc une bonne fois pour toutes ! Contrairement à vous, j'ai tout mon temps. Depuis cette histoire de serpent, Anabel pense que le démon m'a pardonné. Nous combattons désormais du même côté. Si je ne peux pas persuader Anabel aujourd'hui de me confier tous ses diaboliques trucs secrets autour des rêves, alors ce sera pour demain. Ou pour après-demain. Ou après le maudit enterrement de Liv. Je n'en suis pas à un ou deux jours près.

Bien entendu, il avait raison, et c'était, hélas, clair comme de l'eau de roche. Je m'étais assise à côté d'Henry, ma tête de jaguar appuyée sur sa cuisse. Sans savoir pourquoi, je n'avais pas envie de reprendre ma forme normale. Henry caressait distraitement mes oreilles duveteuses.

– Est-ce Anabel qui a glissé ce serpent dans ton casier ? demanda-t-il.

Arthur rit, cette fois vraiment amusé.

– Non, benêt, c'est le démon lui-même qui a dû le faire pour…

Une plume noire tomba juste devant lui.

– ... pour qu'Anabel reconnaisse qu'il a aussi toute puissance dans le monde réel.

D'autres plumes tombées du plafond voletèrent autour de sa tête comme une nuée d'oisillons.

– C'est toi qui as glissé ce serpent dans ton casier ? dit Henry.

Arthur acquiesça.

– Mon père a comme ami un conseiller financier qui se vante toujours de ses terrariums et de son élevage de serpents. Du coup, ça m'a donné une idée. Y a-t-il un animal plus démoniaque que le serpent ? Je savais que tout le monde en aurait les cheveux dressés. J'ai donc programmé ce type pour qu'il me donne un de ses reptiles, de préférence un venimeux, pour rendre la chose plus dramatique. Mais je n'avais pas prévu que cet idiot choisirait le plus venimeux. J'ai failli y rester pour de bon !

Il regarda sa main qui était encore bandée dans la vie réelle.

– Bon... en tout cas, il a rempli sa tâche, reprit-il. Et maintenant, dites-moi ce que cette porte jaune a de particulier, ou laissez tomber... peu importe.

Le silence régna pendant un moment.

– La porte... finit par dire Henry. Cette porte est quelque chose de très particulier. Mais je crains que tu n'apprennes jamais pourquoi. Parce que je viens de changer d'avis.

– Je n'y survivrai pas, ironisa Arthur. Ces napperons au crochet ont l'air si follement excitants.

– Il n'a pas tout à fait tort en ce qui concerne cette porte, dit une voix doucereuse.

Tel un mauvais esprit blond sortant de sa bouteille, Anabel se matérialisa devant Arthur, qui, surpris, leva les sourcils. Elle lui sourit.

– Excuse-moi d'arriver aussi tard, darling, mais ses champs d'énergie, dit-elle en montrant Henry, m'ont un peu retardée.

Mince ! Comment Anabel connaissait-elle la porte de Muriel ? Et pourquoi devait-elle justement surgir maintenant et révéler la vérité à Arthur ? Alors que nous étions sur le point de le rouler ! J'avais très bien vu qu'il était pris de curiosité même s'il s'était efforcé de n'en rien montrer.

– Et maintenant ? chuchotai-je à Henry.

Sans m'en apercevoir, j'avais repris ma forme normale. Henry ne répondit rien. Pour toute réponse, il serra les mâchoires.

Arthur sourit joyeusement à ce renfort inattendu et je fus prise de désespoir. Anabel s'était placée à côté de lui, telle une reine auprès de son roi.

– Tu arrives juste à temps, Bella ! dit Arthur.

– Oui, en effet ! dis-je en faisant un pas vers elle. Si tu étais venue un peu plus tôt, tu aurais entendu Arthur avouer avoir mis lui-même le serpent dans son casier, l'informai-je vivement. Il s'est toujours fichu de toi, Anabel ! As-tu écouté les messages de Grayson sur ta messagerie ? Et as-tu trouvé le bouquin dans ta boîte aux lettres ? Car alors, tu saurais que…

Anabel m'interrompit d'un geste. Avec une telle efficacité que je ne pus vraiment plus sortir un mot… comme si une main invisible me fermait la bouche.

Arthur sourit.

– Il faut absolument que tu m'apprennes ce truc, dit-il.

– Plus tard, répondit Anabel.

Elle se tourna vers Henry qui jusqu'alors n'avait pas bougé.

– Ouvre la porte, lui ordonna-t-elle froidement.

– Non, protesta Henry, pas question !

Pourtant, mû par une force invisible, il glissa sur le sol jusque devant la porte de Muriel. La chauve-souris battit nerveusement des ailes tandis que d'innombrables mains me pressaient contre le mur pour m'y fixer. Je ne pus réussir qu'à respirer et à voir Anabel se placer au côté d'Henry, anéantissant ainsi notre dernier espoir. Si elle révélait maintenant à Arthur le secret du rêve de Muriel, notre plan tomberait à l'eau.

– Ouvre la porte ! répéta-t-elle doucement.

Henry fit non de la tête.

Arthur s'approcha.

– Qu'est-ce qui se cache, là-derrière ? s'impatienta-t-il.

– Tu vas le voir tout de suite, répondit Anabel.

Elle dirigea la paume de sa main vers Henry, fit juste claquer un doigt et la chauve-souris, prête à descendre en piqué, se mit à décrire des cercles.

– Tu n'es pas autorisé à utiliser cette porte, Henry, dit Anabel de ce ton théâtral qu'elle prenait toujours quand il s'agissait du démon. Elle est seulement destinée au Seigneur des ombres et des ténèbres et à ses enfants.

Au ralenti, Henry leva la main et abaissa la poignée. Je voulus crier mais aucun son ne sortit. La chauve-souris tournoyait toujours avec des cris aigus.

Quand la porte s'ouvrit, Arthur poussa un cri de triomphe.

– Tu es vraiment la meilleure, Anabel, s'exclama-t-il. Je m'incline devant toi ! Que tu aies réussi à manipuler le grand Henry Harper comme une marionnette… Nous allons beaucoup apprendre l'un de l'autre.

– C'est vrai.

Comme Anabel me tournait le dos, je ne pouvais pas voir son visage, mais j'étais certaine qu'elle souriait. Rien d'étonnant : tant qu'elle contrôlait Henry, ils pouvaient à leur guise aller et venir dans le rêve de Muriel. Je tentai une dernière fois de me libérer, puis j'abandonnai.

Anabel fit un large geste d'invite.

– Après toi, dit-elle à Arthur.

Celui-ci se retourna vers moi.

– J'espère que tu consoleras un peu Henry demain, c'est un si mauvais perdant. Et vous discuterez peut-être aussi des détails concernant ton enterrement. Henry pourrait peut-être jouer quelque chose de sympa sur sa guitare…

Un instant, il se reput de mes yeux écarquillés de détresse, puis il franchit d'un grand pas le seuil et disparut dans le rêve de Muriel.

Anabel referma vite la porte derrière lui et s'agrippa à la poignée.

– Allez ! cria-t-elle à Henry. Scelle-moi cette porte !

C'est alors que je remarquai que les mains invisibles qui me paralysaient avaient disparu.

Mais je mis un moment avant de pouvoir bouger. Sidérée, je fixai Anabel. L'air autour d'elle s'était mis à vibrer et Henry se tourna vers moi avec un grand sourire.

– Elle… elle a attiré Arthur dans un piège, balbutiai-je.

– C'est vrai, dit Henry en posant une main sur l'épaule d'Anabel. Tu as été formidable, Anabel ! J'ai vraiment cru presque jusqu'au bout que tu t'étais ralliée à Arthur.

– Es-tu sûr que le champ d'énergie va tenir ? demanda-t-elle, toujours cramponnée à la poignée. Moi, il ne m'a pas retenue si longtemps.

– En fait, je ne crois pas qu'un champ d'énergie soit utile, dit Henry. Si tout fonctionne bien, Arthur ne trouvera plus la porte de l'intérieur sans un objet personnel. Mais même s'il la voyait, il ne voudra sûrement pas s'humilier à la secouer. Je parie mon bras gauche qu'il préférera se réveiller tout de suite.

Anabel lâcha la poignée et posa les mains sur ses genoux comme après une longue course. Elle avait du mal à respirer et son habituel visage lisse de poupée avait pris un aspect plus humain. On y lisait surtout du soulagement.

– J'espère que tu as raison, dit-elle à Henry. Mais, par mesure de sécurité, nous devrions monter la garde ici toute la nuit.

Je m'approchai lentement.

– Anabel… commençai-je en cherchant les mots justes. Tu… as toujours été de notre côté ?

Elle laissa son regard errer dans le couloir avant de le diriger vers moi comme pour se reprendre, puis elle secoua lentement la tête.

– Pas tout le temps. Oui, j'avais écouté les messages de Grayson et j'avais aussi trouvé le calepin, mais… j'ai surtout entendu ce qu'Arthur a dit. Ce qu'il a dit sur moi. Et comment il m'a trompée.

Elle montra le mur d'en face.

– J'étais pendue là… tu m'as tout le temps regardée avec des yeux pleins de larmes.

La boîte aux lettres. Naturellement. Mia avait raison, il fallait vraiment que je travaille encore ma perception des choses.

Où se trouvait ma petite sœur, au fait ? Je me retournai pour la chercher des yeux.

La chauve-souris décrivait toujours ses cercles au-dessus de nos têtes.

– Je crois que je devrais m'en aller, dit Anabel en regardant par terre. Je sens que j'ai des choses à régler d'urgence. J'en connais un qui a rêvé un peu trop longtemps.

Je pensai au Senator Tod et je hochai la tête.

– Vas-y, dit Henry. Arthur ne mettra jamais plus les pieds dans ce couloir.

– Moi non plus, peut-être, dit Anabel. Pendant un moment, jusqu'à ce que… jusqu'à ce que je me sois reprise.

J'espérais beaucoup qu'elle trouve cette fois un psychiatre plus compétent que le Senator Tod.

Anabel leva les yeux vers la chauve-souris qui tournait toujours, fit claquer ses doigts deux fois comme Mary Poppins et disparut d'un coup.

Mia atterrit dans un grand « boum » devant nous.

– Aïe ! fit-elle, le visage légèrement verdâtre. Oh, là, là, je me sens mal ! Il me faut de toute urgence un bout de gâteau aux carottes de Lottie, avec de la crème Chantilly.

– Pour cela, il n'y a qu'une chose à faire, dis-je. Te réveiller !

Henry sourit.

– Je peux être chez vous en dix minutes, dit-il. Même en cinq, si je prends le vélo et si je reste en pyjama.

Blog à potins

Ici, le blog à potins de la Frognal Academy,
avec les derniers ragots, les plus folles rumeurs et
les scandales chauds bouillants de notre école.

Qui suis-je ? Je m'appelle ***Secrecy***,
je suis parmi vous et je connais tous vos secrets.

UPDATE ACTIVITY

27 mars

Une ère touche à sa fin. Ou devrais-je plutôt écrire : une expérience sociale ?

Ce blog illustre parfaitement comment obtenir de l'audience avec des méchancetés, des injustices et des vérités déformées, et je regrette sincèrement le mal que j'ai fait avec ça.

Ceci est le dernier message de Secrecy. La page sera fermée et retirée de la Toile cet après-midi.

Mais avant, je voudrais m'excuser de tout cœur auprès de toutes les personnes dont j'ai révélé et ridiculisé les secrets, auprès de toutes celles et tous ceux que j'ai blessés, vexés et privés de leur dignité... J'en suis honteuse et encore bien plus que vous ne pouvez l'imaginer.

Mais ça ne devrait pas être uniquement à moi de ressentir de la honte, mais à vous tous. À vous tous qui avez lu ce blog et vous êtes précipités sur chaque nouvelle, à tous ceux qui m'ont fourni des infos par mail et des photos prises sur leur portable, à tous ceux qui étaient heureux d'être eux-mêmes épargnés et de pouvoir à la place se repaître du malheur et de l'embarras des autres. Le blog à potins n'aurait jamais pu marcher s'il avait reçu l'attention qu'il méritait, c'est-à-dire aucune. Secrecy n'aurait jamais eu un tel pouvoir si vous n'aviez pas apporté votre soutien à son intolérance, à sa méchanceté et à sa fausse morale.

Maintenant, il vous reste à réfléchir à ce que cela révèle de vous. Et si ce n'est pas par cette même attitude que l'on encourage tous les maux de notre société.

Moi, en tout cas, je ne veux plus faire partie de ces irresponsables qui se cachent derrière leur superficialité et leur lâcheté, permettant ainsi que de mauvaises choses puissent se passer. Dorénavant, je vais me ranger du côté de ceux qui veulent rendre ce monde un peu meilleur.

Amen.

À bientôt, mais désormais je regarderai les choses autrement.

Secrecy

PS : Ceci est un message pour Gil Walker de la classe de quatrième. Arrête de gaspiller ton extraordinaire talent lyrique pour Mia Silver. Elle n'est vraiment pas digne de tes poèmes.

Blog
à potins

Ici, le blog à potins de la Frognal Academy, avec les derniers ragots, les plus folles rumeurs et les scandales chauds bouillants de notre école.

Qui suis-je ? Je m'appelle ***Secrecy***, je suis parmi vous et je connais tous vos secrets.

UPDATE ACTIVITY

21 juin

OK, OK, me revoilà. J'ai essayé, sincèrement. Je voulais retirer le blog du Net. Mais vos commentaires m'ont fait comprendre que vous aviez besoin de moi. Que vous ne pouviez pas vivre sans moi.

J'ai donc décidé de changer le propos de ce blog. De le consacrer à quelque chose de bien. À quoi ? C'est pourtant clair. Ça tombe sous le sens.

À l'amour !

Où que l'on porte son regard... Pur amour. Paix et joie ! Ce serait à peine supportable si j'étais encore l'ancienne Secrecy.

Prenez par exemple Liv Silver et Henry Harper. Mon Dieu, mon Dieu, si ce n'est pas la rencontre céleste ! Le bruit court même que ces deux-là se sourient aussi en dormant. Et tout le temps !

Ou prenez Pandora Porter-Peregrin et sa petite sœur... waouh, un vrai plaisir, non ? Pandora aide non seulement sa petite sœur à faire ses devoirs mais elle lui prête aussi ses fringues sans rechigner. Et elle n'a même pas dit un mot quand Persephone a dernièrement marché dans des crottes de chien avec ses baskets préférées. Et comme Pandora, son diplôme en poche, va aller passer un an au Canada, elle a même laissé sa chambre à Persephone.

Beaucoup d'anciens élèves de terminale vont du reste passer un an à l'étranger mais quelques-uns - et si vous voulez le savoir, les meilleurs - nous resteront encore.

Jasper Grant, par exemple, qui a contre toute attente obtenu son diplôme, aimerait mieux renoncer à l'année à l'étranger que ses parents voulaient lui offrir en récompense. Il a dit qu'il avait déjà beaucoup mûri en France et qu'il préférerait plutôt passer quelques années chez ses parents et tirer parti de cette expérience. Cela va surtout réjouir Persephone, on les a vus tous les deux lundi, main dans la main, au ciné.

Grayson Spencer, lui aussi, va naturellement rester ici, sinon la Grande-Bretagne aurait perdu le dernier chevalier de la Table ronde (ce pourquoi il s'inscrira en octobre à la fac de médecine). Quand il n'est pas en train d'aider des personnes âgées à traverser la rue ou de s'occuper de petits orphelins, il passe voir Anabel à la clinique où elle s'est elle-même fait hospitaliser. Sinon, il passe aussi pas mal de temps avec Mia Silver... Mes amis, laissons encore cette petite prendre quelques années de plus... et je ne vous garantis plus rien.

Emily Clark semble en meilleure forme et mieux reposée qu'avant les vacances de printemps. Peut-être parce qu'elle a enfin cessé de harceler Grayson et qu'elle a maintenant plus de temps pour son véritable amour : sa Conquest of Paradise. Rien que la semaine dernière, ce couple imbattable a remporté deux trophées et Emily a obtenu en anglais la troisième meilleure note du pays, juste derrière Theo Ellis, d'ailleurs. Mais allez savoir pourquoi il y a maintenant de l'eau dans le gaz entre son frère Sam et elle ?

L'avez-vous remarqué ? L'amour a plusieurs visages et ici nous les avons tous : amour fraternel, amour des animaux, amour du prochain, amour familial, amour de soi et, bien sûr, discipline reine d'un blog à potins : amour romantique.

Dernier parfait exemple en date : Ann Matthews (la mère de Mia et Liv Silver) et Ernest Spencer avec leurs Noces du siècle (ce n'est pas de moi, hein, on a vu dans la presse du cœur de bien plus gros titres encore). Un scandale juteux les avait précédées, ainsi qu'une arythmie cardiaque de Mrs Spencer senior et un polar de tout premier ordre.

Quelques détails en vrac : Pascal de Gobineau n'est pas un organisateur de mariage (pas plus d'ailleurs qu'un Français), mais un escroc au faux accent qui, avec les avances déjà versées de rien moins que cinq mariages de personnalités en vue, a été aperçu avec son cabriolet Mercedes sur un ferry en partance vers Calais. Interpol enquête, de nombreuses fiancées pleurent dans leurs oreillers, et Charles Spencer rit sous cape. Car ce dernier – pour des raisons naturellement liées à l'amour – avait engagé le détective privé qui a dépisté Pascal de Gobineau (ou plutôt Peter Pickering, 36 ans, accro aux jeux de hasard).

Les seuls à ne pas pleurer sont Ann et Ernest Spencer. Ils se sont mariés le week-end dernier, au petit matin, dans une réserve naturelle sur la côte du Kent. Les pieds nus. Dans l'intimité. Ça paraît super kitsch et follement hippie, mais, à voir leur bonheur, plus d'un aurait aimé convoler ainsi. D'autant plus que le pique-nique sur la plage fut ensuite si délicieux que même granny Spencer en oublia ses aversions contre tout et tout le monde et se servit copieusement.

D'après ce qu'on m'a dit.

Il paraît que les tartes et les gâteaux étaient particulièrement excellents et Lottie Wastlhuber est devenue en une nuit célèbre dans le milieu des pâtissiers en vue. On murmure d'autre part qu'elle va bientôt épouser quelqu'un de la famille Spencer.

On attend ça avec impatience.

Arthur Hamilton est bien le seul qui ne semble pas pour l'instant pouvoir vraiment accéder à un merveilleux amour. En tout cas, il tourne en rond avec une mine d'enterrement. Quand il ne se sent pas observé, il se parle à lui-même. « Sable de merde. Mouettes de merde. Coucher de soleil de merde », l'ai-je entendu dernièrement marmonner. C'est juste une théorie, mais il est peut-être éperdument amoureux de quelqu'un qu'il a perdu des yeux, sans doute sur une plage, lors d'un coucher de soleil. Voici en tout cas pour vous les termes de recherche qu'il a entrés sur Internet lors de son dernier passage à la bibliothèque (peut-être pourrez-vous l'aider ?) : Ponton. Liste des pontons. Noms de femmes avec panier au crochet de M. Mandy. Panier au crochet de Melanie. Boutiques de laine à Clevedon. Mon Dieu, mon Dieu, j'espère que ce pauvre garçon réussira à se changer les idées en Australie. Il doit y partir début août pour une année. Voilà, c'est tout pour aujourd'hui. J'espère que tout cet amour vous aura donné un peu d'inspiration et que vous allez sortir et rendre quelqu'un heureux !

À bientôt,

Secrecy

PS : Hazel Pritchard, J'ADORE la robe jaune que tu portais au bal de fin d'année. Elle te va super bien.

Henry m'attendait à ma sortie dans le couloir. Je lui souris.

– Eh, ma fille au fromage ! dit-il tendrement. Je commençais à trouver le temps long. Alors, où allons-nous aujourd'hui ?

Il me prit par la main.

– Nous pourrions encore rendre visite à Mrs Honeycutt, proposai-je.

Henry sourit.

– Je suis déjà allé la voir avant-hier… pour de bon. Elle m'a tricoté une écharpe. En mohair.

J'émis un petit rire.

– Formidable ! C'est juste ce qu'il faut pour un mois de juin ! Oh, regarde ! dis-je en m'arrêtant.

À la poignée de porte de la *Librairie d'occasion Matthews – Livres pour la vie* pendait, un peu de travers, un écriteau sur lequel quelqu'un avait griffonné à la hâte : *JUST MARRIED, temporairement fermé pour cause de BONHEUR.*

Oh oui, ç'avait été un mariage parfait… hormis cette seconde de frayeur pendant laquelle Charles avait observé Grayson en lui demandant : « Tu es allé chez le coiffeur ? » Nous nous étions un moment fixés, sidérés, avant de piquer un fou rire magistral.

– Il me faudrait aussi ce genre d'écriteau à ma porte, dis-je ensuite en regardant Henry d'un air rayonnant. Juste encore un tout petit peu plus de bonheur et je vais exploser.

Henry m'enlaça et m'attira à lui.

– Alors, nous allons nous montrer prudents, dit-il en m'embrassant.

Mais il me repoussa quelques secondes plus tard et m'observa en feignant la déception.

– Oh, mince ! Il ne s'est rien passé. Tu n'as même pas explosé.

Non, juste un tout petit peu fondu. Comme toujours quand Henry me touchait.

– Oublie ce que j'ai dit, soupirai-je. On ne peut jamais avoir trop de bonheur.

– C'est juste aussi ce que vient d'écrire Secrecy à propos de l'amour, remarqua Henry d'un ton moqueur.

– Ou à propos des mystères, dis-je.

– Ah, je ne sais pas. Je crois qu'on surestime les mystères. Ces derniers mois, nous en avons assez découvert. Pour le reste de ma vie, il me suffirait d'en résoudre un tout dernier : toi !

– Oh, mais c'est kitsch ! m'esclaffai-je. Tu as sans doute entendu ça dans un film. Sans parler du fait qu'on peut lire en moi à livre ouvert.

– Tu n'en as aucune idée !

Henry m'écarta une mèche du front. Et puis, il m'embrassa de nouveau et j'oubliai ce que j'avais voulu lui répondre : que nous ne connaissions toujours pas le vrai mystère, ce qu'il en était de ce couloir, pourquoi c'était justement nous qui l'avions découvert et quelle explication scientifique on pouvait donner à tout ça. Mais pourquoi aussi vouloir toujours trouver une explication scientifique à tout ?

Quand nous nous séparâmes, je jetai un œil alentour.

– Que cherches-tu ? me demanda Henry.

– J'attends de voir Anabel tourner le coin et chuchoter mystérieusement que ce n'est pas encore fini, que ça ne fait que commencer.

Henry sourit.

– Mais c'est bien le cas. Ça ne fait que commencer.

Appendices

Table des personnages

Liv Silver, qui fait tant de rêves

Henry Harper, qui rêve avec elle

Mia Silver, petite sœur de Liv, connue aussi dans les cercles spécialisés comme la nouvelle « miss Marple ». Viendra à bout de Secrecy.

Ann Matthews, mère de Liv et de Mia

Ernest Spencer, futur mari d'Ann, a un faible pour les iris.

Lottie Wastlhuber, nounou de Liv et de Mia. Croit à la bonté des êtres humains.

Grayson Spencer, fils d'Ernest, ex-propriétaire d'un droïde de combat grandeur nature du premier épisode de *Star Wars*

Florence Spencer, fille d'Ernest et sœur jumelle de Grayson

Charles Spencer, frère d'Ernest, dentiste

La Brouille, connue aussi sous le nom de Mrs Spencer senior, mère d'Ernest et veuve éplorée d'un buisson de buis appelé Mr Snuggles

Arthur Hamilton, ex-ami d'Anabel Scott. En fait, ex-ami de tous sauf de Jasper.

Jasper Grant, ami d'Henry, de Grayson et d'Arthur, ex-rêveur, a mis un terme à tous « ces stupides démons et ces conneries de rêves ».

Anabel Scott, ex-petite amie d'Arthur, malheureusement folle à lier

Emily Clark, ex-petite amie de Grayson. Son cheval s'appelle Conquest of Paradise.

Persephone Porter-Peregrin, amie de Liv, aime les rouges à lèvres, déteste les armes à feu. Vraiment !

Mrs Lawrence, professeur de français, a quitté son poste depuis un regrettable incident dans la cafétéria du lycée.

Sam Clark, petit frère d'Emily avec un douteux sens de la morale

Dr Otto Anderson, autrefois connu sous le nom de Senator Tod Nord, rêve dans son coma qu'il est toujours le psychiatre d'Anabel.

Mrs Honeycutt, génie du tricot, 80 ans, accorde l'asile dans son rêve à Henry, Grayson et Liv.

Muriel Honeycutt, sa sœur : tout autant entichée de tricot, a été assassinée en 1977 par son mari Alfred.

Matt d'à côté, étudiant en droit de belle allure. S'étonne parfois de ses rêves animés.

Pascal de Gobineau, organisateur des mariages des beaux riches

Harry Triggs alias BloodySword66, rôliste, infirmier en maison de retraite et écrivain génial méconnu ainsi que nouveau propriétaire d'un droïde de combat grandeur nature du premier épisode de *Star Wars*

Timothy Donelly, premier ami rôliste de Harry, puis couvreur au chômage, plus tard gourou d'une secte, et mort encore plus tard

Rasmus Wakefield, un tissu de mensonges, appelé d'après un chow-chow en surpoids

Sans oublier SECRECY. Se. Cre. Cy.

Dans les rôles de comparses brillent aussi :

Princess Buttercup, le chien de la famille

Spot, le chat des Spencer

Ben Ryan, qui pisse dans les porte-parapluies quand il croit qu'on ne le voit pas

Maisie Brown, qui se tache parfois. Ça alors ! Mais ce n'était vraiment que de la limonade...

Mr Vanhagen, qui a arraché le cœur de Mrs Lawrence. Au sens figuré.

Gil Walker, le harceleur, écrit des poèmes d'amour à Mia.

Molly (l'âne) et Herby (le crocodile bécotant), Alfred (l'assassin au coussin fleuri), un merle, quelques bouteilles de Château Margaux de 1972, une grande quantité de plumes, des tartelettes, des gâteaux, des quiches, de la crème Chantilly et naturellement... LE SERPENT !

Remerciements

En fait, je n'avais pas prévu de postface pour ce troisième et dernier volume. Le temps m'est compté. Alors que j'écris ceci, il me manque encore toute la conclusion. C'est déjà la fin mai (je voulais en fait tout rendre en mars) et, de toute façon, personne ne lit ces ennuyeux remerciements. Mais pour ajouter un peu plus de piment à tout ça, je me suis enfoncé hier une pousse de bambou dans l'œil et, du coup, j'ai eu tout mon temps dans l'ambulance pour réfléchir à cette histoire de postface. Finalement, c'est tout de même une belle occasion pour remercier. Tout d'abord tous ceux à qui je ne peux envoyer ni mails, ni cartes, ni caisses de vin : mes lecteurs. Merci d'être là ! Merci de vous plonger dans mes histoires, de palpiter avec mes personnages et de vouloir toujours savoir la suite. Ce n'est que pour vous que je tourne et retourne quinze fois chaque phrase jusqu'à avoir le sentiment que c'est enfin bon et il y a des jours où je ne me lève en fait que pour vous, sincèrement. Ce livre est pour vous.

Qui connaît mes livres sait que j'ai un faible pour les sociétés secrètes (je songe en ce moment à fonder la Loge des dames borgnes, si jamais vous deviez un jour en entendre parler…), et parfois je m'imagine que les personnes qui apprécient mes livres forment elles aussi une société secrète, une société de conspirateurs dans laquelle elles peuvent toutes rire des mêmes choses et se comprendre avec des remarques d'initiés inaccessibles à ceux qui n'ont pas lu les livres. Comme par exemple : « Elle est aussi sournoise que la Brouille, mais elle ne porte que des vêtements de couleur abricot, c'est pourquoi nous l'appelons la Bricot. » Ou « C'est plutôt un Grayson qu'un Henry, tu vois ? » (et bien sûr, votre amie voit exactement ce que vous voulez dire).

Ceux qui n'en font pas partie me font parfois un peu de peine. Mais c'est comme ça : le charme des sociétés secrètes, c'est justement que tout le monde ne peut pas en faire partie. Nous sommes un club exclusif élitaire de surfeurs de rêves, de pois sauteurs facétieux, de créatures de l'ombre et de la nuit, de romantiques et de rats de bibliothèque, et je suis heureuse, fière et reconnaissante de pouvoir rêver avec vous.

Que ce soit la nuit dans le labyrinthe infini des couloirs des rêves, virtuellement sur www.silber-finale.de ou dans la prochaine histoire...

À bientôt !

Kerstin Gier

Achevé d'imprimer en Italie par Grafica Veneta
Dépôt légal : 1er trimestre 2017